HEYNE <

DAS BUCH

Samuel Sooleymon ist siebzehn und nutzt jede freie Minute zum Basketballspielen. Längst schon ist er der beste Spieler im Dorf. Alle sind stolz auf ihn und fiebern mit, als ihm eine große Ehre widerfährt: Der Coach der südsudanesischen Juniorenmannschaft ist auf Samuel aufmerksam geworden und wählt ihn für Try-outs in der Hauptstadt Juba aus. Wenn er sich dort durchsetzt, darf er für ein Showturnier in die USA reisen und sich für die stärkste Basketballliga der Welt empfehlen. Ein riesiger Sprung für einen Jungen aus dem bürgerkriegszerrissenen Land.

Doch kaum erzielt Samuel erste Erfolge in den Staaten, erreichen ihn niederschmetternde Nachrichten aus der Heimat: Sein Dorf wurde überfallen, zahllose Menschen ermordet, seine Mutter und Geschwister mussten fliehen und befinden sich in höchster Gefahr. Am liebsten würde Samuel sofort heimreisen, um ihnen zu helfen, aber es wird schnell klar: Er kann sie nur retten, wenn er all die anderen hochtalentierten Spieler hinter sich lässt und in Amerika zur Legende wird …

DER AUTOR

John Grisham ist einer der erfolgreichsten amerikanischen Schriftsteller. Seine Romane sind ausnahmslos Bestseller. Zudem hat er ein Sachbuch, einen Erzählband und Jugendbücher veröffentlicht. Seine Werke werden in fünfundvierzig Sprachen übersetzt. Er lebt in Virginia.

JOHN
GRISHAM

DAS TALENT

ROMAN

Aus dem Amerikanischen
von Imke Walsh-Araya

WILHELM HEYNE VERLAG
MÜNCHEN

Die Originalausgabe *Sooley* erschien erstmals
bei Doubleday, New York

MIX
Papier | Fördert
gute Waldnutzung
FSC® C014496

Penguin Random House Verlagsgruppe FSC® N001967

Vollständige Taschenbuchausgabe 3/2023

Redaktion: Oliver Neumann
Umschlaggestaltung: Nele Schütz Design
unter Verwendung von Bildern
von shutterstock/EFKS/Olesya Kuznetsova
Satz: Leingärtner, Nabburg
Druck und Bindung: GGP Media GmbH, Pößneck
Printed in Germany

ISBN 978-3-453-44166-8

www.heyne.de

In Erinnerung an

MICHAEL RUDELL
(1943–2021)

Nicht nur der beste Anwalt, der mir je begegnet ist,
sondern auch ein perfekter Gentleman und treuer Freund.

TEIL I

1

Als Samuel Sooleymon im April zu den Try-outs für die Nationalmannschaft eingeladen wurde, war er siebzehn Jahre alt, 1,88 Meter groß und galt als vielversprechender Point Guard. Er war für seine Schnelligkeit und Sprungkraft bekannt, aber auch für sein unberechenbares Passspiel und mittelmäßige Würfe.

Im Juli, als das Team Juba – die Hauptstadt des Südsudans – verließ, um in die USA zu reisen, war Samuel 1,93 Meter groß und immer noch genauso schnell. Sein Ballhandling allerdings war unzuverlässiger geworden, und von der Dreierlinie aus traf er nach wie vor nicht. Wie schnell er wuchs, war ihm selbst kaum bewusst, für einen Jungen seines Alters nicht ungewöhnlich. Ihm fiel nur auf, dass seine abgetragenen Basketballschuhe immer enger wurden und seine einzige Hose mittlerweile weit über den Knöcheln endete.

Als die Einladung im April kam, feierte die gesamte Nachbarschaft mit ihm. Er lebte in dem abgelegenen Dorf Lotta bei Rumbek, einer Stadt mit dreißigtausend Einwohnern. Sein gesamtes bisheriges Leben hatte er in Lotta verbracht und hauptsächlich Basketball und Fußball gespielt. Seine Mutter, Beatrice, war Hausfrau und hatte, wie alle Frauen im Dorf, nie eine Schule besucht. Sein Vater, Ayak, unterrichtete in einer offenen Hütte mit zwei Klassenzimmern, die Missionare vor Jahrzehnten errichtet hatten. Wenn Samuel nicht auf den Erdplätzen im Dorf Basketball spielte, kümmerte er sich mit seinen jüngeren Geschwistern um den Garten der Familie oder verkaufte am Straßenrand Gemüse.

Im Augenblick war das Leben im Dorf angenehm und relativ stabil. Es war das zweite Jahr, in dem ein grausamer Bürgerkrieg tobte, dessen Ende nicht abzusehen war. Angesichts der Unsicherheit, die das tägliche Leben bestimmte, schlugen sich die Menschen von Tag zu Tag durch und hofften auf eine bessere Zukunft. Die Kinder verbrachten ihr Leben auf der Straße und prellten oder kickten ständig mit einem Ball. Die Spiele boten eine willkommene Ablenkung.

Schon mit dreizehn war Samuel der beste Basketballer im Dorf gewesen. Wie alle Kinder träumte er davon, in Amerika in einer College-Mannschaft zu spielen oder es gar bis in die NBA zu schaffen. Dort spielten mehrere Südsudanesen, die in ihrer Heimat wie Götter verehrt wurden.

Als sich die Nachricht von seiner Einladung im Dorf verbreitete, versammelten sich die Nachbarn vor der strohgedeckten Hütte der Sooleymons. Jeder wollte die aufregende Nachricht mit Samuel feiern. Die Frauen brachten Krüge von mit Ingwer gewürztem Zimttee und Kannen mit Tamarindensaft. Andere steuerten Platten mit glasierten Keksen und Erdnussmakronen bei. Es war der größte Augenblick in der jüngeren Geschichte des Dorfes, und Samuel wurde von seinen Nachbarn umarmt und bewundert. Die Kleinen wollten ihn ständig anfassen und waren überzeugt, dass er der nächste Nationalheld werden würde.

Er genoss den Moment, stellte aber klar, dass er erst einmal nur zu den Try-outs eingeladen war. Es in die U18-Mannschaft zu schaffen würde schwierig werden, weil es so viele gute Spieler gab, besonders in Juba, wo man richtige Ligen hatte und auf Fliesen- oder sogar Holzboden spielte. Wie in anderen Dörfern und ländlichen Gebieten fanden selbst organisierte Spiele in Lotta oft draußen auf Beton- oder Erdboden statt. Samuel wies darauf hin, dass nur zehn Spieler für die Reise nach Amerika ausgewählt werden würden. Dort sollten fünf weitere Basketballer zu ihnen stoßen, die ebenfalls aus dem Südsudan stammten. Die Mannschaft würde dann an Orten wie Orlando und Las Vegas Showturniere spielen, bei denen Hunderte von College-Scouts anwesend sein würden. Vielleicht sogar ein paar Scouts der NBA.

Allein der Gedanke an Turniere in Amerika trieb die Aufregung auf die Spitze. Samuels Vorbehalte wurden ignoriert. Der Junge würde seinen Weg schon machen. Sie hatten ihn auf den Plätzen im Dorf spielen sehen und wussten, dass er gut genug für jede Mannschaft war und ihre Träume wahr machen würde. Die Feier dauerte bis spät in die Nacht, und als Beatrice ihr schließlich ein Ende setzte, ging Samuel nur widerwillig zu Bett. An Schlaf war nicht zu denken. Eine Stunde lang saß er in seinem winzigen Zimmer, das er sich mit seinen beiden jüngeren Brüdern Chol und James teilte, auf seinem schmalen Bett und flüsterte aufgeregt mit den beiden. Über ihren Betten hing ein großes Poster von Niollo, dem größten aller südsudanesischen Spieler. Im Trikot der Boston Celtics, in dem sich Samuel in seinen Tagträumen oft selbst sah, stieg Niollo hoch über den Ring auf, um den Ball in den Korb zu stopfen.

Am nächsten Morgen stand Samuel früh auf und sammelte die Eier der Hühner ein, die die Familie hielt, jeden Morgen seine erste Aufgabe. Nach einem schnellen Frühstück machte er sich mit Rucksack und Basketball auf den Weg zur Schule. James und Chol folgten ihm zum nächsten Basketballplatz, wo er eine Stunde lang Korbwürfe übte, während sie den Ball holten und ihm wieder zuwarfen. Andere Jugendliche schlossen sich ihnen an, und der vertraute Lärm abprallender Bälle und freundschaftlichen Geplänkels durchbrach die morgendliche Stille.

Um acht Uhr beendeten sie das Spiel, weil Samuel und seine Brüder zum Unterricht mussten. Er besuchte die letzte Klasse einer weiterführenden Schule und war in einem Monat fertig. In dieser Hinsicht konnte er sich glücklich schätzen, das wusste er.

Nicht einmal die Hälfte seiner Klassenkameraden würde die Mittelstufe abschließen, und lediglich ein Bruchteil von ihnen wagte es, von einem Studium auch nur zu träumen. Für Mädchen gab es gar keinen Unterricht.

Während Samuel den Ball zur Schule dribbelte, wanderten seine Gedanken zu den Colleges in einem fernen Land.

2

Zwei Wochen später trat die gesamte Familie früh am Freitagmorgen den langen Marsch nach Rumbek an. Von dort sollte Samuel mit dem Bus nach Juba fahren, zu einem Wochenende harter Wettkämpfe. Sie winkten ihm lange nach, und seine Mutter und seine Schwester waren in Tränen aufgelöst. Dabei sollte er am Montag wieder zurück sein.

Der Bus fuhr eine Stunde zu spät los, was für den Südsudan durchaus pünktlich war. Wegen der schlechten Straßen und überfüllten Busse waren die Fahrpläne flexibel. Oft kam der Bus gar nicht, und immer wieder gab es Pannen. Es war keine Seltenheit, dass ein Bus auf offener Strecke den Geist aufgab und die Fahrgäste sich zu Fuß auf den Weg ins nächste Dorf machen mussten.

Samuel hatte sich vorn auf eine enge Bank zwischen zwei Männer gezwängt, die erzählten, sie seien schon seit drei Stunden unterwegs. Offenbar wollten sie sich in Juba nach Arbeit umsehen oder etwas in der Art. Samuel war nicht sicher, weil sie nur gebrochen Englisch sprachen, in das sich immer wieder ihre Stammessprache Nuer mischte. Samuel gehörte zu den Dinka, der größten ethnischen Gruppe des Landes, und Dinka war seine Muttersprache. Seine zweite Sprache war Englisch. Die Mutter beherrschte sogar vier Sprachen.

Auf der anderen Seite des schmalen Gangs saß eine Frau mit drei Kindern, die die Augen weit aufgerissen hatten und keinen Laut von sich gaben. Samuel sagte etwas auf Englisch zu ihnen, aber sie antworteten nicht. Als die Mutter mit dem ältesten Kind sprach, verstand er kein Wort.

Der Bus hatte keine Klimaanlage, und der Staub der Schotterpiste wehte durch die offenen Fenster herein und setzte sich überall fest – auf der Kleidung, dem Gepäck, den Sitzbänken, dem Boden. Das Gefährt rumpelte und holperte über die unbefestigte Hauptverbindungsstraße nach Juba und hielt gelegentlich an, um einen Anhalter aufzunehmen oder einen Passagier abzusetzen.

Als seine Mitfahrer erfuhren, dass Samuel Basketballspieler war und vielleicht nach Amerika reisen würde, stand er plötzlich im Mittelpunkt der Aufmerksamkeit. Basketball war der neue Stolz des Südsudans, eine leuchtende Verheißung, über der die Menschen sogar die gewalttätige Geschichte ihrer ethnischen Konflikte vergaßen. Die Spieler waren zumeist groß und schlank und spielten mit einer Leidenschaft, die amerikanische Trainer erstaunte.

Das Gespräch drehte sich also um Basketball, und Samuel genoss die Bewunderung. Sie stoppten in jedem Dorf, um Fahrgäste an Bord zu nehmen. Ob ein Bus voll war oder nicht, wurde nach Lust und Laune entschieden, und es dauerte nicht lange, bis der Fahrer die jüngeren Männer, unter ihnen Samuel, anwies, oben auf den Bus zu klettern und dafür zu sorgen, dass keine Taschen und Kisten herunterfielen. Als sie sich Juba näherten, wich der Schotter Asphalt, und das ständige Geholpere ließ nach. Die Fahrgäste wurden immer stiller, als sie an kilometerlangen Slums vorbeifuhren, auf die solider gebaute Häuser folgten. Sechs Stunden nachdem er in Lotta aufgebrochen war, stieg Samuel am zentralen Busbahnhof aus, wo Heerscharen von Menschen kamen und gingen. Er fragte nach dem Weg und lief eine Stunde lang, bis er die Universität von Juba erreichte.

Er war schon einmal in Juba gewesen und trotzdem von den modernen Anlagen, den asphaltierten Straßen, dem hektischen Verkehr, den hohen Gebäuden, dem quirligen Leben und den gut gekleideten Menschen beeindruckt. Wenn er es nicht in die Mannschaft schaffte, wollte er auf jeden Fall hier studieren und später wenn möglich auch arbeiten.

Als er die Sporthalle auf dem Campus betrat, packte ihn die Nervosität. Die Halle war neu, sehr hoch und bot Platz für drei Basketballfelder in voller Größe, aber nur für wenige Zuschauerbänke. Hochschulsport gab es im Südsudan nicht, keine Collegemannschaften mit Spielplänen und Logos, keine Fans, die mitfieberten. Die Halle wurde für verschiedene Hallensportarten, aber auch für Veranstaltungen und Versammlungen genutzt.

Am hinteren Ende sah er einen Mann mit Klemmbrett und Trillerpfeife um den Hals, der ein Vier-gegen-Vier-Übungsspiel beobachtete. Samuel ging um das Spielfeld herum in seine Richtung.

Ecko Lam war vierzig und hatte die ersten fünf Jahre seines Lebens im Südsudan verbracht. Seine Familie war einem Rebellenangriff auf ihr Dorf gerade noch entkommen und nach Kenia geflohen. Am Ende hatte sie sich in Ohio niedergelassen und den amerikanischen Lebensstil übernommen. Als Teenager entdeckte Ecko Basketball für sich und spielte vier Jahre an der Kent State University. Später heiratete er eine Amerikanerin mit sudanesischen Wurzeln und arbeitete an seinem Traum, Trainer in der Division I zu werden. Er wechselte von einem Job zum anderen und brachte es bis zum Assistenztrainer an der Texas Tech University, bevor er von einer gemeinnützigen Organisation als Talentscout für Afrika engagiert wurde. Vor zwei Jahren war er damit beauftragt worden, im Südsudan Basketballligen zu gründen und in der Sommerpause All-Star-Mannschaften zu trainieren. Er liebte seine Arbeit und glaubte fest daran, dass Basketball das Leben der südsudanesischen Sportlerinnen und Sportler verändern konnte. Mit seiner U18-Mannschaft zu den Showturnieren in den USA zu fliegen war mit Abstand seine schönste Aufgabe.

Er hatte Samuel nie persönlich spielen sehen, kannte aber Videoaufnahmen des Jungen. Ein südsudanesischer Coach hatte ihn wärmstens empfohlen, weil er mit Füßen und Händen schneller sei als jeder andere, ganz zu schweigen von seiner erstaunlichen Sprungkraft. Seine Mutter, Beatrice, sei über 1,80 Meter groß, und der Scoutingbericht ging davon aus, dass Samuel noch wachsen würde. Mit 1,88 Meter war er der Kleinste der eingeladenen Sportler.

Im Film, einem Video auf einem Smartphone, dominierte Samuel die Verteidigung, hatte aber mit dem Ball zu kämpfen. Da er in einem Dorf lebte, war seine Erfahrung begrenzt, und Ecko befürchtete, dass er es gegen die Jugendlichen aus den großen Städten schwer haben würde.

Zwanzig Spieler aus dem gesamten Land waren zu den Try-outs eingeladen und trafen im Laufe des Nachmittags ein. Samuel war Ecko schon aufgefallen, als er sich am Rand eines Spielfelds herumdrückte – ein Junge vom Land, der von dieser Umgebung überwältigt war. Schließlich kam er auf den Trainer zu und sprach ihn schüchtern an.

»Entschuldigung, sind Sie Coach Lam?«

Ecko grinste breit. »Allerdings, und du bist bestimmt Mr. Sooleymon.«

»Stimmt.« Samuel streckte die Hand aus.

Sie schüttelten sich energisch die Hände und berührten einander an den Schultern, die übliche Begrüßung im Sudan.

»Freut mich sehr, dich kennenzulernen«, sagte Ecko. »Wie war die Fahrt?«

Samuel zuckte mit den Schultern. »Ganz okay. Wenn man gern Bus fährt.«

»Ich nicht. Bist du schon mal geflogen?«

»Nein«, gab Samuel unumwunden zu.

Von den zwanzig Eingeladenen hatte vermutlich keiner je ein Flugzeug von innen gesehen, da war sich Ecko fast sicher. »Wenn du es in meine Mannschaft schaffst, fliegen wir um die halbe Welt. Was hältst du davon?«

Samuel strahlte über das ganze Gesicht. »Klingt fantastisch.«

»Das wird eine tolle Sache. Die Umkleide ist da drüben. Zieh dich schnell um und fang mit dem Werfen an.«

Samuel ging in einen kleinen Raum mit Drahtgeflechtspinden. Er suchte sich einen freien Spind und zog rasch Shorts, T-Shirt und seine abgetragenen Schuhe an. Fünf Minuten später war er wieder auf dem Spielfeld. Ecko warf ihm einen Ball zu und deutete auf einen freien Korb am anderen Ende der Halle.

»Wenn du dich gedehnt und aufgewärmt hast, übst du Werfen von der Dreierlinie.«

»Alles klar.« Samuel dribbelte davon, wobei er nur die rechte Hand benutzte, dehnte sich kurz und ziemlich oberflächlich, bevor er mit dem Werfen begann. Ecko stellte belustigt fest, dass Samuel Dehnen genauso langweilig fand wie die meisten Siebzehnjährigen.

Ecko behielt das Übungsspiel im Auge, während er jede Bewegung von Samuel genau verfolgte. Seine Treffsicherheit ließ zu wünschen übrig. Andererseits warf er von oben, mit einer eindrucksvoll fließenden Bewegung. Aber er setzte niedrig an, in Stirnhöhe, und sein rechter Ellbogen war nicht, wo er sein sollte. Für einen Jungen mit derart wenig Training nicht ungewöhnlich.

Die ersten zehn Würfe gingen daneben. Die Nerven, dachte Ecko.

Bis zum späten Nachmittag waren alle zwanzig Spieler eingetroffen. Ecko versammelte sie in einer Ecke der Zuschauerbänke und ließ jeden von ihnen aufstehen, sich vorstellen und seinen Herkunftsort nennen. Die Hälfte von ihnen war aus Juba. Zwei stammten aus Malakal, einer vom Krieg verwüsteten Stadt in knapp vierhundert Kilometer Entfernung. Ein paar andere kamen vom Land, aus dem Busch.

Eckos nächster Punkt auf der Tagesordnung war der heikelste. »Wir sind alle Südsudanesen«, sagte er. »Unser Land wird von einem Bürgerkrieg zerrissen, bei dem Warlords um die Macht kämpfen und die Bevölkerung leidet. Aber diese Mannschaft wird zusammenstehen. Unser Land wird euch genau im Auge behalten. Ihr werdet die neuen Helden sein. Wenn jemand aus der Mannschaft fliegt, dann nicht, weil er nicht genug Talent hat oder zu wenig Einsatzbereitschaft, sondern weil er sich mit anderen Spielern wegen ihrer ethnischen Zugehörigkeit anlegt. Verstanden?«

Alle nickten. Ecko Lam war in ihren Kreisen eine Legende, und sie wollten ihn unbedingt beeindrucken. Er und er allein konnte ihnen die Reise nach Amerika ermöglichen. Sie beneideten ihn, weil er so cool war, perfekt Englisch sprach und vor allem, weil er die neuesten Air Jordans trug.

Er griff nach einem Outfit und sprach weiter. »Das werden wir tragen.« Er hielt das Trikot in die Höhe. »Wie ihr seht, ist es ein ganz einfaches Wendeshirt, das auch im Sportunterricht hier in Juba getragen werden könnte. Grau, keine Farbe, keine auffälligen Logos. Wir tragen dieses Trikot, um uns daran zu erinnern, wo wir herkommen und wo unsere Wurzeln sind. Ich würde dieses Outfit gern allen zwanzig geben, aber das kann ich nicht. Nur die Hälfte von euch wird es in die Mannschaft schaffen, und mir graut jetzt schon davor, der anderen Hälfte die schlechte Nachricht überbringen zu müssen. Aber zehn sind genug; dazu kommen noch fünf Südsudanesen, die im Augenblick in den USA leben. Mein Assistenztrainer, Frankie Moka, organisiert in Chicago ähnliche Try-outs. Wir treffen seine Spieler in Orlando, um ein paar Tage zu trainieren, bevor die Spiele anfangen. Insgesamt nehmen sechzehn Mannschaften teil, vier aus den USA, die anderen aus Ländern wie Brasilien, Großbritannien, Spanien, Kroatien, Senegal, Italien, Russland … Ich kann sie gar nicht alle aufzählen. In Orlando werden es acht Mannschaften sein, wir spielen gegen jede davon. Die anderen acht nehmen an einem ähnlichen Turnier in Las Vegas teil. Die besten vier treten dann beim Nationalen Showturnier in St. Louis gegeneinander an. Noch Fragen?«

Nein. Die Jungen waren zu schüchtern, um sich zu Wort zu melden, und keiner wollte übereifrig wirken.

»Nur zu eurer Information: Die Reise wird von den großen Schuhherstellern gesponsert. Ihr kennt die Namen. Sie waren äußerst großzügig. Ein Teil des Geldes kommt von der Manute-Bol-Stiftung, und andere NBA-Spieler aus dem Südsudan haben ebenfalls gespendet. Irgendwann, wenn wir drüben sind, werden wir ihnen schreiben, um uns zu bedanken, und Fotos machen. Es besteht die Möglichkeit, dass wir Niollo treffen, aber versprechen kann ich nichts.«

Sie waren zu beeindruckt, um etwas zu sagen.

Er teilte sie in vier Mannschaften auf, wies ihnen ihre Positionen zu und nahm die Match-ups vor, warnte vor überzogenem Foulspiel und startete zwei Übungsmatchs. Da es keine Schiedsrichter gab, die hätten eingreifen können, ging es heftig zur Sache, aber Ecko fand das ganz in Ordnung. Er pfiff ein paar besonders brutale Fouls, ließ aber zumeist das Spiel weiterlaufen. Nach zwanzig Minuten ununterbrochener Spielzeit legte er eine Trinkpause ein. Während die Jungen völlig verschwitzt auf den Zuschauerbänken hingen und versuchten, wieder zu Atem zu kommen, tigerte er mit seinem Klemmbrett vor ihnen auf und ab. »Gute Arbeit, Jungs«, lobte er. »Guter Einsatz. Ich erwarte, dass das so bleibt, weil wir Südsudanesen sind und mit dem Herzen spielen. Keiner gibt auf, keiner ist faul, keiner baut auf dem Platz Mist. In ungefähr einer Stunde gehen wir zu einem Studentenwohnheim gleich um die Ecke. Da essen wir zu Abend, sehen uns einen Film an und gehen dann ins Bett. Seht zu, dass ihr genügend Schlaf bekommt, morgen wird ein langer Tag.«

3

Am Samstagmorgen marschierten sie unter Eckos Führung zurück zur Sporthalle, die mittlerweile zur Hälfte von einer Jugendliga der Stadt mit Beschlag belegt worden war. Die erste halbe Stunde lang herrschte allgemeine Verwirrung, während sich Ecko mit einem Beauftragten für Freizeiteinrichtungen herumstritt und drohte, seine Kontakte spielen zu lassen. Schließlich wurde ein fragiler Waffenstillstand geschlossen, und die U18-Spieler bekamen zwei der drei Spielfelder für ihr Training. Als die Trainer der Jugendliga begriffen, wer Ecko war, zeigten sie sich plötzlich sehr entgegenkommend. Die jüngeren Spieler beobachteten Samuel und die anderen voller Bewunderung.

Zwei Assistenztrainer trafen ein, die Ecko bei seinem Programm unterstützen sollten. Sie organisierten die erste Aktivität, Liniensprints, bei denen die Jugendlichen zwischen Mittelfeld und Grundlinie, die rund fünfzehn Meter voneinander entfernt waren, hin- und hersprinten mussten. Die Läufer waren in die drei Gruppen Guard, Forward und Center eingeteilt. Die Sieger traten gegeneinander an und mussten zwei von drei Runden für sich entscheiden, um zu gewinnen. Alle Spieler waren schnell und agil, aber keiner konnte sich mit Samuel messen. Er gewann jeden einzelnen Sprint mit Abstand.

Dann zog sich ein Coach mit den vier Centerspielern zu einem Korb zurück und übte mit ihnen Rebounds und Ausboxen. Ecko nahm sich der Guards und Forwards an und filmte mit zwei Kameras ihren Sprungwurf. Samuel hatte noch nie erlebt, dass ein Trainer seinen Wurf analysierte, und es war ein sehr unangenehmes Erlebnis. »Chaotisch«, lautete Eckos Beschreibung, aber er lächelte dabei. Sie fingen ganz am Anfang an, mit den Grundlagen. »Überleg mal, wie viele Würfe du schon gemacht hast, Samuel. Wahrscheinlich eine Million, oder?«

»Mindestens.«

»Und jeder einzelne davon war falsch. Du hast immer wieder schlechte Angewohnheiten verstärkt. Wenn du auf höherem Niveau spielen willst, musst du neu anfangen, und zwar jetzt.«

Sie sahen sich das Video wieder und wieder an. Ecko hatte in seinem letzten Jahr an der Kent State University durchschnittlich fünfzehn Punkte pro Spiel erzielt und wusste, wie ein perfekter Sprungwurf aussah. »Jeder ist anders«, erklärte er Samuel, »aber ein richtig guter hat immer dieselben Grundelemente. Drei Dinge. Du setzt knapp über deinem Kopf an, zielst mit dem Ellbogen in Richtung Korb und nimmst den Druck von der linken Hand.«

Samuel war lernwillig und versuchte, seine falschen Gewohnheiten abzulegen, aber so schnell ging das nicht. Ecko schickte ihn zur Freiwurflinie, wo er zehn Minuten lang mit beiden Füßen auf dem Boden werfen sollte. Vor jedem Wurf sollte er laut sagen »Ellbogen zum Ring«.

Das Training ging den ganzen Vormittag weiter, und gegen Mittag fingen die Jungen an, sich zu langweilen. Ecko teilte sie endlich in vier Mannschaften auf und pfiff zum freien Spiel an. Wieder warnte er vor groben Fouls und teilte zur Sicherheit einen

Assistenztrainer als Schiedsrichter ein. Er selbst setzte sich auf die Tribüne und beobachtete die einzelnen Spieler.

Mit Abstand der beste Point Guard war Alek Garang, ein bekannter Spieler aus Juba und schon mit zwölf Star jeder Turniermannschaft. Ein Scout hatte seinen Namen an mehrere amerikanische Trainer weitergegeben, von denen ihn einige bereits angeschrieben hatten. Die Reise in die USA würde über seine Zukunft entscheiden.

Jeder träumte davon, so gut zu spielen, dass ein amerikanischer Trainer auf ihn aufmerksam wurde und seine Kontakte nutzte, um den Neuling in einem Internat unterzubringen, wo er ein Jahr lang an Wettbewerben teilnehmen und schulische Lücken füllen konnte. Das war die große Hoffnung. Ecko kannte jeden College-Trainer, jedes Internat, jede Highschool, die den Basketballnachwuchs förderte, und jede Regel im Handbuch des für die Hochschulmannschaften zuständigen Verbands NCAA. Er kannte die Trickser, ihre Handlanger, die Schulen und Colleges, die man besser vermied, und die Vermittler, die eigentlich vor Gericht gehörten. Er wusste auch, dass jeder einzelne Junge in der Halle in Juba noch einmal ein Jahr Training und Feinarbeit brauchen würde, bevor er der rauen Welt des amerikanischen College-Basketballs gewachsen war.

Nachdem sie geduscht und Pizza gegessen hatten, stiegen die müden Sportler am Abend in zwei Transporter und fuhren durch die Stadtmitte von Juba zu einem modernen Einkaufszentrum in der Nähe des Ministerienkomplexes. Ecko ließ sie allein losgehen, pünktlich um acht Uhr sollten sie sich am Kino im Erdgeschoss treffen.

Die Jungen schlenderten in Gruppen von einem Geschäft zum nächsten, studierten die Auslagen, schüttelten angesichts der Preise die Köpfe und probierten Kappen und Schuhe an, die sie sich nicht leisten konnten. Samuel hatte etwas Kleingeld bei sich und wollte Souvenirs für seine jüngeren Geschwister kaufen, die damit bestimmt nicht rechneten.

Der Film war *Focus* mit Will Smith in der Hauptrolle, dem populärsten amerikanischen Schauspieler in Afrika. Für Samuel war es der erste Besuch in einem richtigen Kino, aber das behielt er für sich. Es war ein aufregendes Erlebnis, das ihn in seinem Wunsch bestätigte, in der Stadt zu leben. Gleichzeitig musste er daran denken, wie stolz seine Brüder James und Chol und seine Schwester Angelina gewesen wären, ihn in dieser modernen Welt zu sehen.

Er genoss es, Will Smith im Sportwagen mit einer hübschen Frau an der Seite durch die Straßen rasen zu sehen. Wie die anderen neunzehn Spieler war auch Samuel im Grunde seines Herzens überzeugt, dass dies alles mehr als nur ein Traum war. Die Miami Heat zahlten Niollo fünfzehn Millionen Dollar pro Jahr, eine unvorstellbare Summe. Und Niollo war einer von ihnen, ein armer Junge aus dem Buschland des Südsudans, ein Dinka, der jetzt ein NBA-Star war und wahrscheinlich schicke Autos fuhr und das Leben in vollen Zügen genoss.

Zurück im Wohnheim versammelte Ecko die Spieler in einem Fernsehzimmer und bestellte noch einmal Pizza. Jungs im Wachstumsalter, die groß und dünn waren und pro Tag Tausende von Kalorien verbrannten, konnten gar nicht genug essen, und so stürzten sie sich auf die Pizzen. Sie wollten mehr wissen über sein Leben, seine Kindheit und Ausbildung und wie er zum Basketball gekommen war. Warum war er nicht Profi geworden? Warum hatte er sich entschieden, Trainer zu werden? Wusste er jetzt, da er sie hatte spielen sehen, wer für ein College-Stipendium gut genug war? Konnte er schon sagen, wer es bis in die NBA schaffen könnte?

Nein, konnte er nicht. Sie waren noch im Wachstum, ihre Fähigkeiten entwickelten sich erst und mussten in Wettbewerben trainiert werden. Manche besaßen ein großes natürliches Talent, aber sie waren alle ungeschliffen und unerfahren. Mindestens vier von ihnen würde er am nächsten Mittag nach Hause schicken müssen.

Samuel war im Augenblick in der engeren Auswahl. Alek Garang war der beste Point Guard, Samuel mit weitem Abstand der zweitbeste.

Ecko sprach mit ihnen, hörte ihnen zu und beobachtete sie aufmerksam. Die Jugendlichen hatten Krieg, Armut und Gewalt erlebt, aber zumindest im Augenblick sprachen sie lieber über amerikanischen Basketball, Filme, Pizza und Mädchen. Ecko hörte aufmerksam zu und achtete darauf, ob der Konflikt zur Sprache kam. Jeder von ihnen war betroffen. Jeder von ihnen kannte jemanden, der ums Leben gekommen war oder vermisst wurde.

Aber an diesem Samstagabend waren die Jungen in diesem modernen Studentenwohnheim auf dem Hochschulcampus in Sicherheit. Ihre Zukunft drehte sich ausschließlich um Basketball.

4

Obwohl Samuel nur 1,88 Meter groß war, hatte er Mühe, seine Beine nachts in dem Stockbett zu verstauen. Peter Nyamal, der über ihm schlief, war gut zwölf Zentimeter länger und ließ die Füße in der Luft baumeln. Am frühen Sonntagmorgen schlich sich Samuel lautlos aus dem Zimmer und ging nach draußen. Er schlenderte über den Campus und genoss die Einsamkeit, wobei er sich erneut schwor, hier zu studieren. Natürlich nur, falls es mit der NBA doch nicht klappen sollte. Er setzte sich auf eine Bank, beobachtete den Sonnenaufgang und lächelte, als er an seine Familie zu Hause in Lotta dachte. Er war noch nie von ihr getrennt gewesen, und gerade schien sie sehr weit weg. In diesem Augenblick holten James und Chol die Eier für das Frühstück, während Angelina mit einem im Feuer erhitzten Bügeleisen ihr Kleid und die weißen Hemden der Jungen für den sonntäglichen Kirchgang bügelte. Die ganze Familie ging immer zu Fuß zur Neun-Uhr-Messe in der Dorfkirche.

Samuel setzte seinen Streifzug fort und kam zum Studentenzentrum, dem einzigen Gebäude, das um diese Uhrzeit am Sonntagmorgen geöffnet war. Er zahlte fünf Cent für eine Packung Mangosaft und lächelte einem hübschen Mädchen zu, das allein an einem Tisch saß. Sie tippte auf einem Laptop und ignorierte ihn. Ein Jahr zuvor hatte auch er einen Laptop berührt. In der Schule hatte es ein einziges Gerät gegeben, und vorübergehend hatten sie in Lotta tatsächlich Internetverbindung gehabt. Die Rebellen hatten dem bald ein Ende gesetzt, wie auch dem Mobilfunk. Straßen, Brücken, Mobilfunkmasten und Versorgungsleitungen waren ihre bevorzugten Ziele. Sie wurden so oft zerstört, dass die Regierung sie nicht mehr aufbaute.

Seine Mutter hatte keinerlei Schulbildung. Angelina wurde zu Hause vom Vater unterrichtet. Wie war es also möglich, dass eine junge Frau im Südsudan an die Uni gehen konnte? Er fand die Idee gut. Er hatte im Fernsehen mehrere Collegespiele gesehen und war immer überrascht gewesen, wie viele Studentinnen auf der Tribüne die Mannschaften anfeuerten. Noch ein Grund, in Amerika Basketball zu spielen.

Im Lesebereich blätterte er im *Juba Monitor,* einer der beiden Tageszeitungen des Landes, von denen es keine bis nach Lotta schaffte. Er fand eine Ausgabe von *The Citizen,* der zweiten Zeitung, und las dieselben Nachrichten noch einmal. Als er seinen Saft ausgetrunken hatte, kamen drei Studenten herein, musterten ihn kurz und beachteten ihn dann nicht mehr. Sie unterhielten sich angeregt in ihrem Großstadtenglisch. Alle drei waren besser angezogen als er und trugen richtige Hemden mit Kragen. Samuel wusste, dass es Zeit war zu gehen.

Er schlenderte zur Sporthalle, aber der Haupteingang war abgeschlossen. Als er schon aufgeben wollte, kam ein Hausmeister aus einer Seitentür. Samuel wartete einen Augenblick, bis der Mann verschwunden war, dann versuchte er es an der Tür. Sie öffnete sich, und er fand sich in der Umkleide wieder, die seine Mannschaft benutzt hatte. In der Halle brannte kein Licht, aber die Morgensonne fiel durch die Fenster am Ende des Gebäudes. Samuel suchte sich ein Netz mit Bällen und fing an zu werfen, ohne sich gedehnt zu haben.

Eine Stunde nach ihm kam Ecko Lam durch dieselbe Seitentür herein, und als er durch die Umkleide ging, hörte er das vertraute Geräusch eines abprallenden Balls. Leise betrat er die dunkle Halle und spähte um die Tribüne herum. Samuels Haut glänzte vom Schweiß, während er immer wieder aus einer Entfernung von sechs Metern warf. Der Ball ging daneben, er sprintete ihm nach, dribbelte ihn zwischen den Beinen, hinter seinem Rücken, machte eine Finte nach rechts, und lief komplett bis zum Mittelfeld zurück, wo er sich umdrehte, ein paar schnelle Schritte machte und erneut warf. Wieder daneben. Und noch einmal. Es sah schon besser aus, und er gab sich größte Mühe, seine alten Gewohnheiten abzulegen, aber der Ellbogen rutschte immer noch zu weit nach außen. Für den Augenblick war das Ecko jedoch völlig egal. Der faszinierende Teil seines Jump Shots war die Ausführung des Wurfs an sich. Aus dem Dribbling richtete Samuel sich auf, stieg in einem Sekundenbruchteil hoch und warf den Ball in einer Höhe, die für die meisten Guards unerreichbar war.

Wenn er bloß treffen würde.

Nach einigen Minuten betrat Ecko das Spielfeld und wünschte ihm einen guten Morgen.

»Hallo, Coach«, sagte Samuel und wischte sich den Schweiß von der Stirn. Es war noch nicht einmal acht Uhr morgens, und in der Sporthalle war es drückend heiß und schwül.

»Konntest du nicht schlafen?«, fragte Ecko.

»Doch. Besser gesagt: nein. Ich wollte mich auf dem Campus umsehen, und dann habe ich eine Seitentür gefunden, die nicht abgeschlossen war.«

»Ich habe deine letzten fünfzehn Würfe gesehen, Samuel. Zwölf davon waren daneben. Und du stehst völlig frei.«

»Ja, Coach. Ich arbeite daran.«

Ecko lächelte. »Im Scoutingbericht heißt es, deine Mutter ist über 1,80 Meter groß. Stimmt das?«

»Ja. Bei uns in der Familie sind alle groß.«

»Wann wirst du achtzehn?«

»Am 11. August.«

»Du könntest es nächstes Jahr noch einmal versuchen, Samuel.«

»Danke, Coach. Heißt das, für dieses Jahr bin ich raus?«

»Nein. Willst du weiter werfen üben?«

»Ja.«

»Gut. Geh zur Freiwurflinie. Lass beide Füße auf dem Boden. Wir wissen, dass du springen kannst. Bring den Ball weiter nach oben. Ziel mit dem Ellbogen direkt auf den Ring und zieh langsam ab. Wenn du zehnmal hintereinander getroffen hast, sagst du mir Bescheid.«

»Ja, Coach.«

Das erste Training war ein Wurfwettbewerb, der auf zwei Spielfeldern ausgetragen wurde. Jeder Spieler hatte zwanzig Würfe von der Freiwurflinie, Treffer und Fehlwürfe wurden notiert. Die besten vier traten dann in einem Shoot-out gegeneinander an, was von Geplänkel, Pfiffen, bissigen Kommentaren, Gelächter bei Fehlwürfen und jeder Menge Schimpfwörtern begleitet wurde. »Dieser Druck ist noch gar nichts«, sagte Ecko immer wieder, wenn er scharfe Kritik äußerte. »Stellt euch vor, ihr seid im Finale, das Spiel steht auf der Kippe, und hundert Millionen Menschen sehen euch zu, einschließlich der gesamten Bevölkerung des Südsudans. Dieser Druck hier ist rein gar nichts.«

Alek Garang versenkte neunzig Prozent seiner Würfe und gewann überlegen. Samuel schaffte mit Mühe die Hälfte seiner Würfe.

Sie stellten sich anderthalb Meter weiter hinten an der Dreierlinie auf, in einer Entfernung von gut sechs Metern, und begannen mit den Guards. Jeder warf frei stehend zwanzigmal hintereinander. Garang traf elfmal, Samuel nur viermal. Dann waren die Forwards an der Reihe, und Ecko war mit ihrer Trefferquote sehr unzufrieden. Der Beste versenkte nur ein Drittel seiner Bälle. Da sich jeder große Spieler als Weitwurfkönig sieht, tat Ecko den Centerspielern den Gefallen und ließ jeden von ihnen zehn Würfe ausführen. Den Korb trafen nur die wenigsten.

Dann teilte er sie für Übungsspiele auf dem halben Spielfeld in Dreierteams auf. Sein Ton veränderte sich drastisch, er lächelte nicht mehr, schrie herum, pfiff häufiger und fand immer mehr zu kritisieren. Die Stimmung in der Sporthalle wurde zunehmend angespannter, denn Ecko war offensichtlich auf dem Kriegspfad. Ein schlechter Wurf wurde mit einem Pfiff und heftiger Kritik quittiert.

Samuel ruhte sich auf der Tribüne aus und sah zu. Es war ein schrecklicher Vormittag gewesen, und er wurde nicht besser. Seine Treffsicherheit war erbärmlich, so miserabel, dass er in den Übungsspielen vorsichtshalber kaum noch warf. Er hatte Alek Garang fünfzehn Minuten lang gedeckt, aber der hatte praktisch ungehindert seine Treffer gelandet. Ecko brüllte und pfiff und schien Samuel auf dem Spielfeld nur noch als Störfaktor zu empfinden. Als es Mittag wurde, war Samuel überzeugt davon, dass es für ihn vorbei war.

Nach einer Pause mit kalter Pizza teilte Ecko sie in Vierergruppen auf, und es folgte eine halbe Stunde unglaublich langweiliger Übungen mit dem Ball – Verteidiger blocken, Blocken mit Abrollen und so fort. Einer der Assistenztrainer führte vier Spieler in die Umkleide, wo eine sauber gewischte Schultafel darauf zu warten schien, dass X und O für Verteidiger und Angriffsspieler angezeichnet wurden. Stattdessen kam Ecko herein. »Leute, es fällt mir sehr schwer, aber es muss sein«, sagte er. »Für mich ist es das Schlimmste am Trainerjob, aber ich habe keine Wahl. Ihr seid hervorragende Spieler mit einer großen Zukunft, aber ich kann euch nicht mitnehmen.«

Sie sackten auf ihren Bänken zusammen und sahen zu Boden.

»Ihr bekommt Geld für die Busfahrt«, sagte Ecko. »Ich wünsche euch alles Gute. Passt auf euch auf.« Es war nicht das erste Mal für ihn, aber es war immer herzzerreißend. Die Jungen würden sich mit dem Bus und zu Fuß auf den Heimweg machen in dem Wissen, dass ihr großer Traum geplatzt war. Sie würden weiterhin spielen und besser werden, aber keiner von ihnen würde es nach Amerika schaffen. Und ohne diese Möglichkeit waren ihre Zukunftsaussichten düster.

Sie waren zu niedergeschlagen, um zu sprechen.

»Seht mich an«, sagte Ecko. Einer nach dem anderen hob den Blick.

»Ich wünschte, ich könnte alle zwanzig mitnehmen, aber das geht nicht. Es tut mir leid.«

Peter Nyamal erhob sich langsam und wischte sich mit dem Handrücken über die Wangen. »Danke für die Chance, Coach.«

Sie schüttelten sich die Hände und umarmten sich.

»Ich wünsche euch wirklich von Herzen alles Gute und hoffe, dass wir uns wiedersehen.«

Die anderen drei erhoben sich stolz und umarmten ihren Coach ebenfalls. Ein Assistent führte sie durch die Seitentür nach draußen und brachte sie zum Wohnheim. In aller Eile rafften sie ihre Habseligkeiten zusammen und gingen zum Busbahnhof.

Zwei Stunden danach wiederholte sich die Szene, als Ecko vier weitere Spieler nach Hause schickte. Er hasste diesen Teil seiner Arbeit, aber er hatte gelernt, dass es besser war, es rasch hinter sich zu bringen.

Während sich die Mannschaft im Wohnheim erholte, besprach Ecko mit seinen beiden Assistenztrainern, welche beiden Spieler als letzte gehen mussten. Er wollte mit vier Guards, vier Forwards und zwei Centerspielern aufbrechen, aber Letztere ließen zu wünschen übrig. Das würde er in den USA ausgleichen können, wo Dak Marial, ein Highschool-All-American-Spieler, zu ihnen stoßen würde. Dak war im letzten Jahr einer exklusiven kalifornischen Privatschule und hatte der UCLA, der University of California in Los Angeles, bereits zugesagt. Die meisten Experten zählten ihn zu den drei aussichtsreichsten Nachwuchsspielern in den USA. Er war als Kind mit seiner Familie aus dem Südsudan geflohen.

Ecko wollte eigentlich keinen der beiden Centerspieler, aber schließlich entschieden sie sich für einen. Keiner der Assistenztrainer wollte Samuel mitnehmen, der das ganze Wochenende über im Angriff miserabel und in der Verteidigung bestenfalls mittelmäßig gewesen war. Beide fanden zwei andere Guards besser. Einer nannte ihn »den Guard, der nicht wirft«. Aber Ecko gefielen sein Tempo, seine Schnelligkeit, sein Sprung, und er war sicher, dass der Junge so lange trainieren würde, bis er ein echter Korbjäger war.

Schließlich einigten sie sich darauf, einen Center und einen Forward zu opfern. Samuel Sooleymon war als letzter Spieler ausgewählt worden, doch davon ahnte er nichts.

Die Spieler wussten, dass ihre Zahl drastisch dezimiert werden sollte. Acht ihrer Kameraden waren schon weg, die Spinde und Zimmer ausgeräumt. Wer würden die letzten beiden Opfer von Ecko sein? Während sie Kicker und Billard spielten und den Mädchen im Studentenzentrum nachsahen, lachten und witzelten sie darüber, wer als Nächstes an der Reihe sein würde. Aber es war ein nervöses Lachen.

Coach Lams Lieblingsrestaurant in Juba war das Da Vinci, das für sein gutes Essen und die noch bessere Aussicht bekannt war. Es lag am östlichen Rand der Stadt und praktisch direkt am Nil, und die meisten Tische standen auf einer Terrasse am Wasser. Er traf mit einem Transporter und fünf Spielern zuerst ein. Sie folgten ihm zu einer ruhigen Ecke der Terrasse, wo er ihnen dazu gratulierte, dass sie es in die Mannschaft geschafft hatten. Kurz darauf erschienen die beiden Assistenten mit den anderen fünf Jungen. Als die Jugendlichen begriffen, dass sie es geschafft hatten, wollten sie feiern. Endlich konnten sich ihre strapazierten Nerven erholen.

Samuel hatte sich vorgestellt, wie furchtbar die lange Reise zurück nach Rumbek werden würde. Er hatte sich ausgemalt, wie er seiner Familie und seinen Freunden erklären musste, dass er nicht gut genug gewesen war, und der Gedanke schien ihm unerträglich. Sie würden am Boden zerstört sein, und er würde sich niemals von dieser Enttäuschung erholen. Aber jetzt lag erneut eine rosige Zukunft vor ihm. Er war auf dem Weg in die USA, wo er Basketball gegen die ganze Welt spielen würde, während ihn hundert Cheftrainer aufmerksam beobachteten und deren Assistenten alles filmten. Er würde die Träume seiner Leute stolz auf seinen breiten Schultern tragen und erfolgreich sein wie der große Niollo.

Spieler und Trainer saßen an einem langen Tisch und bestellten Softdrinks und Saft. Die Stimmung war heiter, und jedes Gespräch drehte sich um die Reise, um Flughäfen und Jets, den langen Flug, bis hin zu Hotels und Themenparks, den Spielen und den vielen Scouts. Würden sie wirklich Disney World besuchen?

Es war die dritte U18-Mannschaft, die Ecko in die USA mitnahm, und er genoss ihre Aufregung.

5

Um sieben Uhr am Montagmorgen fuhr ein Transporter am Wohnheim ab – Ecko brachte vier seiner neuen Spieler zum Busbahnhof. Er parkte auf einem Schotterparkplatz vor dem von geschäftigem Leben erfüllten Gebäude und versammelte die Jungs an der Hecktür des Transporters. Dort gab er jedem eine schöne Sporttasche aus Kunststoff, deren Seiten in leuchtenden Farben mit der südsudanesischen Flagge bestickt waren. »Die Tasche enthält einen neuen Basketball, T-Shirts und Shorts für euer Training, Kappen und ein paar andere Extras. Vor unserer Abreise im Juli bekommt ihr passende neue Schuhe, aber das dauert noch.«

Er brachte sie ins Gebäude und verabschiedete sich von jedem Einzelnen mit einer herzlichen Umarmung. Sie bedankten sich wieder und wieder, umarmten einander, verabschiedeten sich erneut und tauchten dann in der Menge unter.

Samuels Bus nach Rumbek fuhr um halb neun, mit nur einer halben Stunde Verspätung. Er war nicht voll, und im Moment hatte er die ganze Sitzbank für sich allein. Neben ihm standen sein alter Seesack und seine brandneue Sporttasche, nach der er immer wieder sah. Es war bereits unangenehm heiß, und der Bus schob sich im Schneckentempo durch den Großstadtverkehr. Wieder stellte Samuel verwundert fest, wie laut es in der Stadt war – ständiges Hupen, wütendes Geschrei, freundliche Begrüßungen, das

Rattern und Dröhnen altersschwacher Motoren, das Heulen der Sirenen. Als sie das Stadtzentrum hinter sich ließen, lichtete sich der Verkehr, und der Bus beschleunigte. Auch die Straße durch die Slums war anfangs noch asphaltiert, ging jedoch bald in eine Schotterpiste über.

Plötzlich hielt der Bus an, die Fahrgasttür öffnete sich mit einem Ruck, und drei ordentlich gekleidete, schwer bewaffnete Regierungssoldaten gingen mit einem Sprung an Bord. Sie trugen identische Khakiuniformen, braune Barette, glänzende schwarze Stiefel, und alle setzten dasselbe überhebliche Lächeln auf. Jeder hatte eine Kalaschnikow oder »Kallie«, wie sie in vielen Teilen Afrikas genannt wurde. Samuel erkannte die Waffe sofort, weil es im Südsudan viele davon gab.

Die Soldaten musterten die Passagiere – die übliche bunte Mischung aus harmlosen Bauern, Studenten und Pendlern – und ließen sich ihr Missfallen deutlich anmerken. Sie räumten die ersten beiden Reihen und setzten sich selbst dorthin. Einer blaffte den Fahrer an, er solle losfahren, und dann waren sie wieder unterwegs.

Es war nicht ungewöhnlich, dass Regierungssoldaten in einem Bus mitfuhren. Sie hatten Vorrang, und niemand erhob Einwände. Für sie war immer Platz, schließlich wollte sich niemand mit Bewaffneten anlegen. Aber ihre Anwesenheit verhieß nichts Gutes, denn meist wollten sie nicht nur von A nach B fahren. Immer wieder eskortierte das Militär Busse in die ländlichen Gebiete, wo Banditen ihr Unwesen trieben und Rebellen lauerten.

Nach einer halben Stunde war zumindest Samuel klar, dass die Soldaten nicht als einfache Passagiere mitfuhren. Sie waren äußerst angespannt und ließen den Verkehr, die Siedlungen, die Pfade nicht aus den Augen. Sie flüsterten untereinander. Einer sprach in ein Satellitentelefon. Außerhalb von Juba war die Mobilfunkabdeckung höchst unzureichend und unzuverlässig.

Der Bus hielt in einem Dorf, und vier Passagiere stiegen ein, während einer ausstieg. Minuten später waren sie wieder im Busch auf der ausgedörrten, staubigen Schotterpiste. Unbarmherzig brannte die Sonne auf Felder und Wald herunter.

Der Überfall erfolgte so plötzlich, dass es sich nur um eine routinierte Bande handeln konnte. In einer Kurve fuhr plötzlich ein offener Lastwagen von einem unbefestigten Weg auf die Straße und blockierte sie.

»Es geht los!«, rief der Busfahrer. Er trat auf die Bremse, und der Bus hielt ruckartig.

Die Soldaten zogen die Köpfe ein und entsicherten ihre Kallies. »Kopf runter!«, brüllte einer die Fahrgäste an. »Alle!« Zwei kauerten sich neben den Fahrer. Der Dritte lief nach hinten und legte die Hand auf den Türgriff.

Dann erklang das beängstigende Geräusch, das alle nur zu gut kannten: das Stakkato eines Sturmgewehrs. Samuel duckte sich noch tiefer und spähte vorsichtig aus dem Fenster. Der Anführer der Gang stand mitten auf der Straße und feuerte in die Luft. Bei ihm waren zwei Jungen, die bestenfalls so alt wie Samuel waren. Mit ihrem Sammelsurium von ledernen Munitionsgürteln, Pistolen rechts und links an der Hüfte und Sturmgewehren waren sie ausstaffiert wie eine Karikatur echter Soldaten. Einer trug einen weißen Cowboyhut. Ein anderer hatte Basketballschuhe an den Füßen. Großspurig Drohungen brüllend, kamen sie auf den Bus zu, während zwei andere zur hinteren Tür rannten.

Ein Soldat, der hinter der Vordertür kauerte, rief *»Go!«*, und die Hölle brach los. Der Fahrer öffnete die Tür, zwei Soldaten rollten heraus, landeten auf den Knien und feuerten ihre Kallies ab. Das brachte die Angreifer völlig aus dem Konzept, und ihr Zögern kostete sie das Leben, da sie von den besser ausgebildeten Soldaten niedergemäht wurden. Gleichzeitig stieß der dritte Soldat die hintere Tür mit dem Fuß auf und erschoss die anderen beiden aus nächster Nähe.

Das Feuergefecht dauerte nur wenige Sekunden, aber es war entsetzlich. Einer der Banditen schaffte es, die Front des Busses zu beschießen und die Windschutzscheibe zu zerstören, bevor er ausgeschaltet wurde. Der Lärm des zerberstenden Glases und der Querschläger hing noch in der Luft, als die Schießerei schon längst zu Ende war. Samuel sah, immer noch mit eingezogenem Kopf, nach den anderen Passagieren. »Niemand verletzt«, rief er dem Fahrer zu. Er ging nach vorn und blickte durch die von den Kugeln durchsiebte Windschutzscheibe. Ihm bot sich eine entsetzliche Szene, die er nie vergessen sollte.

Ein Junge, der höchstens zwölf war, kam vom Lastwagen aus auf die Soldaten zu. Er hielt ein Gewehr mit beiden Händen hoch über dem Kopf, als wollte er sich ergeben. Offenbar hatte er Angst, und es sah aus, als würde er weinen. Ein Soldat befahl ihm, die Waffe auf den Boden zu legen, und er kam der Anweisung nach. Dann fiel er auf die Knie, legte die Fingerspitzen ans Kinn und flehte um sein Leben. Die beiden Soldaten stellten sich über ihn. Einer trat ihn ins Gesicht, sodass er bäuchlings auf den Boden fiel. Der andere hob die Kallie und feuerte Salven auf Rücken und Kopf des Jungen ab. Wieder das gefürchtete Stakkato.

Als alles ruhig war, hoben die Fahrgäste vorsichtig die Köpfe und beobachteten, wie die Soldaten die Straße räumten, die sechs Leichen zu dem Lastwagen schleiften und in der Nähe des Tanks, der sich unter dem Fahrersitz befand, aufeinanderstapelten. Seelenruhig durchsuchten sie alle Taschen und steckten Geld und Wertgegenstände ein. Die Waffen und zwei Satellitentelefone aus der Fahrerkabine nahmen sie ebenfalls an sich. Dann öffneten sie ein Ventil und ließen Diesel aus dem Tank über die Leichen laufen. Ein Soldat riss einem der Toten das T-Shirt vom Leib, tränkte es mit Feuerzeugbenzin und wickelte es um einen großen Stein. Er trat zurück, zündete das T-Shirt an und warf es auf den Lastwagen. Das Feuer loderte so heftig auf, dass sogar die Soldaten überrascht zurückwichen. Die tosenden Flammen verschlangen den Lastwagen und ließen dicken schwarzen Qualm aufsteigen. Flammen schossen aus den Kadavern, als die Kleidung Feuer fing, dann fing das Fleisch an zu brutzeln.

Die Soldaten lachten und ergötzten sich an ihrer Glanzleistung.

Der Busfahrer fegte die Glasscherben vom Armaturenbrett und nahm wieder Platz. Zusammen mit seinen Passagieren beobachtete er das Feuer und wartete auf die Soldaten. In der Reihe vor Samuel weinte eine Frau mit einem kleinen Kind. Samuel wechselte einen Blick mit einem Mann auf der anderen Seite des Gangs, aber beide standen zu sehr unter Schock, um etwas zu sagen.

Schließlich zogen sich die Soldaten zum Bus zurück und stiegen ein. Niemand nahm Blickkontakt mit ihnen auf. Der Fahrer wartete, bis ihm gesagt wurde, er solle losfahren. Während sie davonrollten, schaute Samuel durch das Fenster auf die furchtbare Szenerie. Der Anblick der brennenden Leichen prägte sich ihm für immer ein.

Die Straße verlief einen Kilometer lang geradeaus. Als sie eine Biegung nach rechts beschrieb, bemerkte er eine dicke Wolke grauen Qualms. Was würden die Passagiere des nächsten Busses sehen, der sich dem Schauplatz näherte? Wer würde die Überreste beseitigen? Die Leichen wegbringen? Den Vorfall den Behörden melden?

Im Südsudan gab es auf viele offensichtliche Fragen keine Antworten, und die Überlebenden hielten wohlweislich den Mund.

Die Soldaten lachten und redeten miteinander, ohne sich um die Passagiere zu kümmern. Der Fahrer deutete auf die Löcher in der Windschutzscheibe und machte einen Scherz, über den die Soldaten ebenfalls lachten. Nach einer halben Stunde stand einer von ihnen auf und ging durch den Gang, wobei er die Fahrgäste sowie ihre Taschen und Tüten eingehend musterte. Samuels neue Sporttasche erregte seine Aufmerksamkeit. »Was ist da drin?«

Samuel lächelte. »Basketballzeug.«

»Aufmachen.«

Der Soldat war Dinka wie die beiden anderen und Samuel selbst, und angesichts der endlosen ethnischen Konflikte, die im Land tobten, fühlte er sich bei seinen eigenen Leuten halbwegs sicher. Ihn würden sie hoffentlich nicht bestehlen. Er öffnete die Tasche und zeigte sie dem Soldaten.

»Basketball?«, fragte der.

»Ja. Ich gehöre zur Nationalmannschaft. Wir spielen im Juli in den Vereinigten Staaten.«

Der Soldat griff sich die Tasche und nahm sie mit nach vorn, um sie seinen Kameraden zu zeigen. Sie holten den neuen Ball heraus, zwei Trainings-T-Shirts, zwei Sportshorts, zwei Paar weiße Socken und drei Kappen mit einem südsudanesischen U18-Logo an der Vorderseite. Nachdem sie alles inspiziert hatten, nahmen sie ihre braunen Barette ab und setzten die Kappen auf.

Einer von ihnen drehte sich um und sah Samuel an. »Komm vor.«

Samuel gehorchte und setzte sich hinter sie. Sie wollten alles über die Mannschaft, die Turniere und die Reise in die USA wissen. Einer war ein Fan von Niollo und behauptete, sich sehr für die Miami Heat zu interessieren. Sie wollten wissen, ob Samuel für ein amerikanisches College spielen würde. Was mit der NBA sei.

Der Bus hielt in einem weiteren Dorf, und zwei Passagiere stiegen ein. Als sie wieder unterwegs waren, fasste sich Samuel, der immer noch bei den Soldaten saß, ein Herz. »Kann ich etwas fragen?«

»Na klar«, sagte der Gesprächigste von ihnen, der eindeutig der Anführer der Gruppe war. Alle drei trugen immer noch die U18-Kappen.

»Wer waren diese Männer?«

»Eine Diebesbande, ein paar üble Gestalten, die hier Ärger gemacht haben.«

»Jetzt nicht mehr«, sagte ein anderer und lachte.

»Woher wussten Sie, dass sie den Bus anhalten würden?«, fragte Samuel.

Einer griff nach einem Satellitentelefon und grinste. »Die benutzen die gleichen wie wir, und wir hören mit. So schlau sind die nicht.«

»Das waren also keine Rebellen?«

»Nein, nur eine Bande Verbrecher, die stehlen, vergewaltigen und morden.«

»Sie hätten uns umgebracht?«

»Das weiß man bei diesen Gangstern nie. Letzte Woche haben sie auf der Fernstraße westlich von Juba einen Bus angehalten, in der Nacht. Alle mussten aussteigen und sich am Straßenrand aufstellen. Der Busfahrer musste sich hinknien und um sein Leben betteln, dann haben sie ihn erschossen. Sie haben alle ausgeraubt, ihnen ihre Taschen und ihr Gepäck abgenommen. Zwei junge Frauen waren dabei, eine mit einem Kind. Sie haben sie wieder in den Bus geschleift und eine Stunde lang vergewaltigt, während die anderen Passagiere zuhören mussten. Zwei Jungs haben sich in der Dunkelheit davongeschlichen und sind entkommen.«

Samuel warf einen Blick nach links, wo eine Bäuerin saß, die vielleicht vierzig Jahre alt sein mochte. Ihre Tochter im Teenageralter saß neben ihr. Waren sie um Haaresbreite einer Katastrophe entkommen?

»Und du?«, fragte der Anführer. »Ein gesunder junger Mann von – wie alt bist du?«

»Siebzehn.«

»Ich bin mit siebzehn zur Armee gegangen. Vor drei Jahren. Dich hätten sie wahrscheinlich nicht umgebracht, sondern mitgenommen und gezwungen, dich ihrer Gang anzuschließen. Wenn du Widerstand geleistet hättest, hätten sie dich erschossen.« Er senkte die Stimme und sah das Mädchen an. »Sie hätte keine Chance gehabt. Und der Fahrer? Den Fahrer töten sie immer.«

»Routine«, ergänzte ein anderer.

»Dann können wir Ihnen nur dankbar sein«, sagte Samuel.

»Es ist unser Job.«

Sie nahmen die Kappen ab und legten sie zusammen mit Ball, T-Shirts, Shorts und Socken wieder in die Sporttasche.

»Wenn du in der NBA eine Million Dollar verdienst, kommst du wieder und gibst uns ein Bier aus, okay?«

»So viel Bier, wie Sie trinken können!«

»Das merken wir uns.«

Sie gaben ihm die Sporttasche zurück, und Samuel ging wieder zu seinem Platz. Noch vier Stunden bis nach Hause.

6

Am Busbahnhof in Rumbek erwartete ihn kein Begrüßungskomitee. Er sah kein einziges bekanntes Gesicht. Der Bus hatte mehrere Stunden Verspätung, und er hatte nicht damit gerechnet, dass jemand auf ihn wartete. Also hielt er ein Motorradtaxi an und sprang auf den Soziussitz, wobei er seine beiden Taschen fest umklammert hielt. Der Fahrer, der höchstens fünfzehn war, ging mit seinem Motorrad um wie alle anderen auch: rücksichtslos und tollkühn und fest entschlossen, seinem Fahrgast Todesangst einzujagen. Samuel hielt sich verzweifelt fest, verkniff sich aber wohlweislich jeden Kommentar über die halsbrecherischen Manöver. Lotta lag fünf Kilometer entfernt, ein Fußmarsch von einer Stunde in der brennenden Sonne. Die Taxifahrt kostete zwanzig Cent. Samuel musste im Stillen darüber lachen, wie er mit Geld um sich warf, wo er jetzt doch ein Star war.

Beatrice bewässerte hinter dem Haus das Gemüse, als sie Angelinas aufgeregtes Kreischen hörte. Sie lief nach drinnen und sah Samuel in einem Trainings-T-Shirt der südsudanesischen Nationalmannschaft in der Küche stehen, in einer Pose, als gehörte ihm die ganze Welt. »Ich bin in der Mannschaft, Mom!«, brüllte er, nahm seine Mutter in die Arme und hob sie hoch. Beatrice umarmte ihn ihrerseits und fing an zu weinen, während Angelina auf der Suche nach irgendwem, der die große Neuigkeit hören wollte, durch das Haus hüpfte. Da keiner da war, lief sie auf die Straße, und binnen Sekunden wusste die Nachbarschaft, dass ihr Traum wahr geworden war. Samuel Sooleymon würde in Amerika Basketball spielen!

Innerhalb einer Stunde war eine zweite Feier im Gang, und das ganze Dorf versammelte sich auf der Straße vor dem Haus. Als Ayak mit James und Chol von der Schule nach Hause kam, lief Samuel ihnen unter lauten Beifallsrufen entgegen, um sie zu begrüßen. Die Nachbarn brachten gekochte Erdnüsse, Sesamsnacks, Zimttee und Mandazi, ein beliebtes Schmalzgebäck.

Stolz zeigte Samuel allen sein neues Arbeitsmittel, einen Spalding NBA Streetball, der, wie er erklärte, aus haltbarem Gummi und für Spiele im Freien gedacht war. Er warf ihn James zu, der ihn einem Freund zupasste, und bald flog der glänzende neue Ball im Zickzack von einem der älteren Jungen zum anderen, wobei jeder ihn kurz festhielt, um ihn zu bewundern. Ein Radio fing an, Musik zu spielen, während sich der Tag dem Ende zuneigte und die Schatten länger wurden.

Als die Sonne unterging, endete einer der glorreichsten Tage in der Geschichte Lottas. Alle Bewohner waren ebenso aufgeregt wie hoffnungsvoll. Ein Sohn ihres Dorfes machte seinen Weg.

Bis spät in die Nacht saß die Familie im dunklen Haus, lachte und plauderte und träumte von den Dingen, die in Amerika passieren würden. Schon im Bus hatte Samuel beschlossen, seiner Familie nichts von den Banditen, den Soldaten, dem Überfall und den brennenden Leichen zu erzählen. Anfang Juli würde er erneut mit dem Bus nach Juba fahren müssen, und er wollte nicht, dass sie sich Sorgen machten.

Als er später im Bett lag, verfolgte ihn der Gedanke an den Jungen, der ohne jeden Grund getötet worden war. Er war etwa so groß und so alt gewesen wie der zwölfjährige Chol. Wer war er? Woher kam er? Hatte er Familie? Wie kam es, dass er mit einer Räuberbande Reisende überfiel? Würde jemand um seinen Tod trauern? Würde überhaupt jemand davon erfahren?

Auch wenn die Soldaten ihre Pflicht getan und wahrscheinlich Menschenleben gerettet hatten, fand Samuel es verstörend, wie leichtfertig sie töteten und dass sie überhaupt kein Bedauern kannten. Sie hatten gelacht, als sie die Toten verbrannten. Dann waren sie in den Bus gestiegen, als wäre nichts passiert. War es möglich, so viele Menschen und so oft zu töten, dass man abstumpfte und nichts mehr empfand? Aber sie waren jung, so alt wie Samuel. Ihre Väter und Großväter hatten vermutlich in den Bürgerkriegen gegen den Norden gekämpft, die fünfzig Jahre gedauert hatten. Sie waren mit Gewalt und Blutvergießen aufgewachsen. Es war ihnen egal. Jetzt, wo der Südsudan erneut von einem Bürgerkrieg zerrissen wurde, waren Blutvergießen und Gräueltaten schlimmer denn je.

Beatrice hatte einen Cousin, der bei einem Massaker in seinem nur eine Stunde entfernten Dorf ums Leben gekommen war. Jeder im Südsudan kannte solche Geschichten.

Von den brennenden Leichen bis zu seiner ruhmreichen Zukunft im Basketball: Samuels Gedanken überschlugen sich, obwohl er eigentlich dringend schlafen musste.

Als er im Morgengrauen erwachte, fühlte er sich müde, aber sein Leben hatte einen neuen Sinn, und es gab Wichtiges zu tun. Er zog sich an, sammelte die Eier ein, schlang sein Frühstück mit drei Bissen hinunter, küsste seine Mutter zum Abschied und ging los, mit dem Rucksack über der Schulter und dem neuen Streetball, den er vor sich herdribbelte. Ganz allein auf dem Erdplatz, auf dem er seine halbe Kindheit verbracht hatte, schwor Samuel, seinen Sprungwurf zu perfektionieren, egal wie viele Stunden er dafür üben musste. In gut zwei Monaten würde er Coach Ecko Lam und seine neuen Mannschaftskameraden zu einer Trainingswoche in Juba treffen, und er war fest entschlossen, den Ball zu kontrollieren wie Stephen Curry, zu werfen wie Kobe Bryant und an beiden Enden des Felds so gut zu sein wie LeBron James. Niemand würde so hart arbeiten wie er. Keiner würde mehr Zeit auf dem Spielfeld verbringen als er.

Um sieben tauchten James und Chol mit ihrem alten Basketball auf. Drei andere Jungen erschienen mit einem eigenen Ball. Alle fünf waren bald nur noch damit beschäftigt, die Rebounds zu holen und Samuel den Ball zuzuwerfen.

Ball hoch, Ellbogen zum Ring, Schultern zurück, ein leichter Sprung. Samuel wiederholte vor jedem Sprung die Anweisungen, die Coach Lam ihm gegeben hatte. Und er zählte, warum auch immer. Bei zweihundert wurde er allmählich müde. Bei dreihundert war es Zeit für die Schule.

Er hatte gelesen, dass Kobe als Teenager fünfhundertmal pro Tag geworfen hatte. Und dass Stephen Curry einmal im Training siebenundsiebzig Dreier hintereinander erzielt hatte. Die Zahlen gefielen ihm.

Ende Mai beendete Samuel sein letztes Jahr an der weiterführenden Schule und erhielt bei einer Zeremonie, die unter freiem Himmel stattfand, sein Zeugnis. In seiner Klasse waren zehn andere Mitschüler, alles Jungen, und ihr Schulleiter erinnerte sie daran, wie glücklich sie sich schätzen konnten, dass sie die Schule zu Ende gebracht hatten. In ihrer jungen, von Unruhen heimgesuchten Nation schaffte nur ein Drittel aller Jungen einen Abschluss.

Bei den Mädchen war es eines von zehn, und auch nur in den großen Städten.

Samuel hatte sich bei der Universität in Juba beworben und war angenommen worden. Er wollte sich dort im Herbst auf jeden Fall einschreiben, obwohl er nicht genug Geld für die bescheidenen Studiengebühren und den Lebensunterhalt hatte. Falls es mit den USA nicht klappte, würde er nach Hause zurückkehren, nach Juba ziehen, sich eine Teilzeitstelle besorgen, ein Studiendarlehen beantragen und sich irgendwie durchschlagen wie so viele hungerleidende Studenten. Er hatte einen Blick auf das aufregende Leben in der Stadt erhascht und würde bald noch mehr von der Welt sehen, und er hatte sich geschworen, sich fern der Armut und Gewalt im Busch ein besseres Leben zu suchen.

Das alles war weit weg, als er stolz sein Zeugnis in die Höhe hielt und der Schulleiter endlos über die jungen Führungskräfte redete, die das Land so dringend brauche. Er gab sich Mühe zuzuhören, aber seine Gedanken waren bei der Reise seines Lebens, die im Juli stattfinden sollte, die unglaubliche Chance, vor den Augen der College-Scouts zu spielen. Eigentlich wollte er das nächste Jahr gar nicht damit verbringen, an der Universität in Juba Wirtschaft oder Medizin zu studieren.

Der Abschied war nicht nach dem Geschmack der Nachbarn. Sie hatten sich wieder eine Party für alle Anwohner gewünscht, mit Musik und Tanz bis spät in die Nacht. Beatrice und Ayak wussten das zu schätzen, aber sie hatten andere Pläne. Sie wollten, dass ihr Sohn früh zu Bett ging, sich richtig ausschlief und ohne große Umstände aufbrach.

Das Familienfrühstück verlief sehr ruhig. Sie aßen Eier und Gebäck und tranken Tamarindensaft dazu, für die Erwachsenen gab es Kaffee. Angelina, James und Chol waren hin- und hergerissen zwischen der Freude über das große Abenteuer, das ihr Bruder erleben sollte, und Traurigkeit oder gar Angst. Die Familie war immer zusammen gewesen, und der Gedanke, dass Samuel sie verließ, jetzt oder in einem Monat, wenn die Uni anfing, machte ihnen zu schaffen.

Er witzelte mit seinen Geschwistern herum und versprach ihnen, Ansichtskarten zu schreiben, auch wenn es im ländlichen Südsudan praktisch keine Post gab. Er wollte sich melden, wann immer es möglich war. Coach Lam hatte ein Handy und versprochen, sich etwas einfallen zu lassen, damit Samuel zu Hause anrufen konnte, was schwierig war, weil Lotta so weit von Juba entfernt lag.

Als es Zeit wurde, nahm er seine sorgfältig gepackte Sporttasche und ging nach draußen, wo ein Dutzend Nachbarn vor dem Haus herumlungerten, um sich zu verabschieden. Er bedankte sich dafür, umarmte einige von ihnen und drückte dann seine Geschwister. Angelina wischte sich die Tränen ab. Beatrice gab ihm einen kleinen Pappkarton mit Proviant für die Busfahrt, und er hielt seine Mutter lange ganz fest.

Um dem Anlass gerecht zu werden, hatte ein Cousin, der einen der wenigen Pick-ups im Dorf besaß, sein Fahrzeug von Staub und Dreck befreit und vor dem Haus geparkt. Die Ladeklappe war geöffnet. Er nahm Samuel die Sporttasche ab, warf sie auf die Ladefläche und klopfte mit der Hand auf ein Kissen auf der Klappe. Ein Thron für den Ehrengast. Während sich die Umstehenden näher heranschoben, holte Ayak einen kleinen Umschlag aus seiner Tasche und gab ihn seinem Sohn.

»Was ist das?«, wollte Samuel wissen.

»Bargeld. Von allen deinen Freunden. Jeder hat ein paar Münzen beigesteuert, und die Bank hat sie in Scheine umgetauscht. Etwa zehn.«

»Zehn Pfund?«, fragte Samuel ungläubig.

»Ja.«

»Das ist viel zu viel Geld, Vater.«

»Ich weiß. Aber du kannst es schlecht zurückgeben.«

Samuel trocknete sich die Augen und stopfte den Umschlag in die Vordertasche seiner einzigen Hose. Dann sah er in die Gesichter seiner Freunde und Nachbarn. »Danke, danke«, sagte er leise.

»Wir verpassen den Bus«, drängte sein Cousin. Er setzte sich ans Steuer, schlug die Tür zu und ließ den Motor an.

Ayak trat vor und umarmte Samuel. »Sorg dafür, dass wir stolz auf dich sein können.«

»Das tue ich. Versprochen.« Samuel nahm seinen Platz auf der gepolsterten Ladeklappe ein, wobei seine langen Beine fast bis zur unbefestigten Straße reichten. Er winkte Beatrice und seinen Geschwistern und nickte seinem Vater zu, als der Pick-up anfuhr.

Ayak winkte, wie es nur ein stolzer Vater tun kann.

Samuel winkte zurück und wischte sich dabei mit der anderen Hand über die Wange.

Er sollte seinen Vater nie wiedersehen.

7

Ecko Lam saß mit drei von seinen Spielern entspannt auf der Tribüne und wartete, dass die anderen eintrafen. In der Halle, derselben, die sie im April genutzt hatten, war einiges los: An einem Ende fand ein Spiel der Sommer-Basketballliga statt, am anderen Ende ein Volleyballturnier. Am nächsten Tag sollte es ruhiger zugehen, und Ecko war ein komplettes Spielfeld für das Training zugesagt worden. Er wollte seine Mannschaft so schnell wie möglich nach Orlando bringen, wo sie eine richtige Sporthalle für ein intensiveres Training nutzen konnten. Er wusste, dass seine Spieler in den nächsten drei Tagen zwar hart trainieren, aber mit den Gedanken bei der Reise sein würden.

Samuel kam mit seiner Sporttasche in die Halle und sah sich um. Ecko merkte auf Anhieb, dass er größer war als im April. Er rief ihn zu sich, und sie schüttelten sich die Hände und umarmten sich.

»Wie viel bist du gewachsen?«, fragte Ecko.

»Keine Ahnung.«

»Also weißt du, Samuel, du bist doch mehrere Zentimeter gewachsen.«

»Kann ich mir nicht vorstellen«, sagte Samuel.

Ecko sah die anderen drei an. »Was meint ihr? Er ist doch größer als vorher.«

»Vielleicht zwei oder drei Zentimeter«, entgegnete Riak Kuol, ein Forward.

»Beim letzten Mal warst du 1,88 Meter groß, oder?«

»Ja.«

»Komm her.«

Sie gingen in die Umkleide, wo neben einer Tafel ein 2,40 Meter hohes Brett an der Wand befestigt war. Ecko nickte, und Samuel stellte sich mit dem Rücken an die Messlatte.

Ecko lächelte. »1,93 Meter. Du bist in den letzten zweieinhalb Monaten fünf Zentimeter gewachsen. Was isst du?«

»Alles.«

»Weiter so. Je größer du wirst, desto besser.«

Bis zum Abendessen waren alle zehn Spieler eingetroffen. Ecko gab ihnen den Abend frei, und statt hart zu trainieren, aßen sie Pizza im Wohnheim und sprachen über das Leben. Der Trainer sagte wenig, ihm lag vor allem daran, dass die Jungs einander richtig kennenlernten. Sie würden den gesamten nächsten Monat miteinander verbringen, zu dritt oder zu viert in einem Zimmer schlafen, jede Mahlzeit gemeinsam einnehmen, schweißtreibende Trainings absolvieren, gewinnen und verlieren und sich gegenseitig antreiben, alle Hindernisse zu überwinden, die sich ihnen in den Weg stellen mochten. Sie würden lachen und bestimmt auch weinen und dabei einen kleinen Teil Amerikas entdecken.

Ecko sah Basketball als einen der wenigen Lichtblicke in seinem Heimatland und träumte davon, mit seinen Spielern zurückzukehren und zum Aufbau einer neuen Nation beizutragen. Er fragte, ob einer der Jungen persönlich Erfahrung mit Gewalt habe. Riak Kuol, ein Murle aus dem Obernilgebiet, berichtete, ein Verwandter von ihm sei vor zwei Wochen ums Leben gekommen, als sein Dorf niedergebrannt wurde. Die Familie des Mannes sei geflohen und untergetaucht, vermutlich halte sie sich in einem Flüchtlingslager auf.

Samuel erzählte von seiner Begegnung mit den Banditen auf der Heimfahrt im April. Quinton Majok, ein Nuer aus Wau, der viertgrößten Stadt des Landes, hatte Verwandte in einem Flüchtlingslager in Uganda.

Sie redeten bis spät in die Nacht, und Ecko war zunehmend überzeugt, dass er die richtige Wahl getroffen hatte. Sie waren noch Kinder, Jungen, die auf eine Reise gehen würden, welche ihre Vorstellungskraft überstieg. Sie sprachen dasselbe Englisch, einige allerdings besser als andere. Abraham Bol, ein Azande aus dem Obernilgebiet, beherrschte die meisten Sprachen: zwei Stammessprachen, Englisch, Arabisch und ziemlich gutes Französisch, das er bei einem Missionar aufgeschnappt hatte. Sein Traum – falls es mit dem Basketball nicht klappte – war, es auf zehn Sprachen zu bringen und als Dolmetscher bei den Vereinten Nationen zu arbeiten.

Um Mitternacht beendete Ecko die Party und schickte alle ins Bett. Morgen würde ein harter Tag werden, kündigte er an.

Statt mit einer halben Stunde qualvoller Dehnübungen oder einer Runde von Coach Lams gefürchteten Liniensprints begannen sie mit einem sehr aufregenden Tagesordnungspunkt: Es wurden

Schuhe anprobiert! In der Umkleide stand Ecko vor einem Stapel identischer knallbunter Kartons mit dem Reebok-Logo auf allen Seiten. Er erklärte, die großen Sportausstatter – Nike, Reebok, Adidas, Under Armour und Puma – würden nicht nur die Turniere in den USA sponsern, sondern auch jede Menge Ausrüstung zur Verfügung stellen. Bei einer Verlosung habe Reebok die Mannschaft aus dem Südsudan gezogen. Manche der Spieler hätten vielleicht eine andere Marke bevorzugt, aber das war im Handumdrehen vergessen. Jetzt waren sie Reebok-Fans, die glücklich ihre alten Schuhe entsorgten und die neuen anprobierten.

Ecko musterte den Stapel abgewetzter, zerrissener Schuhe mit abgetretenen Sohlen und schüttelte den Kopf. Wie viele Stunden waren sie auf Erd- und Lehmplätzen im Einsatz gewesen? Alle hätten längst in den Müll gehört. In Amerika hatten alle Highschoolspieler, die etwas auf sich hielten, eine ganze Sammlung von Basketballschuhen, von denen sie nur die wenigsten auf dem Spielfeld trugen. Für seine Sportler war es wie Weihnachten, als sie die Kartons öffneten, die nagelneuen Reebok-Revenge-Modelle herausholten und vorsichtig anprobierten. Sie reichten sie herum und halfen sich gegenseitig, die richtige Größe zu finden, wobei alle zehn gleichzeitig schnatterten.

Samuels altes Paar war Größe fünfundvierzig und ihm seit bestimmt einem Monat zu klein. Größe sechsundvierzigeinhalb saß wie angegossen. Die Frage war nur, wie lange, so schnell wie er wuchs.

Als alle ausgestattet waren und ihre neuen Schuhe bewunderten, rief Ecko sie zur Ordnung und hielt einen kurzen Vortrag über die richtige Bekleidung. Wie sie schon gemerkt hätten, trügen jetzt alle den gleichen Schuh. Alle seien identisch, alle seien gleich. Im Training hätten sie die gleichen Shorts, Socken und Trikots an. Sonst nichts. Kein Bandana, kein Schweißband, nichts, was die Aufmerksamkeit auf den Einzelnen lenke. Sie seien eine Mannschaft von Gleichen, ohne Stars und ohne Wasserträger. Als Trainer werde er darauf achten, dass jeder gleich viel Spielzeit erhalte, zumindest bei den ersten Spielen. Später könne sich herausstellen, dass einer mehr Spielzeit verdiene, ein anderer möglicherweise weniger. Solche Entscheidungen werde er dann treffen. Im Augenblick seien alle gleich.

Er griff nach dem Turniertrikot, das er der Mannschaft im April gezeigt hatte. »Das hier kennt ihr schon. Es ist ein einfaches graues T-Shirt mit passenden Shorts. Kein cooles Logo. Kein Name auf dem Rücken. Nichts, was Aufmerksamkeit erregen will. Wir werden diese schlichten Trikots tragen, um uns auf den bescheidenen Ursprung unseres Volkes zu besinnen. Diese Uniform wird uns stets daran erinnern, wo wir herkommen. Wenn wir uns auf dem Platz auszeichnen und jemand fragt, warum wir diese einfache Kleidung tragen, werden wir stolz antworten, dass wir Südsudanesen sind. Unser Land ist jung und arm, aber wir werden es zu einem besseren Ort machen.«

Zwei Tage darauf traf sich die Mannschaft in der Cafeteria des Wohnheims zu einem frühen Frühstück. Die meisten waren schon seit Stunden wach. Die Aufregung war praktisch mit den Händen zu greifen, während alle bei Müsli und Toast durcheinanderredeten. Ecko ermutigte sie, kräftig zuzugreifen, weil es ein langer Tag werden würde.

Sie trugen identische gelbe T-Shirts mit der Flagge des Südsudans, die in leuchtenden Farben auf Vorderseite und Rücken prangte. Coach Lam erklärte, das sei nötig, damit sie sich in den überfüllten Flughäfen nicht aus den Augen verlören.

Die Aussicht auf »überfüllte Flughäfen« steigerte die Aufregung noch.

Zwei Transporter setzten sie vor dem internationalen Flughafen von Juba ab.

Jeder durfte nur ein Gepäckstück mitnehmen, die Sporttasche, die sie im April bekommen hatten. Maximal zehn Kilo, weil Coach Lam nicht die Absicht hatte, für Übergepäck zu zahlen. Mit der Nationalflagge in auffälligem Schwarz, Rot, Grün und Blau auf den Taschen schwappte die südsudanesische U18-Mannschaft wie ein Farbenmeer durch die Flughafenlobby und zog jede Menge Blicke auf sich.

Ecko hatte sie nicht bloßstellen wollen, indem er fragte, wer schon einmal geflogen sei. Tatsache war, dass keiner von ihnen einen Pass oder ein Visum besaß. Angesichts der Art ihrer Reise hatte die Regierung die Dokumente bereitwillig ausgestellt.

Als sie an einem großen Fenster standen und zusahen, wie ein Flugzeug vom Terminal wegrollte, griff Samuel in die Hosentasche, holte seinen Pass heraus und musterte ihn geradezu ungläubig. Ein richtiger Reisepass!

Sie reisten mit Ethiopian Airlines, der größten Fluggesellschaft Afrikas, die als sehr sicher galt. Ecko hatte ihnen versichert, sie müssten keine Angst vor dem Fliegen haben, es mache sogar Spaß. Keiner von ihnen zweifelte daran. Kein einziger Spieler schien Bedenken zu haben.

Als die Boeing 737 zurücksetzte, schloss Samuel die Augen und genoss den Augenblick. Er dachte an seine Eltern und Geschwister, die er bereits jetzt vermisste. Würden sie je so eine Chance bekommen?

Er hatte Glück und bekam einen Fensterplatz. Als die Maschine abhob, kribbelte es in seiner Magengrube, fast wie Lampenfieber vor einem Spiel. Nachdem sie die Reiseflughöhe erreicht hatten, servierten die Flugbegleiterinnen Erdnüsse und Softdrinks, und Samuel verliebte sich auf Anhieb in mindestens drei von ihnen.

Der Flug nach Addis Abeba, der Hauptstadt Äthiopiens, dauerte zwei Stunden. Dort stiegen sie aus und vertrieben sich drei Stunden damit, durch das Terminalgebäude zu streifen, wobei sie die neuen Eindrücke und die Lärmkulisse genossen, vor allem aber nach noch mehr hübschen Flugbegleiterinnen Ausschau hielten. Sie bestiegen eine Boeing 777, die sie in achteinhalb Stunden in die irische Hauptstadt Dublin brachte, wo sie eine Stunde lang im Flugzeug auf den Start nach Washington Dulles warteten. Als sie landeten, waren sie sechsundzwanzig Stunden lang unterwegs gewesen.

Und sie waren noch nicht angekommen. Wegen mehrerer Verspätungen mussten sie von einem Terminal zum anderen sprinten, um ihren Delta-Flug nach Orlando mit Zwischenstopp in Atlanta zu erwischen.

Irgendwo über dem Atlantik hatte das Fliegen den Reiz des Neuen verloren. Als sie in Orlando aus dem Flughafengebäude in die brütende Hitze Floridas stolperten, waren sie fast dreißig Stunden unterwegs gewesen.

Für die Fahrt zu ihrem Hotel irgendwo im Ballungsgebiet von Zentralflorida quetschten sie sich in drei Taxis. Es war ein preisgünstiges Hotel an einer Interstate, und Ecko hatte, sparsam wie immer, drei oder vier in einem Zimmer untergebracht und sie davor gewarnt, sich zu beschweren. Dafür waren sie auch viel zu müde.

8

Francis Moka war fünfunddreißig und arbeitete als Scout für die Denver Nuggets. Er war in London geboren worden, nachdem seine Eltern in den frühen Neunzigerjahren aus dem Sudan geflohen waren. Mit zwölf war er bereits 1,83 Meter groß und fiel einem Trainer der Jugendliga auf, der ihn in seine Mannschaft holte und ihm das Spiel beibrachte. Mit siebzehn wurde er von einer privaten

Akademie in Florida rekrutiert, an der er Basketball spielte, was ihn eigentlich auf eine Laufbahn als Studentensportler vorbereiten sollte. Er bekam ein volles Stipendium für Stanford, wurde aber von Knieverletzungen geplagt und spielte nur wenig. Dafür war er ein überragender Student und schloss das Studium mit Auszeichnung ab. Wie sein guter Freund Ecko wollte auch Frankie, wie er allgemein genannt wurde, College-Basketballtrainer in der Division I werden.

Frankie spazierte mit seinen fünf All-Star-Spielern in die geräumige Schulsporthalle mit der hohen Decke und stellte die Jungen Coach Lam und dessen Team aus der Heimat vor. Von den fünfzehn war nur einer nicht im Südsudan geboren. Einen Augenblick lang breitete sich die typische Verlegenheit aus, während die Spieler sich abschätzend musterten und fragten, ob der eine oder andere wirklich spielen konnte, während Ecko und Frankie versuchten, die Stimmung aufzulockern. In der Mannschaft sollte es keine Rivalität, keine Streitereien, keinen Groll geben. Sie würden miteinander um die Positionen konkurrieren, aber jeder würde die gleiche Chance haben, und die Trainer forderten Loyalität zur Mannschaft.

Wie nicht anders zu erwarten, erhielt Dak Marial mehr Aufmerksamkeit als die anderen. Mehreren Rekrutierungswebsites zufolge rangierte er unter den Highschool-Absolventen in den USA an dritter oder vierter Stelle und hatte der UCLA bereits zugesagt. Mit anderen Worten, Dak lebte, wovon seine Mannschaftskameraden träumten. Allerdings war seine Geschichte auch besonders traurig. Mit sieben hatte er miterleben müssen, wie seine Eltern bei einem Überfall in der Hütte der Familie verbrannten. Eine Tante floh mit ihm in den Busch, wo sie fast verhungerten, bis es ihnen gelang, sich zu einem Flüchtlingslager durchzuschlagen. Erstaunlicherweise gab es dort einen Erdplatz für Basketball mit zwei Körben und jeder Menge Bällen, ein Geschenk der von Manute Bol gegründeten Stiftung. Dak fing an zu spielen und wurde mit Basketball groß. Nach sechs Jahren im Lager gelangten er und seine Tante in die USA, wo sie von Verwandten erwartet wurden.

Nachdem sie sich eine Stunde lang unterhalten und alle ein paar Worte gesagt hatten, teilte Ecko sie in fünf Dreierteams ein, die jeweils auf einem halben Spielfeld gegeneinander antraten.

Es war bereits das dritte Mal, dass eine südsudanesische Mannschaft von Ecko bei den Showturnieren mitspielte. Die Austragungsorte wechselten jedes Jahr, damit möglichst viele Scouts kamen, aber im Grunde war es egal, wo sie stattfanden. Zu den Spielen erschienen Hunderte College-Coaches mit ihren Assistenten, aber die Tribünen blieben normalerweise leer. Nur wenige amerikanische Basketballfans interessierten sich für achtzehnjährige Sportler aus Kroatien oder Brasilien, schon gar nicht mitten im Sommer. Zwei Jahre zuvor hatte Ecko seine Mannschaft zum ersten Mal nach Orlando gebracht und die wertvolle Lektion gelernt, dass die Ablenkung durch die Freizeitparks zu groß war. Natürlich wollten die Spieler zeigen, was sie konnten, und die Scouts beeindrucken, aber genauso dringend wollten sie Disney World sehen.

Daher verfrachteten Coach Lam und Coach Moka ihre Mannschaft am zweiten vollen Tag in Orlando in zwei lange weiße Transporter und kutschierten sie zum Disney-Vergnügungspark Magic Kingdom. Sie setzten sie am Haupteingang ab, legten ein paar Regeln fest, händigten Tageskarten und Taschengeld aus und verabschiedeten sich. Treffen um sechs Uhr.

Ecko war schon zweimal da gewesen und hasste den Park. Ein langer heißer Tag in der prallen Sonne, dem Gedränge und den Warteschlangen würde hoffentlich ausreichen, damit die Spieler Micky vergaßen und sich auf Basketball konzentrierten.

Die beiden Trainer fuhren zurück nach Orlando, zum Campus

der University of Central Florida, kurz UCF. Sie parkten in der Nähe der CFE Arena und gingen in die Halle, wo gerade das brasilianische Team trainierte. Der Trainer war offenkundig unzufrieden und gab mit tiefer Stimme höchst unfreundlich klingende Kommentare in portugiesischer Sprache von sich.

Ecko und Frankie waren nicht hier, um sich ein Training anzusehen, obwohl ihre Mannschaft in wenigen Tagen gegen die Brasilianer spielen sollte. Sie wollten sich ihre Mappen mit Mannschaftsbroschüre, Zeitplänen und anderen Unterlagen abholen, aber vor allem wollten sie ihre Kumpels treffen. Mehrere Dutzend Kollegen saßen auf den teuren Plätzen am Spielfeldrand und taten, als würden sie das Spiel verfolgen, während sie in Wirklichkeit nur darauf achteten, wer alles auftauchte.

Die Welt der College-Trainer ist klein und eine Welt für sich, jeder kennt jeden. Klatsch und Tratsch verbreiten sich in ihren Reihen wie ein Lauffeuer – wer einen neuen Vertrag hat oder demnächst seinen Job verliert, wer einen Assistenten sucht oder einen loswerden will, welches College mehr in seine Mannschaft investieren will und welchem das Geld ausgeht, wo eine neue Arena geplant und wo dringend eine benötigt wird. Und das tödlichste aller Gerüchte: gegen wen eine Untersuchung des NCAA läuft, des Verbands, über den viele amerikanische Hochschulen ihre Sportprogramme organisieren.

Doch das war nur harmloses Geplänkel. Wenn das Gespräch auf die Rekrutierung neuer Spieler kam, redete jeder mit, aber im Grunde wurde nicht viel gesagt. Geheimnisse wurden eifersüchtig gehütet.

Eckos Team erregte zunehmend Aufmerksamkeit. Im Vorjahr waren die Südsudanesen im Turnier Dritter geworden, hatten aber mit ihren Dunks, bei denen der Ring zitterte, und ihren Wurfblocks, die die Schwerkraft zu überwinden schienen, den anderen die Show gestohlen. Scouts und Medien liebten sie für ihre Leidenschaft für den Sport, ihr unermüdliches Hustling, ihr selbstloses

Spiel, ihre gegenseitige Unterstützung und ihr Lächeln. Sie kamen aus einem von Unruhen heimgesuchten Land, aber sie waren stolz auf ihre Heimat und wollten, dass die Welt das wusste.

»Irgendwelche Fünf-Sterne-Spieler dabei?«, fragte ein Assistenztrainer aus Missouri.

»Das sind alles Fünf-Sterne-Leute«, erwiderte Ecko. »Mit Vier-Sterne-Spielern halte ich mich nicht auf.«

»Ihr wollt also ins Finale?«

»Gegen uns hat keiner eine Chance, Leute. Meine Jungs sind schon in Disney World und feiern.«

»Im Ernst, wer ist dein Bester?«

»Dak Marial.«

»Der ist vergeben, glaube ich. Deine Nummer zwei?«

»Ein Guard namens Alek Garang.«

»Woher?«

»Juba, aber vielleicht schafft er es in dieser Saison nach Ridgewood.«

Der Trainer zuckte die Achseln und gab sich gespielt desinteressiert. Es war allgemein bekannt, dass die Südsudanesen, die in den USA an der Highschool Basketball spielten, ihren Freunden zu Hause ein oder zwei Jahre voraus waren. Wettbewerb und Training waren in den USA einfach besser. Die Besten würden diesen Rückstand aufholen und mit den anderen mithalten. Wer nur gut war, würde es wahrscheinlich nicht schaffen.

»Wen siehst du dir an?«, fragte Ecko einen anderen Trainer.

»Von den Amerikanern?«

»Nein, die kennen wir schon. Spieler aus dem Ausland.«

»Alle reden ja nur noch von diesem Kuschkusch.«

»Wie bitte?«

»Du weißt schon, dieser lange Kerl aus Lettland mit einem Nachnamen, der wie Kuschkusch klingt. Den kann er nur selbst aussprechen. Und schreiben kann ihn sowieso keiner.«

»Lettland?«

»Ja, spielt aber für Kroatien.«

»Klingt logisch.«

»In so einer osteuropäischen Mannschaft eben. Der Junge ist 2,08 Meter groß und trifft vom Mittelfeld aus.«

»Von diesem Kaliber habe ich drei«, behauptete Frankie, ohne mit der Wimper zu zucken.

»Und wie heißen die?«

»Sag ich dir später. Sieh sie dir erst mal an.«

»Ja, ja.« Der Kollege wedelte geringschätzig mit der Hand.

Andere Trainer, fast alles Assistenten, kamen und gingen. In einer der Luxussuiten gab es Catering, und Ecko und Frankie ließen sich dort zum Mittagessen nieder und genossen die Gesellschaft ihrer alten und neuen Freunde.

Nachdem sie im Hotel zu Abend gegessen hatte, versammelte sich die Mannschaft in einem Besprechungszimmer im ersten Stock. Frankie verteilte Zeit- und Trainingspläne an die Spieler, Ecko rief das Team zur Ordnung und bat um Aufmerksamkeit. »Hier ist unser Zeitplan für morgen, passt also gut auf. Punkt sieben Uhr treffen wir uns in diesem Raum für euren ersten Anruf zu Hause. Morgen ist der 14. Juli, und eure Familien erwarten, dass ihr euch gegen zwei Uhr nachmittags meldet. In Ostafrika ist es sieben Stunden später als in Orlando. Frühstück gibt es um halb acht hier im Hotel. Ich weiß, dass ihr noch mit dem Jetlag zu kämpfen habt, also geht heute früh ins Bett. Sehr früh. Um 8.15 Uhr fahren die Transporter los und bringen euch zum Training in eine Highschool. Trainiert wird von neun bis zwölf Uhr, drei Stunden intensive Arbeit. Prägt euch eure Trainingspläne ein, bevor ihr heute einschlaft, und wiederholt sie noch einmal vor dem Frühstück. Um zwölf Uhr kommen wir wieder her, damit ihr duschen und zu Mittag essen könnt. Um halb zwei fahren wir los, zur UCF, wo wir eine Stunde bleiben und bei einem Training zusehen, um drei geht es dann zum Rollins College, damit ihr euch die Halle ansehen und ein weiteres Training beobachten könnt. Um fünf fahren wir am College ab, kommen hierher, ihr zieht euch um, und um halb sieben geht es wieder zur Highschool zu einem Shootaround. Um acht Uhr gibt es hier Abendessen, um zehn seid ihr im Bett.«

Während er sprach, wurde sein Ton immer schärfer, und zum Schluss klang er wie ein Feldwebel. »Verstanden?«, blaffte er.

Die Antworten fielen aus wie üblich: Es wurde lässig zur Kenntnis genommen, dass der Trainer irgendwas gesagt hatte.

Ecko sah Quinton Majok an. »Quinton, wer ist für dich der dümmste Spieler im Team?«

Majok, der bereits die Rolle des Mannschaftsclowns übernommen hatte, deutete, ohne zu zögern, auf seinen Zimmerkollegen Awino Leyano. »Der da.«

»Steh auf, Awino«, befahl Ecko.

Awino entfaltete langsam seine gesamten 2,03 Meter und grinste den Coach an.

»Okay, Awino, ich will von dir den kompletten Zeitplan für morgen hören, und zwar in der richtigen Reihenfolge«, sagte Ecko.

Awinos Grinsen erlosch. »Äh, also erst mal bin ich viel schlauer als Quinton.«

»Das werden wir sehen. Den Zeitplan, bitte.«

»Also, um sieben treffen wir uns, um zu Hause anzurufen, um halb acht gibt es Frühstück, dann fahren wir mit dem Transporter zum Training, von neun bis zwölf, drei ganze Stunden, was viel mehr ist, als ich brauche, dann wieder hierher zum Mittagessen. Abfahrt hier um halb zwei zur UCF, da bleiben wir bis drei, dann zum Rollins College, bis fünf, dann wieder hierher zum Umziehen, danach zu einer Übungsstunde, dann wieder hierher zum Abendessen.«

Ecko durchbohrte ihn mit seinen Blicken. »Wann ist Abfahrt zum Shootaround?«, fragte er schließlich.

»Äh, um sechs.«

»Nein! Falsch! Setzen.«

Awino faltete sich wieder auf seinen Stuhl.

Ecko starrte die anderen wütend an. »Samuel«, knurrte er. »Wann ist Abfahrt zum Shootaround?«

»Halb sieben.«

»Und wann gibt es morgen Abendessen?«

»Um acht.«

»Danke.« Ecko tigerte vor seinem Team auf und ab, das nicht wusste, wie es auf seinen ruppigen Ton reagieren sollte. »Wenn ihr zu einer Mahlzeit, einer Besprechung, einer Autofahrt oder einem anderen Programmpunkt zu spät kommt oder gar nicht erscheint, setzt ihr beim nächsten Spiel automatisch aus. Egal aus welchem Grund. Hört genau zu, was ich und Coach Moka euch sagen. Ich gebe euch jeden Abend das Programm für den nächsten Tag und lasse es mir von einem von euch auswendig aufsagen, ohne Fehler. Verstanden? Passt gefälligst auf.«

9

In Lotta gab es keinen Mobilfunkempfang, und in Rumbek sah es auch nicht viel besser aus, aber Ayak Sooleymon hatte sich an einen Offizier gewandt, der aus der Gegend stammte und Leutnant der regulären Armee war. Um Punkt zwei Uhr nachmittags am 14. Juli saß der Leutnant mit einem Satellitentelefon in der Hand im Schatten eines Baumes neben dem Haus der Sooleymons und plauderte mit Ayak, Beatrice, Angelina, James, Chol und einem Dutzend neugieriger Nachbarn. Der

Anruf von einer amerikanischen Nummer ging um zehn nach zwei ein.

Am anderen Ende der Leitung war Samuel, der von Eckos Handy aus anrief.

»Hallo, Samuel«, begrüßte ihn der Leutnant. »Wie geht es dir?«

»Danke, gut. Ich bin in Orlando, und wir bereiten uns auf die Spiele vor.«

»Sehr gut, Samuel.«

»Wie ist die Lage in Lotta?« Das war immer eine heikle Frage.

»Uns geht es gut, Samuel, und wir sind sehr stolz auf dich. Ich gebe das Telefon jetzt an deinen Vater weiter. Alles Gute für dich, Junge.«

Ayak nahm das klobige Satellitentelefon. »Hallo, Samuel«, sagte er und lauschte dann, während sein Sohn sich nach jedem einzelnen Familienmitglied erkundigte. Allen gehe es gut. Wie war der Flug? Lang und anstrengend, sagte Samuel, aber aufregend. Beatrice nahm das Telefon und fragte, was er esse. Viel Pizza und Tacos, alles sehr lecker. Dann war Angelina an der Reihe, und Samuel beschrieb den Tag in Disney World. Als nächster Vergnügungspark stehe Epcot auf dem Programm, doch zuerst müssten sie noch sehr viel Basketball spielen. James und Chol konnten nur wenige Sekunden mit ihm sprechen, aber sie freuten sich sehr, seine Stimme zu hören. Bevor er auflegte, versprach er seinem Vater, sich wie geplant in fünf Tagen zu melden, wenn er mehr zu berichten hatte. Er bedankte sich bei dem Leutnant, der zusagte, das Satellitentelefon für alle Anrufe zur Verfügung zu stellen.

Samuel gab Ecko dessen Handy zurück, bedankte sich und flitzte zum Frühstück. Quinton Majok telefonierte mit Frankies Handy. Andere Spieler warteten noch. Die fünf, die in Amerika lebten, hatten selbst Mobiltelefone. Keiner der Südsudanesen besaß eins.

Spiel 1: Südsudan gegen Kroatien

In der gepflegten Kabine des Alfond Sports Center am Rollins College schlüpften die Jungs aus dem Südsudan schweigend in ihre schlichten Trikots und ihre neuen Reeboks, während sie dem Trainer aufmerksam zuhörten. »Bei den Turnieren hier in Orlando sind die Spiele etwas anders als sonst. Es werden dreimal zehn Minuten gespielt, mit einer Pause von je fünf Minuten, also keine Halbzeitpause. Die Spiele dauern nur eine Stunde statt zwei. Ihr habt das Programm gesehen und wisst, wie vollgepackt es ist. Ihr absolviert sieben Spiele in acht Tagen, da denkt vielleicht jemand, das könnte zu viel werden. Ich nicht. Coach Moka auch nicht. Wenn wir es bis St. Louis schaffen, werden wieder zwei Halbzeiten mit je zweiundzwanzig Minuten und fünfzehn Minuten Pause gespielt. Im Augenblick denke ich aber noch gar nicht an St. Louis. Wir sind in der schwierigsten Gruppe. Fragen?«

Die Mannschaft hatte keine. »Kader C spielt die ersten zehn Minuten, Kader B die zweiten, Kader A die dritten. Es gibt keine erste oder zweite Besetzung. Frankie und ich würfeln die Kader vor dem nächsten Spiel komplett durcheinander. Jeder von euch spielt zehn Minuten, und wir erwarten, dass jeder von euch zehn Minuten lang alles gibt. *Balls to the wall.*«

Quinton Majok hob die Hand. »Was heißt das, Coach? Ich verstehe das nicht.«

Ecko lachte. »Mein Fehler. Das ist amerikanischer Slang und heißt, dass ihr alles gebt – wenn ihr werft, wenn ihr eure Gegenspieler ausschaltet, was auch immer ihr gerade tut.«

»Finde ich gut«, sagte Quinton.

»Schön. Auf jeden Fall Nonstop-Hustling. Aggressive Manndeckung. Offensiv Rebounden. Alle ausboxen. Werft nur, wenn ihr euch sicher seid. Geht von Anfang an zur Sache, schubst und haltet eure Gegner, bis die Schiedsrichter pfeifen. Das sind

Schiedsrichter aus der Division I, die sind gewöhnt, dass es zur Sache geht. Noch Fragen?«

»Ja, Coach, wer hat sich das mit *›Balls to the wall‹* ausgedacht?«, wollte Quinton wissen.

»Weiß ich nicht mehr. Michael Jordan?«

Sie liefen in ihren schlichten Trikots auf, kein schickes Outfit zum Aufwärmen, keine personalisierten Jacken oder Hosen mit seitlichen Druckknopfverschlüssen zum Aufreißen. Während sie sich wie üblich mit Korblegern einspielten, warfen sie immer wieder einen Blick auf das andere Ende der Halle. Im Gegensatz zu ihnen wirkten die Kroaten besonders hellhäutig und waren mit ihrer rot-weißen Aufwärmkleidung und den – offenbar von Indiana kopierten – auffällig gestreiften Hosen bestens ausgestattet.

Samuel wippte auf den Zehen, zappelte nervös herum, stieß mit seinen Mannschaftskollegen die Fäuste aneinander, wartete auf den Ball und musterte dabei interessiert seine Umgebung: die schöne, moderne Sporthalle eines reichen kleinen Colleges, die Scouts, die es sich auf den Plätzen am Mittelfeld bequem gemacht hatten, die drei extrem selbstbewussten Schiedsrichter, die Atmosphäre eines großen Basketballspiels in Amerika. Aber wo waren die hübschen Cheerleader, die im Fernsehen immer gezeigt wurden?

Er war als Point Guard von Kader C zuerst im Einsatz und konnte es kaum erwarten. Ecko rief das gesamte Team zu einem Huddle zusammen und spornte sie mit harten Worten an. Er wolle ein Gemetzel auf dem Spielfeld und ständigen Lärm von der Bank.

Kuschkusch war 2,08 Meter groß, fünf Zentimeter größer als Awino Leyano, aber beim Tip-off trotzdem chancenlos. Awino spielte den Ball mit Wucht nach hinten zu Samuel, der an allen vorbei in Richtung Korb preschte und einen einfachen Korbleger vergab. Im Angriff ließen sich die Kroaten Zeit und stellten harte Blocks. Nach vier Sekunden Ballbesitz manövrierte Kuschkusch den Ball hinter die Dreierlinie und versenkte ihn elegant aus zehn Meter Entfernung.

Eine Zwei-Drei-Zone erwartete Samuel, als er das Mittelfeld durchquerte. Ecko hatte das vorhergesagt. Seine Spieler waren für ihre himmelhohen Dunks, Alley-oops und ihre lässigen Putback-Dunks bekannt, aber nicht für weite Würfe. Sie würden sich auf eine engmaschige Zonenverteidigung einstellen müssen, die sie zu weiten Würfen zwang. Samuels erster Versuch ging total daneben. Kuschkusch versenkte seinen zweiten Dreier. Offenbar war Lampenfieber für ihn ein Fremdwort.

Nach drei Minuten wurde das erste Foul gepfiffen, gegen einen kroatischen Forward wegen eines Wurffouls, und Riak Kuol trat an die Linie. Die Pause wurde dringend gebraucht, und Samuel blieb in der Nähe der Bank stehen und sah Ecko an. »Entspann dich, Junge. Lass dir beim Angriff Zeit. Die Typen sind alle Vollpfosten.«

Samuel, der schwer atmete, hakte nach. »Vollpfosten, Coach?«

»Aufgeblasen, nichts dahinter. Beruhig dich.«

Riak vergab den ersten Wurf, traf beim zweiten Mal und holte den ersten Zähler, aber es stand immer noch zwölf zu eins. Nach fünf Minuten wechselte Kroatien drei Spieler ein; Ecko plante nichts dergleichen. Nach sechs Minuten und bei einem Stand von sechzehn zu eins nahm er sein einziges Time-out. Er rief seine fünf Startspieler zu sich, setzte sie auf die Bank, produzierte ein Lächeln, das keiner zu erwidern wagte, und sagte: »Ihr plant doch sicher im ersten Drittel noch den einen oder anderen Treffer aus dem Feld, oder?«

Alle fünf starrten auf ihre Reeboks.

Bei dem Turnier ging es um Sieg oder Niederlage, um Nationalstolz, um Erfolge, mit denen man angeben konnte, und all das. Es ging um die Menschen in der Heimat, die die Spiele wenn möglich auf einem Großbildfernseher verfolgten, der vor einem Rathaus aufgehängt wurde, und mitbrüllten, wenn sie einen bekannten Sportler sahen. Falls er gewann oder auf dem Podium landete, konnte Ecko das als Erfolg verbuchen, ein Pluspunkt für seinen Lebenslauf, wenn er sich irgendwo als Cheftrainer bewarb, wie es sein Traum war. Aber es war nicht umsonst ein Showturnier. Vor allem ging es um die Spieler und die Scouts, die da waren, um sie zu beobachten – und um die Träume der Jungen von Basketball in Amerika.

Ecko wollte genauso unbedingt gewinnen wie jeder andere Trainer, aber darüber hinaus wollte er, dass seine Jungen eine Chance bekamen. Also ermutigte er sie, Risiken einzugehen, zu brillieren. Er hasste egoistische Spieler und versprach, jeden auf die Bank zu schicken, der unbedingt selbst werfen wollte, aber ihm war wichtig, dass sich die Jungen gut präsentierten.

Awino Leyano versenkte einen nach einem Fehlwurf abgeprallten Ball mit aller Kraft, und schon war der erste Treffer aus dem Feld da. Riak Kuol blockte einen Wurf an der Freiwurflinie, schlug den Ball zu Samuel, der zum gegnerischen Korb sprintete und dann stoppte. Als die Verteidigung nachließ, hatte er freie Bahn und traf mit einem Sprungwurf aus acht Meter Entfernung. Es war eine spektakuläre Aktion, und Ecko wechselte einen Blick mit Frankie. Weit hinter der Dreierlinie stieg Samuel eindrucksvoll hoch, obwohl er von niemandem verteidigt wurde, und zog mit einer nahezu perfekten Bewegung ab.

Nach zehn Minuten hektischen Spiels erklang der Buzzer – das erste Drittel war vorbei. Kroatien führte mit 21:15. Kader C war völlig fertig, tropfnass und brauchte dringend ein paar Minuten Pause. Vor ihren Augen kämpfte Kader B ebenfalls mit Lampenfieber und war schnell mit zwölf Punkten im Rückstand.

Samuel genoss die Pause, das kalte Wasser, die vorübergehende Zuschauerrolle. Er hatte zwei Körbe gemacht, einen Steal und nur einen Turnover. Kein schlechter erster Auftritt. Als er wieder ruhiger atmete, warf er einen Blick auf die Scouts, die weit hinter der Anzeigetafel saßen. Die Hälfte von ihnen war weiß, die anderen waren Schwarze, die meisten jung, unter vierzig, alle lässig gekleidet, keine Krawatte, kein Anzug. Viele trugen Polohemden in den Farben und mit dem Logo ihrer Hochschule, sodass Samuel selbst von der anderen Seite des Spielfelds erkennen konnte, dass Assistenztrainer von der University of North Carolina, der Syracuse University, der University of Kansas und der University of Oregon darunter waren. Sie lachten, redeten und interessierten sich offenbar nur beiläufig für das Spiel. Alle schienen sich zu kennen. Dahinter war eine ganze Reihe Videokameras aufgebaut, und Ecko erklärte, alle Spiele würden gefilmt und jeder Trainer könne sich alle Aufnahmen besorgen, die ihn interessierten.

Womit konnte er Eindruck machen? Das war die Frage, die sich jeder Spieler stellte. Bei Samuel waren es seine Schnelligkeit, seine Wendigkeit, die außerordentliche Sprungkraft und die Tatsache, dass er wuchs wie Unkraut.

Nach dem zweiten Drittel führte Kroatien mit 40:30. Samuel und Kader C hatten sich erholt und hätten gern weitergespielt, kamen aber nicht mehr an die Reihe. Im letzten Drittel erwies sich Dak Marial als wahrer All-American-Spieler und übernahm das Spiel. Als Alek Garang zwei Dreier hintereinander landete, gaben die Kroaten ihre hartnäckige Zonendeckung auf, und Dak kam direkt an den Korb.

Samuel beobachtete das Spiel und feuerte sein Team an, behielt aber zugleich die Scouts im Auge. Jetzt, wo Dak, Kuschkusch und Alek Garang in Aktion waren, zeigten die Scouts mehr Interesse. Alle hatten Mobiltelefone und benutzten sie pausenlos.

Eine Minute vor Schluss glich Alek mit einem weiteren Dreier zum Stand von 52:52 aus, und die Bank des Südsudans war kaum mehr zu halten. Beide Teams vergaben mehrere Chancen, und achtzehn Sekunden vor Schluss wurde ein Wurffoul von Riak gepfiffen. Er grinste breit und fragte frech »Was?«. Dafür hätte er fast ein technisches Foul kassiert, aber der Schiedsrichter war nachsichtig und verwarnte ihn nur. Der kroatische Guard versenkte beide Freiwürfe, und Alek vergab in letzter Sekunde.

Das Spiel war vorbei. Kroatien 54, Südsudan 52.

Jede Mannschaft musste Niederlagen einstecken. Im Vorjahr hatte Ecko eine Mannschaft mit fünf Siegen und zwei Niederlagen ins Finale geführt und auch das fast gewonnen. In der Kabine erinnerte er das Team daran und sagte, sie sollten die Niederlage schnell wieder vergessen. Sechs Spiele lägen noch vor ihnen, da sei das erste nicht so wichtig.

Sie duschten, zogen sich um und gingen wieder in die Halle, um eines der amerikanischen Teams gegen die Italiener spielen zu sehen.

10

Spiel 2: Südsudan gegen Italien

Wie versprochen, bauten Ecko und Frankie die Kader um und ließen Kader C zuerst gegen die Italiener antreten, die mit einem Rückstand von zwanzig Punkten gegen eine überragende amerikanische Mannschaft verloren hatten. Das Spiel fand in der CFE Arena auf dem Campus der UCF statt. Es war die beste Basketballhalle, die die Südsudanesen je gesehen hatten. Auch wenn die meisten der zehntausend Sitzplätze leer blieben, boten sie ein eindrucksvolles Bild.

Dak war auf der Center-Position, zusammen mit einem 1,98 Meter großen Shooting Forward namens Jimmie Abaloy, einem Amerikaner sudanesischer Herkunft, der siebzehn seiner achtzehn Lebensjahre in Trenton, New Jersey, verbracht hatte. Er verschaffte der Mannschaft mit drei Distanzsprungwürfen in Folge, von denen sich die Italiener nicht mehr erholten, einen gelungenen Start.

Samuel spielte im zweiten Drittel in Kader B und warf dreimal daneben. Nach zwei Spielen war ihm klar, dass er der drittbeste Point Guard nach Alek Garang und Abraham Bol war. Allerdings hatte er mit 1,93 Meter noch nicht seine endgültige Größe erreicht, sodass er nicht wusste, wie lange er als Point Guard oder selbst als Shooting Guard eingesetzt werden konnte. Ecko hatte da ebenfalls seine Zweifel.

Nachdem sie Italien mit einem Vorsprung von dreizehn Punkten geschlagen hatten, duschten die Spieler und sahen sich das nächste Spiel an. Sie machten es sich auf den Sitzplätzen gemütlich, von denen jeder mindestens zwei mit Beschlag belegte, und ließen sich Popcorn und Softdrinks schmecken, wie richtige Fans. Vier britische Spieler kamen vorbei, um Hallo zu sagen, und bald hatten sie sich angefreundet. Zwei der Italiener sahen die Gruppe und schlossen sich an. Einer hatte einen Vertrag mit der Texas Tech, der andere hatte der Central Michigan zugesagt, und ihr Englisch war recht gut.

Ein Assistenztrainer im Hemd der Auburn University kam vorbei und sprach Jimmie Abaloy an. Sie lösten sich von der Gruppe und gingen weiter nach oben, wo sie einen ganzen Bereich für sich hatten. Eine ganze Weile unterhielten sie sich und lachten dabei. Samuel sah neidisch zu.

So lief das also.

Es war Donnerstag, der 16. Juli, ein Tag, der den Spielern im Gedächtnis bleiben würde, weil alle acht Mannschaften direkt hintereinander vier Spiele im Amway Center austrugen, einem NBA-Palast und die Heimat der Orlando Magic. Ecko und sein Team kamen etwas früher und ließen sich die gewaltige Arena zeigen. Sie gingen auf dem leeren Spielfeld herum und sogen die unglaubliche Atmosphäre dieses Basketballhimmels auf. Samuel konnte kaum glauben, dass er auf dem Holzboden stand, auf dem LeBron, Kobe, Shaq, Niollo und Steph Curry gespielt hatten. Ihre Tourführerin brachte sie durch einen Tunnel zu einer breiten Tür mit der Aufschrift »Magic Locker Room« in den leuchtenden Farben der Mannschaft. Sie öffnete die Tür zum Highlight jeder Führung und ließ sie eintreten. Die Kabine war ein Traum – ein weitläufiger, runder Raum mit Holzvertäfelung und üppigem blau-silbernem Teppichboden. Im Halbkreis waren fünfzehn Spinde angebracht, von denen jeder breit und tief genug für einen Kleinwagen gewesen wäre. Es gab luxuriöse Liegesessel und große Fernsehbildschirme, alles, was ein Spieler sich wünschen konnte. Weiter hinten am selben Gang befanden sich ein Mannschaftsraum, ein Fernsehzimmer, eine Cafeteria, ein Trainingsraum, ein Kraftraum, ein Medienraum und eine Dusche mit genügend Einzelkabinen für mehrere Mannschaften verschwitzter Spieler. Das waren längst nicht alle Räumlichkeiten, aber die Zeit reichte nicht, um alles zu erkunden.

Danach fuhren sie mit dem Aufzug in den ersten Stock und schlenderten durch eine leere, hallenartige Galerie, die rund um das gesamte Spielfeld führte. Bei den Luxussuiten legten sie einen Stopp ein: Eine der Türen stand offen und bot ihnen Gelegenheit, das Ganze aus VIP-Perspektive zu erleben. Eine Hostess bot ihnen Erfrischungsgetränke und Snacks an, und sie genossen gerade die bequemen Sessel, als ein Spitzenmanager hereinschneite.

Er hieß sie in der Heimat der Magic, in Orlando und in Amerika willkommen und sagte, er freue sich auf die Spiele am Nachmittag. Da es fast Mittag war, erkundigte er sich, ob sie gegessen hätten. Das verneinte Ecko, woraufhin der Manager mit seiner Assistentin sprach und ein Mittagessen in der Spieler-Cafeteria im Mannschaftsbereich organisierte. Dort wollte er sie in einer halben Stunde treffen, wenn sie mit ihrer Führung fertig waren.

Alle fünfzehn Spieler träumten von der NBA, und in diesem Augenblick war jeder Einzelne überzeugt, dass hier seine Zukunft lag.

Die Tourführerin brachte sie zu den obersten Sitzreihen, den billigen Plätzen, und von dort sah das Spielfeld wirklich sehr weit entfernt aus. Die Arena bot Platz für zwanzigtausend Zuschauer, und Samuel wusste, dass die Magic bei einem Heimspiel durchschnittlich nur siebzehntausend anlockten, wahrscheinlich wurden diese Sitze also gar nicht so oft genutzt. Er wollte die Führerin aber nicht nach Zahlen fragen. Das hätte unfreundlich wirken können.

Ecko legte großen Wert darauf, dass sich abseits des Sports alle anständig benahmen und Manieren zeigten. Schließlich vertraten sie ihr Land und wollten keine Vorurteile fördern. Immer höflich sein, immer lächeln, immer bescheiden bleiben. Sie hatten Glück, dass sie hier sein durften, und sollten ihre Dankbarkeit auch zeigen.

Der Besuch im Spielerbereich war für alle sehr aufregend. Auf dem Tisch warteten Lunchpakete und Softdrinks auf sie, und sie unterhielten sich angeregt beim Essen. Plötzlich trat Stille ein.

Der große Niollo war hereingekommen. Die Jungen erstarrten. Essen und Trinken waren vergessen. Mit weit aufgerissenen Augen und Mündern gafften sie ihn an und rätselten, ob er es wirklich war. Ecko, der ihn gut kannte, umarmte ihn und stellte Frankie vor, dann wandte er sich an seine Mannschaft. »Jungs, Niollo ist extra von Miami hergefahren, um euch spielen zu sehen.«

Niollo lächelte herzlich. »Willkommen in Florida, Brüder, und Grüße aus Miami. Ihr fühlt euch bestimmt wie zu Hause, weil es hier fast so heiß ist wie im Südsudan.« Sie lachten nervös. Niollo! Der Größte aller Spieler ihres Landes.

»Wie ihr wisst, wurde ich in Wau geboren, ich bin aber als Kind mit meiner Familie nach Großbritannien ausgewandert«, fuhr er fort.

Sie kannten seine Lebensgeschichte auswendig. Während er sprach, kehrten sie allmählich auf den Boden der Tatsachen zurück. Sie wussten, dass er die letzte Saison mit den Miami Heat, seinem vierten Team, verloren hatte. Die ersten acht Saisons hatte er in Boston gespielt. In Miami lief es nicht gut, und es wurde allgemein erwartet, dass er wechseln würde. Er war mittlerweile dreißig Jahre alt und immer noch in Bestform, ein großer Sportler und in seiner Heimat eine Legende.

Ecko bedankte sich für sein Kommen. »Niollo prahlt nicht damit, aber ihm wurde sowohl der NBA Sportsmanship Award wie auch der Citizenship Award für soziales Engagement verliehen. Er unterstützt zahlreiche Hilfsorganisationen und Jugendsportprogramme im Südsudan, und ohne ihn wärt ihr nicht hier. Danke, Niollo.«

Niollo lächelte und versuchte, von sich abzulenken. »Danke dir. Kann ich ein Sandwich haben?«, fragte er schlicht. Er setzte sich an den Tisch zwischen die völlig überwältigten Jungen und unterhielt sich eine halbe Stunde lang mit ihnen, während er aß. Dann machte ein Fotograf der Miami Heat mindestens hundert Fotos und versprach, sie ihnen im Laufe des Tages zukommen zu lassen.

Niollo begleitete sie vom Mannschaftsbereich zum Spielfeld und sah gemeinsam mit ihnen von den VIP-Plätzen aus zu, wie Großbritannien im ersten Spiel Brasilien schlug. Im zweiten Spiel lieferten sie selbst, von Niollo angefeuert, hervorragenden Basketball ab und schlugen eine ukrainische Mannschaft vernichtend mit 73:43, wobei das halbe Team zweistellig punktete. Samuel nicht, aber er war glücklich, dass er drei von sechs Distanzwürfen versenkt hatte.

Spiel 4: Südsudan gegen Brasilien

Auf der ersten Seite des Sportteils veröffentlichte der *Orlando Sentinel* ein großes Foto von Niollo auf der Tribüne inmitten der Jungen aus dem Südsudan. Dass sie außerdem eine gute Mannschaft wie die Ukrainer mit einem Vorsprung von dreißig Punkten geschlagen hatten, trug Ecko und seinen Spielern vermehrte Aufmerksamkeit ein. Als das Spiel gegen die Brasilianer begann, hatten sich an der UCF doch ein paar mehr Zuschauer auf der Tribüne eingefunden. Und vor allem mehr Scouts, zumindest hatte Samuel diesen Eindruck, als er sich für das Spiel aufwärmte.

Ihm wurde bewusst, dass ihm die Halle der Universität besser gefiel als die NBA-Arena. Die Zuschauerplätze waren näher am Spielfeld, auch wenn sie leer waren, und Korb und Brett schienen nicht so weit entfernt. Dann musste er lachen, weil ihm die Erd- und Lehmplätze in seiner Heimat einfielen.

Gegen Brasilien stand er nicht in der Startaufstellung. Bei diesem Spiel war er in Kader B und sollte im letzten Drittel antreten. Allerdings schlug das Pech schon Sekunden nach dem Tip-off zu, als Alek Garang mit einer Oberschenkelzerrung vom Feld humpelte. Trainer der UCF brachten ihn in die Kabine und riefen den Mannschaftsarzt. Ecko brüllte Samuel zu, er solle auf die Zwei gehen – Shooting Guard. Abraham Bol war Point Guard, Samuels übliche Position, und die Offensive war desorientiert und kam nicht in die Gänge. Nach dem ersten Drittel hatte der Südsudan einen Rückstand von zehn Punkten. Kader C, in dem Dak Marial einen Punkt nach dem anderen machte, verkürzte die Differenz auf die Hälfte, und nach dem zweiten Drittel stand es 41:36.

Im letzten Drittel war Samuel wieder auf dem Platz, aber als Point Guard, und die Offensive fand ihren Rhythmus, vor allem als Jimmie Abaloy von der Dreierlinie einen Ball nach dem anderen versenkte. Das brachte die Verteidigung aus dem Konzept, und Samuel fing an, den Ball in Richtung Korb zu Quinton Majok zu spielen. Nach einem Vierzehn-zu-zwei-Lauf nutzten die Brasilianer ihr einziges Time-out, um sich neu zu sortieren und wieder zu sammeln. Vergeblich. Samuel traf zwei Dreier hintereinander, und der Südsudan führte mit dreizehn Punkten. Die brasilianische Mannschaft war allen anderen Teams körperlich überlegen und verschaffte sich leichte Punkte, indem sie den Ball ans Brett brachte. Diesmal funktionierte auch das nicht. Immer wieder wurden ihre Würfe von den Jungen, die scheinbar über das Brett springen konnten, geblockt, weggeschlagen und in die Zuschauerreihen befördert.

Zwei Minuten vor Spielende fiel Ecko auf, dass Daniel Abdul-Gaber, der Größte in der Mannschaft, zu schwächeln begann. Er war außer Atem und brauchte eine Pause. Ecko nutzte sein einziges Time-out, um Daniel zu fragen, ob er ausgewechselt werden wolle. Bei dieser Mannschaft lautete die Antwort immer Nein.

»Gut«, sagte Ecko. »Schaut mich an. Wir führen mit vierzehn Punkten und haben das Spiel in der Tasche. Ich will aber, dass wir mit zwanzig Punkten Vorsprung gewinnen. Diese Typen halten sich für etwas Besonderes und denken, sie sind gut. Im Augenblick zerlegen wir sie nach Strich und Faden, aber das reicht mir nicht. Noch zwei Minuten, und ich will, dass ihr richtig zur Sache geht. Schafft ihr das?«

Alle fünf grinsten, packten sich an den Händen und brüllten *»Let's go!«*.

Sie schlugen die Brasilianer erbarmungslos mit einem Vorsprung von vierundzwanzig Punkten und klatschten dabei übermütig wie immer hoch und tief ab, gaben sich freundschaftliche Bruststöße und feuerten sich mit lauten Rufen gegenseitig an.

11

Nach vier Spielen hintereinander war es Zeit für eine Pause. Am 18. Juli, einem Samstag, verfrachteten Ecko und Frankie die Spieler in die beiden Transporter und fuhren sie wieder ins Land der Vergnügungsparks, diesmal nach Epcot. Sie setzten sie mit den bekannten Anweisungen und Warnungen am Tor ab, gaben ihnen Geld mit, damit sie ihren Spaß hatten, kündigten an, sie Punkt sechs wieder abzuholen, und verabschiedeten sich.

Ecko und Frankie fuhren zurück zur UCF und gingen zur für die Trainer reservierten Suite, wo sie sich mit den Scouts zu diskreten inoffiziellen Gesprächen trafen, die den ganzen Tag dauern sollten. Dieses Netzwerken, die Anbahnung von Rekrutierungen, Überzeugungsarbeit, die Abgabe von Bewertungen und Zusagen waren für sie Routine und Teil ihrer Arbeit. Nachdem viele den fernen Südsudan nicht auf dem Schirm hatten und das dortige Ligasystem im Vergleich zu anderen Ländern, wie den USA, Großbritannien und dem übrigen Europa, relativ primitiv war, mussten sich die Trainer besonders für ihre Spieler einsetzen.

Ein Assistenztrainer von der Ohio State erkundigte sich nach Alek Garangs Oberschenkelzerrung. Erwartungsgemäß erregte Alek einiges Interesse, und seine Verletzung wurde ausführlich diskutiert. Ecko wiederholte, was der Arzt gesagt hatte: Es sei nur eine leichte Zerrung, aber er müsse einige Spiele aussetzen. Ein Assistenztrainer aus Memphis wollte über Riak Kuol sprechen und erkundigte sich, ob er nicht besser noch ein Jahr in den USA an der Highschool spielen sollte. Der Cheftrainer der Lehigh University zeigte sich von Quinton Majok beeindruckt. Ecko war überzeugt, dass der Junge auf einem besseren Niveau spielen konnte und sagte das auch. Der Cheftrainer von Overland, einer bekannten Privatakademie in New Jersey, die angeblich der Vorbereitung auf das Studium diente, aber im Grunde nur Basketballer produzierte, wollte über Abraham Bol sprechen, und Ecko nahm sich viel Zeit für ihn. Allerdings hätte er keinem seiner Spieler je empfohlen, dorthin zu gehen. Ein Assistenztrainer von der Eastern Illinois hatte mit Ecko an der Kent State gespielt und wollte wissen, was Ecko von Awino Leyano hielt. Ecko fand, der Junge hätte gut in die Mannschaft gepasst, aber er wusste, dass der Vertrag seines alten Mannschaftskameraden in einem Jahr auslief und nicht verlängert werden würde.

Und so verging der Tag. Sie begrüßten alte Freunde und neue Bekannte, mit denen sie dann außerhalb der Suite bei einer Runde um die Arena weitersprachen. Alle Gespräche waren vertraulich, und die Scouts achteten sehr darauf, dass niemand mithörte. Ecko äußerte sich offen und ehrlich zum Potenzial der einzelnen Spieler. Er hielt nichts davon, jemandem ein Talent oder eine Arbeitsmoral zuzuschreiben, die er nicht besaß, oder gar vertrauliche Informationen über einen der Jungen und dessen Familie weiterzugeben. Was zählte, konnte jeder selbst auf dem Spielfeld sehen. Für drei seiner Spieler hatte sich bisher niemand interessiert, und er wusste, warum. Sie waren nicht gut genug für die USA.

Bei den bisherigen vier Partien waren die Spieler von Hunderten von College- und Highschool-Scouts beobachtet worden. Im weiteren Verlauf des Turniers würde sich das Interesse zunehmend auf die Besten konzentrieren.

Nach dem Mittagessen in der Suite tauchte der Cheftrainer der North Carolina Central University auf und wurde von Ecko mit einer kräftigen Umarmung begrüßt. Er hieß Lonnie Britt und hatte vier Jahre lang an der University of Toledo gespielt. Seine Mannschaft war auch gegen die von Ecko angetreten, und seitdem waren sie gute Freunde. Drei Jahre lang waren sie beide an der Northern Iowa Assistenztrainer gewesen und hatten zusammen mit ihren Ehefrauen und den damals noch kleinen Kindern viele schöne Stunden verbracht. Ecko war überzeugt, dass Lonnie das Potenzial für einen Cheftrainerposten auf höchster Ebene hatte, aber bisher waren seine vier Jahre an der NC Central eher unauffällig gewesen.

Er setzte sich zwischen Ecko und Frankie. »Okay, wen habt ihr für mich?«, fragte er laut.

»Wen willst du?«

»Gib mir fürs Erste Alek Garang, Quinton Majok und Jimmie Abaloy.«

»Sonst noch Wünsche?« Die drei hatten gute Chancen, an einem besseren College zu landen. Die NC Central war eine traditionell von Schwarzen besuchte Hochschule in Durham und spielte in der Mid-Eastern Athletic Conference, einer Liga, der zwölf ähnliche Universitäten an der Ostküste angehörten. Viele nannten sie nur »dieses andere College in Durham«.

»Was ist mit Abraham Bol?«

Sie sahen zu, wie Houston Gold, ein bestens ausgestattetes amerikanisches Team, die kroatische Mannschaft zerlegte. Frankie wurde von einem Assistenztrainer von der University of Southern Mississippi beiseitegenommen, und bald waren sie ins Gespräch vertieft.

»Bol findet, er ist zu gut für College-Basketball, und will sich direkt zum NBA-Draft anmelden«, erklärte Ecko.

Sie lachten und rissen ein paar Witze. »Lass uns eine Runde drehen«, sagte Ecko, als die Suite praktisch leer war.

Sie gingen zum oberen Zuschauerblock und suchten sich einen

Platz. »Ich habe einen Jungen, der mir richtig gut gefällt«, begann Ecko. »Samuel Sooleymon, erst siebzehn, und er wächst noch.«

»Ich habe ihn am Donnerstag gegen die Ukraine gesehen«, gab Lonnie zurück. »Da war seine Leistung eher mäßig.«

»Er braucht noch etwas Feinschliff, am besten wäre ein Jahr an der Highschool hier, aber bisher hat sich nichts ergeben.«

Für einen Spieler eine private Highschool zu finden war oft viel schwieriger als einen Platz am College, weil kaum Trainer zu den Turnieren kamen. Und die Trainer von den staatlichen Highschools sparten sich die Veranstaltungen grundsätzlich. Um einen Schüler aus dem Ausland zu integrieren, musste man eine Gastgeberfamilie finden, und häufig gab es wegen solcher Rekrutierungsmaßnahmen Ärger. Die Trainer von den staatlichen Highschools hatten genügend einheimische Talente, und ausländische Schüler waren immer ein Problem. Die Akademien, die auf das Studium vorbereiteten, und die reinen Basketballakademien rekrutierten aggressiver, aber auch sie hatten jede Menge Spieler.

»Mich hat er nicht beeindruckt«, sagte Britt.

»Sieh ihn dir noch einmal an. Wir spielen morgen an der Rollins gegen Houston Gold, da bekommt er mehr Spielzeit, weil Garang erst mal auf der Bank sitzt.«

»Ein Point Guard ist er nicht.«

»Das stimmt. So wie er wächst, könnte er im Herbst schon als Small Forward eingesetzt werden.«

»Werfen kann er auch nicht.«

»Das wird schon noch, Lonnie. Vertrau mir.«

»Genau das, was ich für meine Basketballabteilung brauche. Leute, die nicht spielen können, aber vielleicht Potenzial haben.«

»Ich weiß, ich weiß, aber deine Abteilung dümpelt auch nur vor sich hin.«

Lonnie lächelte gequält. »Wer interessiert sich sonst noch für ihn?«

Die große Frage. College-Trainer bildeten sich zwar gern etwas auf ihr gutes Auge für Talente ein, suchten aber trotzdem immer nach Bestätigung. Deshalb hieß es immer wieder »Wer interessiert sich sonst noch für ihn?«.

»Jeder«, sagte Ecko und lachte.

»Aha, die alte Geschichte.«

Neben den drei offenen Hütten, die als Schule dienten, war das einzige offizielle Gebäude in Lotta Our Lady's Chapel, eine hübsche kleine Kapelle, die von der Diözese Rumbek zehn Jahre zuvor aus Natursteinen und Ziegeln errichtet worden war. Ein Priester aus Rumbek kam jeden Samstagnachmittag und las die Messe, zu der das gesamte Dorf erschien. Die ersten Reihen waren für die Dorfältesten und deren Ehefrauen – oft mehr als eine – reserviert, und die jüngeren Familien fanden nur drinnen Platz, wenn sie rechtzeitig erschienen. Der Gottesdienst war immer so gut besucht, dass auch der kleine Vorhof überfüllt war.

Lange vor Beginn der Messe kam der Priester auf Ayak und Beatrice zu. Er hatte ein kleines Geschenk für sie, die Donnerstagsausgabe des *Juba Monitor.* Auf der ersten Seite des Sportteils war das Foto von Niollo auf der Tribüne im Amway Center abgedruckt, inmitten der lächelnden Gesichter der Spieler aus dem Südsudan. Über seiner linken Schulter beugte sich Samuel ins Bild. Seine Eltern waren begeistert und betrachteten das Foto eingehend, bevor sie es den anderen zeigten. Beatrice war so aufgeregt, dass sie kaum atmen konnte.

Später hielt der Priester vor dem Altar die Zeitung in die Höhe und erklärte, ihre Mannschaft habe von vier Spielen drei gewonnen und nur eins verloren. Dem Zeitungsbericht nach hielten sich die Jungen gut und erregten große Aufmerksamkeit.

Und er hatte noch eine Überraschung für sie. Am nächsten Tag, am Sonntag, werde ein Großbildfernseher über dem Haupteingang zur Kirche angebracht. Pünktlich um acht Uhr abends werde die Übertragung beginnen, damit das ganze Dorf das Spiel verfolgen könne. Die Familie Sooleymon werde Ehrenplätze bekommen.

Niemand konnte sich auch nur an ein einziges Wort erinnern, das danach im Gottesdienst gesagt wurde.

12

Spiel 5: Südsudan gegen Houston Gold

Houston Gold war ein landesweit bekanntes Amateursportprogramm, das von einem wohlhabenden texanischen Geschäftsmann finanziert wurde, der Basketball liebte, am College selbst gespielt hatte und aus seinen drei Söhnen Spitzenspieler und Stars machen wollte. Das Projekt lag ihm sehr am Herzen, und er scheute keine Kosten. Die Teams, von denen es für die Altersgruppen von zwölf bis achtzehn mindestens ein Dutzend gab, führten überall in Texas Try-out-Camps durch und rekrutierten die besten Spieler. Wer in die Mannschaft aufgenommen wurde, verpflichtete sich damit, während des gesamten Jahres an den wichtigsten Showturnieren teilzunehmen. Dafür wurden die Spieler von außerordentlich gut bezahlten Trainern betreut, reisten in Luxusbussen oder sogar per Flugzeug und erhielten eine Ausstattung, um die sie die meisten Collegesportler beneidet hätten. Ihr Chef schloss einen Sponsorenvertrag mit Nike, und die Spieler hatten angeblich fünf verschiedene Outfits. Es wunderte niemanden, dass das Programm Dutzende von Collegesportlern hervorgebracht hatte, und zwei Ehemalige hatten es bis in die NBA geschafft.

Wer für Houston Gold spielte, konnte sich der Aufmerksamkeit der Scouts sicher sein. Die Spieler waren außergewöhnlich talentiert und etwas Besonderes, das wurde ihnen immer wieder eingebläut. Ihre Überheblichkeit war so legendär, dass sich manche Scouts von dem Programm fernhielten, aber es waren nicht viele.

Zum Auftaktspiel am Rollins College marschierten sie in ihren schicken Aufwärm-Outfits im NBA-Stil auf und gönnten dem anderen Ende des Spielfelds keinen Blick. Dort zogen die Jungen aus dem Südsudan in ihren einfachen Turnunterrichtshemden beim Aufwärmen eine gewaltige Show ab, um zu zeigen, dass sie sich nicht davon beeindrucken ließen, dass Houston Gold viermal überlegen gesiegt hatte.

Houston Gold hatte am Vortag gespielt, Eckos Mannschaft nicht, und er beschloss, auf Tempo zu setzen und den Gegner müde zu spielen. Er entschied sich für eine Ganzfeldpresse und forderte schnelle Würfe. In der ersten Spielzeit funktionierte das bestens: Samuel und Abraham Bol erzwangen drei Turnover, und Riak Kuol blockte zwei Würfe unter dem Korb.

Die gesamte Starting Five von Houston Gold bestand aus Sportlern der letzten Highschool-Klasse, die im nächsten Jahr aufs College gehen würden. Vier von ihnen hatten bereits großen Unis zugesagt. Die Mannschaft wurde zwar gut trainiert, bestand aber im Grunde aus einzelnen Stars, die sich oft zu spektakulären, doch ineffizienten Würfen hinreißen ließen. Unter dem Druck vergaben ihre Guards vier Würfe hinter der Dreierlinie, und ihr temperamentvoller Coach nutzte seine einzige Auszeit, um ihnen die Leviten zu lesen.

Am anderen Ende der Welt drängte sich in Lotta das gesamte Dorf um den Fernseher, der unter dem Kreuz an Our Lady's Chapel angebracht war, und jubelte lautstark bei jedem gelungenen Spielzug.

Als Samuel seinen ersten und einzigen Dreier warf, kreischten seine Leute wild, dankten Gott, hüpften auf und ab und klopften Ayak auf die Schultern. Auf den wenigen Stühlen, die aufgestellt waren, hielt es keinen von ihnen.

Zum Ende der ersten Spielzeit führte Südsudan mit elf Punkten. Ecko bot seinen C-Kader auf, seiner Meinung nach die beste Aufstellung, mit Dak Marial und Quinton Majok als Forwards. Houston Gold entschied sich für eine Aufstellung mit kleineren und frischeren Spielern, und der Coach beschloss, das Spieltempo herunterzufahren. Die Showwürfe hörten auf, und die Offensive lief wie ein Uhrwerk. Nach der zweiten Spielzeit führte der Südsudan mit neun Punkten.

Die dritte Spielzeit gehörte Benjie Boone, einem 1,96 Meter großen Shooting Guard, der sich verpflichtet hatte, für Kentucky zu spielen, aber angeblich doch daran dachte, am NBA-Draft teilzunehmen. Er versenkte drei lange Dreier hintereinander und erzielte den Ausgleich. Sechsmal wechselte gegen Ende des Spiels die Führung, und beide Mannschaften kämpften erbittert. Gold wechselte immer wieder. Ecko nicht. Er hatte allen Spielern gleich viel Spielzeit versprochen und wollte sein Wort halten, egal wie das Ergebnis ausfiel. Er rotierte Samuel und Bol als Point Guard, aber nur weil er keine Wahl hatte. Alek Garang hatte sich umgezogen, konnte jedoch nicht spielen.

Er wurde schwer vermisst. Weder Samuel noch Bol gelang in der letzten Spielphase ein Korb, und da ihre Mitspieler außen für Gold keine Gefahr darstellten, hatten Dak Marial und Quinton Majok in der Zone gegen die Verteidigung keine Chance. Gold zog davon und gewann mit einem Vorsprung von sechs Punkten.

In der Kabine übernahm Ecko die Verantwortung für die Niederlage, das gegnerische Coaching sei besser gewesen, und es sei an der Zeit, die Taktik zu ändern. Nach fünf Spielen sei es einfach nicht mehr möglich, jedem gleich viel Spielzeit einzuräumen, und er und Frankie würden künftig mehr wechseln. Mehr Hustling, mehr Treffer und mehr Einsatz in der Verteidigung bedeuteten künftig mehr Spielzeit.

Die Jungen waren am Boden zerstört, aber sie verstanden Ecko. Er erinnerte sie daran, dass das Team vom vergangenen Jahr zweimal verloren und sich trotzdem für das nationale Showturnier qualifiziert und es beinahe gewonnen hatte. Zwei Spiele lagen noch vor ihnen, sie hatten also durchaus eine Chance, doch eine weitere Niederlage konnten sie sich nicht leisten.

Samuel stand auf. »Coach, wir haben noch den ganzen Tag. Warum suchen wir uns nicht eine Schulturnhalle und trainieren ausgiebig?«

»Ich weiß nicht«, sagte Ecko. »Ihr müsst doch morgen spielen.«

»Trotzdem, Coach«, sagte Dak Marial, der inoffizielle Kapitän. Andere schlossen sich der Bitte an, und schließlich stimmten alle ein.

In Lotta war es sehr still geworden, als sich die Versammlung vor der Kirche auflöste und die Dorfbewohner nach Hause gingen. Die Niederlage tat weh, aber trotzdem war es ein Erlebnis gewesen, Samuel in Amerika spielen zu sehen. Am nächsten Tag würde das Spiel erst um zehn Uhr abends ihrer Zeit beginnen, doch keiner wollte sich die Gelegenheit entgehen lassen, ihren Helden zu sehen.

Am späten Sonntagabend, als die Spieler in ihren Zimmern waren und das Licht gelöscht war, ging Ecko nach unten in die Hotelbar, um mit Lonnie Britt ein Bier zu trinken. Das hatten sie früher oft getan, als sie beide Trainer an der Northern Iowa waren, und beiden lag viel an diesen Treffen. In einer dunklen Ecke ließen sie das Spiel des Tages Revue passieren. Lonnie wusste genau, was sein Freund falsch gemacht hatte.

Ecko musste zugeben, dass die Kritik in fast allen Punkten berechtigt war. Er hätte es genauso gemacht, wenn Lonnie ein Spiel verloren hätte.

»Du kannst nicht erwarten, dass du dieses Team schlägst, Ecko«, sagte Lonnie. »Die Spieler sind handverlesen und werden wie Profis behandelt. Heute hatten sie zwölf Spieler dabei. Zwölf Siebzehnjährige, die noch zur Highschool gehen und einen Platz an einer der großen Unis sicher haben. Es ist ein beeindruckendes Programm. Jede Menge talentierte Spieler.«

»Wir hätten sie schlagen müssen«, sagte Ecko und nippte an seinem Bier. »Ich mache mir Sorgen, dass wir nicht weiterkommen. Meine Jungs wollen auf keinen Fall jetzt schon nach Hause.«

»Die nächsten beiden Spiele gewinnt ihr.«

»Sag das lieber nicht.«

»Weißt du, was der beste Spielzug war, den ich heute gesehen habe?«, fragte Lonnie und grinste.

»Der Block?«

»Genau, der Block. Der Junge ist plötzlich aus dem Nichts aufgetaucht und sah aus, als wäre er zweieinhalb Meter groß.«

»Habe ich dir doch gesagt.«

Als der Südsudan vier Minuten vor Spielende mit einem Punkt geführt hatte, kam Benjie Boone am Freiwurfkreis hinter einem Block hervor und warf völlig unbedrängt aus acht Metern. Samuel, der ihn verteidigte, war bis zur letztmöglichen Sekunde nirgends zu sehen. Boone stieg völlig ungehindert zu seinem geschmeidigen Sprungwurf hoch. Samuel katapultierte sich von der Freiwurflinie ab und schlug den Ball mit voller Wucht weg, als er Boones rechte Hand verließ. Der Ball landete in der dritten Sitzreihe.

Das brachte den All-American-Spieler so aus dem Konzept, dass er keinen weiteren Wurf mehr versuchte.

»Sah aus, als wäre er drei Meter über dem Boden«, sagte Lonnie kopfschüttelnd.

»Aus dem Stand springt er knapp neunzig Zentimeter hoch. Aus der Bewegung 1,15 Meter. Wenn er genügend Anlauf hat, springt er dir über das Brett.«

»Dafür kann er nicht werfen und nicht dribbeln.«

»Das wird schon noch. Er arbeitet extrem hart, und er wächst noch.«

»Wer interessiert sich sonst noch für ihn?«

Ecko lächelte und schüttelte den Kopf. »Ehrlich gesagt, im Augenblick niemand. An deiner Stelle würde ich die Chance ergreifen.«

Eine Kellnerin brachte eine Schale Salzbrezeln und erkundigte sich, ob sie noch etwas trinken wollten. Nein, danke. Vielleicht später.

Lonnie blickte finster drein und sah sich um. »Ich habe ein Problem, Ecko. Ein ganz neues.«

»Was denn?«

»Zwei meiner Spieler sind gestern Nacht in Durham festgenommen worden.«

»Weshalb?«

»Bewaffneter Raubüberfall.«

»Das kann doch nicht wahr sein. Im Ernst?«

»Allerdings. Zwei totale Idioten. Sie sind im Moment wie die meisten meiner Jungs an der Summerschool, weil sie Nachhilfe brauchen, und haben sich Samstagnacht richtig Ärger eingehandelt.«

»Was ist passiert?«

»Alles weiß ich noch nicht, aber ich habe den ganzen Tag herumtelefoniert. Mit dem Sportdirektor. Mit dem Präsidenten. Mit der Polizei. Sie waren allerdings nicht sehr gesprächig. Offenbar waren die Jungs auf einer Party, haben Gras geraucht und sind zu dem Falschen ins Auto gestiegen. Gras hatten sie genug, aber das Bier ist ihnen ausgegangen. Das wollten sie sich offenbar in einem rund um die Uhr geöffneten Supermarkt holen, und der Fahrer hatte den genialen Einfall, den Kassierer mit vorgehaltener Waffe auszurauben. Zum Glück hat er nicht abgedrückt. Alle drei werden des bewaffneten Raubüberfalls beschuldigt. Der Sportdirektor sagt, sie müssen weg, und zwar sofort.«

»Anständige Jungen?«

Lonnie trank einen Schluck Bier und runzelte die Stirn. »Nette Kerle, ich mag sie wirklich, aber aus schwierigen Verhältnissen. Der eine, Clancy, hat einen Bruder, der im Gefängnis sitzt. In der letzten Saison war er meine Nummer sieben und in jedem Spiel fünfzehn Minuten im Einsatz. Er ist im vorletzten Collegejahr, aber für sein Studium nimmt er sich nicht viel Zeit. Der andere, Fonzo nennen wir ihn, kommt ins zweite Jahr und ist ziemlich faul. Meine Jungs sind eigentlich alle in Ordnung, Ecko.«

»Bewaffneter Raubüberfall kommt mir ziemlich hart vor. Klingt eher nach einer Dummheit.«

»Kann schon sein, aber das sind schwere Vorwürfe.«

»Brauchst du Ersatz?«

»Ja, zumindest für diese Saison. Morgen treffe ich mich mit dem Sportdirektor und unseren Anwälten, vielleicht können wir eine Absprache aushandeln. Aber die Jungs fliegen zumindest für das nächste Jahr aus dem Programm.«

»Sooleymon?«

»Ich denke darüber nach, okay? Aber sei ehrlich, Ecko.«

»Bin ich das nicht immer?«

»Schon. Aber du liebst deine Spieler.«

»Du doch auch.«

»Stimmt, meistens zumindest.«

»Lonnie, Samuel könnte der Geheimtipp des Turniers sein. Keiner hat ihn auf dem Schirm, weil er keine Punkte macht. Aber das kommt noch. Als ich ihn im April zum ersten Mal gesehen habe, war sein Sprungwurf der schlechteste in Afrika. Er hat eine enorme Entwicklung durchgemacht und arbeitet hart an sich. Und er wächst noch.«

»Point Guard wird er aber keiner mehr.«

»Nein. Vergiss das. Bis Weihnachten ist er mindestens 1,98 Meter groß.«

»Wie sieht's mit der Schulbildung aus?«

»Der Junge kommt aus dem Busch. Er ist in seinem Dorf zur Schule gegangen und braucht mit Sicherheit Unterstützung. Du kannst doch bestimmt dafür sorgen, dass er angenommen wird.«

»Wahrscheinlich schon. Die North Carolina Central ist da nicht wie das andere College in Durham.«

»Du meinst, die Duke University geht nach dem Studieneignungstest?«

Sie lachten beide und bestellten noch ein Bier. Ecko war begeistert von den Möglichkeiten, die sich eröffneten, und machte Druck. Um Mitternacht warf Lonnie einen Blick auf die Uhr. »Ich muss los. Das Spiel morgen kann ich mir nicht ansehen. Ich muss ganz früh nach Durham fliegen, mittags habe ich einen Termin mit dem Sportdirektor. Und dann darf ich dem Gefängnis einen Besuch abstatten.«

»Tut mir echt leid für dich. Das wird bestimmt kein Spaß.«

»Du sagst es. Zwei Zwanzigjährigen zu sagen, dass sie für ein Jahr suspendiert werden, ist kein Vergnügen.«

»Klingt, als hätten sie größere Probleme.«

»Kannst du dir vorstellen, dass meine gesamte Karriere davon abhängt, dass ein Haufen Kindsköpfe keinen Blödsinn macht?«

»Hatten wir das Gespräch nicht schon vor zwanzig Jahren?«

»Stimmt. Und es hat sich nichts geändert.«

»Verpflichte Sooleymon. Damit machst du dir einen Namen als genialer Trainer.«

13

1979 war Chevron im Süden des Sudans auf Öl gestoßen und hatte bald begriffen, dass das Land über die drittgrößten Erdölvorkommen Afrikas verfügte. Nach wenigen Jahren verstaatlichte die herrschende Partei in Khartum die Ölfelder, warf die Amerikaner aus dem Land und unterzeichnete einen lukrativen Vertrag, demzufolge das gesamte Rohöl nach China gehen sollte. Mitte der Achtzigerjahre flossen jährlich zwölf Milliarden Dollar in den Sudan. In dem von verschiedenen Bürgerkriegen zerrissenen Land – der Norden gegen den Süden, Muslime gegen Katholiken, Stamm gegen Stamm – heizte der plötzliche Reichtum die Konflikte weiter an. 2011 entschied sich der Südsudan bei einem Referendum mit überwältigender Mehrheit für die Unabhängigkeit. Der damit jüngste Staat der Welt wurde von Europa und den USA mit Hilfszahlungen in Milliardenhöhe unterstützt und konnte auf hohe Einnahmen aus dem Erdölgeschäft zählen. Die Zukunftsaussichten schienen gut. Ein Großteil des Geldes blieb jedoch in Juba hängen, wo die herrschenden Eliten Milliarden absahnten und in Saus und Braus lebten. Während sie die sprudelnden Geldquellen für Anlagen bei Schweizer Banken nutzten, sich Wohnungen in London und Villen in Melbourne kauften, ihre Kinder auf amerikanische Eliteuniversitäten schickten und ihre Truppen mit einem erstaunlichen Arsenal von Waffen, Panzern und Hubschraubern ausrüsteten, litt das Volk mehr denn je. In Schulen, Krankenhäuser, Straßen und andere Infrastruktur wurde nicht investiert.

Der Frieden war brüchig und hielt nicht lange. Die Rivalität zwischen den verschiedenen Ethnien flammte wieder auf, weil sich ein halbes Dutzend Kriegsherren und Räuberbarone unbedingt noch mehr Geld und Einfluss verschaffen wollten. 2013 brach erneut ein Bürgerkrieg aus, und das neugeborene Land versank in Gewalt und Chaos. Die Trennungslinien zwischen den einzelnen Stämmen verschärften sich, weil immer wieder schwer bewaffnete Milizen Dörfer angriffen und niederbrannten, was entsprechende Vergeltungsschläge nach sich zog. Die Brutalität schockierte weltweit. Mindestens vierhunderttausend Menschen wurden niedergemetzelt. Über vier Millionen Menschen, vor allem Frauen und Kinder, wurden vertrieben und mussten in immer weiter wuchernden Lagern Zuflucht suchen.

Ein Friedensvertrag folgte auf den anderen. Wenn sich ein Rebellenführer die Aufmerksamkeit der Herrschenden in Juba sichern wollte, um noch mehr vom Kuchen abzubekommen, war das beste Mittel, ein paar Dörfer niederzubrennen, massenhaft Menschen abzuschlachten und die Leichen im Dreck verrotten zu lassen, damit westliche Journalisten darüber berichten konnten. Nach ein paar Gräueltaten bot Juba dann häufig Friedensverhandlungen an, bei denen es Geld und Waffen zu holen gab.

Unter den stolzen Dorfbewohnern, die die Leistungen von Samuel und seiner Mannschaft auf dem Bildschirm verfolgt hatten, waren Spitzel gewesen, die den Ort auskundschaften sollten.

Kurz nach Mitternacht begann das Gewehrfeuer. Beatrice hörte es zuerst, riss Ayak aus dem Tiefschlaf und rief den Kindern zu, sie sollten ihre Schuhe anziehen. Das furchterregende Stakkato der Kalaschnikows kannten sie von früher. Die Familie lief nach draußen, wo die Nachbarn bereits versuchten herauszufinden, woher die Feuersalven kamen, die aus allen Richtungen auf sie einzuprasseln schienen. Menschen schrien, deuteten hierhin und dorthin und liefen wild durcheinander.

Plötzlich erhellten Scheinwerfer die Nacht, und ein Militärlastwagen rumpelte über die unbefestigte Straße. Bewaffnete sprangen heraus und schwenkten ihre Gewehre. Ein Blick, und allen war klar, dass es sich um Rebellen handelte, nicht um reguläre Soldaten. Sie feuerten wild in die Luft und brüllten die Männer an, sie sollten sich in einer Reihe aufstellen. Ein vierzehnjähriger Junge aus der Nachbarschaft, den alle gut kannten, versuchte in Panik, sich in eine Gasse zu flüchten, und wurde niedergeschossen wie ein Straßenköter. Seine Mutter schrie, und sein Vater wollte zu ihm laufen, wurde aber von einem Guerillakämpfer mit dem Gewehrkolben niedergeschlagen.

»Hände hoch! Hände hoch!«, brüllte der Befehlshaber die anderen Männer an.

Die Gewehre knatterten unaufhörlich, und weitere Kämpfer durchstreiften das Dorf auf der Suche nach Männern und Jugendlichen.

»Lauft!«, sagte Ayak im letzten Augenblick zu Beatrice. »Lauft! Nimm die Kinder und flieht in den Busch!«

Frauen und Kinder liefen durcheinander, weil sie nicht wussten, wo es sicher war. War es überhaupt irgendwo sicher? Eine Benzinbombe landete in der Hütte, die dem Heim der Sooleymons gegenüberlag, und setzte sie in Brand. Schnell stand die gesamte Straße in Flammen.

Die Männer wurden in einer Gruppe an den brennenden Häusern vorbei zum Dorfplatz getrieben. Ein fünfzehnjähriges Mädchen wurde aus den Armen seiner Mutter gerissen, nackt ausgezogen und hinten auf einen Truppentransporter geworfen. In der Nähe der Kirche strömten die Männer aus dem gesamten Dorf mit erhobenen Händen zusammen.

»Wir halten nur eine Versammlung ab«, brüllte einer der Befehlshaber immer wieder durch das Chaos. »Schneller! Schneller!«

Als die Männer außer Sicht waren, steckten zurückgebliebene Kämpfer die Hütten in Brand. Sie lachten dabei. Beatrice gelang es, mit Angelina, James und Chol in der Dunkelheit unterzutauchen. Chol trat auf eine Leiche und kreischte entsetzt, woraufhin ihm seine Mutter zuraunte, er solle leise sein. Andere Frauen und Kinder waren ebenfalls auf der Suche nach einem Versteck, in dem sie sich in Sicherheit bringen konnten. Einen Augenblick lang blieben sie stehen und lauschten auf die entsetzlichen Laute, das Knistern der Flammen, das Stakkato der Kallies und die Schreie ihrer Nachbarn.

Unterdessen wurden die Männer in die Kirche getrieben, die sich schnell füllte. Trotzdem pressten die Rebellen immer mehr Männer und Jungen in den engen Raum, bis ihnen kaum Luft zum Atmen blieb. Aber es kamen noch mehr, und als wirklich niemand mehr hineinpasste, befahl der Kommandeur den anderen, sich draußen vor der Kirche in den Dreck zu legen.

Zwei Kämpfer eröffneten das Feuer auf den Großbildfernseher und zerstörten ihn. Die Schüsse versetzten die Männer in der Kirche in Panik. Als sie um Hilfe riefen, flogen Brandbomben durch alle vier Fenster und die Eingangstür. Die dreihundert Gefangenen schrien in Todesangst. Ein Mann, dessen Kleidung Feuer gefangen hatte, sprang durch ein Fenster und starb im Kugelhagel. Andere folgten seinem Beispiel und wurden niedergemetzelt wie beim Scheibenschießen. Ayak schaffte es bis zur Eingangstür und starb auf den Stufen unter den Überbleibseln des Fernsehers.

Draußen sprangen einige Männer auf und rannten los, nur um ebenfalls niedergemetzelt zu werden. Das Töten war für die Rebellen Sport, und sie wählten ihre Opfer vollkommen willkürlich. Flammen und dichter schwarzer Qualm schlugen aus den Fenstern, während die Schreie der Sterbenden immer leiser wurden.

Beatrice und ihre Kinder krochen durch die Dunkelheit, bis sie auf einen Trampelpfad stießen, der aus dem Dorf führte. Hunderte andere Frauen waren ebenfalls unterwegs, sie konnten ihr Flüstern hören. Die Scheinwerfer eines Truppentransporters erfassten sie, und sie versteckten sich in einem Dornendickicht. Plötzlich knallten ganz in der Nähe Schüsse, und die Stimmen wütender Rebellen hallten durch die Nacht. Eine Frau schrie auf, als sie von einer Kugel getroffen wurde. Die Frauen sahen die Silhouetten der Kämpfer, die sie zu Fuß verfolgten und immer näher kamen. Die Kinder folgten Beatrice durch ein Dickicht, um den Weg hinter sich zu lassen, und bald waren sie in der Dunkelheit verschwunden. Auf einer kleinen Lichtung blieben sie stehen und blickten auf ihr Dorf hinunter. Dutzende von Feuern tobten, und die Gewehre ratterten ohne Unterlass. James und Chol weinten, und Angelina versuchte, sie zum Schweigen zu bringen. Sie schlichen weiter, in dem Bewusstsein, dass sie nicht allein waren, bewegten sich so leise wie möglich, wollten nur weg. Dann stolperten sie auf eine Lichtung und standen plötzlich vor einem Rebellenkommando, das eine Gruppe Kinder und Frauen bewachte. Sie blafften Beatrice und die Kinder an, sie sollten sich hinsetzen, und das taten sie.

»Wo wollt ihr hin?«, fragte der Anführer.

Beatrice war zu traumatisiert, um zu antworten, und hätte auch gar nicht gewusst, was sie sagen sollte. Ein Jugendlicher mit einem Gewehr kam auf sie zu und befahl Angelina aufzustehen. Ein zweiter kam dazu, und gemeinsam zogen sie das Mädchen aus.

»Bitte nicht, bitte nicht!«, flehte Beatrice, was ihr einen Fußtritt ins Gesicht eintrug.

Ein zweites junges Mädchen wurde ausgezogen, dann wurden beide weggeführt. Minuten vergingen. Beatrice versuchte, wieder zu Atem zu kommen und nicht zu weinen, während sie sich das Blut von der Stirn wischte. Wortlos verschwanden die Rebellen in der Dunkelheit, und die Frauen und Kinder setzten ihre Flucht fort.

Am 20. Juli, einem Montag, um zwölf Uhr trafen sich die Spieler im Konferenzraum des Hotels, um wie vereinbart mit zu Hause zu telefonieren. Samuel rief von Eckos Handy aus das Satellitentelefon des Leutnants an, aber es meldete sich niemand. Er versuchte es erneut und eine halbe Stunde später noch einmal. Das war beunruhigend, aber kein Grund zur Panik. Die Kommunikation im Südsudan war notorisch unzuverlässig.

14

Spiel 6: Südsudan gegen Newton Academy

Die Nukes, wie sie genannt wurden, hatten sich zu einer Basketballfabrik von landesweitem Ruf entwickelt. An der Universität tief in den Smoky Mountains nördlich von Knoxville studierten nur hundert junge Männer und Frauen, allesamt talentierte Basketballer, die ihren Sport ernst nahmen. Die Studiengebühren waren erschwinglich, Stipendien wurden großzügig vergeben, und schulische Leistungen waren zwar wichtig, aber längst nicht alles, was zählte. Niemand wurde angenommen, der im Collegesport nicht mithalten konnte. Praktisch alle Studierenden erhielten irgendwann ein Stipendium. Da kaum eine staatliche Uni gegen die Nukes antreten wollte, spielten sie gegen vergleichbare Sporthochschulen und Programme wie Houston Gold, ein Team, das die Jungen ihrer U18-Mannschaft vor einem Monat bei einem anderen Showturnier geschlagen hatte.

Eckos Spieler, die die Scharte vom letzten Mal auswetzen und auf keinen Fall vorzeitig nach Hause geschickt werden wollten, gingen sofort energisch zur Sache. Im ersten Drittel wurde Dak Marial den hohen Erwartungen gerecht und beherrschte das Spiel unter dem Korb an beiden Spielfeldenden. Er machte zwölf Punkte, blockte drei Würfe und brachte sein Team mit zehn Punkten in Führung. Samuel spielte im zweiten Drittel und punktete zwar nicht, blockte aber zwei Würfe, nahm dem Gegner zweimal den Ball ab und lieferte Abraham Bol, der tief in der Ecke stand, zwei perfekte Vorlagen. Ecko sorgte dafür, dass jeder Spielzeit bekam, doch als ihr Vorsprung fünf Minuten vor Schluss auf sieben Punkte geschmolzen war, wechselte er Dak wieder ein, der gemeinsam mit Quinton Majok das Spiel der Nukes unter dem Korb verhinderte. Drei Minuten vor Schluss wurde Samuel erneut eingewechselt und versenkte prompt einen langen Dreier, mit dem sie ihre Führung auf fünfzehn Punkte ausbauten.

Der Sieg wirkte Wunder für die Moral der Mannschaft, und sie blieben an der UCF, um sich das Spiel von Houston Gold anzusehen, das mit einem mühsam errungenen Zwei-Punkte-Sieg über Kroatien endete. Gold war bisher ungeschlagen und stand damit als Tabellenerster fest. Kroatien und Brasilien hatten – wie Südsudan – eine Bilanz von vier zu zwei. Ihr letzter Gegner, Großbritannien, stand ebenfalls bei vier zu zwei. Wer sich in diesem Spiel durchsetzte, würde höchstwahrscheinlich zum landesweiten Turnier in St. Louis fahren.

Während des Spiels blieben Ecko und Frankie in der für die Trainer reservierten Lounge und bearbeiteten gerade die Scouts, als ein Anruf von einem Satellitentelefon in Rumbek einging. Es war der Leutnant, und er hatte furchtbare Neuigkeiten. Ecko verließ die Suite und ging zum oberen Zuschauerblock.

Rumbek wurde von Rebellen belagert, und viele Dörfer in der Umgebung – auch Lotta – waren zerstört worden. Der Leutnant sprach von einem Massaker. Ein Armeehubschrauber, der Lotta überflogen hatte, habe gemeldet, das Dorf sei völlig verwüstet, die Flammen loderten noch. Hunderte von Leichen, vor allem Männer und Jungen, bedeckten die Straßen. Die Streitkräfte der Regierung seien nicht in der Lage, das Gebiet zurückzuerobern, und kämpften ums nackte Überleben. Die Lage sei verzweifelt, aber Verstärkung unterwegs. Im Augenblick sei es unmöglich, die Toten zu identifizieren, es habe jedoch hohe Verluste gegeben. Es sei nicht gesagt, dass ihre Identität jemals geklärt werden könne. Lotta sei verlassen bis auf die Rebellen, die letzte Säuberungsaktionen durchführten. Der Hubschrauber sei unter Beschuss geraten und nur um Haaresbreite entkommen.

Nach dem Anruf saß Ecko lange Zeit oben auf einem der billigen Plätze und beobachtete seine Spieler auf ihren reservierten Sitzen. Sie lachten, rissen Witze, genossen ihren Erfolg und brannten auf den letzten Sieg, der sie in die nächste Runde bringen würde. Es tat ihm in der Seele weh, wenn er Samuel ansah. In seinen fast zwanzig Jahren als Trainer hatte Ecko nie vor einer so schweren Aufgabe gestanden. Widerwillig ging er zurück zur Suite und rief Frankie zu sich, um ihm die Nachricht zu überbringen. Sie überlegten, was sie tun sollten, aber keiner von ihnen wusste es. Niemand war auf einen solchen Albtraum vorbereitet.

Sie gingen zurück zur Suite, wo Frankie seinen Laptop aufklappte und nach Schlagzeilen aus dem Südsudan suchte – erfolglos. Anscheinend kam es dort so häufig zu Massakern, dass ein weiteres keine Erwähnung wert war. Er stieß auf eine Seite aus Juba, deren Berichte sich jedoch lediglich auf einen Rebellenangriff auf die Stadt Rumbek bezogen.

Sie warteten bis nach dem Abendessen im Hotel. Als sich das Team in einem großen Konferenzraum auf dem Sportkanal ESPN Wiederholungen von Fußballspielen ansah, nahm Ecko Samuel beiseite. »Komm mit«, sagte er.

Der Junge schien mit schlechten Nachrichten zu rechnen und hatte sich bereits seit dem vergeblichen Anruf zu Hause große Sorgen gemacht. Er setzte sich auf die Kante eines Bettes und sah seine beiden Trainer an. »Was ist passiert?«, fragte er, auf das Schlimmste gefasst.

Da es nichts zu beschönigen gab, berichtete Ecko von seinem

Gespräch mit dem Leutnant und ließ keine der Einzelheiten aus. »Es sieht so aus, als wären alle Häuser niedergebrannt und alle Einwohner geflohen«, sagte er zum Schluss. »Es hat viele, viele Tote gegeben.«

Samuel streckte sich auf dem Bett aus und bedeckte das Gesicht mit beiden Händen. Lange Zeit weinte er nur und brachte kein Wort heraus. Seine Trainer weinten mit ihm, aber auch sie hatten keinen Trost für ihn.

»Ich sage der Mannschaft Bescheid«, flüsterte Frankie und verließ den Raum. Er ging nach unten in den Konferenzraum, schaltete den Fernseher aus und berichtete den Jungen, was geschehen war.

»Ich muss meine Familie suchen«, sagte Samuel.

Ecko schüttelte den Kopf. »Das geht nicht, Samuel, zumindest nicht jetzt. Es ist ein Kriegsgebiet, da lassen sie dich gar nicht erst hin.«

»Ich muss weg.«

»Es tut mir leid. Das geht nicht, zumindest nicht sofort. Vielleicht später.«

Samuel setzte sich auf die Bettkante und fuhr sich mit einem Ärmel über das Gesicht. »Ich hätte dableiben sollen.«

»Du darfst dir nicht die Schuld geben, Samuel. Bis wir mehr wissen, können wir nur um ein Wunder beten.«

»Ich muss da hin.«

»Nein, Samuel.«

Er wischte sich erneut über das Gesicht und ließ sich von Ecko eine Flasche Wasser geben. »Ich wusste, dass etwas Schlimmes passieren würde. Als ich von zu Hause weg bin, hatte ich im tiefsten Inneren das Gefühl, dass etwas passieren würde. Ich hätte nicht weggehen dürfen.«

»Du hättest es nicht verhindern können, Samuel.«

»Ich wusste es einfach. Ich wusste es. Mein Vater, meine Mutter, Angelina, James und Chol … Warum war ich nicht bei ihnen?«

»Weil du hier warst. Sie waren so stolz darauf, dass du es geschafft hast, Samuel.«

Er weinte erneut, tiefe schmerzerfüllte Schluchzer, die seinen ganzen Körper schüttelten.

Die Tür ging auf, und Frankie kam herein, gefolgt von allen vierzehn Spielern. Sie umringten ihren Freund, umarmten ihn, sagten ihm, wie leid es ihnen tue, und weinten mit ihm.

15

Am Ufer eines ausgetrockneten Bachbetts machten sie halt und ruhten sich auf den großen Felsen aus. Sie waren insgesamt zwanzig, sechs Frauen, die ihre Ehemänner verloren hatten, und ihre Kinder. In der Dunkelheit drängten sie sich zusammen und wechselten höchstens einmal ein geflüstertes Wort. Beatrice kannte zwei der anderen Frauen, alle stammten aus ihrem Dorf. Sie waren davon überzeugt, dass ihre Ehemänner und Söhne ums Leben gekommen waren, und allein der Gedanke an das Massaker war unerträglich. Es war, als würde es immer wieder geschehen.

Hunger und Durst quälten sie, und außer der Kleidung an ihrem Leib hatten sie nichts mehr. Die Jüngsten wimmerten und klammerten sich an ihre Mütter, die selbst unter Schock standen, völlig erschöpft und verängstigt waren. Sie hatten keine Ahnung, wo sie waren und wohin sie gingen. Sie wussten nicht einmal, ob sie sich in gerader Richtung vom Ort des Gemetzels entfernten oder ob sie sich im Kreis bewegten. Die schmalen Trampelpfade, denen sie zu folgen versuchten, gabelten und wanden sich und führten nirgendwohin. Mehrmals im Laufe der Nacht hatten sie das Gefühl gehabt, nicht die Einzigen zu sein, die sich lautlos in der undurchdringlichen Finsternis des Waldes bewegten.

Der Himmel im Osten wurde heller, sodass sie sich zumindest orientieren konnten. Wenn dort Osten war, dann war links davon Norden. Aber was half ihnen das, wenn sie kein Ziel hatten? Alles, was zählte, waren Proviant und Wasser. Und Sicherheit. Zu hören war nichts, kein Gewehrfeuer, keine Lkws. Nichts. Bedeutete die Stille, dass sie in Sicherheit waren?

Plötzlich tauchte Emmanuel, ein Teenager aus Lotta, auf und fragte, ob er sich ihnen anschließen dürfe. Natürlich durfte er, aber sie hatten nichts, was sie mit ihm teilen konnten. Er sagte, er sei vor einer Stunde an einem kleinen Bauernhof vorbeigekommen. Vielleicht habe der Bauer Essen und Wasser und könne ihnen den Weg weisen.

Beatrice fragte, ob er Angelina gesehen habe, obwohl sie wusste, dass es sinnlos war. Er kannte sie gar nicht. Seine eigene Familie war von den Rebellen abgeschlachtet worden – Mutter, Vater und die drei älteren Brüder. Wenn er ein Gewehr gehabt hätte, wäre er zurückgegangen und hätte die Rebellen getötet. Eine Rückkehr nach Lotta mochte Selbstmord sein, aber vielleicht war von ihren Häusern noch etwas übrig. Vielleicht gab es Überlebende. Vielleicht war Angelina irgendwie verschont geblieben. Vielleicht war Ayak entkommen und suchte verzweifelt nach ihnen. Alles, was Beatrice wollte, war, nach ihrer Tochter und ihrem Ehemann zu suchen.

Emmanuel sagte, er habe sich in den Wald geflüchtet und sei auf einem Hügel auf einen hohen Baum geklettert, von dem aus das brennende Dorf zu sehen gewesen sei. Es sei völlig zerstört. Das Gewehrfeuer der Exekutionen, bei denen die Rebellen die Männer hinrichteten, habe gar nicht mehr aufgehört.

Geschwächt und völlig erschöpft folgten sie Emmanuel durch das Bachbett, in der Hoffnung, auf ein Wasserloch oder auch nur eine Pfütze zu stoßen, aber es war Trockenzeit, und der Boden war ausgedörrt und rissig. Die Sonne war mittlerweile aufgegangen und brannte immer heißer, doch glücklicherweise führte der Bach am Wald entlang, der Schatten spendete. Emmanuel bog auf einen Trampelpfad ein, den das Vieh ausgetreten hatte, und nach einem knappen Kilometer ließ er sie anhalten. Sie sollten sich auf den Boden setzen und warten, während er den Bauern um Hilfe bat. Sie warteten im Schatten und lauschten, ob sich andere Menschen näherten, die möglicherweise Kämpfer waren. Sie beteten um Essen und Wasser.

Emmanuel kehrte mit leeren Händen zurück. Der Bauer habe kaum genug zu essen für seine eigene Familie und kein Wasser. Er habe gesagt, sie seien knapp zehn Kilometer südlich von Lotta. In der Nacht seien andere Dorfbewohner durchgezogen, die ihn um Hilfe angefleht hätten. Bei allem Mitgefühl habe er nichts für sie tun können. Weiter südlich gebe es angeblich ein Lager, in dem sie Wasser und Zuflucht finden könnten. Angesichts dieser schwachen Hoffnung hob sich ihre Stimmung ein wenig, und sie setzten sich wieder in Bewegung.

Und gingen immer weiter.

Die Trainer waren schon früh auf den Beinen. Sie ignorierten das kostenlose Frühstück in der Lobby und nahmen ihren Kaffee mit in den Konferenzraum, wo sie ihre Laptops aufklappten und recherchierten. Auf amerikanischen Websites war nichts zu finden, auch Johannesburg meldete nichts. Die BBC sprach von heftigen Kämpfen in und um die Stadt Rumbek, aber nur beiläufig. Nach jahrzehntelangen Gefechten und Massakern, gebrochenen Friedensvereinbarungen und unzähligen toten Zivilisten waren schlechte Nachrichten aus dem Südsudan keinen Bericht wert.

Beim vierten Versuch erreichte Ecko den Leutnant auf dessen Satellitentelefon. Ihm zufolge hatte sich das Blatt gewendet, die

Armee machte gegenüber den Rebellen Boden gut. Sie hofften, die Dörfer in wenigen Tagen zurückzuerobern. Lotta werde immer noch von Rebellen kontrolliert und sei in der Gegend am stärksten betroffen.

Der Leutnant erkundigte sich nach Samuel, und Ecko sagte, dem Jungen gehe es sehr schlecht. Nein, ihm sei nicht bekannt, ob Samuel Verwandte in anderen Gegenden des Landes habe.

Ecko telefonierte mit einem Trainer in Juba, aber der wusste praktisch nichts. In und um Rumbek werde gekämpft, und die Lage in der gesamten Region sei verheerend. Der Trainer versprach, sich ans Telefon zu hängen und zurückzurufen, falls er etwas herausfand.

Nach einer Stunde waren sie nicht viel weiter. Offenbar war Samuel der einzige Spieler, der von den Kämpfen betroffen war. Die anderen neun Jungen, die direkt aus dem Südsudan kamen, hatten alle am Vortag mit ihren Familien gesprochen.

»Ich erwähne es nur ungern«, sagte Frankie, »aber wir haben um zwei Uhr ein Spiel.«

»Ach so. Ja. Was meinst du? Unsere Mannschaft ist im Augenblick nicht gerade im Wettbewerbsmodus.«

»Spielen müssen wir trotzdem, oder?«

»Die Jungs werden spielen wollen, da bin ich mir sicher.«

»Und Samuel?«

»Lass uns mit ihm reden.«

Spiel 7: Südsudan gegen Großbritannien

In den Transportern war es beunruhigend still, als Ecko und Frankie das Team zum Rollins College fuhren, wo das siebte und letzte Spiel stattfinden würde. Kein Geplänkel wie sonst, keine Scherze, niemand sang. Die Spieler hatten Samuel überredet, sich umzuziehen und sich mit auf die Bank zu setzen, damit sie in seiner Nähe sein konnten. Aber er hatte nicht die geringste Lust zu spielen und wollte nur weg, um nach seiner Familie zu suchen.

Frankie schlug vor, mit den fünf Spielern aus den Vereinigten Staaten zu beginnen, zu denen auch Dak Marial und Jimmie Abaloy gehörten. Vielleicht waren sie nicht ganz so mitgenommen wie ihre Kameraden aus der Heimat. Außerdem war es die stärkste Aufstellung, und ein mitreißender Start motivierte vielleicht die anderen. Großbritannien hatte dreimal hintereinander gewonnen und bei den beiden Niederlagen insgesamt nur einen Rückstand von sechs Punkten gehabt.

Als er seine Mannschaft beim Aufwärmen beobachtete, merkte Ecko jedoch, dass es nicht gut aussah. Die Jungen waren lustlos. Keiner lächelte. Er versuchte es mit den üblichen Anfeuerungsreden vor Spielbeginn und erinnerte sie an das, was sie ohnehin wussten. Wenn sie verloren, war es vorbei.

Glücklicherweise kam Großbritannien nicht auf Anhieb ins Spiel und vergab die ersten vier Würfe. Dak traf gleich seine ersten beiden Sprungwürfe aus nächster Nähe und feuerte brüllend seine Defense an. Als Jimmie Abaloy aus viel zu großer Entfernung einen unsicheren Distanzwurf versuchte, nahm Ecko ihn aus dem Spiel und hielt ihm eine Strafpredigt. Hauptsache, er hatte ihre Aufmerksamkeit.

Samuel saß zwischen seinen Trainern und versuchte, seine Freunde zu motivieren, aber die Stimmung auf der Bank war schlecht. Nach den ersten zehn Minuten hatten beide Mannschaften vierzehn Punkte, und Ecko schickte seinen B-Kader auf das Spielfeld. In der Hälfte des zweiten Drittels riss der Star-Forward der britischen Mannschaft das Spiel an sich und war nicht zu stoppen. Er hieß Abol Pach und war zu allem Überfluss einer von ihnen. Er war in London geboren, hatte aber sudanesische Eltern aus Juba – und er hatte der Michigan State University bereits mündlich zugesagt. Pach traf aus jeder Entfernung – hinter der Dreierlinie, aus dem Freiwurfkreis, direkt am Korb, aus der Distanz. Wenn er unter Druck gesetzt wurde, preschte er zum Korb und versenkte eindrucksvolle Dunks. Er erzielte allein im zweiten Drittel vierzehn Punkte, und sein Team führte mit zehn Punkten.

Eine Katastrophe bahnte sich an, und es gab nichts, was sie dagegen tun konnten. Ecko bot seine besten Spieler auf, und sie kämpften sich Punkt um Punkt an die Briten heran, aber Pach war nicht aufzuhalten und holte sich den Ball immer wieder. Als er einen langen Dreier nach dem anderen versenkte, war bei den Südsudanesen die Luft raus.

In der Kabine flossen Tränen, und die Spieler brachten kaum ein Wort heraus. Ecko und Frankie redeten auf sie ein, sagten, sie seien stolz auf sie und es sei eine Ehre, Sportler von ihrem Format zu trainieren. Samuel hatte sich in eine Ecke verkrochen, weil er sich die Schuld an allem gab. Aber seine Gedanken waren in Lotta, und er wollte nur noch nach Hause.

16

Nach einem Marsch von einer Stunde fanden sie Schatten und legten eine Pause ein. Emmanuel lief voraus, um nach Wasser zu suchen, kehrte jedoch unverrichteter Dinge zurück. Aber er hatte eine Schotterpiste entdeckt, auf der andere aus ihrem Dorf in südöstlicher Richtung unterwegs waren. Sie beschlossen, ihr zu folgen.

Beatrice versuchte, nicht an das zu denken, was hinter ihr lag. Sie bemühte sich, jeden Gedanken an Samuel zu verdrängen. James und Chol klagten über Kopfschmerzen und hatten Hunger, und sie versprach ihnen, dass sie bald Wasser für sie finden würde. Das Weinen hatte aufgehört, und sie schleppten sich wie die anderen schweigend dahin, den Blick starr auf den Weg vor ihnen gerichtet, benommen, traumatisiert und verängstigt.

Die Gruppe folgte Emmanuel zu der geschotterten Straße, wo bereits eine vielleicht zwölfköpfige Gruppe von Müttern und Kindern unterwegs war. Der Anblick anderer Menschen war kein Trost. Sie waren ebenfalls verzweifelt auf der Suche nach Wasser, Nahrung und Unterkunft. Hunderten, wenn nicht Tausenden musste es genauso gehen, und selbst wenn sie Glück hatten, würde es nicht für alle reichen.

Sie ruhten sich erneut aus, und Emmanuel verschwand wieder. Als er wiederkam, teilte er ihnen freudestrahlend mit, ein Lager sei ganz in der Nähe. Dort solle es Wasser geben.

Auf der Schotterpiste hörten sie ein Fahrzeug und versteckten sich hastig im Gebüsch. Sie spähten durch das Gestrüpp und lauschten, als der Lkw immer näher kam. Gewehrschüsse knallten, das vertraute Geräusch der Kallies, und die Kinder fingen an zu weinen. Eine Staubfahne stieg auf, als er an ihnen vorbeirollte. Ein Truppentransporter voller Kämpfer. Rebellen. Einer von ihnen gab zum Spaß ein paar Schüsse in die Luft ab. Laut lachend verschwanden sie im Staub.

Ecko hatte genug von Orlando und wollte weg. Während sich seine Spieler am Pool entspannten, arbeitete er mit Frankie einen Plan aus. Sie hatten noch Geld für Spesen übrig und beschlossen, es für einen Besuch in Washington auszugeben. Frankie rief ihr Reisebüro an, das Zimmer für sie reservierte und die Flüge umbuchte.

Am nächsten Tag packten sie und fuhren zum Flughafen, wo sie sich von den Amerikanern verabschiedeten. Jimmie Abaloy und Dak Marial nahmen eine Maschine nach Newark. Nelson Wek flog über Chicago nach Omaha. Nyal Roman nahm denselben Flug und reiste dann weiter nach Akron. Den weitesten Weg hatte

Ajah Nyabang, der nach San Francisco musste. Bevor sie sich verabschiedeten, versammelten sich die Spieler um ihre Trainer, und Ecko sprach ein kurzes, emotionales Gebet. Sie verabschiedeten sich ausgiebig, umarmten einander und versprachen, in Kontakt zu bleiben.

Auf dem Flug nach Washington saß Ecko neben Samuel und sprach mit ihm über seine Zukunft. Er war fest davon überzeugt, dass Samuel in den USA bleiben und die amerikanische Staatsbürgerschaft beantragen sollte, aber das warf Fragen auf, die er selbst nicht beantworten konnte. Er wollte sich bei der Botschaft in Washington informieren.

Samuel war überfordert von dem Gedanken, in Amerika zu bleiben.

Ecko erinnerte ihn immer wieder daran, dass er nicht nach Hause konnte, weil es kein Zuhause mehr gab. Ecko hatte Freunde in Juba, aber sie konnten unmöglich einen Achtzehnjährigen adoptieren. Samuel fiel kein einziger Verwandter ein, der ihn hätte aufnehmen können. Seine gesamte Verwandtschaft lebte in Lotta. Und dorthin wollte er, um sie zu finden.

Ecko zeigte ihm eine Liste mit einem halben Dutzend Nichtregierungs- und Hilfsorganisationen, die in den Flüchtlingslagern im Südsudan und in den angrenzenden Ländern tätig waren. Er versprach, mit allen Kontakt aufzunehmen und nicht nachzulassen, bis er auf jemanden stieß, der die Familie Sooleymon kannte. Hatten sie überlebt, dann würden sie sich letztendlich zu einem Flüchtlingslager durchschlagen. Wenn er sie gefunden hatte, würde er dafür sorgen, dass Samuel zu ihnen reisen konnte. Aber das würde dauern. Jetzt zurückzukehren wäre gefährlich und sinnlos.

Am Reagan National Airport mietete Ecko zwei weiße Transporter, die eine bemerkenswerte Ähnlichkeit mit denen in Orlando aufwiesen. Ihr Hotel war in McLean, in der Nähe einer Interstate. Nachdem sie eingecheckt hatten, gingen die Spieler an den Pool.

Lonnie Britt hatte so gar keine Lust auf die vierstündige Fahrt von Durham nach Washington gehabt, aber Ecko hatte darauf bestanden. Die beiden alten Freunde telefonierten eine Stunde lang, während sich Lonnie durch den Verkehr auf der Interstate 95 quälte. Als er in McLean eintraf, hatte er einen neuen Basketballspieler verpflichtet, einen, für den sich niemand sonst interessierte.

Lonnie aß mit der Mannschaft zu Abend und versuchte, sie aufzuheitern. Die Jungen waren hart im Nehmen und gaben nicht so leicht auf, aber dass sie ausgeschieden waren, war ein harter Schlag. Sie wussten, dass sie sich mit jeder der anderen Mannschaften messen konnten, und waren enttäuscht, dass sie nun mit leeren Händen nach Hause fliegen sollten. Von den neun Jungen, die die lange Reise nach Juba antreten würden, hatten nur drei – Alek Garang, Quinton Majok und Riak Kuol – eine Chance, an einem College zu spielen. Hätte das Team es bis in das nationale Showturnier geschafft, hätten vielleicht noch zwei oder drei andere auf sich aufmerksam machen können.

Nach dem Essen bat Ecko Samuel, auf sein Zimmer zu kommen. Dort erwartete ihn Lonnie, der ihm sein Mitgefühl aussprach. Samuel bedankte sich, blieb aber wortkarg. Das änderte sich bei Lonnies nächsten Worten. »Samuel«, sagte Lonnie, »ich möchte dich an die North Carolina Central University holen. Wenn du für unsere Mannschaft, die Eagles, spielst, kann ich dir ein volles Stipendium anbieten.«

Samuel war sprachlos und sah Ecko ungläubig an.

»Ich habe dich spielen sehen und bin beeindruckt«, fuhr Lonnie fort. »Ecko ist von dir überzeugt und hat mich überredet, die Chance zu ergreifen. Was meinst du?«

»Ich weiß nicht recht. Ich kann gar nicht klar denken. Auf jeden Fall danke.«

Ecko gab nicht so leicht auf. »Hier ist das Angebot, Samuel. Wir gehen morgen zur Botschaft und kümmern uns um deine

Aufenthaltsgenehmigung. Lonnie kommt mit und erklärt, dass du in Durham studieren wirst. Wir bitten die Botschaft, alle Hebel in Bewegung zu setzen, damit du so schnell wie möglich ein Studentenvisum bekommst.«

Samuel schüttelte den Kopf. »Danke, Coach, aber ich muss nach Hause und meine Familie suchen. Sie haben bestimmt überlebt und brauchen mich.«

»Hör mir zu, Samuel«, sagte Ecko.

»Vielleicht nicht alle, aber meine Mutter bestimmt, das weiß ich einfach. Sie braucht mich jetzt.«

»Wir finden sie, Samuel, aber allein schaffst du das nicht. Im Augenblick haben wir keine Ahnung, wo sie sind. Das Dorf gibt es nicht mehr, und in Rumbek ist es nicht sicher. Deine Familie hat nichts davon, wenn du ums Leben kommst.«

»Wir werden alles tun, um dir bei deiner Suche zu helfen, Samuel«, sagte Lonnie, »das verspreche ich dir, aber geh jetzt bitte kein Risiko ein. Komm mit mir nach Durham. Du kannst bei mir und meiner Familie wohnen, bis das Semester anfängt. Dann ziehst du in ein schönes Studentenwohnheim und findest neue Freunde. Ich habe ein tolles Team, Samuel, und meine Jungs werden sich freuen, dich kennenzulernen.«

»Aber ich habe überhaupt kein Geld. Wie soll ich da am College studieren?«

»Lass das meine Sorge sein«, beruhigte ihn Ecko. »Dein Stipendium deckt Studiengebühren, Unterkunft, Verpflegung und die Kosten für Bücher ab. Lonnie kann dir helfen, einen Job zu finden. Wir bekommen das hin.«

Samuel vergrub das Gesicht in den Händen. »Danke«, stammelte er.

17

Das Lager wurde von zwei kleinen Hügeln eingerahmt, zwischen denen ein schmaler Bach verlief. An seinen Ufern drängten sich Dutzende improvisierter Zelte und Hütten aus vom Blattwerk befreiten Ästen und trockenem Gestrüpp. Aus zwei Feuern stieg Rauch auf und ließ sie hoffen, dass hier Mahlzeiten zubereitet wurden. Das Bachbett war weitgehend ausgetrocknet, aber immer wieder gab es verschlammte Wasserlöcher. Frauen und Kinder machten sich ohne Sinn und Zweck irgendwie zu schaffen.

Emmanuel ließ sie im Schatten einiger Bäume warten, während er das Lager erkundete. Er folgte einem Pfad, wurde aber in der Nähe der Siedlung von zwei Männern aufgehalten, die ihm den Weg versperrten. »Was willst du?«, fragte einer von ihnen. Beide hatten sich bewaffnet, der eine mit einem Knüppel, der andere mit einer Machete.

»Ich habe Frauen und Kinder dabei«, erwiderte Emmanuel. »Wir sind aus dem Dorf Lotta und wurden angegriffen.«

»Hier könnt ihr nicht bleiben«, sagte der Mann mit dem Knüppel.

»Bitte. Wir sind am Verhungern und brauchen Wasser. Wir sind seit zwei Tagen und Nächten unterwegs.«

»Hier könnt ihr nicht bleiben. Es gibt nichts zu essen und praktisch kein Wasser mehr.«

»Bitte. Sonst sterben wir. Wir haben Kinder dabei.«

»Wir sterben alle. Außerdem lassen uns die Bauern sowieso nicht mehr hierbleiben. Wir verbrauchen ihr ganzes Wasser, das lassen sie sich nicht mehr gefallen. Sie haben gedroht, Soldaten zu holen und das Lager räumen zu lassen.«

»Aber wir können nicht weiter. Bitte helft uns.«

»Hier ist kein Platz für euch, und es ist zu gefährlich.«

»Euch bleibt nichts anderes übrig, als weiterzuziehen«, sagte der Mann mit der Machete.

»Bitte. Nur etwas Wasser und Essen.«

Die Männer sahen einander an. Der eine warf seinen Knüppel beiseite und verschwand. »Warte«, sagte der andere.

»Wie lange seid ihr schon hier?«, fragte Emmanuel.

»Seit einem Monat. Die meisten von uns kommen aus dem Dorf Ranya. Woher seid ihr?«

»Aus Lotta. Das Dorf ist Sonntagnacht von Rebellen niedergebrannt worden.«

»Unser Dorf ist auch in Brand gesteckt worden. Seitdem sind wir hier, aber jetzt müssen wir weg. Die Bauern sind sehr wütend und wollen uns nicht auf ihrem Land.«

»Wann brecht ihr auf?«

»Morgen.«

»Wohin?«

Der Mann schüttelte den Kopf, als hätte er keine Ahnung.

Der andere Mann kehrte mit einem Eimer Wasser und einem Stoffbeutel zurück. Sie folgten Emmanuel den Pfad entlang zu den Bäumen, wo Beatrice und ihre Gruppe warteten. »Es tut mir leid, aber hier könnt ihr nicht bleiben«, sagte einer der Männer. »Es ist zu gefährlich.« Er stellte den Eimer ab und griff nach einer kleinen hölzernen Schöpfkelle. »Das Wasser ist schmutzig, aber wir trinken es auch. Es bleibt uns nichts anderes übrig.« Während er jedem einige Mundvoll von der bräunlichen Flüssigkeit gab, öffnete der andere den Beutel und fing an, ein paar Handvoll rohe Erdnüsse zu verteilen.

Das Wasser war eklig, aber es stillte ihren Durst. Die Erdnüsse schmeckten köstlich. »Esst langsam«, flüsterte Beatrice James und Chol zu. »Dann reicht es länger.«

Aber sie konnten nicht langsam essen.

Die beiden Transporter hielten in der Nähe des Lincoln Memorial, um die Mannschaft abzusetzen. Frankie gab ihnen Anweisungen mit und fuhr weiter, um sich auf die Suche nach einem Parkplatz zu machen. Bald waren die Jungen in den Touristenscharen verschwunden, die das Abraham-Lincoln-Denkmal besichtigten und sich um das Reflexionsbecken drängten.

Ecko fuhr Samuel und Lonnie zur Botschaft der Republik Südsudan in der 31st Street in der Nähe des Marineobservatoriums. Um zehn Uhr hatten sie einen Termin bei Maria Manabol, einer netten jungen Dame, mit der Ecko bereits dreimal gesprochen hatte. Sie empfing sie in einem kleinen Konferenzraum und bot ihnen Kaffee an. Nach einer kurzen Unterhaltung, bei der sie Samuel ihr Beileid wegen der Tragödie aussprach und auch die Basketballmannschaft kurz erwähnte, bat sie Ecko und Lonnie auf den Gang. Samuel blieb am Tisch sitzen, während sie mit ihr zu einem Büro gingen. Sie schloss die Tür und deutete einladend auf die Sitzgelegenheiten. »Mein Vater war Soldat in der Regierungsarmee und wurde getötet, als ich noch klein war, ich weiß also, wie es ihm geht. Zum Glück hatte ich einen Onkel hier in den Staaten, der mich und meinen Bruder holte. Es tut mir wirklich aufrichtig leid.«

Sie nickten ernst und warteten.

»Gestern haben Regierungstruppen die Rebellen bei Rumbek zurückgedrängt und die Gegend gesichert. Bei der Durchsuchung der Dörfer bewahrheiteten sich ihre Befürchtungen. In Lotta haben die Rebellen mehrere Hundert Männer in die Pfarrkirche getrieben und das Gebäude in Brand gesetzt, sodass die genaue Zahl der Todesopfer wohl nie mehr festzustellen sein wird. Die meisten Opfer sind bis zur Unkenntlichkeit verbrannt. Bisher wurden über das Dorf verteilt mehr als zweihundert Leichen gefunden, hauptsächlich Männer und Jungen. Leider kommt so etwas in diesem Krieg immer wieder vor. Die Überfälle sind von unbeschreiblicher Grausamkeit, und die Aufräumarbeiten sind äußerst belastend. Etwa hundert Männer konnten identifiziert werden, weil sie ihre Wählerregistrierungskarte bei sich getragen haben.

Die weiblichen Todesopfer sind problematischer, weil sie die Karten bei der Flucht zurückgelassen haben. Alle Häuser sind niedergebrannt worden.«

Maria Manabol griff nach einer Fernbedienung und richtete sie auf einen Fernseher an der Wand. »Diese Bilder sind schwer erträglich, und ich wollte nicht, dass Samuel sie sieht.«

Das Video war mit einer Handkamera aufgenommen worden, von einer Person, die mit den Soldaten durch das Dorf ging. Die Leichen waren grotesk aufgetrieben und mit dunklem Blut überströmt. Soldaten mit Masken und Handschuhen warfen sie auf die Ladefläche eines Truppentransporters. Nach dreißig Sekunden wandte Ecko den Blick ab.

Maria Manabol drückte eine Taste, und der Bildschirm wurde schwarz. »Hat Samuel einen Laptop oder ein Handy?«

»Nein«, erwiderte Ecko.

»Gut, dann bleibt ihm das hier vielleicht erspart. Das Video kursiert im Internet.«

»Wir wollten ihm heute Vormittag ein Smartphone und einen Laptop besorgen. Er wird beides brauchen.«

»Vielleicht sucht er nicht danach. Sein Vater, Ayak Sooleymon, ist anhand der Wählerregistrierungskarte identifiziert worden. Offenbar war er in der Kirche und hat es ins Freie geschafft, bevor er erschossen worden ist. Sein Tod ist also bestätigt.«

»Weiß man etwas über die Mutter und die Geschwister?«

»Nein, nichts. Wie Sie wissen, sind vier Millionen Südsudanesen auf der Flucht vor den Kampfhandlungen und leben in Flüchtlingslagern. Wir können nur hoffen, dass es ihr gelingt, sich zu einem Camp durchzuschlagen. Menschen aufzuspüren ist extrem schwierig, aber wir geben nicht auf, und manchmal haben wir Glück. Allerdings kommen die meisten in Lagern in den Nachbarländern unter. Manche sind schon seit Jahren dort.«

»Unfassbar«, sagte Lonnie.

»Wenn ich Sie richtig verstanden habe, nehmen Sie Samuel mit nach Durham.«

»Ja, er soll in meiner Basketballmannschaft spielen.«

»Dann kann er sich glücklich schätzen, dass Sie sich für ihn einsetzen, Coach.«

»Im Augenblick fühlt er sich nicht besonders glücklich«, sagte Ecko.

»Das kann ich mir vorstellen. Wir besorgen Samuel im Eilverfahren ein Studentenvisum, damit er in Ruhe studieren kann. Dafür brauche ich heute ein paar Unterschriften, damit ich den Antrag an die Einwanderungsbehörde weiterleiten kann.«

»Danke«, sagten Ecko und Lonnie gleichzeitig.

»Ich warte einen Augenblick hier, damit Sie ihm das mit seinem Vater sagen können«, sagte sie.

»Ich denke, er weiß es im Grunde schon.«

»Bestimmt.«

Ecko und Lonnie erhoben sich. »Wir spielen am 19. Dezember gegen die Howard University«, sagte Lonnie, als er die Tür öffnete. »Ich gehe davon aus, dass Samuel bis dahin zur Mannschaft gehört. Wir würden uns freuen, wenn Sie unser Gast wären.«

»Oh, danke. Mein Mann und ich sind große Fans von College-Basketball. Wir kommen gerne.«

Samuel und Coach Britt saßen in der Hotellobby und fummelten mit Samuels neuem Handy und Laptop herum, als die Spieler zurückkamen. Sie waren informiert und wussten, dass ihr Freund nicht nach Juba zurückfliegen würde. Seine Tasche war gepackt, mit ein paar neuen Kleidungsstücken von J. Crew, für die Ecko sein dahinschmelzendes Spesenkonto weiter geplündert hatte.

Nachdem sich alle ausgiebig verabschiedet hatten, verließ er mit Ecko und Lonnie das Hotel. Die anderen sahen ihm nach. So übel das Schicksal Samuel mitgespielt hatte, er lebte ihren Traum. Er durfte in Amerika bleiben und bekam ein Stipendium, mit dem er sein Studium finanzieren konnte, er durfte in gut ausgestatteten Basketballhallen und -arenen spielen. Sie gönnten es ihm von Herzen.

Am Auto umarmte Samuel Ecko und bedankte sich für alles. Als Ecko ihm in die Augen sah, war er sicher, dass der Junge noch eine Handbreit gewachsen war.

TEIL II

18

Es spielte keine Rolle mehr, welchen Tag sie hatten. Einer glich dem anderen. Sie marschierten drei Tage lang, dann noch einmal drei. Früh am Morgen brachen sie auf, wenn die Sonne noch erträglich war, und ruhten sich während der größten Hitze aus, um erst in der Dunkelheit weiterzumarschieren. Sie schliefen auf dem Boden, dicht zusammen, weil das sicherer war. Sie waren am Verhungern und vollkommen dehydriert, aber als die Erschöpfung so groß war, dass sie nicht mehr konnten, fand Emmanuel verfaulte Früchte von einem Kapfeigenbaum, die sie gierig verschlangen. Es gelang ihm, bei einem Dinkabauern einen Beutel Erdnüsse und eine Kalebasse mit Wasser zu erbetteln. Ein anderer Bauer, ein Nuer, verfluchte sie und bedrohte sie mit der Machete. Langsam schleppten sie sich weiter, wobei sie immer auf sich nähernde Lkws und Kämpfer lauschten.

Zehn oder zwölf Tage nach dem Massaker stießen sie auf eine andere Gruppe von Flüchtlingen, und es sprach sich schnell herum, dass sie nach Uganda wollten. Beatrice wollte den Südsudan nicht verlassen, weil sie noch nie im Ausland gewesen war, aber Emmanuel hatte immer wieder gehört, dass die Lager im Südsudan gefährlicher waren. Oft wurden sie von Rebellen überfallen, die töteten und vergewaltigten und sich die wenigen Lebensmittelvorräte unter den Nagel rissen. Er war zunehmend überzeugt davon, dass sie nach Uganda gehen sollten, und je länger er sich mit den anderen Männern unterhielt, desto sicherer war er, dass es die richtige Entscheidung war. Uganda hielt seine Grenzen offen und versuchte, den ins Land strömenden Flüchtlingen zu helfen, aber die Lager waren völlig überfüllt. So viele flohen vor der Gewalt im Südsudan. Äthiopien und Kenia waren angeblich auch relativ sicher, aber viel weiter entfernt.

Müde und hungrig schleppten sie sich weiter, immer in der Hoffnung, hinter der nächsten Biegung die Grenze zu sehen. Mittlerweile waren es über hundert Flüchtlinge, fast ausschließlich Frauen und Kinder, eine lange, traurige Prozession des Elends. Die meisten waren barfuß. Nur wenige hatten ein paar Habseligkeiten retten können. Niemand hatte etwas zu essen oder zu trinken. In der Nähe der Grenze ging es nicht weiter, eine große Menschenmenge wartete bereits vor einer Zeltreihe, die die Straße blockierte. Sie rasteten an der Straße, während Emmanuel loszog, um Erkundigungen einzuziehen. Hunderte und Aberhunderte von Menschen sammelten sich hinter ihnen, und es kamen immer mehr.

Beatrice, die sich auf den Boden gesetzt hatte, zog James und Chol an sich und blickte auf die endlose Schlange der Flüchtlinge, die sich hinter ihnen gebildet hatte. Im Lager musste es Lebensmittel und Wasser geben. Warum sonst sollten so viele Menschen herbeiströmen?

Sie verbrachten die Nacht dort auf dem Boden und zogen früh am nächsten Morgen weiter. Als sie einen Kontrollpunkt passierten, wussten sie, dass sie ihre Heimat verlassen hatten. »Willkommen in Uganda – Flüchtlingslager Rhino Camp« verkündete ein Schild in englischer Sprache. Ein Uniformierter schickte sie zu einem Zelt, wo sie sich in eine Schlange stellten, um sich anzumelden. Während sie warteten, fragte Beatrice den Mann, ob es Essen und Wasser gebe. Ihre Kinder seien am Verhungern.

Er nickte lächelnd, ja, direkt hinter den Zelten gebe es etwas zu essen und Wasser. An einem Tisch nannte sie einem Beamten ihre

Namen und sagte, sie seien aus dem Dorf Lotta. Sie erkundigte sich, ob jemand Angelina gesehen habe, aber der Beamte schüttelte den Kopf. »Nein, wir nehmen jeden Tag tausend Flüchtlinge auf und können uns keine einzelnen Namen merken.«

»Bitte halten Sie nach Angelina Sooleymon Ausschau. Bitte.«

Er nickte, als hörte er das nicht zum ersten Mal, und trug ihre Namen in ein Verzeichnis ein. Dann erkundigte er sich, ob sie Papiere hätten. Nein, hatten sie nicht. Sie erklärte, alles sei mit ihrem Haus verbrannt. Sie habe kein Geld, nur die verdreckten Lumpen, die sie am Leib trage. Von den Zelten aus schleppten sie sich weiter zu einer langen Schlange hungriger Menschen, die an einem großen Lkw warteten. Es roch nach Essen. Am Lkw schöpften Helfer mit Kellen warmen Haferbrei aus großen Bottichen und füllten Blechschüsseln damit. Andere gaben Plastikflaschen mit Trinkwasser aus. Die Flüchtlinge warteten geduldig und konnten es kaum fassen, dass sie endlich versorgt werden sollten. Beatrice bedankte sich bei den Helfern und setzte sich mit ihren Jungen neben den Lkw, um zu essen und zu trinken.

Nachdem er eine Woche bei Coach Britt im Keller übernachtet hatte, von dessen Frau bekocht worden war und mit den Kindern stundenlang Videospiele gespielt hatte, bezog Samuel ein Zimmer in einem Wohnheim auf dem Campus der North Carolina Central University im Süden von Durham. Es war modern eingerichtet und eher ein Apartment als ein Studentenzimmer – und ganz in der Nähe der Sportanlagen. Er würde es sich mit einem anderen Basketballer teilen, der in einigen Tagen eintreffen sollte. Lonnie half ihm, sich einzurichten, und ging dann mit ihm zum Footballfeld. In der Kabine stellte er ihm seinen neuen Chef, T. Ray, vor. Samuel hatte nämlich den ersten Job seines Lebens an Land gezogen: Für beeindruckende 7,25 Dollar pro Stunde – der Mindestlohn in North Carolina, wobei der Begriff Samuel nichts sagte –

sollte er sich als Hilfskraft um die Ausrüstung der Footballmannschaft kümmern.

»Footballspieler sind echte Schweine«, schimpfte T. Ray, während er Samuel die weitläufige Umkleide zeigte. »Du stehst ganz unten in der Nahrungskette, deswegen räumst du nach jedem Training die Kabine auf. Außerdem hilfst du mit der Wäsche, kommst jeden Nachmittag zum Training und machst, was ich dir sage. Alles klar?«

»Alles klar.«

»Du trittst jeden Morgen um acht hier an, dann geht es an die Arbeit. Coach Britt sagt, du brauchst so viele Stunden wie möglich, bis das Semester losgeht.«

»Das stimmt.«

»Gut. Willkommen an Bord. Ich stelle dich einigen Assistenztrainern vor. Die Spieler kommen so in einer Stunde. Die Hilfskräfte haben bei denen zumindest am Anfang nichts zu lachen, das darfst du nicht persönlich nehmen.«

Samuel nickte, obwohl er keine Ahnung hatte, was ihn erwartete.

»Hier ist Rodney, dein neuer bester Freund. Er ist für die Studenten verantwortlich.«

Rodney begrüßte ihn, gab ihm ein richtiges Mannschafts-Polohemd und Shorts und schickte ihn zum Umziehen. Von Samuels brandneuen Reeboks war Rodney schwer beeindruckt. Danach gingen sie zu einem der vielen Lagerräume und beluden gemeinsam einen Wagen mit frisch gewaschenen Trainings-T-Shirts, Trikots, Hosen und Socken. Jedes Kleidungsstück war mit einer Nummer gekennzeichnet. Anhand der Mannschaftsaufstellung, die an einem Schwarzen Brett aushing, verteilte Samuel die Trainingskleidung in den einzelnen Spinden. Rodney zeigte ihm, wie er alles am besten zusammenlegte. Die Arbeit war leicht und einfach, und Samuel freute sich, so nah an einer Mannschaft zu sein.

Sein eigenes Training würde erst in einem Monat beginnen, und außer Rodney kannte er auf dem Campus niemand.

Mit 7,25 Dollar pro Stunde war er hochzufrieden, und er war seinem Trainer dankbar, dass er ihm den Job besorgt hatte. Er war völlig mittellos und brauchte das Geld dringend. Seine Mahlzeiten würde er in der Studentencafeteria einnehmen, aber er musste einen Vertrag für sein neues Handy abschließen und würde noch andere Kosten haben. So bald wie möglich wollte er die zwei Dutzend Hilfsorganisationen abtelefonieren, die er im Internet gefunden hatte.

Nach dem Training machte er sich auf die Suche nach der Bibliothek, verband sich mit dem WLAN und machte sich mit dem Drucker in einem Kopierraum vertraut. Er druckte farbige Landkarten des Südsudans und der Nachbarländer aus und setzte sie zu einer großen Collage zusammen, die rund achtundsiebzigtausend Hektar abdeckte. Er markierte die bekannten Flüchtlingslager und Siedlungen innerhalb des Gebiets. Und er las einen Artikel nach dem anderen, Zeitungs- und Magazinberichte sowie Dokumentationen der Vereinten Nationen und einer beeindruckenden Anzahl von Nichtregierungsorganisationen.

Da es im Dorf kein Internet gab, kannte er sich mit dem Laptop nicht besonders aus, aber er lernte schnell. Wenn er technische Kompetenzen brauchte, um seine Familie zu finden, würde er nicht ruhen, bis er die Onlinesuche beherrschte. Es war eine enorme Aufgabe voller Hindernisse, und er konnte nur ahnen, wie groß die Herausforderung war. Aber es war ihm egal. Das Einzige, was zählte, war, dass er daran glaubte, sie irgendwie finden zu können.

Nachts tapezierte er eine Wand seines Zimmers mit Karten, auf denen er sich Notizen machte. Er durchforstete stundenlang das Internet. Sein gesamtes Leben lang hatte er Geschichten darüber gehört, wie viele Südsudanesen in aller Welt verstreut waren, aber nie verstanden, wie gewaltig die Krise war. Vier Millionen Menschen, ein Drittel der Bevölkerung des Landes, waren in den jahrzehntelangen Kriegen vertrieben worden, wobei die Hälfte in Lagern und Siedlungen im Südsudan lebte. Die andere Hälfte der gewaltigen und nicht zu beherrschenden Welle von Flüchtlingen war in den angrenzenden Ländern untergekommen. Neunhunderttausend in Uganda, zweihunderttausend in Äthiopien und im Sudan, weitere hunderttausend in Kenia. Andere Südsudanesen hatten sich auf der Suche nach einer sicheren Zuflucht und Versorgung noch weiter durchgekämpft. Bidi Badi, die größte dieser Kolonien in Uganda, war mittlerweile mit mehr als zweihunderttausend Flüchtlingen völlig überfüllt. Die Regierungen der betroffenen Länder taten, was sie konnten, und forderten internationale Hilfe ein. Die gab es, aber es war zu wenig.

Achtzig Prozent der Flüchtlinge waren Frauen und Kinder. Die Männer waren entweder tot, oder sie kämpften irgendwo. Nur Syrien und Afghanistan brachten mehr Flüchtlinge hervor. Eine Studie der Vereinten Nationen sagte vorher, ohne echtes Friedensabkommen werde der Südsudan bald mehr Vertriebene produzieren als jedes andere Land der Welt.

Bis spät in die Nacht hinein markierte Samuel die Lage jedes einzelnen Flüchtlingscamps – und davon gab es Dutzende.

In einigen der älteren Flüchtlingskolonien in Uganda und Kenia wurden den Flüchtlingen kleine Parzellen zugeteilt, auf denen sie Gemüse anbauen und Hütten errichten konnten. Manche der Bewohner waren schon seit Jahren dort und hatten die Hoffnung aufgegeben, je zurückkehren zu können. Hilfsorganisationen hatten improvisierte Schulen eingerichtet. Choleraausbrüche waren keine Seltenheit. Gesundheitsfürsorge gab es kaum. Die Flüchtlinge hausten in Zelten und Hütten und gingen jeden Tag erneut auf die Suche nach Essen und Wasser.

Wenn er nicht mehr konnte, sprach Samuel ein Gebet und flehte Gott an, seine Nächsten zu retten – sofern noch jemand von ihnen am Leben war.

19

Beatrice war es gelungen, mit zwei anderen Frauen aus dem Dorf zusammenzubleiben, und sie wollten sich auf keinen Fall trennen lassen. Drei Frauen mit acht Kindern im Alter von vier bis dreizehn Jahren. Die erste Nacht in Rhino Camp verbrachten sie auf einem Feld am Rand des riesigen Lagers. Im Morgengrauen machten sie sich auf den Weg ins Innere des Camps und stießen bald auf eine Essensausgabe, zu der Lkws Bottiche mit warmem Haferbrei und Reis brachten. Die Schlange war lang und bewegte sich nur langsam. Während sie warteten, unterhielten sich die Frauen mit den anderen, die sich bereits besser auskannten. Sie erfuhren, dass am anderen Ende des Lagers Hilfsorganisationen aus verschiedenen Ländern große Zelte aufgestellt hatten, in denen Kleidung und Medikamente ausgegeben wurden. Es gab offenbar einige wenige Ärzte, die aber lange Wartezeiten hatten. James fieberte und brauchte medizinische Behandlung.

Die Frauen sehnten sich nach einem Bad und anständiger Kleidung. Sie hatten nur noch Lumpen am Leib, und ihre Schuhe hatten sie schon vor Tagen zurücklassen müssen. Nach dem Frühstück ließen sie sich mit der Menge treiben, vorbei an Reihen notdürftiger Behausungen, windschiefer Bretterbuden und verdreckter Zelte. An kleinen Feuern bereiteten Frauen Mahlzeiten zu, und Hunderte von jungen Mädchen holten Wasser, das sie in Töpfen auf dem Kopf zu ihrer Familie trugen. Sie stiegen über einen schmalen Bach, der in Abwässern und Müll erstickte, und trafen schließlich auf eine weitere Schlange, in die sie sich sogleich einreihten. Weit vorn stand ein Lkw mit Lebensmitteln, und Essen war ihre dringlichste Sorge. Ihre ersten Tage in Rhino Camp verbrachten sie in Schlangen, in denen es nur zäh voranging, vor den Essensausgaben und schliefen eng an ihre Kinder geschmiegt auf dem Boden.

Am 11. August wachte Samuel früh auf und gratulierte sich selbst zum Geburtstag. Er war jetzt achtzehn, aber ihm war nicht nach Feiern zumute. Deswegen würde er auch für sich behalten, dass es ein besonderer Tag für ihn war. Er sprach sein Morgengebet und dachte sehnsüchtig an seine Mutter und die restliche Familie.

Nach dem Duschen klingelte sein Telefon. Es war Ecko Lam, der ihm gratulieren wollte, und sie unterhielten sich eine halbe Stunde lang. Ecko war noch im Südsudan, würde aber bald zurückfliegen. Samuel freute sich sehr zu hören, dass sein Coach in Rumbek war, wo er mit Vertretern des Militärs in Kontakt stand, um Beatrice und die Geschwister ausfindig zu machen. Aber es sah nicht gut aus. Überlebende aus Lotta berichteten, die Bewohner hätten sich in alle Himmelsrichtungen zerstreut. Einige seien von den Rebellen aufgespürt und getötet worden. Das nächste Lager sei Yusuf Batil im Obernilgebiet, gut hundertfünfzig Kilometer von Lotta entfernt. Es gab viele Lager, von denen einige von der Regierung eingerichtet worden waren, die zumindest die Grundversorgung sicherstellte, während sich in anderen nur verzweifelte Menschen auf der Suche nach mehr Sicherheit zusammengeschlossen hatten. In den staatlichen Lagern wurden die Flüchtlinge registriert und besser betreut, aber es blieb eine Suche nach der Nadel im Heuhaufen. Ecko wollte weiter herumfragen und Kontakt mit Hilfsorganisationen und den verantwortlichen Stellen beim Militär aufnehmen, damit er Samuel nach seiner Rückkehr in die Staaten Bericht erstatten konnte.

Er wollte alles über Samuels erste Tage auf dem Campus wissen und freute sich sehr, dass er einen Job hatte, der ihm Spaß machte. In zwei Wochen würde das Semester beginnen, dann würde er hoffentlich neue Freunde finden. Die Footballer waren nett, aber es war nicht sein Sport. Er wollte endlich wieder in die Halle und trainieren.

Nachdem er aufgelegt hatte, setzte sich Samuel auf sein Bett und ließ den Tränen freien Lauf. Und er dankte Gott für Menschen wie Ecko Lam.

Das Sagen hatte in der Mannschaft eindeutig Devon Dayton, ein stämmiger Middle Linebacker aus Charlotte. Er war laut, witzig, frech und immer zu irgendeinem Blödsinn aufgelegt. Samuel hatte großen Respekt vor ihm und den anderen Kraftpaketen. Er hatte noch nie so viele Muskeln in einem Raum gesehen.

In der Kabine herrschte am frühen Morgen geschäftiges Treiben, als Samuel mit einem Stapel sauberer Handtücher vorbeikam. »Hey, du da«, brüllte Devon. Er saß mit zwei massigen Linemen auf der Bank und wirkte verärgert. Zusammen brachten die drei es bestimmt auf vierhundert Kilo Muskelmasse.

Samuel legte die Handtücher ab und ging zu ihnen.

»Wie heißt du?«, fragte Devon.

»Samuel Sooleymon.«

»Was für ein Zungenbrecher. Viel zu lang. Wo kommst du her? Du redest so komisch.«

»Südsudan«, erwiderte Samuel eingeschüchtert. Andere Spieler wollten sich den Spaß nicht entgehen lassen und kamen näher.

»Wo ist das?«

»Ich glaube, in Georgia«, meinte ein anderer.

»In Afrika.« Samuel wartete geduldig.

»Meine Trainingsshorts waren noch feucht, als ich sie heute Morgen angezogen habe«, beschwerte sich Devon. »Weißt du, wie sich das anfühlt, da draußen in nassen Hosen herumzulaufen?«

Samuel hatte sich das Training zwei Tage lang angesehen und wusste, dass die Shorts nach einer Stunde sowieso komplett durchgeschwitzt waren. »Tut mir leid«, sagte er trotzdem.

»Samuel Sooleymon«, wiederholte Devon laut. »Kannst du das buchstabieren?«

»Kann ich machen.«

»Gut. Dann schreib deinen Namen an die Tafel da drüben.«

Samuel tat ihm den Gefallen. Devon und die anderen studierten den Namen mit missbilligender Miene. »Ist ja komisch«, sagte einer von ihnen.

Komisch? Auf der Mannschaftsliste standen Vornamen, die Samuel noch nie gehört hatte und nicht einmal aussprechen konnte.

»Wir brauchen eine Abkürzung«, meinte Devon. »Was ist mit Sam? Ein bewährter Name.«

Samuel schüttelte den Kopf. »Mein Vater fand Sam blöd.«

»Ich hab's«, sagte ein anderer. »Wir nennen ihn Sooley.«

»Gefällt mir«, stimmte Devon zu. »Sooley also. Und ab jetzt hätte ich morgens gern trockene Shorts.«

Ein Trainer schoss in die Kabine und brüllte herum, woraufhin die Mannschaft schlagartig das Interesse an Namensänderungen verlor. Die Spieler verließen blitzartig die Umkleide, und als sie weg waren, wischte Samuel seinen Namen von der Tafel, nahm die Handtücher und legte sie auf ein Regal. T. Ray trieb ihn zur Eile, weil er Flaschen mit kaltem Wasser am Spielfeld bereitstellen musste.

American Football war ein eigenartiger Sport. Die Trainings waren organisiertes Chaos, bei dem sich hundert Spieler auf dem Platz tummelten und Übungen absolvierten, während Dutzende Trainer herumbrüllten und in Trillerpfeifen bliesen. Die Vormittagsrunden kamen ohne Körperkontakt aus und sollten hauptsächlich die Fitness verbessern: brutale Work-outs unter der immer heißer werdenden Sonne und kurze Sprints, die so oft wiederholt wurden, bis die schwergewichtigeren Spieler kurz vor dem Zusammenbruch standen. Nach zwei Stunden kamen die Spieler wieder in die Kabine, zogen sich aus, duschten und warfen die Schmutzwäsche auf einen Stapel, damit Samuel und die anderen Hilfskräfte, die sich um die Ausrüstung kümmerten, sie waschen, trocknen, falten und in den Spinden bereitlegen konnten. Nach einer ausgiebigen Mittagspause trainierten die Spieler noch eine Stunde mit ihren Coachs: Offensive Linemen in einem Raum, Wide Receivers in einem anderen und so fort. Um drei legten sie ihre volle Montur an und marschierten wieder nach draußen in die Sonne.

Samuel und zwei andere Hilfskräfte räumten die Kabine auf und flitzten dann zum Spielfeld, um Wasser und Sportgetränke nachzufüllen.

Zu Beginn fand er die Trainings mit vollem Körpereinsatz furchterregend, es sah aus, als würden Hundertdreißig-Kilo-Monster versuchen, sich gegenseitig den Garaus zu machen, während die Trainer sie lautstark anstachelten, die anderen mit voller Wucht niederzumähen. Die härtesten Hits, die Zusammenstöße, bei denen die Knochen ächzten, und erbarmungsloses Tackling schienen den Coachs am besten zu gefallen und wurden von den anderen Spielern heftig bejubelt. Samuel war glücklich, dass er Basketball spielte.

Nach drei Stunden Gewalt, in denen die Spieler in der schwülen Hitze fast dahinschmolzen, hatte der Cheftrainer endlich ein Einsehen und blies zum letzten Mal in seine Trillerpfeife. Samuel rannte in die Kabine, um aufzuräumen. Die Stimmung war deutlich ruhiger, als sich die Spieler in die Umkleide schleppten, sich auszogen und unter die Dusche gingen. Mit dem Umziehen ließen sie sich Zeit. Nach dem Abendessen war noch eine Trainingsrunde angesetzt. Samuel arbeitete zehn Stunden am Tag und freute sich, dass Geld hereinkam.

Als er einen Stapel dreckiger Trainingstrikots aufsammelte, rief Devon nach ihm. »Hey, Sooley, komm mal her.«

Samuel ging zu ihm und machte sich schon auf irgendeinen Streich gefasst. Die Mannschaft scharte sich rasch um Devon. »Sooley, es war ein harter Sommer für dich, und wir wissen, dass heute ein besonderer Tag ist. Nachdem du nicht zu Hause feiern kannst, haben wir was vorbereitet.«

Die Menge teilte sich, um Lonnie Britt durchzulassen, der eine große Geburtstagstorte mit Kerzen und der Aufschrift »Happy Birthday, Sooley« in den Teamfarben Rotbraun und Grau trug. Devon wedelte wie ein Dirigent mit den Händen, und die Mannschaft grölte »Happy Birthday«, wobei die meisten absichtlich falsch sangen.

Samuel war überwältigt und fand keine Worte. »Wir sind froh, dass du hier bist, Sooley«, sagte Devon. »Auch wenn du dir die falsche Sportart ausgesucht hast – wir lieben unsere Basketballer. Die meisten jedenfalls.«

Coach Britt übergab Devon die Torte und umarmte Samuel, den Jungen mit dem breiten Lächeln und den traurigen Augen.

Beatrice und ihre kleine Gruppe verbrachten die dritte Nacht auf dem Boden, allerdings im Schutz eines großen Armeezelts, das sie sich mit Hunderten anderen teilten. Nachdem sie tagsüber zwei Mahlzeiten bekommen hatten, plagte der Hunger sie nicht mehr allzu sehr, und die Kinder waren wieder munterer. Die Zukunft sah düster aus, und die Vergangenheit war zu schmerzlich, um daran zu denken, aber vielleicht lag das Schlimmste hinter ihnen.

Als sie an James und Chol gekuschelt wartete, dass die Kinder einschliefen, war ihr sehr wohl bewusst, dass es Mitte August war. Irgendwo beging Samuel seinen achtzehnten Geburtstag, und sie betete für seine Sicherheit.

20

Am nächsten Tag, einem Samstag, fand nur vormittags ein leichtes Training statt, den Rest des Tages hatte die Mannschaft frei. Samuel und die anderen drei Hilfskräfte erledigten die Wäsche und putzten die Kabine. Dann kehrte er zu seinem Wohnheim zurück, wo gerade sein Zimmergenosse einzog. Er hieß Murray Walker. Sie begrüßten sich, schüttelten sich die Hände und setzten sich auf ihre Betten.

Coach Britt hatte Samuel Murrays Namen bereits genannt und dessen Kommen angekündigt. Samuel, der seine gesamte freie Zeit im Internet verbrachte, hatte Nachforschungen angestellt und wusste, dass für Murray das zweite Collegejahr begann. Im ersten hatte er nur durchschnittlich fünf Minuten Spielzeit pro Spiel bekommen. Fünf Minuten, zwei Punkte, ein Rebound – das magerste Ergebnis von allen dreizehn Spielern. Er war bloß 1,83 Meter groß und hatte es nur über ein offenes Probetraining als Walk-on in die Mannschaft geschafft.

»Was ist das alles?«, fragte Murray und deutete mit dem Kopf auf die von Landkarten und Notizen bedeckte Wand.

»Sieht ziemlich chaotisch aus, ich weiß. Wenn du willst, nehme ich das Zeug ab.«

»Nein, geht schon in Ordnung. Coach Britt sagt, du bist aus dem Südsudan in Afrika.«

»Was hat er dir noch über mich erzählt?«

Murray lächelte und zuckte mit den Schultern. »Dass du in letzter Zeit viel durchgemacht hast. Tut mir echt leid.«

Samuel stand auf und ging zur Wand. »Ich komme aus einem Dorf bei Rumbek im Zentrum des Südsudans. Das Dorf gibt es nicht mehr, und meine Mutter ist irgendwo hier.« Er machte eine Geste in Richtung Wand, um zu zeigen, dass er eigentlich keine Ahnung hatte. »Ich kann nur hoffen, dass meine Brüder und meine Schwester bei ihr sind.«

»Flüchtlinge?«

»So was in der Art. Mein Vater wurde letzten Monat von Rebellentruppen ermordet.«

»O Mann, das tut mir wirklich leid.«

»Danke. Es ist wirklich schlimm.«

»Ich kann mir das kaum vorstellen.«

»Auf der Website steht, du bist von hier, aus Durham.«

»Das stimmt. Hier geboren.«

»Warum bist du an die Central gegangen?«

»Weil mich sonst keiner wollte. Die Trainer haben sich nicht direkt um mich gerissen. Coach Britt hat mich zu einem offenen Probetraining eingeladen, und jetzt bin ich als Walk-on dabei. Nur für ein Stipendium hat es nicht gereicht. Meine Eltern haben auch hier studiert, deswegen wollte ich immer an die Central gehen.«

»Deine Familie ist hier?«

»Ja. Zehn Minuten entfernt. Meine Mutter ist Rechtsanwältin, und mein Vater leitet eine Tafel.«

»Was ist eine Tafel?«

»Eine Hilfsorganisation, die Lebensmittel einsammelt und an Menschen weitergibt, die nicht genug zu essen haben.«

Samuel setzte sich wieder auf sein Bett und sah Murray verwirrt an. »Hier gibt es Leute, die hungern müssen?«

»Viele.«

»Kein Witz?«

»Ich meine es todernst. Ich weiß, du kannst dir das kaum vorstellen, aber bei allem Überfluss gibt es in den USA viele Arme. Willst du welche sehen? Ich habe noch eine Lieferung.«

»Eigentlich nicht. Bei mir zu Hause gibt es genug davon.«

»Komm, wir holen uns einen Burger, und ich zeige dir die Stadt. Mein Pick-up ist voll beladen mit Lebensmitteln für eine Ausgabestelle.«

»Du hast einen Pick-up?«

»Einen gebrauchten. Aber er fährt.«

»Was ist eine Ausgabestelle?«

»Komm mit und sieh's dir selbst an. Mein Dad hat mich gebeten, eine Lieferung zu übernehmen.«

»Ich bin im Moment nicht so flüssig.«

»Dann lade ich dich eben zu einem Burger ein. Du kannst dich beim nächsten Mal revanchieren.«

Sie fuhren zu einem McDonald's und stiegen aus. Samuel stellte fest, dass sich auf der Ladefläche tatsächlich Kartons stapelten. »Wo kommt das Essen denn her?«

»Einen Teil kaufen wir zu, aber ein Großteil wird gespendet. Wir haben ein ganzes Lagerhaus voll, genauer gesagt drei, und versorgen pro Woche zehntausend Menschen. Mein Vater ist der Chef und ziemlich streng. Ich arbeite dort Teilzeit.«

Sie setzten sich an ein Fenster, redeten beim Essen über Basketball. Murray wollte alles über das Turnier in Orlando wissen, die Siege, die Niederlagen und die Scouts, die alles beobachteten. Zwei Jahre zuvor hatte er mit seiner Sommermannschaft in Atlanta gegen Houston Gold gespielt und eine vernichtende Niederlage kassiert. Sie kamen auf Coach Britt zu sprechen. Murray hielt viel von ihm, und Samuel nannte ihn seinen Lebensretter. Dann kam das Gespräch auf die beiden Spieler, die wegen bewaffneten Raubüberfalls festgenommen worden waren. Murray meinte, sie seien in Ordnung, würden sich aber ständig in Schwierigkeiten bringen, und die restliche Mannschaft würde sich ihretwegen Sorgen machen. Sie hätten sich einen Anwalt genommen und würden wahrscheinlich mit einer Bewährungsstrafe davonkommen, aber sie würden in jedem Fall ein Jahr College und Basketball verpassen. Coach Britt wähle seine Spieler sehr sorgfältig aus, doch eine Rekrutierung sei immer eine unsichere Sache. Sie redeten über die Mid-Eastern Athletic Conference, in der ihr College spielte, die anderen Unis, Auswärtsspiele und das Leben auf dem Campus.

»Gibt es hier auch Mädchen?«, fragte Samuel.

»O ja, jede Menge. Und sie mögen Sportler. Mit deinem exotischen Akzent kommst du bestimmt gut an.«

»Klingt furchtbar. Was wohl passiert, wenn ich Dinka spreche?«

Daraus ergab sich ein langes Gespräch über das Leben im Südsudan.

Sie redeten ununterbrochen, und als sie hinausgingen, waren sie Freunde fürs Leben geworden.

21

Jetzt fieberte Chol, und es hatte ihn offenbar schlimmer erwischt als seinen Bruder. Nach dem Frühstück kämpfte sich Beatrice mit den Jungen durch das hektische Gedränge auf den verdreckten Lagerstraßen und fragte immer wieder nach dem Weg zur Sanitätsstation. Davon gebe es drei, sagte man ihr, oder vielleicht sogar vier, die größte sei eineinhalb Kilometer entfernt. Sie konnte nur hoffen, dass sie mit den Jungen nicht in die falsche Richtung ging. Bei jedem Schritt blickte sie in die Gesichter der Entgegenkommenden, in der Hoffnung, dass Angelina darunter war. Sie hatte geträumt, sie würde sie hier finden, zusammen mit Ayak, sodass die Familie wieder vereint war.

Endlich kam Beatrice zur Sanitätsstation, wo schon eine lange Schlange von Müttern mit ihren kranken Kindern in der prallen Sonne wartete. Es wurde Mittag, bis sie es in das riesige, völlig überfüllte Zelt schafften. Das Mittagessen hatten sie verpasst, und sie brauchten dringend Wasser.

Die Sanitätsstation wurde von einer evangelisch-lutherischen Einrichtung aus Hamburg betrieben. Ärzte und Pfleger waren Deutsche und sprachen mit Akzent. James und Chol waren fasziniert, weil Weiße in diesem Teil der Welt eine Rarität waren. Eine Krankenschwester untersuchte die Jungen und stellte fest, dass sie Malaria hatten, im Südsudan keine Seltenheit. Vermutlich seien sie unterernährt, ansonsten aber gesund. Sie gab Beatrice ein kleines Glas mit Tabletten und erklärte ihr, wie sie einzunehmen waren.

»Seit wann sind Sie hier?«, fragte die Krankenschwester.

»Ich weiß nicht. Vielleicht seit einer Woche.«

»Bekommen Sie genug zu essen?«

»Nein, es ist nie genug, aber zumindest sind wir nicht am Verhungern.«

»Wo wohnen Sie?«

Beatrice zuckte mit den Schultern, weil ihr keine Antwort einfiel.

»Ich meine, wo schlafen Sie?«

»Auf dem Boden.«

»Sie haben kein Dach über dem Kopf?«

»Nein.«

Die Krankenschwester öffnete eine Schublade und nahm zwei Karten heraus, auf die Zahlen gestempelt waren. Eine davon gab sie Beatrice. »Um die Ecke gibt es eine Verteilungsstelle. Gehen Sie mit der Karte dorthin, und lassen Sie sich Kleidung und Wasser geben.«

Beatrice bedankte sich und nahm die Karte an sich.

Die Krankenschwester gab ihr die zweite Karte, die im Unterschied zur anderen hellblau war. »Im Augenblick wird ein neuer Lagerabschnitt eröffnet. An der Verteilungsstelle werden Sie ein Schild mit der Aufschrift ›Unterkunft‹ sehen. Geben Sie das dort ab, dann wird Ihnen ein neues Zelt zugewiesen, das groß genug für Ihre Familie ist.«

Beatrice hätte am liebsten geweint vor Glück, aber sie musste an ihre Freundinnen aus Lotta denken. »Wir sind aber zu mehreren«, sagte sie. »Und die anderen haben auch Kinder.«

»Wie viele?«

»Zwei Familien.«

Die Krankenschwester gab ihr zwei weitere blaue Karten und lächelte. »Heute Nacht schlafen Sie in Ihren eigenen Zelten. Kommen Sie mit den Jungs in zwei Wochen wieder vorbei.«

Das verpasste Mittagessen war vergessen, und Beatrice lief eilig zur Verteilungsstelle, vor der sich ebenfalls eine lange Schlange gebildet hatte. Auf der anderen Seite der Straße ertönte eine laute Stimme. Als sie aufsah, las unter einem Sonnendach ein Priester die Sonntagsmesse, und Tausende saßen vor ihm auf dem Boden.

Zum ersten Mal seit langer Zeit wusste Beatrice, welcher Wochentag war.

Samuel schlief schlecht und zu wenig. Als er am Sonntagmorgen aufwachte, war es noch dunkel. Ihm fiel ein, dass Murray nicht nach Hause gekommen war. Er hatte eine Freundin in der Stadt und angekündigt, dass er vielleicht bei seinen Eltern übernachten würde.

Samuel duschte, zog seine beste Kleidung an, frühstückte in der Cafeteria und ging dann zu Fuß zur gut drei Kilometer entfernten Sacred Heart Catholic Church. Er genoss den Gottesdienst, dankte Gott für dessen Güte und betete inbrünstig für seine Familie.

Es waren kaum Schwarze im Gottesdienst. Murray, ein Methodist, hatte ihm bereits erklärt, dass es in den Südstaaten nur wenige schwarze Katholiken gab. Offenbar stimmte das.

Sonntags bestand das Training aus einem dreistündigen Übungsspiel, das abends stattfand, in der Hoffnung, dass es dann kühler war. Aber Mitte August war es nie kühl, und bis Samuel wieder im Wohnheim war, war sein Hemd völlig durchgeschwitzt. Er zog seine Trainingsshorts an und ging die zehn Minuten zur Sporthalle der Central University. Die umständliche offizielle Bezeichnung, McDougald-McLendon Arena, schrie geradezu nach einem Spitznamen. Seit Jahrzehnten war die Arena daher nur als »das Nest« bekannt. Samuel hatte dank T. Ray einen eigenen Schlüssel. Er holte sich einen Ballwagen und übte zum ersten Mal seit Tagen Werfen. Es tat gut, zu dribbeln, zu werfen, sich die Bälle ganz entspannt zurückzuholen, wieder zu dribbeln und noch mal zum Sprungwurf anzusetzen. Die Luft im Gebäude war nur wenige Grad kühler als in der Hitze draußen, aber im Augenblick war es für ihn die ideale Temperatur. Seine Würfe fanden erstaunlich häufig ihr Ziel. Er ging weiter nach hinten und fand seine ideale Distanz.

Wie viele Würfe konnte er allein in einer Stunde schaffen, wenn er sich ein bisschen anstrengte? Er merkte sich die Zeit auf der Wanduhr. Vor jedem Wurf rief er sich laut die Grundregeln ins Gedächtnis. Aus der Dreierdistanz versenkte er zwei Körbe, vergab dann die nächsten drei. Zwei von fünf. Drei von sechs. Vier von zehn. Sechs von fünfzehn. Zwölf von dreißig.

Sechzig Minuten später hatte er zweihundertmal geworfen, und ein Drittel davon waren Treffer.

Das war nicht gut genug.

Das Zelt war sechs mal sechs Meter groß, hatte einen dicken Plastikboden, eine Tür mit Reißverschluss und drei Fenster, die Luft hereinließen. Beatrice, eine große Frau, konnte fast aufrecht stehen, ohne den Kopf einzuziehen. Das Zelt war zu groß für Campingausflüge und zu klein für das Militär, also offensichtlich für Flüchtlinge bestimmt. Beatrice war egal, für wen es gedacht war und warum. Zum ersten Mal seit vielen Tagen hatten sie und die Jungen ein klein wenig Privatsphäre und waren angekommen. Nachdem sie eingezogen waren – wobei es nichts umzuziehen gab –, schloss sie die Reißverschlüsse an der Tür und den Fenstern und kuschelte sich, abgeschottet von der Außenwelt, mit James und Chol zusammen. Da die Luft schnell heiß und stickig wurde, öffnete sie alles wieder und ging nach draußen. Ihre Freundinnen aus Lotta waren rechts und links von ihr untergebracht und überzeugt, dass Beatrice Wunder gewirkt hatte, um ihnen die Zelte zu besorgen.

Ihre Reise war zu Ende. Sie hatten das Massaker und die albtraumhafte Flucht überlebt und sich zu einem Ort durchgeschlagen, an dem sie sicher waren, an dem es Wasser und Essen und jetzt auch ein Dach über dem Kopf gab.

Erst blieben die Kinder in der Nähe der Zelte und trauten sich nicht weg, aber bald spielten sie mit anderen Kindern ein paar Zelte entfernt auf der Straße. Tausende von identischen Zelten waren in einem exakten Raster blockweise angelegt. Jedes Zelt stand genau zwei Meter vom nächsten entfernt, sodass ein Familienstreit auch in den nächsten vier Zelten durch die PVC-Wände mitgehört werden konnte. Schnell lernten die Frauen und Kinder zu flüstern, wenn sie im Zelt waren.

Die Zelte standen mit zwei Meter Abstand zur Straße auf kleinen Parzellen, ein zwei Meter breiter Streifen hinter dem Zelt wurde zum Kochen und Urinieren genutzt. Im Lager standen einige Latrinen verteilt, aber längst nicht genug. Lange Schlangen von Menschen warteten davor, während sich andere erleichterten, wo es ging. Der Gestank von Kot und Urin hing in der Luft. Der beißende Rauch der Kochfeuer legte sich wie Nebel über die Zeltreihen.

Beatrice sehnte sich nach dem Tag, an dem sie etwas zu kochen haben würde.

22

Am 17. August, einem Montag, dem ersten Tag des Semesters, wachte Samuel früh auf. Er schaltete überall das Licht ein, knallte mit Schubladen und duschte, wobei er möglichst viel Lärm veranstaltete, aber sein Zimmergenosse schlief tief und fest und war einfach nicht wach zu bekommen. Samuel zog sich an und ging zum Gebäude der Studentenvereinigung, um Kaffee zu trinken und nach hübschen Studentinnen Ausschau zu halten. Er hatte Stunden damit verbracht, den Campus zu erkunden, und kannte jedes Gebäude. Um neun hatte er Soziologie, um zehn Afrikanistik und um zwölf Grundlagen der Mathematik. Der spannendste Teil des Tages würde um drei Uhr im »Nest« beginnen, wenn sich die Mannschaft zu ihrem ersten Training mit den Coachs traf. Nach den Regeln des für die Hochschulmannschaften zuständigen Verbands NCAA durften sie bis Ende September, wenn es richtig losging, pro Tag genau eine Stunde trainieren. Das erste Spiel fand Anfang November statt.

Er war jetzt seit fast sechs Wochen in den USA und lebte seit zwei Wochen auf dem Campus, sodass der Kulturschock allmählich nachließ. Ihn faszinierte immer noch, dass Geld für die Studenten kaum eine Rolle zu spielen schien. Jeder von ihnen hatte ein Smartphone und einen Laptop, und die meisten, vor allem die Mädchen, starrten den ganzen Tag auf irgendeinen Bildschirm. Und die Kleidung! Die meisten trugen abgeschnittene Jeans, T-Shirts und Sandalen, aber sie schienen Unmengen davon zu besitzen. Murray hatte in seinem kleinen Schrank mehr Hemden als zehn Männer in Lotta. Samuel hatte auf Anhieb erkannt, dass ein Studentenleben ohne den richtigen Rucksack nicht funktionierte. Mit seinem ersten Lohn und Murrays Unterstützung kaufte er sich einen. Geradezu schockierend fand er, wie viele Studenten ein Auto besaßen und damit zu den Vorlesungen kamen. Auf dem Campus zu parken war schwierig und streng geregelt, aber der Verkehr war trotzdem chaotisch.

Trotz aller Sorgen freute er sich, dass er auf einem amerikanischen Campus leben und sein Studium beginnen konnte. Als er zur Soziologievorlesung erschien, saßen schon bestimmt hundert

Studenten in einem großen Saal, alles unbekannte Gesichter. Dann entdeckte er in den hinteren Reihen einen Footballer, der ebenfalls im ersten Jahr war und ihn breit angrinste. Er setzte sich neben ihn, als der Professor um Ruhe bat. Alle klappten ihre Laptops auf.

Samuel schloss für einen Augenblick die Augen und dachte an seine Mutter.

Um 14.55 Uhr blies Coach Britt in seine Trillerpfeife, um die Aufwärmphase zu beenden. Er führte seine Spieler zu einem Bereich der Tribüne und begrüßte sie.

Sie waren zu sechzehnt: Zehn waren schon im letzten Jahr dabei gewesen, zwei waren Transfers, zwei Studienanfänger und zwei Walk-ons, die über offene Probetrainings in die Mannschaft gekommen waren. Von den zehn, die schon länger dabei waren, waren drei im vierten Collegejahr, fünf im dritten und Murray sowie noch ein Spieler im zweiten.

Coach Britt stellte zunächst den Sportdirektor vor, der sich freute, ein paar Worte zu ihnen sagen zu können. Er begrüßte die Mannschaft, sprach von der großartigen Saison, die sie erwartete, und so weiter. Hauptsächlich ging es ihm aber um die beiden Mannschaftskameraden, die wieder auf freiem Fuß waren, doch schwerer Straftaten beschuldigt wurden. Er übernahm die Verantwortung für ihre Suspendierung und sagte, das College habe keine andere Wahl gehabt. Sollte sich ihre Unschuld herausstellen, würden er und der Präsident der Hochschule eine Wiederaufnahme in Betracht ziehen. Die Mannschaft solle sich von dem Vorfall auf keinen Fall aus dem Konzept bringen lassen.

Als der Sportdirektor ging, übernahm Coach Britt. Er stellte die fünf Studenten vor, die ehrenamtlich als Hilfskräfte arbeiteten, und betonte ausführlich, wie wichtig sie für das Programm seien. Dann begrüßte er seinen Stellvertreter, Jason Grinnell, und seine beiden Assistenztrainer, Jackie Garver und Ron McCoy. Alle vier arbeiteten bereits zusammen, seit Lonnie vor vier Jahren an der Central University angefangen hatte. Schließlich stellte er den Leiter der Basketballabteilung, den Verantwortlichen für Spielerentwicklung, den stellvertretenden Leiter der Abteilung, den Mannschaftsarzt und die beiden Fitnesstrainer vor.

In Lotta hatte Samuel zwei Freunde gehabt, deren Familie kleine Fernseher mit Satellitenantennen und Generatoren besaßen, auf denen er viele amerikanische College- und Profispiele gesehen hatte. Das ganze Spektakel im Umfeld der Spiele faszinierte ihn, die Spannung, die vielen Fans, die Shows waren für ihn zusätzliche Motivation. Das meiste verstand er, aber auf einige Fragen hatte er keine Antwort gefunden. Warum saßen bei Collegemannschaften so viele Männer in dunklen Anzügen auf der Bank? Wer waren diese Menschen? Brauchte eine Mannschaft, die nur fünf Spieler auf dem Platz hatte, wirklich ein halbes Dutzend Trainer? Häufig waren die Männer in den dunklen Anzügen gegenüber den Spielern im Mannschaftstrikot in der Überzahl.

Diese wichtigen Fragen hatte er Murray gestellt, dessen Antworten eher unbefriedigend ausfielen. »Das macht jeder so. Warum braucht eine Footballmannschaft hundert Spieler?«

Coach Britt sagte, sie hätten sechs Neue. Er stellte die beiden Walk-ons und die beiden Transfers vor. Der erste war Shermann Batts, der in der vergangenen Saison an einem staatlich finanzierten Community College in Florida gespielt hatte. Der zweite war Trevor Young, Highschool-All-American, der aber an der Virginia Tech nur wenig Spielzeit bekommen hatte und wegen des Wechsels ein Jahr für Spiele gesperrt war.

Dann kamen die beiden Studienanfänger. Samuel Sooleymon aus dem Südsudan in Afrika und Michael Rayburn aus Wilmington. Er stellte sie mit ein paar lobenden Worten vor und sah dann auf die Uhr. »So, laut NCAA-Regeln haben wir nur noch fünfundvierzig Minuten. Ab in die Kabine, damit jeder seinen Spind bekommt. Studenten im letzten Jahr haben wie immer erste Wahl. Dann werden eure Trainingsuniformen ausgegeben, ihr bekommt neue Schuhe und was ihr sonst noch so braucht. Morgen ist der erste Gesundheitscheck, kommt also bitte ein paar Minuten früher.«

23

Ein Tag begann wie der andere. Es gab keinen Grund, von der immer gleichen Routine abzuweichen, weil ohnehin nichts zu tun war. Aber für die vom Krieg traumatisierten Vertriebenen schien es wie ein Geschenk Gottes, dass sie an einem sicheren Ort erwachten, an dem es zu essen und zu trinken gab. Sie kannten so viele, die nicht überlebt hatten.

Beatrice war zuerst wach und versuchte, auf dem harten Boden eine bequemere Position zu finden, wobei sie sich große Mühe gab, die Jungen nicht zu wecken. Die ersten Sonnenstrahlen fielen durch den Netzstoff des Fensters über ihr. Aus den benachbarten Zelten hörte sie, wie Mütter und Kinder miteinander flüsterten. Wie immer galt ihr erster Gedanke ihren Kindern. James und Chol waren bei ihr. Bald würden sie aufwachen und nach Essen fragen. Angelina war verschleppt worden, und um sie wiederzufinden, musste ein Wunder geschehen. Und wo war Samuel? Die Mannschaft sollte spätestens am 1. August zurückkehren. Aber wohin zurückkehren? Mittlerweile musste Samuel von dem Massaker erfahren haben. Es gab kein Zuhause mehr, kein Dorf. Wohin sollte er gehen? In ihren Träumen traf er Ayak, und gemeinsam fanden sie Angelina, und alle drei suchten irgendwo im Lager nach ihr und den Jungen.

Sie sprach ihr Morgengebet, gefolgt von ihrer morgendlichen Trauerzeit. Es war besser, allein zu weinen, wenn die Jungen noch schliefen. Lange Zeit streichelte sie ihnen sanft die Beine, während ihre Umgebung zum Leben erwachte. Immer mehr Stimmen drangen aus den Zelten, immer mehr Menschen waren auf der unbefestigten Straße vor den Zelten unterwegs.

Bald würden sie sich auf die tägliche Suche nach Frühstück machen. Wo Essen angeliefert wurde, war allgemein bekannt. Zumeist kündigte das Tuckern der Lkw-Motoren die Ankunft der Helfer an. In langen Schlangen warteten die Menschen geduldig mehrere Stunden. Es gab genug für alle, und als die Hungrigen das gemerkt hatten, übten sie sich in Geduld. Sie warteten eine Stunde auf ein Frühstück, das aus Haferbrei und Wasser bestand, eine Stunde auf ein Mittagessen mit Bohnen, Reis und einem kleinen Laib Brot, eine Stunde auf ein Abendessen, das aus den Resten der beiden anderen Mahlzeiten bestand. Kein Fleisch, kein Obst, nichts Süßes, aber es gab keine Beschwerden. Die Menschen hatten die Angst und körperliche Qual erlebt, die wahrer Hunger bedeutete, und waren froh, dass das vorbei war.

Beatrice und die Jungen legten in dem riesigen und ständig wachsenden Lager lange Wege zurück. Sie warteten in endlosen Schlangen an den Essensausgaben. Sie standen für gebrauchte Kleidung und Schuhe an. Sie streiften ziellos durch die unbefestigten Lagerstraßen. Sie stießen auf einen kleinen Markt und fragten sich, woher irgendwer Geld hatte, um etwas zu kaufen. Sie hörten Dinka, ihre eigene Sprache, und Nuer, die ihrer größten Rivalen, Azande, Bari, Murle, Englisch und andere, ihnen unbekannte Sprachen. Wie viele andere Mütter war Beatrice auf der Suche. Sie hatte die Jungen gelehrt, unauffällig die Gesichter aller jungen Mädchen zu mustern. Vielleicht war Angelina ja im Lager, und sie fanden sie.

Dann stieß Beatrice auf eine Mitarbeiterin einer Hilfsorganisation, eine Weiße, die eine adrette Bluse trug. Über der Tasche war der Schriftzug »Ärzte ohne Grenzen« eingestickt. Sie stand vor einem großen Militärzelt, das als Krankenhaus diente, und sprach in ein Mobiltelefon. Dann ließ sie das Telefon sinken und holte tief Luft. Dabei bemerkte sie Beatrice, die keine zwei Meter von ihr entfernt stand und sie ansah. Beatrice vertraute darauf, dass die Frau Englisch sprach. »Darf ich Sie etwas fragen?«, sagte sie.

»Natürlich«, erwiderte die andere mit einem herzlichen Lächeln.

»Kann man hier irgendwo telefonieren?«

»Manchmal gibt es Mobilfunkempfang, aber sehr unzuverlässig. Hier am Krankenhaus haben wir eine eigene Antenne und einen Generator. Im Lager gibt es noch einige andere.« Die Frau sprach mit europäischem Akzent.

»Ich suche meine Kinder. Mein Sohn spielt in diesem Sommer in Amerika Basketball. Ich habe keine Ahnung, wo er jetzt ist, und er weiß nicht, wo wir sind.«

»Hat er ein Handy?«

»Nein. Ich kenne nur den Namen seines Trainers.«

»Wo lebt der Trainer?«

»Irgendwo in Amerika, aber er ist Südsudanese.«

»Irgendwo in Amerika«, wiederholte die Frau belustigt. »Okay, am besten geben Sie mir den Namen und erklären mir, was er so macht. Ich werde mein Bestes tun.«

»Er heißt Ecko Lam und trainiert die Basketballmannschaften aus dem Südsudan. Aber die ganzen Unterlagen waren bei uns zu Hause.«

»Ich verstehe. Dann kann ich nur anbieten, dass wir uns übermorgen gegen Mittag wieder hier treffen. Vielleicht haben wir ja Glück.«

»Vielen, vielen Dank.«

Das erste Footballspiel fand an der Bethune-Cookman University in Daytona Beach, Florida, statt. Da das Budget begrenzt war, durften lediglich die halbe Mannschaft und vier ehrenamtliche

Helfer mitfliegen. »Mit fünfzig Spielern werden sie das ja wohl hinkriegen«, stellte Murray trocken fest.

Samuel hatte zum ersten Mal seit seiner Ankunft am College das Wochenende frei. Am späten Samstagvormittag, als er Murray endlich aus dem Bett bekommen hatte, gingen sie zur Sporthalle, schalteten das Licht ein und begannen, entspannt zu spielen. Es war ungeschriebenes Gesetz, dass jeder Spieler der Mannschaft in seiner Freizeit Korbwürfe trainieren durfte – solange kein Coach anwesend war. Alle Spieler hatten einen Schlüssel für die Außentür und den Code für die Umkleide bekommen. Außerdem war ihnen erklärt worden, wo die Lichtschalter waren.

Nach vier Übungsspielen war der gesamten Mannschaft klar, dass Sooley ein unglaubliches Tempo draufhatte, seine Schnelligkeit war beeindruckend. Liniensprints gewann er jedes Mal haushoch. Aus der Bewegung sprang er 1,15 Meter hoch, höher, als die Coachs je einen Spieler hatten springen sehen. Er wog mittlerweile sechsundachtzig Kilo, war gut 1,94 Meter groß – und wuchs noch. Er liebte Basketball, spielte leidenschaftlich gern und lächelte selbst beim härtesten Fitnesstraining.

Allerdings konnte er weder werfen noch dribbeln, Grundfertigkeiten, die jeder Point Guard beherrschen musste. In der Verteidigung sprang er wie eine Gazelle und schlug den Gegnern die Bälle aus der Hand, aber seine Schnelligkeit machte ihm oft einen Strich durch die Rechnung. Eine einfache Wurftäuschung, und schon flog er daneben.

Nachdem sie eine halbe Stunde lang geworfen hatten, zeigte Murray ihm ein paar Ballhandling-Übungen und verriet ihm, wie man den Ball am besten schützen konnte, ohne dabei das restliche Feld aus den Augen zu verlieren. In der Teamaufstellung galt er als drittbester Point Guard nach Murray und Mitch Rocker, einem Studenten im letzten Jahr, der seit drei Jahren fester Bestandteil der Startaufstellung war. Wenn er noch ein paar Zentimeter wuchs und während eines schlechten Übungsspiels den Ball wieder einmal ins Aus katapultierte, würde Sooley sich ganz schnell auf der Position des Small Forward wiederfinden. Höchstwahrscheinlich würde er als Redshirt im ersten Jahr nicht an Turnieren teilnehmen, damit die auf vier Jahre begrenzte Spielberechtigung für ihn erst ab dem folgenden Jahr lief. Er war gerade achtzehn Jahre alt geworden und hatte in der erfahrenen Mannschaft wenig beizutragen. Coach Britt plante die Startaufstellung mit drei Studenten im letzten Jahr und zwei aus dem dritten Jahr.

Die Familie Walker lebte im Stadtviertel Trinity Park in Durham, zehn Minuten vom Campus entfernt. Ihr Haus befand sich in einer Straße mit vielen Bäumen und zweistöckigen Wohnhäusern, die vor dem Krieg errichtet worden waren.

Murrays Mutter, Ida, war in Durham geboren und aufgewachsen und immer in der Gegend geblieben. Ihr Vater hatte eine Führungsposition bei einer der größten von Schwarzen geführten Lebensversicherungsgesellschaften in den USA innegehabt, was der Familie ein angenehmes Leben ermöglichte. Ihr Mann, Ernie, war in großer Armut im Tabakanbaugebiet nördlich von Raleigh, Durhams Nachbarstadt, aufgewachsen und hatte sich geschworen, nie zu vergessen, wie schlimm Hunger war. Er leitete die Tafel des Bezirks, die Durham County Food Bank, und war unsagbar stolz darauf, dass er täglich elftausend Personen mit Lebensmitteln versorgte.

Allerdings hatte Ernie in der letzten Zeit kaum je eine Mahlzeit ausgelassen. Er grillte gerade Hähnchenbrust auf der Terrasse hinter dem Haus, als Murray und Samuel am späten Samstagnachmittag eintrafen. Der Hitzeindex für die gefühlte Temperatur lag bei fast achtunddreißig Grad, und Ernie stand tropfnass geschwitzt mit seiner Stahlzange am Grill, arbeitete fleißig am Abendessen und hörte dabei die Übertragung des Spiels der Footballmannschaft der Central University im Radio. Er begrüßte Murrays neuen Zimmergenossen, sagte, er habe nur Gutes über ihn gehört, und fing an, über Football zu reden. Nach ein paar Minuten in der Hitze gingen die Jungen ins Haus, wo Mrs. Walker Kohl für den Krautsalat hobelte und Maiskolben kochte.

Miss Ida, wie sie allgemein genannt wurde, leitete eine Organisation für Pflichtverteidigung und Prozesskostenhilfe in Durham und war Chefin von zwanzig Rechtsanwälten, die eine endlose Folge mittelloser Mandanten vertraten. Sie umarmte Samuel, als wären sie alte Bekannte, und sagte, er solle sich an den Tisch setzen, während sie ihm ein Stück Bananennusskuchen abschnitt. Murray, der sich für einen großen Koch hielt, stocherte in ihrem Krautsalat herum und erhielt dafür einen Anpfiff.

Samuel war auf Anhieb fasziniert von Miss Ida. Ihm war noch nie eine Frau begegnet, die ihre gesamte Umgebung so dominierte. Sie fragte Samuel nach seinen Vorlesungen und dem Leben in Amerika, vermied es aber, seine Familie zu erwähnen. Murray hatte den Walkers von den tragischen Ereignissen und der ständigen Ungewissheit berichtet, und sie waren bereit, Samuel zu unterstützen, wo immer es ging. Während sie sich in der Küche zu schaffen machte, fragte Miss Ida Murray nach den Dozenten und wollte wissen, welche ihm am liebsten waren. Nach nur zwei Wochen konnte er allerdings noch nicht viel dazu sagen. Sie sprachen über Jordan, Murrays ältere Schwester. Sie studierte an der Vanderbilt University Jura, und Samuel war in sie verliebt, ohne ihr je begegnet zu sein. Er kannte sie nur von Social Media. Dann kam das Gespräch auf Brady, einen älteren Bruder, der sein Studium in Yale abgebrochen hatte und der Familie große Sorgen bereitete. Das Thema wurde aber schnell gewechselt.

Ernie kam mit einer Platte gegrillter Hähnchenteile in die deutlich kühlere Küche, und Miss Ida sagte ihm ganz genau, wo er sie hinstellen sollte. Während er der lebhaften Unterhaltung der Familie lauschte, musste Samuel an seine arme Mutter denken. Er hatte keine Ahnung, wo sie war und ob sie überhaupt noch lebte. Wer war bei ihr? Lieber Gott, bitte mach, dass Angelina, James und Chol bei ihr sind. Bitte behüte sie.

Beatrice war eine ebenso herzliche und intelligente Persönlichkeit wie Ida Walker, aber sie hatte nie die Möglichkeit gehabt, eine Schule zu besuchen. Wie in vielen Teilen des Südsudans konnten sich Mädchen in Lotta glücklich schätzen, wenn sie ein paar Jahre zur Grundschule gehen konnten, bevor sie zu Hause beim Waschen und Kochen helfen mussten. Die meisten bekamen überhaupt keine Schulbildung. Beatrice konnte lesen und schreiben, aber das war auch schon alles.

Samuel sehnte sich nach seiner Mutter und sprach ein kurzes Gebet für sie.

Während Ida kochte und redete und ihren Ehemann und ihren jüngsten Sohn herumkommandierte, behielt sie Samuel im Auge. Der Junge hatte Schlimmes erlebt und brauchte ihre ganze Liebe und Unterstützung.

24

Gegen Ende der Übungsstunde, als die Spieler das Training mit den vorgeschriebenen fünfzig Freiwürfen hintereinander beendeten, hörte Samuel Coach Britt das Zauberwort sagen. »Ecko.« Als er sich umdrehte, sah Samuel seinen alten Trainer auf das Spielfeld kommen und lief zu ihm, um ihn mit einer Umarmung zu begrüßen. Ecko behauptete, er sei auf der Durchreise und wolle nur Hallo sagen. Samuel fand es eigenartig, dass er nicht vorher angerufen hatte. Dann blies Coach Britt in seine Trillerpfeife und schickte die Mannschaft zum Duschen.

Später saß Samuel mit Ecko in Coach Britts Büro, und sie unterhielten sich über die Mannschaft aus dem Südsudan und tauschten die letzten Neuigkeiten aus. Murray kam auch dazu. Als Lonnie die Tür schloss, wurde Eckos Gesicht ernst. »Samuel«, sagte er, »ich habe gute und schlechte Nachrichten für dich.«

Samuel schloss die Augen und ließ die Schultern hängen.

»Vor zwei Tagen habe ich einen Anruf von einer französischen Krankenschwester bekommen, die für Ärzte ohne Grenzen arbeitet. Sie ist in Uganda in einem Flüchtlingslager im Einsatz, das sich Rhino Camp nennt.«

»Ich weiß, wo das ist, Coach. Es ist auf meiner Karte markiert. Dort leben mehr als hunderttausend Südsudanesen.«

»Dazu gehört auch deine Mutter. Ich habe gestern mit ihr gesprochen. Sie ist in Sicherheit und wohlauf.«

Samuel presste die Handflächen gegen die Augen, um die Tränen zurückzudrängen. »Danke, lieber Gott, danke«, flüsterte er. Einen Augenblick lang sahen ihn die anderen nur an. »Ich habe ihr gesagt, wo du bist und was du machst«, sagte Ecko dann. »Sie hat sich sehr gefreut, dass du hier aufs College gehst.«

»Sie haben wirklich mit meiner Mutter gesprochen?«

»Ja, und sie meldet sich morgen früh gegen sieben noch einmal, vom Telefon einer Krankenschwester aus. Sie werden dich auf deinem Handy anrufen.«

Samuel atmete tief durch und trocknete sich die Wangen. »Und was ist die schlechte Nachricht?«, fragte er nach einer ganzen Weile.

»Deine Brüder sind bei ihr, und offenbar sind alle gesund. Aber Angelina hat es nicht geschafft.«

»Sie hat es nicht geschafft? Was ist mit ihr passiert?«

»Sie wurde von den Rebellen verschleppt, die euer Dorf niedergebrannt haben.«

»Nein!« Samuel krümmte sich, stützte die Ellbogen auf die

Knie und bedeckte erneut sein Gesicht mit den Händen. Sein Körper bebte. »Nein, nein, nein!«, flüsterte er immer wieder.

Murray, Ecko und Lonnie sahen einander an und starrten dann auf den Boden, während eine Minute nach der anderen verstrich. Es gab nichts, das sie hätten sagen können, nichts, das sie tun konnten, außer für ihn da zu sein. Sie konnten sich nicht einmal vorstellen, wie furchtbar die Situation für Samuel und seine Familie war. Ecko hatte in seiner Akte Unterlagen aller Spieler und wusste, dass am 2. September Angelinas sechzehnter Geburtstag gewesen war. Ob sie ihn noch erlebt hatte, wusste niemand. Ecko hatte seine Zweifel, genau wie Samuel. Ein Menschenleben war so wenig wert, die Gräueltaten waren so entsetzlich, dass kaum vorstellbar war, dass die Rebellen ein junges Mädchen längere Zeit am Leben ließen, wenn es seinen Zweck erfüllt hatte.

»Ich hätte dort sein müssen«, flüsterte Samuel schließlich.

Coach Britt ging in die Umkleide und vergewisserte sich, dass die Kabine leer war. »Gehen wir zu mir nach Hause«, sagte er, als er zurückkam. »Agnes hat was zum Abendessen gekocht, und die Kinder würden sich freuen, dich zu sehen, Samuel.«

Am nächsten Morgen um 7.04 Uhr ging auf Samuels Telefon ein internationaler Anruf ein. Er hatte bereits gewartet und das Gerät nicht aus den Augen gelassen. Er war schon seit einer Stunde wach und hatte überhaupt nur wenig geschlafen. Murray saß angezogen auf seinem Bett und wartete ebenfalls.

Eine nette Dame mit leichtem Akzent stellte sich als Christine vor, und nachdem Samuel sie begrüßt hatte, gab sie das Telefon an Beatrice Sooleymon weiter.

Als Samuel fragte: »Mutter, bist du es wirklich?«, stand Murray auf, klopfte ihm im Vorbeigehen auf die Schulter und verließ das Zimmer.

Sie unterhielten sich zwanzig Minuten lang. So schwer es für Samuel auch war, er wollte wissen, was in jener Nacht in Lotta geschehen war, und Beatrice erzählte ihm unter Tränen die ganze Geschichte. Sie wisse nicht genau, was mit Ayak geschehen sei, aber sie befürchte das Schlimmste. Samuel bestätigte, dass die Leiche seines Vaters von den Regierungstruppen identifiziert worden war. Beatrice nahm die Nachricht gefasst auf. Sie hatte damit gerechnet. Sie schilderte ihre Flucht aus dem Dorf, Angelinas Verschleppung, die vielen Tage, an denen sie ohne Essen und Trinken immer weitermarschiert waren. Aber jetzt seien sie an einem guten Ort, in Sicherheit und unter anständigen Menschen, die einander helfen wollten. Sie wollte alles über sein neues College und das Leben in Amerika wissen, einfach alles, was ihn betraf. Sie weinten viel, brachten aber ein- oder zweimal sogar ein Lachen zustande. Samuel wollte nach Hause, um mit seiner Familie zusammen zu sein, sie irgendwie zu retten, aber das war unmöglich. Er fragte, was er ihnen schicken könnte, doch Beatrice vertröstete ihn auf später. Falls sie irgendwann eine richtige Unterkunft bekamen, könne er ihnen Pakete schicken.

Durch seine Recherche wusste Samuel, dass viele Südsudanesen, die bei ihrer Flucht alles zurücklassen mussten, jahrelang in Lagern lebten. Die meisten hausten dort unter schwierigen, gesundheitsgefährdenden Bedingungen und hatten kaum genug zu essen. Gewalttaten waren selten, aber Krankheiten breiteten sich über die offenen Abwasserkanäle, verunreinigtes Wasser und verdorbene Lebensmittel schnell aus. Versuche, Unterricht anzubieten, wurden durch die fehlenden Räumlichkeiten und Lehrer behindert. Dutzende Hilfsorganisationen aus aller Welt taten in den Lagern, was sie konnten.

Je mehr Samuel gelesen hatte, desto mutloser war er geworden. Sie hatten ihr Zuhause verloren und viele ihrer Freunde und Verwandten und mussten sich auf ein ganz neues Leben einstellen.

Während er mit seiner Mutter telefonierte, konnte er die Anspannung und Hoffnungslosigkeit in ihrer Stimme fast körperlich spüren. In den letzten beiden Monaten war ihre Welt erschüttert und zerstört worden, ein Zurück gab es nicht. Ihm wurde klar, dass er der einzige Lichtblick in ihrem Leben war und dass es an ihm war, ihr Mut zu machen. Nachdem sie sich verabschiedet hatte, wechselte er ein paar Worte mit der Französin, Christine, die ihm anbot, sich einmal pro Woche unter dieser Nummer zu melden. Sie vereinbarten mittwochs sieben Uhr seiner Zeit dafür. Beatrice und die Jungen würden dann zum Krankenhauszelt kommen, damit Samuel aus Amerika anrufen konnte. Christine wies ihn allerdings darauf hin, dass das Mobilfunknetz immer wieder ausfiel.

Samuel steckte das Handy in seine Hosentasche und ging nach draußen. Im Augenblick wollte er weder mit Murray noch mit irgendwem sonst sprechen. Er brauchte Zeit für sich allein, damit er an Angelina denken und um sie trauern konnte. Lange ging er auf dem Campus spazieren und saß dann eine Stunde auf einer Parkbank, während die Universität zum Leben erwachte. Vorlesungen waren zweitrangig. Basketball konnte warten. Er würde T. Ray anrufen und ihm sagen, dass er nicht in der Lage war zu arbeiten.

Dieser Tag sollte Angelina gehören. Er dankte Gott, dass seine Mutter und seine Brüder in Sicherheit waren, und schwor sich, sie eines Tages aus dem Lager und nach Amerika zu holen.

Im Augenblick aber wollte er nur allein sein. Er versuchte, nicht an Angelinas letzte Stunden zu denken, und rief sich stattdessen Bilder aus ihrer Kindheit ins Gedächtnis, von seiner kleinen Schwester, die im Garten hinter dem Haus Obst pflückte, die so viele Beeren aß, dass ihr schlecht wurde, die ihrem großen Bruder zu den Basketballplätzen nachlief.

Er hätte für sie da sein müssen.

Ecko Lam und Lonnie Britt wurden in einem eleganten Restaurant in der Innenstadt zu einem Ecktisch geführt. Als sie sich setzten, griff Ecko nach der blütenweißen, perfekt gebügelten Stoffserviette. »Ich bin beeindruckt. Du lädst ein, hast du gesagt?«

»Ich übernehme die Rechnung. Das College hat Angst, dass ich woanders hingehe, und hat mein Spesenkonto aufgestockt.«

»Und das Gehalt?«

»Das steht auch zur Debatte, aber ich bin mir gar nicht sicher, ob ich interessiert bin.«

»Deswegen das Mittagessen in einem Nobelrestaurant? Wegen der Privatsphäre?«

»Ja. Sehr unwahrscheinlich, dass wir hier jemandem von Central über den Weg laufen.«

Eine Kellnerin brachte die Speisekarten und erkundigte sich, was sie trinken wollten. Beide waren mit Leitungswasser zufrieden.

»Schieß los«, sagte Ecko.

»Du weißt doch, wie es aussieht, Ecko. Ich bin einundvierzig und habe die letzten vier Jahre hier verbracht. Fast siebzig Prozent meiner Spiele habe ich gewonnen, und ich will hier nicht hängen bleiben. Ich will weiterkommen. Die Frage ist, was es im April für Möglichkeiten gibt.«

»Du meinst, wessen Stuhl wackelt?«

»Das ist die Frage. Ich würde sagen, Dulaney an der University of Iowa ist erledigt. Zwanzig Niederlagen in den letzten beiden Jahren.«

»Ich verstehe sowieso nicht, wieso der nicht längst weg vom Fenster ist.« Ecko studierte die Speisekarte und schüttelte den Kopf. »Dreißig Dollar für Räucherlachs?«

»Der ist den Preis wert. Du bist eingeladen.«

»Du musst das verstehen, Lonnie. Ich bin und bleibe ein Immigrant.«

»Und bestellst automatisch das billigste Essen auf der Karte. Keine Sorge. Central lädt ein.«

»Die Ablöse für Dulaney war so hoch, dass sie ihn noch ein Jahr länger behalten haben. Eine Katastrophe. Den Sportdirektor feuern sie bestimmt auch. Talbott in Miami geht in Rente.«

Lonnie lächelte, als er das hörte. »Ist das offiziell?«

»Noch nicht.«

»Woher hast du das?«

Ein Kellner erschien und nannte die Tagesgerichte. Beide bestellten Tomatensalat und gegrillte Forelle. Sobald der Kellner wieder gegangen war, drehte sich das Gespräch erneut um die Gerüchte, denen kein Trainer widerstehen konnte. Lonnie war bereit für eine anspruchsvollere Aufgabe, wenn auch nicht unbedingt in einer Power Five Conference, der höchsten Ebene im Collegesport. Der Trainer der University of Richmond war angeschlagen, aber Lonnie hatte höhere Ziele. Ecko kannte den Sportdirektor der Creighton University und wusste, dass er mit dem Basketballprogramm unzufrieden war. Der Trainer an der University of Texas wollte seinen Vertrag verlängern, aber die Universität zierte sich. Und so hatten sie in einer halben Stunde das gesamte Land abgehandelt, während sie ihren Salat aßen und Wege planten, sich beruflich zu verbessern.

Als das Hauptgericht kam, wechselte Ecko das Thema. »Was machst du mit Samuel?«

»Das weiß ich nicht. Ich war ja von Anfang an nicht unbedingt begeistert, wie du dich vielleicht erinnerst.«

»Nochmals vielen Dank dafür. Gemeinsam haben wir ihm vermutlich das Leben gerettet.«

»Wie meinst du das?«

»Wenn ich ihn im April nicht ausgewählt hätte, wäre er bei dem Überfall zu Hause bei seiner Familie gewesen. So wie wir ihn kennen, hätte er versucht, alle zu retten. Wahrscheinlich wäre er mittlerweile tot.«

Lonnie schüttelte den Kopf. »Ich weiß wirklich nicht, was mit diesen Leuten los ist.«

»Wir, diese Leute, sind verflucht und nicht glücklich, wenn nicht mindestens zwei Bürgerkriege in Gang sind. Du hast dafür gesorgt, dass der Junge ein Stipendium bekommt, ein Zimmer im Wohnheim, ein Team, einen Platz am College, die Chance zu spielen – sein Traum. Wenn er mit der Mannschaft nach Hause gefahren wäre, weiß niemand, was aus ihm geworden wäre. Sein Dorf wurde komplett niedergebrannt.«

»Was für ein Albtraum. Ich kann mir das gar nicht vorstellen.«

»Ich bleibe ein paar Tage hier und rede heute Abend mit ihm. Warum gibst du ihm nicht eine Woche frei, damit er in Ruhe trauern kann?«

»In Ordnung. Warum auch nicht? Wahrscheinlich muss ich ihn sowieso als Redshirt auf die Bank setzen, obwohl ich das wirklich nicht brauchen kann.«

»Er bringt es im Training also immer noch nicht?«

»Sagen wir, sein Spiel hat sich in den letzten beiden Monaten nicht verändert. Er ist ein toller Junge. Immer ein strahlendes Lächeln. Spielt mit vollem Einsatz und so. Springt unglaublich hoch. Ich weiß nur im Moment nicht, wohin mit ihm.«

»Hab Geduld. Vielleicht überrascht er dich ja noch.«

»Das sagst du immer. Ich muss zugeben, manchmal steigt er hoch, hebt den Ball weit über den Kopf, zieht ab, während er 1,15 Meter über dem Boden in der Luft steht, alles geschmeidig und fließend, fast wie ein Sprung von Michael Jordan, nur dass er den verflixten Ball nie versenkt.«

»Das könnte zum Problem werden.«

»Sein Ballhandling hat sich etwas verbessert, aber ein Guard wird nicht mehr aus ihm.«

»Gib ihm Zeit. Er ist noch ein Kind.«

»Das sind alles Kinder, Ecko.«

»Ich weiß, aber er ist was Besonderes.«

25

Murray und Samuel lieferten eine Pick-up-Ladung Konservendosen mit Gemüse an einer Suppenküche ab und fuhren beim International Rescue Committee vorbei. Miss Ida war mit der Arbeit des IRC vertraut und hatte die Organisation Samuel gegenüber erwähnt, der sich dann im Internet weiter informiert hatte. Eine Ms. Keyser erwartete die beiden Basketballspieler von der Central University.

Sie gab ihnen einen kurzen Überblick über die Geschichte des IRC: Die Organisation wurde 1933 auf Initiative von Albert Einstein mit dem Ziel gegründet, europäische Juden bei der Ansiedlung in den USA zu unterstützen, und hatte sich zu einer der größten Hilfsorganisationen der Welt entwickelt. Das IRC arbeitete in den am schlimmsten von Krieg, Verfolgung, Völkermord und Naturkatastrophen heimgesuchten Gebieten und bot besonders schutzbedürftigen Menschen Unterkunft, Nahrung und Gesundheitsfürsorge. In vielen Fällen half es bei der Übersiedlung in westliche Länder. In den vergangenen vierzig Jahren hatte das IRC-Büro von Durham County mehr als achthundert Flüchtlinge aus fünfundzwanzig Ländern bei der Ansiedlung in der Gegend unterstützt, darunter achtzehn Südsudanesen.

»Kennst du hier jemanden aus deiner Heimat?«, fragte sie.

»Nein.«

»Keine Verwandten in den Staaten?«

»Nein.«

»Die Erteilung der Aufenthaltsgenehmigung kann dauern und ist nicht einfach. Es gibt jede Menge Anträge, von denen nur wenige positiv beschieden werden. Die US-amerikanische Einwanderungsbehörde lässt aktuell pro Jahr nur fünftausend Südsudanesen ins Land. Das wird der Not nicht annähernd gerecht. Du kannst dir ja vorstellen, dass weltweit viele Flüchtlinge gern herkommen würden. Wenn ich Ida Walker richtig verstanden habe, willst du die Staatsangehörigkeit beantragen.«

»Ja, das stimmt.«

»Das ist gut. Vor allem bist du schon hier, das ist wichtig. Du darfst noch nicht einmal daran denken zurückzugehen.«

»Macht er nicht«, sagte Murray und erntete einen Lacher.

»Deine Familie herzuholen wird schwierig«, fuhr sie fort. »Die besten Chancen hast du, wenn du die amerikanische Staatsangehörigkeit erwirbst und für sie bürgen kannst. Ohne Bürgen ist es praktisch hoffnungslos.«

»Wie lange dauert das?«

Sie lächelte und blickte auf ihre Notizen. »Lange, Samuel, sehr lange. Zuerst musst du deinen Collegeabschluss machen. Das sind vier Jahre.«

»Eher fünf, so wie er spielt«, warf Murray ein.

»Was meinst du damit?«

»In diesem Jahr sitzt er wahrscheinlich als Redshirt auf der Bank. Das heißt, er ist voraussichtlich noch ein Jahr länger am College.«

»Du musst es ja wissen. Auf keinen Fall darfst du das College abbrechen, du brauchst einen Abschluss. Dann musst du dir einen Job suchen und beruflich auf die Beine kommen. Je erfolgreicher du hier bist, desto besser deine Chancen, dass du als Bürge für deine Familie anerkannt wirst.«

»Das klingt nicht gut«, sagte Samuel.

»Ich weiß. Es dauert seine Zeit, selbst wenn alles glatt läuft. Manchmal ist das nicht der Fall.«

»Aber sie sind in einem Lager und haben kaum genug zu essen und zu trinken.«

»Wie viele andere auch. Ich bin gern bereit, einen Vorgang anzulegen, und du kannst dich jederzeit melden. Oder vorbeikommen. Du kannst sogar ehrenamtlich mitarbeiten, wenn du willst. Wir haben ein Praktikumsprogramm für Collegestudenten, das sich sehr bewährt hat. Ida Walker sagt, du hast über Ärzte ohne Grenzen Kontakt mit deiner Familie aufgenommen?«

»Sie haben dafür gesorgt, dass ich vor zwei Tagen mit meiner Mutter sprechen konnte. Kann ich ihr irgendwie Geld schicken?«

»Das weiß ich nicht, aber ich finde es heraus. Wir haben ein Büro in Uganda, in Kampala, glaube ich. Rhino Camp ist ein offizielles Lager, und ich bin sicher, dass wir jemanden vor Ort haben.«

»Ich habe alles über das Lager gelesen, was im Internet zu finden war. Es gibt einen kleinen Markt, auf dem Lebensmittel und die wichtigsten anderen Artikel verkauft werden. Meine Familie hat nichts, nur Kleidung zum Wechseln, die sie von einer Verteilstelle im Lager bekommen haben. Meine Mutter und meine Brüder schlafen auf dem Boden, ohne Decken. Ich muss ihnen unbedingt Geld schicken.«

Sie lächelte herzlich. »Ich kümmere mich darum. Ruf mich morgen an.«

Die Lebensmitteltransporte kamen mit immer größerer Verspätung und blieben schließlich ganz aus. Aber die Menschen warteten weiter in Schlangen, die immer länger wurden, in der Sonne.

Beatrice und die Jungen wechselten von einer Schlange zur nächsten und übernächsten. Wie ein Lauffeuer verbreitete sich das Gerücht, im Westen des Lagers gebe es Essen, und als sie dort eintrafen, drängte sich eine Menschenmenge um einen Lkw der Vereinten Nationen. Helfer verteilten hektisch kleine Portionen Reis in die Gefäße, die sich ihnen entgegenstreckten. Wer keine Schale hatte, bekam einfach zwei Handvoll.

Der Hunger löste bei den Flüchtlingen Panik aus, weil er schreckliche Erinnerungen aus der jüngsten Vergangenheit weckte. Sie hatten alle Hunger gelitten und beteten jeden Tag um Essen, das zum Überleben reichte.

Siebenundneunzig Prozent des Wassers wurde in Rhino Camp

mit Lkws herangeschafft, und als diese Lkws ebenfalls ausfielen, wurden die Menschen im Lager unruhig. Die Kinder weinten vor Hunger, während ihre Mütter von Tür zu Tür gingen und um Essen bettelten. Die Zeltkrankenhäuser, die alle von ausländischen Hilfsorganisationen betrieben wurden, wurden von Tausenden verzweifelten Menschen überschwemmt, die um Essen baten.

Eine Woche lang regnete es ununterbrochen, und die Schotterpisten, die von den Lkws genutzt wurden, waren überschwemmt, sodass das Lager von der Versorgung mit Wasser, Lebensmitteln und anderen Gütern abgeschnitten war. Die unbefestigten Lagerstraßen verwandelten sich in Matsch, und das Regenwasser sammelte sich in Pfützen und strömte schließlich die Böschungen hinunter. Die schmalen Bäche flossen über von ungeklärten Abwässern und traten über die Ufer. Die Zelte leckten an den Fenstern und bekamen am Dach Risse, und es dauerte nicht lange, bis das dreckige Wasser der Sintflut unter die Zeltböden schwappte. Die Bohrlöcher, an denen Wasser gepumpt wurde, stürzten unter dem Gewicht des durchweichten Bodens in sich zusammen. Die Latrinen und primitiven Toiletten füllten sich mit Wasser und liefen über. Es regnete, bis jeder und alles – Menschen, Zelte, Bretterverschläge, Jeeps, Pick-ups und Lazarette – völlig durchnässt und schlammverkrustet war.

Als der Regen aufhörte und sich die Wolken verzogen, brannte die Sonne auf Rhino Camp herab, und bald hatte sich der Schlamm wieder in Staub verwandelt. Die Ärzte und Mitarbeiter der Hilfsorganisationen wappneten sich für die nächste Malariawelle.

In aller Früh schlich sich Samuel am Mittwochmorgen, dem 30. September, aus seinem Wohnheimzimmer, wo Murray tief und fest schlief, und suchte sich draußen eine Parkbank. Er gab die Nummer von Christine ein, der französischen Krankenschwester. Er sah sie fast vor sich und fragte sich, was für ein Mensch Sicherheit und ein vergleichsweise leichtes Leben zurückließ, um sich ehrenamtlich in einer der schlimmsten humanitären Krisen der Welt zu engagieren. Samuel hielt sich für einen mitfühlenden Menschen, aber dieses Mitgefühl hatte seine Grenzen. Er hatte enormen Respekt vor den Helfern, die ihre Gesundheit und vielleicht sogar ihr Leben aufs Spiel setzten. Vielleicht lag es daran, dass er nur mit Mühe dem harten Alltag eines Entwicklungslands entkommen war und dass er auf keinen Fall zurückwollte. Vielleicht spürten privilegiertere Menschen Schuldgefühle und wollten praktische Hilfe leisten. Oder ihnen lag tatsächlich jedes Leben am Herzen.

Er hatte sich eine Liste mit Dingen gemacht, die er mit seiner Mutter besprechen musste. Am wichtigsten war, wie er ihr Geld schicken konnte. Mit Murrays Hilfe hatte er ein Girokonto eröffnet und eine Kreditkarte beantragt. Er sparte Geld und war stolz darauf, dass er seine Finanzen selbst handhabte, wie jeder andere Student.

Ms. Keyser vom IRC hatte Wort gehalten und ihn an eine weitere Nichtregierungsorganisation verwiesen, die sich auf Geldüberweisungen nach Afrika spezialisiert hatte. Jedes Jahr schickten über die ganze Welt verstreute Migranten mehr als zwei Milliarden Dollar nach Hause, Geld, das ihre Familien dringend brauchten. Obwohl der Südsudan ein kleines, armes Land mit einer begrenzten Zahl von Auswanderern war, überwiesen diese jedes Jahr dreihundert Millionen Dollar. Diese Zahlungen zu koordinieren und sicherzustellen, dass sie ihre Empfänger erreichten, war eine gewaltige Aufgabe, aber Samuel hatte eine Lösung gefunden und brannte darauf, sie seiner Mutter zu erklären.

Doch Christine meldete sich nicht.

26

Er ging zur Sporthalle, wo er nur eine Lichtleiste einschaltete, um keine Aufmerksamkeit zu erregen, dehnte sich ganze fünf Minuten lang und fing an zu werfen. Wenn er an seine Familie dachte, vergab er. Wenn er sich auf seine Form konzentrierte, traf er. Nach einer Stunde wurde ihm bewusst, wie sehr er die Einsamkeit der verlassenen, halbdunklen Halle mit dreitausend leeren Sitzplätzen genoss, in der er ganz für sich war. Um halb neun, als er bei vierhundertzwanzig Würfen war, erschien ein Hausmeister unter dem Brett und wünschte ihm einen guten Morgen. Samuel erwiderte den Gruß und sagte, er gehöre zur Basketballmannschaft und habe einen Schlüssel. Dem Hausmeister war das herzlich egal, und er ging wieder.

Um zehn legte Samuel eine Trinkpause ein und merkte, dass er seine erste Vorlesung verpassen würde. Er beschloss, sich freizunehmen, nur diesen einen Tag, und ausschließlich Korbwürfe zu üben. Er schwänzte den gesamten Vormittag und blieb in der Halle, bis gegen Mittag eine Gruppe ehemaliger Schüler zu einem Treffen erschien. Dann flitzte er zurück zu seinem Zimmer und duschte.

Coach Britt war von der alten Schule und fand, Basketballer müssten schlank, geschmeidig, gelenkig und schnell sein. Ihm war Feingefühl wichtiger als Muskelmasse. Daher legte er keinen besonderen Wert auf das Training mit Gewichten. An der DePaul University in Chicago hatte er als Assistenztrainer miterlebt, wie eine gesamte Mannschaft durch Muskelzerrungen und Krämpfe dezimiert wurde, nachdem die Basketballabteilung ein Jahr zuvor einen Ausbilder verpflichtet hatte, der großen Wert auf Hanteln und Krafttraining legte. Dagegen hielt der Coach Schnelligkeit für wichtiger als Kraft.

Aber Samuel war schwer beeindruckt vom Spiel – und Körperbau – von Abol Pach gewesen. Der britische Shooting Forward hatte den Südsudan im letzten Spiel in Orlando praktisch im Alleingang aus dem Turnier geworfen. Pach war einer von ihnen, ein Dinka aus Juba, schlank und mit fließenden Bewegungen, aber mit muskulöseren Armen und massigerem Brustkorb als die meisten jungen afrikanischen Spieler. Im Turnierprogramm stand er mit 2,01 Metern und hundert Kilo.

Obwohl Samuel beim letzten Spiel von der Bank aus zugesehen hatte und angesichts der Ungewissheit über die Ereignisse zu Hause wie benebelt gewesen war, waren ihm Pachs Kraft und einschüchternde Präsenz unter dem Korb noch lebhaft in Erinnerung. Einem Gerücht zufolge hob er jeden Tag eine Stunde lang Gewichte. Außerdem war Samuel der große, hochmoderne Kraftraum noch im Gedächtnis, in dem die Magic-Spieler trainierten, wenn sie nicht auf dem Spielfeld waren. Wenn die Besten der Sportart Wert auf Kraft legten, war das auch für ihn das Richtige.

Ein Assistenz-Footballtrainer namens Willis, einer der beiden weißen Mitarbeiter, sorgte dafür, dass die Sportler Muskeln aufbauten. Zuerst behauptete er, der Kraftraum sei für Basketballer reine Zeitverschwendung, aber so leicht ließ sich Sooley nicht abspeisen. Der junge Afrikaner mit dem breiten Lächeln war zu einer der beliebtesten Persönlichkeiten in der Kabine geworden.

Willis trieb einen Work-out-Plan für Basketballer auf, mit dem die Rumpfmuskulatur gestärkt und Brustmuskeln und Bizeps vorsichtig aufgebaut wurden, ohne die Beweglichkeit zu beeinträchtigen. Er zeigte Samuel, wie er Fitnessgeräte, Lang- und Kurzhanteln und Trainingsbänder richtig und gefahrlos benutzte. Seine Größe wurde mit 1,95 Meter, sein Gewicht mit 88,5 Kilogramm festgehalten. Und er bekam einen Schlüssel zum Kraftraum.

Nach sechs Wochen auf dem Campus hatte sich Samuel eine angenehme Routine zurechtgelegt. Er begann jeden Tag, indem er eine Stunde lang allein Körbe warf, sich dann rund eine Stunde lang als Hilfskraft um die Ausrüstung der Footballer kümmerte, dann zwei Stunden intensiv auf dem Spielfeld trainierte und schließlich eine Stunde im Kraftraum absolvierte. Das Lernen machte ihm keinen Spaß, und er schwänzte die Vorlesungen öfter als erlaubt. Er konnte sich nicht konzentrieren, und die Hausaufgaben langweilten ihn. Außerdem konnte er sich sowieso Zeit lassen, weil er ein Jahr auf der Bank vertrödeln würde. Das bedeutete fünf Jahre College und musste doch bestimmt reichen. Die Lücken würde er später noch füllen.

Ernie Walker legte letzte Hand an eine Schweineschulter an, die zwei Stunden lang mit Kartoffeln, Rüben und Karotten in einer Auflaufform schmoren würde. Er bewunderte sein Werk, prüfte den Backofen und schob die Form hinein. Ida und er kochten beide gern und hatten beschlossen, mittwochs einen Familienabend mit Murray und Samuel einzuführen.

Obwohl der Campus der Central University nur zehn Minuten entfernt war, hatten sie ihren jüngsten Sohn in seinem ersten Semester kaum zu Gesicht bekommen. Er wollte sich abnabeln, und sie ließen ihn. Im Frühjahr des ersten Collegejahrs sprach sich jedoch unter seinen Mannschaftskameraden herum, dass seine Familie ein schönes Haus in Durham hatte, in dem es immer etwas Leckeres zu essen gab. Ida und Ernie kochten für immer mehr Gäste. Jetzt, wo sie im Stillen beschlossen hatten, Samuel inoffiziell zu adoptieren, lockten sie die Jungen mit Abendessen am Mittwoch, Grillen am Samstag und Brunch am Sonntag nach der Kirche.

Ida rief an und sagte, sie sei spät dran. Ernie versicherte ihr, das Abendessen sei in guten Händen. Sie rief ihn mindestens viermal täglich an, um Änderungen in ihrem hektischen Tagesablauf durchzugeben, und meldete sich jeden Nachmittag um fünf, weil sie wieder einmal spät dran war. Er hörte ihr immer geduldig zu und riet ihr, es langsamer anzugehen. Als Chefin konnte sie kommen und gehen, wann sie wollte, aber ihr Personal bestand aus jungen

Rechtsanwälten und Rechtsanwältinnen, denen sie ein gutes Beispiel sein wollte. Niemand von ihnen arbeitete so hart wie sie, und oft brauchte sie die ruhige, gelassene Stimme ihres Ehemanns, um nicht die Nerven zu verlieren.

Ernie sah nach dem Ofen, deckte den Tisch, goss sich ein Glas Eistee ohne Zucker ein und ging ins Wohnzimmer, um ein paar Minuten zu lesen. Er hatte sich einen Stapel Zeitungs- und Magazinartikel bereitgelegt, die er im Büro im Internet gefunden hatte, und fing an, einen langen Bericht aus dem britischen *Guardian* zu lesen. Der Journalist hatte vier Flüchtlingslager in Uganda besucht und beschrieb den Alltag der Menschen dort, die fast alle aus dem Südsudan stammten.

Der Bruch war geradezu unwirklich. Es war kaum zu glauben, dass die Mutter und zwei Brüder des netten Jungen, der sich mit ihrem Sohn ein Zimmer teilte, in einem Lager, das sich Rhino Camp nannte, im Elend lebten. Ernie und Ida hatten mit Ms. Keyser vom IRC gesprochen und überlegten fieberhaft, wie sie Beatrice und die Jungen zumindest auf die Warteliste für die Einwanderung in die USA bekommen konnten. Die traurige Wahrheit war jedoch, dass mindestens eine halbe Million Südsudanesen vor ihnen an der Reihe waren, von denen die meisten Bürgen und die erforderlichen Dokumente vorweisen konnten. Ms. Keyser war zu professionell, um das Wort »aussichtslos« zu verwenden, aber nach mehreren Gesprächen wurde klar, dass die Aussichten auf eine Familienzusammenführung nicht gut waren.

Ida traf nach sechs Uhr ein und ging direkt zum Backofen, um ihn kurz zu inspizieren. »Wer kommt? Wissen wir das?«, fragte sie Ernie.

»Natürlich nicht. Das würde ja eine gewisse Planung erfordern.«

Der Tisch war für fünf gedeckt, aber wie viele kamen, wusste man nie im Voraus. Murray hielt nicht viel von Planung und lud gelegentlich jeden ein, der ihm im Gang des Wohnheims über den

Weg lief. Manchmal rief er zu Hause an, um die Zahl der Gäste zu melden, manchmal nicht. Allerdings lud er normalerweise nicht mehr Freunde ein, als er in die Kabine seines Toyota Pick-ups quetschen konnte. Vier langbeinige Basketballer schienen das Maximum zu sein.

Als er nur mit Samuel hereinkam, waren seine Eltern erleichtert. Murray marschierte sofort zum Ofen, und während seine Mutter noch sagte »Nicht aufmachen!«, riss er die Klappe auf und schnüffelte. »Riecht köstlich.«

»Man tut, was man kann«, sagte Ernie.

»Mach die Klappe zu!«, schimpfte Ida und ging einen Schritt auf ihn zu. Murray packte sie, hob sie hoch und wirbelte sie herum, während sie versuchte, sich zu befreien. Ernie lachte, Ida kreischte, und wieder einmal war Samuel erstaunt, wie ausgelassen es zuging.

Die Männer setzten sich an den Tisch, während Ida Tomaten für den Salat schnitt. »Hat es heute Morgen geklappt?«, fragte Ernie. Es war Mittwoch, und sie wussten alle, wie wichtig das Telefonat war.

Samuel strahlte. »Ja, ich habe heute Morgen mit meiner Mutter gesprochen.«

»Halleluja.« Ernie rieb sich die Hände.

»Wie geht es ihr?«, fragte Ida.

»Sie ist in Sicherheit, und James und Chol auch.« Er sagte, der Regen habe aufgehört, und die Versorgungsfahrzeuge kämen wieder pünktlich. Die Vereinten Nationen hätten eine Wasserpumpstation errichtet, und jeder bekomme pro Tag fast zwölf Liter Wasser, auch wenn die Schlangen lang seien. Das Geld, das Samuel eine Woche zuvor überwiesen hatte, sei eingetroffen, und Beatrice habe gesagt, sie komme sich geradezu reich vor. Sie gehe damit sehr vorsichtig um, weil die Bewohner einander genau beobachteten und Geld zu haben gefährlich sein konnte. Sie sei in der Lage gewesen, einige Konserven und Hygieneartikel zu kaufen, die sie mit ihren beiden Freundinnen aus Lotta geteilt habe. Sie lebten immer noch in Zelten und hätten keine Ahnung, wie lange sie dort bleiben sollten und was ihre nächste Station sein würde. Allerdings sei ihnen gesagt worden, die Zelte seien nur eine vorübergehende Lösung.

Als das Abendessen auf dem Tisch stand, kam das Gespräch auf die Basketballmannschaft. Sie trainierten zwei Stunden pro Tag, und Coach Britt holte alles aus ihnen heraus. Da er jetzt im zweiten Jahr war, wünschte sich Murray mehr Spielzeit und wollte in der Rangfolge der Reservespieler vorrücken. Samuel, der als Redshirt bei Turnieren sowieso auf der Bank saß, freute sich, überhaupt auf das Spielfeld zu kommen. Seine vierjährige Collegespielzeit hatte noch gar nicht begonnen.

Wie immer war es während des Essens eher still. Fleisch und Gemüse waren köstlich, die Soße cremig und lecker. Aber er hatte zu viele Fotos und Videos von den langen Schlangen hungriger Flüchtlinge gesehen, die auf eine Schüssel Haferbrei warteten. Das Internet brachte das Leben in den Lagern in Farbe auf seinen Laptop, und er konnte ein gutes Essen nicht genießen, ohne an seine Familie zu denken.

27

Lonnie Britt war kein Frühaufsteher, und sechs Monate im Jahr schaffte er es, bis mindestens sieben Uhr zu schlafen. Aber ab Ende September, wenn das richtige Training begann, bis zum Saisonende im März war er normalerweise schon vor sechs wach, weil seine Gedanken immer um irgendein Problem kreisten. Der Trainingsplan für den Tag, das erste Spiel, das in nur fünf Wochen stattfinden sollte, ein Rekrut, der erst zugesagt und dann wieder abgesagt hatte, die Starting Five, die Auswechselspieler, wer nicht zu den Vorlesungen ging, ob er einen Walk-on, der in der Kabine für gute Stimmung sorgte, aber sonst nichts beitrug, loswerden sollte, wie er noch weitere Spieler rekrutieren konnte. Die Verpflichtung neuer Spieler war ein Dauerthema.

Zu allem Überfluss hatte er jetzt auch noch einen Jungen in der Mannschaft, dessen Vater und Schwester ermordet worden waren und dessen restliche Familie in einem Flüchtlingslager in Uganda lebte. Und zwei frühere Spieler, deren Rechtsanwälte versuchten, mit der Staatsanwaltschaft eine Absprache auszuhandeln.

Um fünf Uhr war er hellwach, und um halb sechs warf ihn seine Frau aus dem Bett, damit sie noch eine Stunde schlafen konnte. Er duschte so leise wie möglich, sah nach den Kindern, verließ das Haus in der Dunkelheit und ging zu seinem Lieblingscafé in der Nähe des Campus. Dort überflog er bei Rührei und schwarzem Kaffee die Tageszeitung und stellte fest, dass die College-Rangliste zum Saisonbeginn veröffentlicht worden war. Erwartungsgemäß war die Duke University einstimmig zur Nummer eins gewählt worden, hauptsächlich weil dort vier Achtzehnjährige anfangen sollten, die voraussichtlich schon im Juni weiterziehen würden. Wie alle Trainer hielt Lonnie nichts davon, dass Spieler schon im ersten Collegejahr am NBA-Draft teilnahmen, aber über die berüchtigte »One-and-Done«-Regel musste er selbst sich keine Gedanken machen. Aus der Mid-Eastern Athletic Conference, zu der Durham gehörte, wechselte selten ein Spieler nach nur einem Jahr in die Profiliga. An der Central University war das noch nie vorgekommen. Lonnie wusste, dass seine Spieler im ersten Jahr sicher waren. Aber wie alle Trainer war er neidisch auf die überragenden Talente, die dieses Einjahresprogramm anzog.

Keine Überraschung war, dass die Central University nicht unter den fünfundzwanzig Besten war. Das College hatte es noch nie auf die Liste geschafft, nicht vor der Saison, nicht in der Saison und nicht nach der Saison. Im Internet hieß es, die Eagles würden in der MEAC hinter der Delaware State University, der Florida Agricultural and Mechanical University und der Norfolk State University in der regulären Saison auf dem vierten Platz landen, aber diese Vorhersagen hatten sich noch in jedem Jahr als falsch erwiesen.

Zwei Jahre zuvor hatten sie dreiundzwanzig Spiele gewonnen und beim Conference-Turnier gesiegt, schieden dann aber im März bei der March Madness, bei der die besten College-Basketballmannschaften des Landes um die NCAA-Meisterschaft spielten, in der ersten Runde aus. Vor einem Jahr hatten sie zwanzig Spiele gewonnen, sich aber nicht qualifiziert. Noch eine Saison mit zwanzig Siegen, und Lonnie konnte an ein größeres College wechseln.

Er fuhr zum »Nest« und parkte auf seinem reservierten Stellplatz. Der kleine Parkplatz war leer. Mittlerweile war es halb acht geworden. Er schloss die Tür zur Umkleide auf, schaltete einige Lampen an und war unterwegs zu seinem Büro, als er einen Ball auf dem Boden aufprallen hörte. Er ging zur Tribüne und spähte um die Ecke. Sooley warf mutterseelenallein am hinteren Ende der Halle im Halbdunkel lange Dreier, die fast immer danebengingen. Er hatte sein Trikot ausgezogen, und seine dunkle Haut glänzte vom Schweiß. Nach jedem Wurf lief er los, um den Rebound zu holen, dribbelte hierhin und dorthin, hinter dem Rücken und durch die Beine, nahm dann die Grundstellung ein und warf erneut. Sein Sprung war immer außerordentlich, selbst wenn der Ball vom Korb abprallte.

Besonders beeindruckend war, dass der Junge schon um halb acht in der Halle war und das offensichtlich bereits eine ganze Weile.

Vielleicht das größte Problem mit seinem Spiel war, ihn auf der richtigen Position einzusetzen. Ein Guard war er eindeutig nicht, und als Forward fehlte ihm die Reife. Lonnie hatte bereits beschlossen, diese Entscheidung hinauszuschieben und zu beobachten, wie sich der Junge entwickelte. In der kommenden Saison würde er als Redshirt ohnehin nicht an den Spielen beteiligt sein.

Er beobachtete ihn eine ganze Weile und versuchte, sich seine Angst und Verwirrung vorzustellen. Auf dem Platz war er immer gut aufgelegt und sprühte vor Energie, selbst wenn es schlecht für ihn lief. Abseits davon wanderte sein Blick aber häufig in die Ferne, sein Gesicht wurde ernst, seine Gedanken waren bei einem fernen Kontinent. Lonnie hatte viele Spieler aus zerrütteten Familien und von Kriminalität heimgesuchten Vierteln trainiert, aber keiner hatte einen so schwierigen Hintergrund gehabt wie Samuel Sooleymon.

Er trat auf das Spielfeld und begrüßte Samuel. »Guten Morgen, Sooley.« Der Spitzname war hängen geblieben. Samuel hatte sich anfangs zumindest innerhalb der Mannschaft dagegen gewehrt, bald aber gemerkt, dass Spitznamen in den USA weitverbreitet und normalerweise nett gemeint waren.

Überrascht dribbelte er zur Mittellinie. »Morgen, Coach.«

»Du fängst ja früh an.«

»Ich bin jeden Morgen hier.«

»Wie viele Korbwürfe bisher?«

»Einhundertzweiundvierzig. Ich werde gerade erst warm.«

»Wie viele Treffer?«

»Neunundvierzig.«

Lonnie rechnete eine Sekunde lang. »Das sind rund fünfunddreißig Prozent. Ohne Verteidigung. Nicht sehr beeindruckend.«

Samuel zuckte mit den Schultern. »Deswegen bin ich hier.«

Lonnie lächelte. Genau die richtige Antwort. »Das ist ja auch in Ordnung. Hör mal, Coach Grinnell hat gestern einen Anruf vom Dekanat der Universität bekommen, weil du offenbar die Vorlesungen schwänzt. Was ist da los?«

Samuel ließ die Schultern hängen, blickte in die Runde und wirkte sehr schuldbewusst. »Ich weiß auch nicht, Coach. Eigentlich gibt es keine Entschuldigung.«

»Ich weiß, dass du viel im Kopf hast. Ich kann mir gar nicht vorstellen, wie schwer das für dich ist, und du weißt ja, dass wir uns alle Sorgen um dich und deine Familie machen.«

»Ja, ich weiß. Danke.«

»Aber du bist mit einem Vollstipendium hier, Sooley. Weißt du, was das heißt?«

»Ich glaube schon.«

»Das heißt, jemand anderer zahlt für dein Studium. Die Steuerzahler von North Carolina übernehmen die Kosten. Die Hausmeister, die hier arbeiten. Die Busfahrer. Deine Dozenten. Murrays Eltern. Ich. Die anderen Trainer. Wir zahlen alle Steuern, und ein Teil dieses Geldes geht letztendlich an die Central University, damit du hier kostenlos studieren und deinen Abschluss machen kannst. Das Mindeste, was du dafür tun kannst, ist, zu den Vorlesungen zu gehen und deine Prüfungen zu bestehen.«

»Ja, Coach. Es tut mir leid. Ich werde mich bessern.«

»Ab jetzt wird Coach Grinnell das jeden Tag kontrollieren. Wenn du schwänzt, erfahre ich das.«

»Es wird nicht mehr vorkommen, Coach.«

Lonnie klatschte in die Hände, und Samuel spielte ihm den Ball zu. »Höhe Freiwurflinie.« Lonnie stellte sich unter den Korb und holte die Rebounds, während Sooley aus einer Entfernung von sechs Metern warf. Nachdem er ein paarmal daneben geworfen hatte, griff Lonnie ein. »Nicht so hektisch«, sagte er. »Du wirfst zu schnell. Konzentrier dich darauf, dass jeder Wurf perfekt ausgeführt wird.« Einen Augenblick später: »Richte dich auf, Schultern zum Korb.« Wieder einen Augenblick später. »Ellbogen an den Körper. Visualisiere jeden Wurf. Du musst sehen, wie der Ball in den Korb geht, bevor du überhaupt wirfst.«

Nach fünfzig Würfen, von denen achtzehn trafen, behielt Lonnie den Ball und ging zur Freiwurflinie. »Brauchst du etwas zu trinken?«

»Nein, danke.«

Den Trainern war aufgefallen, dass Sooley viel weniger Wasser trank als die anderen Spieler.

»Murray sammelt in der Kabine für deine Familie«, sagte Lonnie. »Wusstest du das?«

Samuel wirkte überrascht. »Nein. Mir hat er nichts davon gesagt.«

»Vielleicht hätte ich das für mich behalten sollen. Ich wollte dir nur erklären, dass wir Trainer uns nicht beteiligen können. Wenn wir etwas spenden, verstößt das gegen die NCAA-Vorschriften, weil wir damit einen Spieler finanziell unterstützen oder so ein Quatsch.«

»Danke, Coach, aber das ist mir wirklich unangenehm.«

»Ich weiß. Du kennst doch Murrays Mutter, Miss Ida?«

»Ja, ich war öfters bei ihnen zu Hause.«

»Ida Walker ist eine richtige Persönlichkeit und hat vor, eine Unterstützungskampagne für deine Familie zu organisieren. Gestern Abend hat sie sich bei mir nach den NCAA-Vorschriften erkundigt. Ich habe heute deswegen einen Termin mit jemandem von der Rechtsabteilung der Uni.«

»Aber sie ist doch selbst Rechtsanwältin.«

»Anderes Fachgebiet. Es gibt nicht viele Rechtsanwälte, die die NCAA-Regeln verstehen. Und auch nicht viele Trainer.«

»Mir hat sie nichts davon gesagt.«

»Es klingt, als wäre sie noch ganz am Anfang. Vielleicht hätte ich nichts sagen sollen, aber ich wollte, dass du weißt, dass deine Trainer und das College voll und ganz hinter dir stehen.«

»Danke, Coach. Aber ich will nicht, dass die anderen Spieler Geld spenden. Das würde ich nie verlangen.«

»Sooley, sie haben nicht viel Geld, ist das klar? Das sind Collegestudenten, die knapp bei Kasse sind wie überall, aber sie wollen helfen. Sie wissen, was du durchgemacht hast, und sie wissen von deiner Familie. Du bist ihnen wichtig, und du bist uns wichtig.«

Samuel biss sich auf die Lippe und nickte.

»Ich behalte den Ball«, sagte Lonnie. »Sieh zu, dass du in deine Vorlesung kommst.«

In Anbetracht der andauernden und sich sogar noch verschlimmernden Krise im Südsudan stellten die Vereinten Nationen im Jahr 2015 ein Budget von achthundert Millionen Dollar für Hilfsmaßnahmen in der Region bereit, die in erster Linie auf die Nachbarländer aufgeteilt werden sollten. Hilfsgelder, die direkt an Juba flossen, hatten sich als problematisch erwiesen. Immer wieder berichteten Kräfte vor Ort, die so dringend benötigten Mittel würden von der Regierung zurückgehalten und umgeleitet. Uganda sollte die Hälfte der Gelder erhalten. Mehr als siebenhunderttausend Südsudanesen lebten dort in zwanzig Flüchtlingslagern, und im Hochsommer war die Zahl der täglich eintreffenden Vertriebenen auf rund tausend pro Tag gestiegen. Die Situation war verzweifelt. Die Versorgung mit Lebensmitteln, Wasser, Medikamenten und Unterkünften war nicht mehr zu stemmen.

Aus verschiedenen Gründen – fehlende Mittel, Bürokratie, regionale Fehden, Korruption – wurde nicht einmal ein Drittel der UN-Zusagen eingehalten. Uganda tat sein Bestes mit dem vorhandenen Geld, während Nichtregierungsorganisationen verzweifelt versuchten, die Löcher zu stopfen. In aller Eile für fünftausend Menschen errichtete Lager wurden von fünfmal so vielen Flüchtlingen überrannt. Kinder verhungerten, starben an Fehlernährung, Malaria und anderen Krankheiten.

Die aktuelle Krise erregte erneut weltweite Aufmerksamkeit, und in der westlichen Presse wurde ausführlich berichtet. Jede Nacht las Sooley die Online-Artikel und -Reportagen. Wenn im Wohnheim Nachtruhe herrschte und alles still war, saß er auf seinem Bett und durchforstete das Internet. Gelegentlich stieß er auf Fotos von Rhino Camp – Beatrice hatte gesagt, sie seien in Rhino South – und musterte angestrengt die Gesichter Hunderter Südsudanesen, in der verzweifelten Hoffnung, seine Mutter, James oder Chol zu entdecken. Immer noch klammerte er sich an den Gedanken, dass Angelina irgendwo dort war und nach ihrer Familie suchte.

Wenn er sicher war, dass Murray fest schlief, schaltete er seinen Laptop aus, zog sich die Decke über den Kopf und sprach sein Gebet. Oft hielt er dann die Tränen nicht mehr zurück.

28

Beatrice bewahrte ihre Münzen in einem kleinen Plastikbeutel auf, den sie immer am Körper trug. Sie versteckte ihn unter einer Baumwollschärpe, die sie fest um ihre Taille band. Etwas Geld hatte sie mit ihren beiden Freundinnen aus Lotta geteilt, die ihr versprochen hatten, nichts zu verraten. In den Lagern hatte niemand Geld, und wenn jemand auf sie aufmerksam wurde, konnte das gefährlich werden.

Die Neuankömmlinge wurden in Zeltstädten untergebracht, wenn sie Glück hatten. Tausende andere warteten vor den Toren darauf, dass sie aufgenommen, registriert und hoffentlich mit Essen versorgt wurden. Im Lager schliefen sie dann auf dem Boden, bis ein Zelt frei wurde.

In den älteren Teilen des Lagers, wo viele Flüchtlinge schon seit Jahren lebten, waren die Unterkünfte aus Holz, luftgetrockneten Lehmziegeln und dickem Stroh gebaut, sodass sie mehrere Jahre überdauerten. Die ugandische Regierung hatte manchen Bewohnern ein kleines Stück Land zugewiesen, auf dem sie Gemüse anbauen und Hühner und Schweine halten konnten. Damit wurde fleißig Handel getrieben, und im Zentrum von Rhino Camp South gab es einen geschäftigen Marktplatz. Flüchtlinge, die ein wenig Geld hatten, konnten sich besseres Essen, Medikamente, Kleidung und andere Dinge des täglichen Bedarfs kaufen. Es wurde fleißig getauscht und gehandelt.

Mit den hundert Dollar, die Samuel ihr geschickt hatte, kaufte Beatrice einige Artikel, die nicht auffielen. Er hatte gesagt, er habe neben dem College noch einen Job und könne mehr schicken. »Aber nicht zu viel«, hatte sie gesagt. Er versprach immer, er werde sie holen, aber es werde dauern.

Zu wissen, dass ihr Ältester in Sicherheit war und dass es ihm gut ging, machte Beatrice Mut, aber das monotone Leben im Lager forderte seinen Tribut. Es gab nicht viel, womit man sich die Zeit vertreiben konnte. Kein Haus, das sauber zu halten war, keine Mahlzeit, die zubereitet werden musste, praktisch keine Kleidung und kein Bach, in dem sie gewaschen werden konnte, keine Schule für die Kinder. Die wöchentliche Messe unter freiem Himmel zog Tausende an und bot ihnen einen Hauch von Normalität.

An einem Mittwoch waren sie und die Jungen bereits früh wach, und sie plante gemeinsam mit ihrer Nachbarin die tägliche Essensbeschaffung. Mit einem Fußmarsch von jeweils einer halben Stunde waren normalerweise drei verschiedene Stellen zu erreichen, an denen von Lkws aus Lebensmittel verteilt wurden, und sie überlegten, wo die Schlange für die Frühstücksausgabe am kürzesten sein mochte. Das war ein Dauerthema bei den Menschen, die sonst nicht viel zu tun hatten, und da Essen und Wasser ihr Leben beherrschten, redeten sie ununterbrochen darüber.

Als alle acht Kinder wach waren, machten sich die drei Frauen auf den Marsch zu der Essensausgabe, für die sie sich entschieden hatten. Sie hatten die falsche gewählt und warteten zwei Stunden auf eine Schale Reis und einen kleinen Laib Brot. Nachdem sie gegessen hatten, schickte Beatrice James und Chol mit ihren beiden Freundinnen zu ihrem Zelt und machte sich auf den sechzigminütigen Weg durch die überfüllten Straßen zum Krankenhaus von Ärzte ohne Grenzen.

Von Woche zu Woche drängten mehr Menschen in die Lager. Sie ging durch Zeltstädte, Straßen mit Bretterverschlägen, die weniger stabil wirkten als Zelte, und andere Straßen mit solider gebauten Unterkünften. In manchen Abschnitten waren die Menschen eng zusammengepfercht, in anderen erstreckten sich die Behausungen über viele Kilometer. Alle Bewohner waren Vertriebene, die mit Waffengewalt aus ihrer Heimat verjagt worden waren. Ihre Eltern hatten Beatrice von alten Zeiten erzählt, in denen die Hungersnot die Menschen zwang, auf der Suche nach Essen ihre Dörfer und Städte zu verlassen. Jetzt wurden sie von Warlords und ihren bis an die Zähne bewaffneten Milizen vertrieben.

Kurz vor zwei erschien Christine wie auf ein Stichwort am Eingang des Krankenhauses, und während sie auf den Anruf warteten, erkundigte sich die Krankenschwester nach James und Chol und ihrer Gesundheit. Wie üblich war das Krankenhaus völlig überfüllt, und vor jedem Eingang warteten lange Schlangen.

Ihr Telefon summte. Sie lächelte, sagte »Bonjour« und gab Beatrice das Telefon. Christine ließ sie allein, damit sie ungestört sprechen konnten, und sah nach ihren Patienten.

Am Mittwoch, dem 11. November, beendete Samuel das Gespräch mit seiner Mutter wie üblich mit gemischten Gefühlen, hatte aber keine Zeit, den Gedanken über seine Familie nachzuhängen. Es war ein wichtiger Tag, weil am Abend das erste Spiel stattfinden sollte. Auch wenn er selbst nicht zum Zuge kam, würde er zum ersten Mal das Spieltrikot der Eagles tragen und seine Mannschaft von der Bank aus anfeuern. Er ging zu seinem Zimmer zurück, weckte Murray, die alte Schlafmütze, und machte sich auf in Richtung Sporthalle. Er übte eine Stunde lang Korbwürfe, besuchte alle Vorlesungen – von denen er keine einzige mehr verpasst hatte, seit er wusste, dass er unter Beobachtung stand – und wusch eine Stunde lang schmutzige Footballkleidung. Die Mannschaft hatte viermal hintereinander verloren, und eine schlechte Saison näherte sich ihrem Ende. Um halb sechs saß er in der Basketballumkleide, spielte Videospiele und hörte Rap, während seine Mannschaftskollegen nach und nach eintrafen.

Vier der Starting Five hatten schon vor dem ersten Training festgestanden. Mitch Rocker, ein Point Guard im letzten Collegejahr, hatte in den vergangenen Saisons immer von Anfang an gespielt und war der Kapitän der Mannschaft. Die Forwards Dmitri Robbins und Roy Tice, die ebenfalls im vierten Collegejahr waren, gehörten seit dem vergangenen Jahr unangefochten zur Startaufstellung. Duffy Sunday aus dem dritten Collegejahr hatte in der vorherigen Saison pro Spiel zwanzig Minuten gespielt und sich als Shooting Guard stark verbessert. Keiner der drei Centerspieler hatte sich im Training hervorgetan, aber Melvin Montgomery, ebenfalls im dritten Collegejahr, würde aufgrund seiner größeren Erfahrung in der Startaufstellung stehen.

Es war ein erfahrenes Team, und die Spieler hatten hohe Erwartungen. Auf jeden Fall erwarteten sie einen haushohen Sieg gegen ihren ersten Gegner, ein kleines Privatcollege in Charlotte, von dem keiner je gehört hatte. Es war ein typischer dummer Langweiler im Vorfeld der Saison, der nichts mit einem richtigen Spiel zu tun hatte, und nur wenige Fans zeigten Interesse. Als die Eagles auf den Platz gingen, war das »Nest« nur halb voll, aber Samuel Sooleymon war das egal. Er lächelte seinen Mannschaftskollegen in ihren schicken rotbraun-grauen Trikots zu, das er jetzt auch trug. Nummer zweiundzwanzig, eine der wenigen noch freien Nummern, aber Samuel war alles recht. Er hätte jedes Trikot genommen. Er lächelte seine Trainer an, die Balljungen, die Hilfskräfte, die Schiedsrichter. Niemand in der Halle war so glücklich wie Sooley. Er genoss das Aufwärmen vor dem Spiel, machte aber aus der Distanz keinen einzigen Korb. Er lachte auf der Bank, feuerte seine Mannschaftskollegen auf dem Platz lautstark an und warf gelegentlich einen Blick auf den Bereich, der für die Fans vom College reserviert war. Kein Bankspieler hatte je ein Spiel so genossen.

Dreizehn Spieler hatten sich umgezogen, auch Sooley und einer der Walk-ons. Die anderen waren von vornherein aussortiert worden. Die beiden Transfers durften das Mannschaftstrikot noch nicht tragen, saßen aber am hinteren Ende der Bank und sollten ordentlich jubeln. Von den dreizehn bekam jeder außer Samuel Spielzeit. Selbst Rontae Hammer, der Walk-on, spielte fünf Minuten und versenkte einen Dreier. In der zweiten Hälfte passten sich die Eagles dem miesen Niveau ihrer Gegner an und wurden nachlässig. Dafür wurden sie von einem höchst unzufriedenen Coach Britt in der Kabine ordentlich zusammengestaucht, aber immerhin hatten sie mit dreißig Punkten Vorsprung gegen eine Mannschaft gewonnen, die aus nicht gerade großen, viel zu langsamen weißen Spielern bestand.

Vier Abende später – die Footballmannschaft hatte ein Auswärtsspiel – traten die Eagles zu Hause gegen ein weiteres völlig unbekanntes College an, das fünf Spieler in der Startaufstellung hatte, die selbst gegen die Damenmannschaft von Central keine Chance gehabt hätten. Die Eagles schlugen sie vernichtend, und neun Spieler punkteten zweistellig, ein Rekord für die Mannschaft. Murray versenkte drei lange Dreier und konnte zwölf Punkte verbuchen. Seine Position als zweiter Point Guard hinter Mitch Rocker schien jedoch in Stein gemeißelt, was hieß, dass er wenig

Spielzeit bekommen würde. Samuel fand, sein Zimmergenosse sei einfach nicht schnell genug, aber das behielt er für sich. Nach drei Monaten Training auf dem Spielfeld hatte Samuel Murray bei Eins-gegen-Eins-Übungen fest im Griff.

Nach zwei garantierten Siegen wendete sich das Blatt für die Eagles der North Carolina Central University, was sich die Mannschaft natürlich gern erspart hätte. Im Anschluss an eine neunzigminütige Busfahrt nach Winston-Salem traten sie vor neuntausend lärmenden Fans im Joel Coliseum gegen Wake Forest an. Für Samuel war es ein atemberaubendes Erlebnis, vor vollen Zuschauerreihen zum Warm-up aufzulaufen. Obwohl er nach dem Anpfiff nicht einmal in die Nähe des Spielfelds kommen würde, hatte er ein mulmiges Gefühl in der Magengrube. Offenbar flatterten der gesamten Mannschaft die Nerven, denn in den ersten fünf Minuten machte sie keinen einzigen Korb. Bei einem Stand von 14:0 nahm Lonnie eine Auszeit und fragte seine Startspieler, ob sie vorhätten, an diesem Abend überhaupt zu punkten. Natürlich wollten sie das und gaben sich auch große Mühe, aber der Ball ging einfach nicht ins Netz. Zur Halbzeit führte Wake mit zwanzig Punkten, und Samuel fand es geradezu amüsant, wie Lonnie Britt ausrastete, auch wenn er sich natürlich nichts anmerken ließ.

Die Strafpredigt zeigte keine Wirkung. Nachdem sich Central zu Beginn der zweiten Hälfte bis auf fünfzehn Punkte herangekämpft hatte, geriet die Mannschaft durch eine Ganzfeldpresse unter Druck und brach ein. Lonnie wechselte seine Startspieler aus, aber in der zweiten Mannschaft herrschte noch mehr Durcheinander. Da die Offensive völlig aus dem Takt war, fand auch die Defensive nicht zu ihrem Spiel, und Wake lief zur Höchstform auf. Nachdem sie mit einem Rückstand von dreißig Punkten verloren hatten, kam ihnen die Busfahrt zurück nach Durham sehr lang vor.

Am Samstag, dem 21. November, wurden die Eagles von einer Chartermaschine nach Knoxville gebracht, zu einem weiteren Spiel, auf das sie gern verzichtet hätten. Vor zwanzigtausend Fans, von denen kein einziger auf ihrer Seite war, schlugen sich die Eagles wacker, verloren aber trotzdem mit einem Rückstand von zwanzig Punkten. Später im Wohnheim erklärte Murray, dass die großen Colleges zu Beginn der Saison ein paar leichte Siege brauchten und einer schwächeren Mannschaft gern hunderttausend Dollar zahlten, damit sie sich Prügel abholte.

»Tennessee bezahlt uns dafür, dass wir hinfahren und uns fertigmachen lassen?«

»Stimmt. Das sind sogenannte Garantiespiele. Sie gewinnen garantiert, und wir bekommen garantiert Geld. Das macht jeder so. Es gehört zu einer typischen Saison. Außerdem übernehmen sie unsere Reisekosten.«

»Was zahlen wir unseren Opfern?«, fragte Sooley.

»Viel weniger. Ich habe gehört zehntausend. Außerdem kaufen die sich ihre Busfahrkarten selbst.«

»Das gibt es auch nur in Amerika.« Mindestens einmal am Tag stolperte Sooley über irgendwelche Auswüchse der amerikanischen Kultur und konnte nur den Kopf schütteln, besonders wenn es um Collegesport ging. Er konnte es immer noch nicht fassen, dass er ein Vollstipendium im Gegenwert von zweiundzwanzigtausend Dollar pro Jahr erhielt und von der Central 7,25 Dollar pro Stunde dafür bekam, dass er Handtücher faltete und hinter der Footballmannschaft aufräumte.

Am 24. November, dem letzten Tag vor den Thanksgiving-Ferien, hatte Central bei einem Heimspiel gegen Campbell den Sieg scheinbar bereits in der Tasche. Vor wenigen Hundert Fans – die Studenten hatten den Campus bereits fluchtartig verlassen – stellten die Eagles unter Beweis, wie schnell Zwanzigjährige ihr Ziel aus den Augen verlieren können. Am nächsten Tag ging es nach Hause, wo sie sich vier Tage lang von ihren Müttern bekochen lassen wollten und jeder Gedanke an Training oder Vorlesungen weit weg war, und so spielten sie auch. Ganz im Gegensatz zu Campbell. Den Buchmachern zufolge – eine weitere Besonderheit, die Murray seinem Mitbewohner immer noch nicht überzeugend hatte erklären können – hätte Central mit zwölf Punkten gewinnen müssen. Stattdessen verloren die Eagles ihr Heimspiel mit einem Rückstand von zehn Punkten, und Coach Britt tobte. Er sagte den Spielern, sie sollten ihm aus den Augen gehen, er wolle sie erst am Sonntagnachmittag zu einem knallharten Training wiedersehen, zu dem er jeden Einzelnen von ihnen erwarte.

29

In den vergangenen fünfzehn Jahren hatte sich Christine Moran um die katastrophale medizinische Notlage der Ärmsten der Erde gekümmert. Sie stammte aus der hübschen Stadt Besançon in Ostfrankreich nahe der Schweizer Grenze, war aber seit einem Jahrzehnt nicht mehr dort gewesen. Sie hatte in Paris Krankenpflege studiert und wollte die Welt sehen. Médecins sans Frontières, Ärzte ohne Grenzen, hatte sie eingestellt und für zwei Jahre nach Bangladesch geschickt. Von dort ging sie nach Tansania und kümmerte sich drei Jahre lang um Menschen, die vor dem Völkermord in Burundi geflohen waren. Nachdem sie fünf Jahre mit Flüchtlingen gearbeitet hatte, kehrte sie nach Frankreich zurück und arbeitete in einem Krankenhaus in Lille, kündigte aber nach vier Monaten, weil ihre Patienten nicht im Entferntesten so krank waren wie die in den Entwicklungsländern. Sie kehrte nach Afrika zurück und wurde dem Flüchtlingslager Kakuma in Kenia zugeteilt. Dort lebten zweihunderttausend Vertriebene, von denen die meisten aus dem Sudan und aus Somalia stammten; aber auch Menschen aus zwanzig anderen Ländern hatten hier Zuflucht gesucht. Viele waren elternlose Kinder, und ihre Gesichter verfolgten Christine, wenn sie versucht war, nach Frankreich zurückzukehren – die traurigen, hoffnungslosen Gesichter mangelernährter Kinder, von denen manche bereits im Sterben lagen, während sich andere langsam zurück ins Leben kämpften. Sie hatte Hunderte von ihnen in den Armen gehalten, als sie ihre Augen für immer schlossen.

Vor drei Jahren war sie Rhino Camp South zugewiesen worden, wo die Zustände besser waren als in den meisten anderen Lagern. Alle waren überfüllt und deprimierend, vollgepackt mit Vertriebenen, die alles verloren hatten, aber die Rhino Camps waren einigermaßen organisiert, und Lebensmittel und Wasser trafen normalerweise rechtzeitig ein. Ärzte ohne Grenzen betrieb zwei große Zeltkrankenhäuser, und das Personal, eine Mischung aus europäischen, amerikanischen und afrikanischen Ärzten und Krankenpflegern, arbeitete mindestens zwölf Stunden am Tag ohne Pause. Die Arbeitszeiten waren hart, und dieses Leben verlangte ihnen viel ab, aber sie hatten das zutiefst humanitäre Bedürfnis, etwas zu verändern, selbst wenn sie nicht mehreren Patienten gleichzeitig helfen konnten, sondern immer nur einem. Die meisten waren nach ein paar Jahren ausgebrannt und kehrten in die Sicherheit der zivilisierten Welt zurück, aber auch sie vergaßen ihre Arbeit in den Lagern nie und waren im Stillen stolz, dass sie Menschenleben hatten retten können.

Christine trug ihr Mobiltelefon immer bei sich, achtete aber darauf, dass es nicht sichtbar war. Die Netzabdeckung war mittelmäßig, die Gesprächsminuten kostbar. Sie teilte sie bereitwillig mit einigen Patienten, die Angehörige in den USA oder Europa hatten. Zweimal hatte sie mit Samuel gesprochen und ihn gebeten, Verwandte anderer Bewohner des Lagers anzurufen, was er gern übernommen hatte.

Jeden Mittwoch um Punkt vierzehn Uhr ging sie zu einer bestimmten Ecke des Zeltkrankenhauses, nahm mit Beatrice

Blickkontakt auf und brachte sie zu einem kleinen Raum, in dem Vorräte lagerten. Sie warteten bis 14.05 Uhr. Das Telefon klingelte. »Bonjour, Samuel«, sagte Christine. Dann gab sie das Telefon seiner Mutter, damit er mit ihr ein paar Worte wechseln konnte, und verließ den Raum.

Um sechs Uhr wurde Lonnie von seiner Frau aus dem Bett geworfen, weil er so unruhig war, dass sie immer wieder aufwachte. Ganz offensichtlich konnte er nicht schlafen – sie dagegen schon, wenn er endlich aufstand.

In seinem Lieblings-Diner blätterte er in der Zeitung, aber nur um sich zu beschäftigen, während er aß. Die einzigen Nachrichten, die ihn wirklich interessierten, waren Basketballmeldungen, und er verfolgte die Berichte zehn Stunden am Tag im Internet. Duke hatte sechs Spiele gewonnen und nicht ein einziges Mal verloren, und dabei war ein eindrucksvoller Auswärtssieg über Villanova mit achtzehn Punkten noch am knappsten gewesen. Kentucky und Kansas lagen an zweiter und dritter Stelle und waren beide ungeschlagen.

Lonnie legte die Zeitung beiseite, widmete sich seinem Frühstück und ärgerte sich wieder einmal ausgiebig über die Niederlage vom Vortag gegen Campbell. Wie immer war er davon ausgegangen, dass seine Mannschaft die Hälfte der Spiele vor Beginn der offiziellen Conference-Saison gewinnen, die andere Hälfte verlieren würde, und sah diese frühen Niederlagen realistisch. Aber er und seine Mitarbeiter hatten fest damit gerechnet, gegen Campbell zu gewinnen.

Er fuhr über den verlassenen Campus und parkte an der Sporthalle. Dann ging er durch die Kabine zu seinem Büro, blieb aber an der Tür stehen, als er einen Ball aufprallen hörte. Es war 7.20 Uhr am Tag vor Thanksgiving, und die einzigen Studenten, die den Campus nicht verlassen hatten, waren Ausländer, die noch tief und fest schliefen. Bis auf Sooley. Lonnie spähte um die Tribüne herum und beobachtete, wie der Junge dribbelte und warf. Er schüttelte den Kopf, ging zu seinem Büro und sah sich die bearbeitete Aufnahme des Fiaskos vom Vorabend an. Dann rief er Jason Grinnell, seinen Stellvertreter und engsten Freund an, und ging mit ihm das Spiel noch einmal durch. Schließlich telefonierte er mit zwei Rekruten, um ihnen »Happy Thanksgiving« zu wünschen.

Um 10.30 Uhr meldete sich seine Frau und gab ihm eine kurze Einkaufsliste durch. Er fragte, ob er wieder nach Hause kommen dürfe. Sie erwiderte Ja, aber nur, wenn er es schaffe, die nächsten achtundvierzig Stunden nicht an Basketball zu denken. Er versprach es, doch sie wussten beide, dass er das nicht hinbekommen würde. Er schloss die Tür zu seinem Büro ab und ging ein paar Schritte in Richtung Umkleide, als ihm auffiel, dass das Prallen des Balls immer noch zu hören war.

Sooley war völlig durchgeschwitzt und grinste wie üblich breit, als er seinen Trainer auf sich zukommen sah. »Seit wann wirfst du schon, Sooley?«

»Ich weiß nicht genau, Coach. Seit zwei oder drei Stunden.«

»Wie viele Würfe?«

»Sechshundertneunzig.«

»Und wie viele Treffer?«

»Dreihundertdreiundvierzig.«

»Das sind fast fünfzig Prozent.«

»Ja, aber wie Sie sagen: ohne Verteidigung.«

»Und alle von der Dreierlinie?«

»Neunzig Prozent.«

»Weißt du, welche Trefferquote unsere Mannschaft von der Dreierlinie hat?«

»Achtundzwanzig Prozent.«

»Achtundzwanzig Prozent. Das ist ziemlich mies. Was hältst du nach fünf Spielen von unserer Mannschaft, Sooley? Von deinem Ende der Bank hast du eine andere Perspektive. Ich wüsste gern, was du denkst.«

Sooley lächelte und dribbelte ein paarmal. »Wir sind gut, Coach«, sagte er dann. »Es ist noch früh. Wir haben jede Menge Erfahrung. Wenn die Conference-Spiele anfangen, bekommen wir das schon hin.«

Lonnie lächelte. »Wo ist Murray?«

»Als ich gegangen bin, hat er noch geschlafen.«

»Findest du nicht, er sollte mehr Zeit in der Sporthalle verbringen?«

Sooley hatte nicht vor, sich über seinen Mitbewohner oder sonst ein Mitglied der Mannschaft zu äußern. Murrays Problem war, dass er seine Zeit lieber mit seiner neuen Freundin Robin verbrachte. Die beiden konnten nicht genug voneinander bekommen, und das Zimmer im Wohnheim war ihr bevorzugtes Liebesnest. Sooley wartete jeden Abend mindestens eine Stunde in der Bibliothek oder im Gemeinschaftsraum auf eine Textnachricht, dass er heim konnte.

»Er ist gut«, sagte er. »Braucht bloß mehr Spielzeit.«

»Aha. Das kommt mir bekannt vor. Würdest du ihm an meiner Stelle mehr Spielzeit geben?«

»Na klar, Coach, ich würde jedem mehr Spielzeit geben.«

Lonnie lachte und warf einen Blick auf das Brett. »Wie viele Würfe heute?«

»Tausend.«

»Nicht schlecht. Ich hole dich um sechs zum Abendessen bei uns ab, okay?«

»Gern. Danke, Coach.«

»Und Murray kommt auch?«

»Ja, das hat er gesagt.«

»Hast du schon einmal Truthahn gegessen?«

»Nein, ich glaube nicht.«

»Ein überschätztes Gericht. Agnes macht stattdessen Ente.«

»Habe ich auch noch nie gegessen.«

»Und du übernachtest bei den Walkers?«

»Ja. Sie haben mich über die Ferien eingeladen.«

»Gut. Im Wohnheim kann es ganz schön einsam werden.«

Nicht für Murray. »Ach, ich komme schon zurecht.«

»Hast du heute mit deiner Mutter gesprochen?«

»Ja. Es geht ihnen den Umständen entsprechend gut. Das Leben im Lager ist nicht leicht, aber zumindest sind sie in Sicherheit.«

»Und keine Nachricht von deiner Schwester?«

»Nein. Aber wir rechnen auch nicht wirklich damit, dass wir etwas von ihr hören. Wir wissen, dass wir sie verloren haben. Wir beten für sie, aber es müsste schon ein Wunder geschehen.«

»Wir beten auch für sie, Sooley, alle deine Trainer.«

»Danke.«

»Wir sehen uns um sechs.«

Samuel hatte schon oft bei den Walkers übernachtet. Sein Bett war ein langes Sofa, das im Keller zwischen einer Tischtennisplatte und einem Vierundsechzig-Zoll-Flachbildschirm stand, auf dem er und Murray am Freitag- und Samstagabend Sportsendungen sahen. Robin war normalerweise auch dabei, aber Miss Ida erlaubte ihr nicht, bei ihnen zu übernachten. Samuels bescheidener Meinung nach, die er wohlweislich für sich behielt, hielt Miss Ida nichts davon, dass ihr jüngster Sohn schon mit zwanzig eine feste Beziehung eingegangen war. Aber Murray war ziemlich verwöhnt und machte normalerweise, was er wollte.

Dieser Besuch jedoch war anders, weil Jordan, die Jurastudentin, über die Feiertage nach Hause kam. Samuel folgte ihr auf Social Media und hatte sich Hals über Kopf in sie verliebt, lange bevor sie durch die Tür kam und einen nach dem anderen umarmte. Sie war vierundzwanzig, attraktiv, sexy, klug und Single. Samuel überlegte fieberhaft, wie er ihr einen Heiratsantrag machen konnte, was er zu Hause getan hätte, ohne lange zu fackeln. Allerdings galten dort andere Regeln. Die Väter von Töchtern im Teenageralter erhielten oft Heiratsanträge. Ein Mann konnte mehrere Ehefrauen haben, ein Vater seine Tochter verschenken und so weiter. Eine völlig andere Welt.

Spät am Mittwochabend sah die Familie im Wohnzimmer einen Film im Fernsehen, wie es Tradition war, und Samuel ließ Jordan dabei nicht aus den Augen. Miss Ida erwischte ihn ein paarmal dabei, aber er konnte es nicht lassen. Ida entging nichts.

An Thanksgiving schlief er aus und folgte dann den Essensdüften nach oben in die Küche, wo die gesamte Familie zugange war. Alle lachten und redeten durcheinander. Brady, der auf Abwege geratene Sohn, war nach Mitternacht eingetroffen und brannte darauf, Sooley kennenzulernen. Er hatte schon viel von ihm gehört. Jeder Walker schien eine andere Speise zuzubereiten, und jeder hatte eine Meinung dazu, wie und womit die der restlichen Familie zuzubereiten waren. Samuel suchte sich einen Stuhl am Tisch und hielt sich heraus. Es gab Pekannusswaffeln, auch eine Tradition, und alle setzten sich zu einem ausgiebigen Frühstück an den Tisch. Ein mächtiger Truthahn stand fertig in einer Schmorpfanne auf dem Herd und sollte sechs Stunden im Backofen garen. Fünf, meinte Ernie. Mindestens sieben, hielt Murray dagegen.

Während sie aßen, ging die Familie das Menü für das Festmahl am Nachmittag durch. Zum Truthahn würde es eine Austernfüllung mit Cranberrymus geben. Kandierte Jamswurzeln. Grünkohl mit geräuchertem Schweinefleisch. Maispuffer. Soße aus einem mit den Innereien zubereiteten Fond. Maisbrot mit Chilischoten. Kürbis- und Pekannusskuchen. Während er sich eine weitere Pekannusswaffel in den Mund stopfte, dachte Samuel zuerst, so viel Essen für eine einzige Mahlzeit konnte nur ein Scherz sein. Aber dann merkte er, dass sie es durchaus ernst meinten.

Er genoss das humorvolle Geplänkel und die liebevollen Neckereien, musste aber immer wieder an seine Mutter und seine Brüder und an die Nachbarn und Freunde in Lotta denken. Manche von ihnen waren tot. Manche wurden vermisst. Wer Glück gehabt hatte, vegetierte in zusammengeschusterten Hütten, Verschlägen und Zelten dahin und stand geduldig stundenlang für eine Schale Reis an.

30

Am Sonntagabend fand sich die Mannschaft im »Nest« zu einem Training ein, vor dem den Spielern graute. Dafür war der Trainer deutlich besserer Stimmung. Im Filmraum zeigte er ihnen das Spiel gegen Campbell und wiederholte einige der schlimmsten Szenen. Dann trainierten sie zwei Stunden ohne Pause und mussten sich beim kleinsten Fehler von allen vier Trainern anbrüllen lassen.

Zwei Tage später fuhren sie mit dem Bus neunzig Minuten nach Greenville, um gegen East Carolina anzutreten, eine Mannschaft, die bei den Buchmachern mit zehn Punkten als Favorit gehandelt wurde, und verloren in der Verlängerung mit einem Rückstand von drei Punkten. Es war ihre vierte Niederlage hintereinander, und die Stimmung bei der Rückfahrt zum Campus war auch diesmal sehr gedrückt. Schlimmer als die Niederlage war die Tatsache, dass sich Evan Tucker, ein Forward aus der zweiten Aufstellung, bei einem hässlichen Zwischenfall schwer verletzt hatte. Mitten in der zweiten Hälfte war er bei dem Versuch, einen Rebound zu holen, auf dem Ellbogen gelandet und hatte sich einen Trümmerbruch zugezogen. Er war immer noch mit Coach Jack Garver in Greenville im Krankenhaus. Die Röntgenaufnahmen sahen nicht gut aus, er würde auf absehbare Zeit nicht spielen können.

Die Footballsaison war vorbei, und die Mannschaft hatte sechs Spiele gewonnen und genauso viele Niederlagen kassiert. Samuel hatte in der Kabine viele Freundschaften geschlossen und war traurig, dass das nun zu Ende sein sollte. Lonnie ließ seine Kontakte spielen und sorgte dafür, dass er seinen Job behielt, um ein paar Stunden am Tag den Kraftraum sauber zu machen und T. Ray auch sonst zu unterstützen. Die 7,25 Dollar pro Stunde waren wichtig für ihn, und er gab kaum etwas von dem Geld aus. Sein Ziel war es, seiner Mutter so viel wie möglich zu schicken.

Murray und Mitch Rocker, der Kapitän, hatten eine kleine Spendenkampagne für Flüchtlinge in Uganda organisiert. Sie hatten eine Website eingerichtet und forderten die Studenten auf zu spenden. Ohne Samuel namentlich zu erwähnen, beschrieb die Website das harte Leben in den Lagern und appellierte an das humanitäre Gewissen der Studenten. Bis zum 1. Dezember kamen fast tausend Dollar zusammen, und Samuel war unbeschreiblich dankbar. Die Schwierigkeit war, dafür zu sorgen, dass das Geld an der richtigen Stelle landete. Beatrice hatte ihn gewarnt, dass Flüchtlinge, die ein wenig Bargeld besaßen, häufig zur Zielscheibe von Kriminellen wurden.

Beatrice war es gelungen, unauffällig Schuhe und Kleidung für die acht Kinder zu kaufen, James und Chol und die sechs anderen aus Lotta. Das war in der Umgebung nicht völlig unbemerkt geblieben, und es hatte sich schnell herumgesprochen, dass ihr Sohn an einem amerikanischen College Basketball spielte. Doch bisher hatte es keine Probleme gegeben.

Ihr trostloses Leben verbesserte sich schlagartig mit der Nachricht, dass am äußeren Rand von Rhino South eine neue Schule eröffnen sollte. Eines Morgens machte sie sich in aller Früh mit ihren Freundinnen und den acht Kindern auf den einstündigen Weg und folgte der Menge, weil sie wissen wollte, ob es wirklich stimmte. Sie konnten es kaum fassen, als sie vor einem brandneuen modernen Gebäude standen, an das Arbeiter letzte Hand anlegten. Ein Schild kündigte die Eröffnung einer Schule der Vereinten Nationen für alle Kinder an, und die Aufregung war deutlich spürbar. Sie standen stundenlang Schlange, füllten die Papiere aus und besorgten sich erst danach ihr Mittagessen. Am folgenden Tag gingen sie wieder zur Schule und ließen ihre Kinder dort. Gut gekleidete Verwaltungskräfte und Lehrer, alle Ugander und männlich, begrüßten sie und verteilten Stifte, Blöcke und Schulbücher. Zum ersten Mal seit Monaten schlenderten die Frauen ohne Kinder zurück zu ihrem Zeltdorf. Ein langer Schultag bedeutete alles – Bildung und ein anständiges Mittagessen.

Und Uniformen. Als spät am Nachmittag der Unterricht endete, erhielten die Kinder identische Kleidung – weiße Hemden und marineblaue Shorts für die Jungen, weiße Blusen und marineblaue Röcke für die Mädchen. Sie waren begeistert, dass sie jetzt alle dieselbe Kleidung trugen. Plötzlich waren alle gleich und besuchten eine richtige Schule.

Vier Niederlagen hintereinander verderben in jeder Kabine die Stimmung, und Central war keine Ausnahme. Jabari Nix, ein Forward im zweiten Collegejahr, war im Vorjahr durchschnittlich fünf Minuten pro Spiel auf dem Platz gewesen, woran sich in den ersten Spielen nichts geändert hatte. Sein bester Freund war DeRell Compton, ein 1,78 Meter kleiner Guard, der nicht werfen konnte. Sie waren mit ihrer Spielzeit unzufrieden und offenkundig auf Ärger aus.

Samuel hielt sich von ihnen fern. Er spielte gar nicht, war aber trotzdem froh, zur Mannschaft zu gehören. Mitch Rocker und Roy

Tice, zwei der Studenten im vierten Jahr, redeten beiden gut zu. Murray spielte zehn Minuten pro Spiel und war nicht glücklich damit, aber er setzte darauf, dass sich das ändern würde. Er hatte mehrfach gesagt, Jabari und DeRell könnten noch Ärger machen.

Nach dem Training am Freitag duschten Sooley und Murray und gingen dann auf ihr Zimmer im Wohnheim. Robin war über das Wochenende nach Hause gefahren, und Murray wusste ohne sie nicht recht, was er mit sich anfangen sollte. Er schlug vor, essen zu gehen, und sie fuhren zu einer Pizzeria. Am nächsten Tag hatten sie ein Heimspiel, und Coach Britt hatte eine strikte Sperrstunde um zehn Uhr verhängt. Coach Garver hatte angedroht, ihre Zimmer zu kontrollieren.

Während sie aßen, klingelte Murrays Telefon. Es war Harry Greenwood, ein Forward im ersten Collegejahr, der nicht auf dem Campus wohnte. Harrys Vater war Rechtsanwalt in Charlotte, und die Familie war wohlhabender als die meisten anderen. Nach der Pizza fuhren sie zu Harrys Wohnung, wo spontan eine Party gefeiert wurde. Die gesamte Mannschaft war vertreten, neben einigen anderen Studenten und einer Gruppe Mädchen. Die Musik war laut, das Bier floss reichlich, und die Mädchen waren freundlich und zum Flirten aufgelegt. Sooley hatte schnell gelernt, dass die Sportler auf dem Campus etwas Besonderes waren und von den anderen Studenten bewundert wurden. Murray, der für den Abend Single war, steuerte schnurstracks eine Gruppe Studentinnen an und stellte seinen Mitbewohner vor.

Samuel lehnte das Bier dankend ab. Wo er herkam, konnten sich weder junge Leute noch ihre Eltern Drogen oder Alkohol leisten, deswegen war er nie in Versuchung gekommen. Er unterhielt sich mit einer hübschen Studentin namens Nicole, die wissen wollte, woher er kam. Eine Freundin reichte ihr einen Joint, an dem sie lässig zog und den sie dann Sooley anbot. Er lehnte ab. Plötzlich wurde er sich des Geruchs in der Wohnung bewusst, und ihm wurde klar, dass überall Gras geraucht wurde. Auch wenn er persönlich keine Erfahrung damit hatte, der Geruch war unverwechselbar. Mehrere Studenten, die nicht zur Mannschaft gehörten, beugten sich über einen kleinen Tisch in der Küche und taten etwas, was offenbar niemand sehen sollte. Er suchte nach der Toilette, schloss sich ein, um seine Gedanken zu ordnen, und verließ dann die Party ohne ein Wort zu irgendwem. Die Central University war mindestens eine Stunde entfernt.

Da er kein Auto besaß, hatte er nicht viel von der Gegend gesehen und wusste nicht genau, wo er war. Der Himmel zu seiner Rechten wurde von den helleren Lichtern des Stadtzentrums von Durham erleuchtet, aber sie lagen in weiter Ferne. Eine Weile wanderte er im Zickzack in diese Richtung, doch bald hatte er sich verlaufen. Er bog in eine schmale Straße mit schicken modernen Eigentumswohnanlagen zu beiden Seiten ein, eindeutig ein weißes Viertel. Es gab keine Gehsteige, und als er am Straßenrand entlanglief, merkte er, dass er von einem Auto verfolgt wurde. Es war ein Streifenwagen der städtischen Polizei, der im Schneckentempo hinter ihm her rollte.

Es war Freitag, der 4. Dezember, und die Luft war kalt. Sooley hatte beide Hände tief in den Taschen seines Central-Pullovers vergraben. Er war lange genug in Amerika, um die Verhaltensregeln für junge schwarze Männer zu kennen, die nachts in weißen Stadtvierteln unterwegs waren, und bekam plötzlich große Angst.

Das Auto hielt neben ihm. »Stehen bleiben«, befahl eine barsche Stimme. Sooley blieb stehen und wartete, während zwei weiße Polizeibeamte ausstiegen und langsam auf ihn zukamen. Ihm schlotterten die Knie, und seine Hände zitterten.

Einer schien ihm mit der Taschenlampe ins Gesicht und schaltete sie dann aus. Das Licht einer Straßenlampe in der Nähe war hell genug, dass sich alle drei sehen konnten. »Darf ich fragen, wo Sie hinwollen?«, fragte Officer Swain höflich und lächelte sogar.

»Ja, natürlich. Ich studiere an der Central University und will zurück zum Campus.«

»Haben Sie eine Waffe? Irgendwas in den Taschen?«

»Nein. Ich bin Student.«

»Das haben wir gehört. Bitte nehmen Sie Ihre Hände aus den Taschen. Langsam.«

Sooley kam der Aufforderung nach.

»In Ordnung«, sagte Swain. »Sie sind nicht verpflichtet, sich auszuweisen, aber es könnte hilfreich sein, wenn Sie uns Ihre Papiere zeigen.«

»Natürlich. Mein Ausweis ist in meiner Hosentasche. Kann ich ihn herausholen?«

»Ja.«

Er griff langsam in die Vordertasche seiner Jeans und gab Swain seinen Studentenausweis, der ihn einen Augenblick lang studierte. »Was ist Sooleymon für ein Name?«, fragte er dann.

»Afrikanisch. Ich bin aus dem Südsudan. Ich spiele für Central Basketball.«

»Wie groß sind Sie?«

»1,98 Meter.«

»Und Sie sind erst achtzehn?«

»Ja.«

Swain gab den Ausweis zurück und sah Gibson an. »Ich weiß nicht, ob Sie hier in der Gegend sicher sind«, sagte der.

Das Viertel war völlig sicher, sofern die Polizei keinen Ärger machte, aber Samuel nickte nur.

»Die Central University liegt im Süden«, sagte Swain und deutete in die entsprechende Richtung, »und Sie sind nach Westen unterwegs.«

»Ich habe mich verlaufen.«

Die beiden lachten und sahen einander an. »Dann machen wir

Ihnen ein Angebot«, sagte Swain. »Steigen Sie ein, und wir fahren Sie zum Campus. Es ist kalt, Sie haben sich verlaufen, wir bringen Sie nach Hause. Einverstanden?«

Sooley warf einen Blick auf das Auto und sah sich verunsichert um.

Swain spürte sein Zögern. »Sie müssen nicht. Sie haben sich nichts zuschulden kommen lassen, und Sie sind nicht festgenommen. Es ist nur ein freundschaftliches Angebot, das kann ich Ihnen versichern.«

Sooley stieg hinten ein. Sie fuhren ein paar Minuten lang, dann meldete sich Gibson, der Fahrer, zu Wort. »Die Basketballer haben viermal hintereinander verloren. Was ist los?«

Sooley war fasziniert von den technischen Geräten vorn. Ein Computerbildschirm mit jeder Menge Anzeigen. Funkgeräte. Empfänger. Natürlich hatte er noch nie einen Streifenwagen von innen gesehen. »Wir hatten schwere Gegner«, sagte er. »Die ersten Spiele sind nie einfach.«

Swain knurrte etwas. »Das morgen aber schon. Bluefield State. Wo ist das überhaupt?«

»Keine Ahnung, ich habe es ja sogar geschafft, mich hier zu verlaufen. Noch nie gehört. Ich bin ein Redshirt und sitze erst mal ein Jahr auf der Bank.«

»Ich mag Coach Britt«, sagte Gibson. »Ein guter Mann. Ich habe gehört, er wechselt dieses Jahr vielleicht.«

»Das weiß ich nicht. Die Trainer reden mit uns nicht über solche Themen. Sie sind wahrscheinlich Duke-Fans.«

»Ich nicht, ich kann sie nicht ausstehen. Ich bin für die Tar Heels. Swain hier ist ein Wolfpacker.«

Das Auto bog ab, und Sooley erkannte die Straße. Sie fuhren tatsächlich zum Campus der Central University. Als der Haupteingang in Sicht kam, deutete Swain auf einen Parkplatz. »Fahr hier rein.« Gibson fuhr auf den Parkplatz und hielt.

Swain drehte sich um. »Damit kein falscher Eindruck entsteht, lassen wir Sie hier raus. Einverstanden?«

»Ja. Vielen Dank.«

»Eine erfolgreiche Saison, Mr. Sooleymon!«

»Danke.«

31

Nach drei Wochen auf dem afrikanischen Kontinent war Ecko müde, litt unter Heimweh und vermisste seine Familie. Er war als Scout auf der Suche nach neuen Spielern bei einem Turnier in Kapstadt gewesen, hatte Konferenzen in Accra und Nairobi besucht und sich gemeinsam mit Trainerkollegen ein Dutzend Spiele im Senegal, in Kamerun und in Nigeria angesehen. Er hatte bei seinen Reisen von einem Land zum anderen fast dreizehntausend Kilometer zurückgelegt und Thanksgiving am Flughafen der ghanaischen Hauptstadt Accra verbracht.

Aber er hatte noch einen Zwischenstopp vor sich, einen, den er guten Gewissens nicht auslassen konnte, obwohl er es gerne getan hätte. Er landete in Kampala und wurde am Flughafen von seinem alten Freund Nestor Kymm abgeholt, einem Trainer der ugandischen Nationalmannschaft. Kymms Bruder war ein hochrangiger Regierungsbeamter und hatte seine Beziehungen spielen lassen. Früh am nächsten Morgen fuhren sie zum Entebbe International Airport, wo sie zu einem Flugfeld für Frachtmaschinen, weit entfernt vom Hauptterminalgebäude, geschickt wurden. Dort wurden sie von einem elegant gekleideten Beamten in Empfang genommen, der Joseph Irgendwas hieß. Da Ecko den Familiennamen des Mannes weder aussprechen noch buchstabieren konnte, redete er ihn einfach mit »Sir« an. Joseph schien das zu erwarten.

Sie zwängten sich in seinen Jeep und fuhren um zwei lange, breite Start- und Landebahnen herum. Auf den dazugehörigen Rollbahnen stauten sich die Frachtflugzeuge, von denen manche auf den Start warteten, während andere gerade gelandet waren. Darum herum erstreckten sich endlose Reihen riesiger Armeezelte, die Kisten mit Tonnen von Lebensmitteln vor der Witterung schützten. Joseph parkte den Jeep an einem Verwaltungsgebäude, und sie sprangen heraus. Er warf einen Blick auf seine Uhr. »Ihre Maschine geht in etwa einer Stunde, aber hier läuft nichts nach Plan. Die Chancen, dass Sie mitkommen, stehen fifty-fifty, seien Sie also nicht enttäuscht, falls es nicht klappt. Das wissen wir erst im letzten Augenblick. Es geht nach Gewicht und Balance.« Er deutete mit der Hand auf das Chaos. »Wollen Sie eine kurze Führung?«

Ecko und Kymm nickten. Warum nicht?

Die Zelte waren in einem großen Raster aufgestellt und durch geschotterte Fahrstraßen getrennt. Überall waren Lkws und Gabelstapler am Werk, während Hunderte von Arbeitern die Kisten ein- und ausluden. Joseph blieb stehen und machte eine ausholende Bewegung mit dem Arm. Vor ihnen erstreckten sich die Zelte. Hinter ihnen dröhnten die Triebwerke der startenden Flugzeuge, während Dutzende andere warteten, bis sie an der Reihe waren.

»Wir versorgen täglich eine Million Flüchtlinge«, erklärte Joseph, »die überall im Land verteilt in rund fünfzig Lagern leben. Manche sind leicht zu erreichen, andere fast gar nicht. Alle sind überfüllt und nehmen Tag für Tag mehr Menschen auf. Es ist eine furchtbare humanitäre Krise, und wir kommen kaum nach. Was Sie hier sehen, ist eine enorme Anstrengung unserer Regierung und der Vereinten Nationen. Die meisten Lebensmittel stammen von den UN, aber ein großer Teil kommt auch von den Nichtregierungsorganisationen. Im Augenblick arbeiten wir mit rund dreißig Hilfsorganisationen aus der ganzen Welt zusammen. Manche bringen eigene Flugzeuge mit. Andere Maschinen gehören unserer Luftwaffe. Wieder andere den Vereinten Nationen. Zu manchen Tageszeiten herrscht hier mehr Verkehr als an jedem anderen Flughafen der Welt.«

»Wie weit ist es bis Rhino Camp?«, fragte Ecko.

»Eine Stunde, ungefähr. Eine dänische Organisation fliegt viermal pro Tag von hier nach Rhino, und ich versuche, Sie an Bord zu bekommen. Wenn das nicht klappt, probieren wir es mit einem anderen Anbieter. Wie Sie sehen, herrscht kein Mangel an Flugzeugen.«

Es war ein erstaunliches Sammelsurium an Flugzeugen, fast alles zweimotorige Maschinen und Turboprops, Arbeitspferde, die für kurze, unebene und unbefestigte Pisten gebaut waren. Auf dem Boden schlängelten sie sich von den Lagerhäusern zu den Rollbahnen, wo sie sich in die langen Schlangen einreihten und warteten. Auf der Landebahn kam alle dreißig Sekunden eines dieser Flugzeuge an und machte sich auf den Weg zur nächsten Rollbahn. Bei jedem Start und jeder Landung stieg eine enorme Staubwolke auf. Start- und Landebahn waren asphaltiert und auch für die ganz großen Jets geeignet, aber die Verbindungswege waren bestenfalls geschottert. Keine zwei Kilometer entfernt, im zivilisierten Teil des Flughafens, starteten und landeten die Verkehrsflugzeuge in einem deutlich entspannteren Rhythmus.

Sie sahen sich das Schauspiel ein paar Minuten lang an. »Wie Sie sich denken können, ist die Verkehrssicherheit sowohl am Boden als auch in der Luft ein Albtraum, aber wir schlagen uns ganz gut«, stellte Joseph fest. »Seit einem Monat hat es keinen Zusammenstoß am Boden mehr gegeben.«

»Wie sicher sind die Flüge?«, fragte Ecko.

Joseph grinste. »Verlässt Sie der Mut?«

»Natürlich nicht.«

»Wir können nur bei gutem Wetter fliegen. Die Maschinen sind auf dem Weg in den Busch, wo nur eine Handvoll Orte richtige

Start- und Landebahnen und Fluglotsen haben. Die meisten landen auf unbefestigten Pisten und sind bei der Navigation ganz auf sich gestellt. Deshalb sehen Sie hier Piloten, die zu den besten der Welt gehören. Sie können bei praktisch jedem Wetter fliegen, nur können sie häufig nicht landen. Deswegen startet bei Regen keine Maschine.«

»Woher kommen die Piloten?«

»Die Hälfte sind von der ugandischen Luftwaffe, der Rest kommt aus der ganzen Welt. Viele sind von den Vereinten Nationen, und der Frauenanteil ist erstaunlich hoch. Um Ihre Frage zu beantworten, wir haben seit sieben Monaten keinen Absturz gehabt.«

Sieben Monate schien Ecko ein bedenklich kurzer Zeitraum, aber er reckte das Kinn und tat, als würde er keine Angst kennen. Es gab ohnehin kein Zurück. Er hatte Samuel sein Wort gegeben.

Josephs Funkgerät quäkte, und er musste weg. Ecko und Kymm zogen sich in die Sicherheit eines Lagerzelts zurück und beobachteten vom Schatten aus das unglaubliche, organisierte Chaos vor ihren Augen.

Dann fuhr Joseph mit seinem Jeep vor und blaffte: »Steigen Sie ein! Wir müssen los!«

Sie schlängelten sich durch das Straßennetz und verschwanden in einer Gruppe dicht an dicht stehender Zelte. Als sie wieder auftauchten, standen drei identische Turbopropmaschinen vor ihnen, die von Arbeitern mit Kartons beladen wurden. Am Heck der Flugzeuge war der Name der Hilfsorganisation angebracht, ein Wort in einer ausländischen Sprache, aber darunter stand in kleinen Druckbuchstaben »Dänemark«. Joseph ging zu einem der Piloten, offenbar einem Dänen, und machte alles klar. Er winkte Ecko und Kymm zu sich. Als sie in die Maschine geklettert und sich in die engen Sitze direkt hinter den Piloten gezwängt hatten, verabschiedete sich Joseph. »Viel Glück. Wir sehen uns hier, falls Sie es schaffen.«

Sie schnallten sich an und fingen in der schwülen, stickigen Luft sofort an zu schwitzen. Ein Flughafenmitarbeiter schloss die Tür, und die Piloten begannen, verschiedene Tasten zu betätigen. Ecko und Kymm beobachteten sie fasziniert. Als die Turboprop losrollte, öffnete der Co-Pilot sein Fenster, und ein frischer Schwall heißer, trockener Luft schlug in die Kabine. Die Warteschlange bewegte sich langsam, aber stetig.

Obwohl ihm der Flug Sorgen bereitete, genoss Ecko das Abenteuer und war froh, dass er seiner Frau nichts von diesem kleinen Abstecher erzählt hatte. Er würde ihr alles berichten, wenn er wieder zu Hause war.

Aus einer Höhe von dreitausend Metern war die ugandische Landschaft wunderschön, und Ecko ließ sich nichts entgehen. Er war erstaunt, wie wenige Straßen es gab und wie abgelegen die Dörfer waren. Und wieder einmal war er seinen Eltern dankbar dafür, dass sie sich in Amerika niedergelassen hatten.

Hinter ihnen standen drei große Kisten mit Lebensmitteln, kleinere Kartons waren in jede freie Ecke gestopft. Das Flugzeug ratterte, schaukelte und vibrierte unaufhörlich. Erstaunlicherweise ertappte er sich dabei, wie er eindöste.

Der Anflug wurde richtig interessant, als Ecko und Kymm zum ersten Mal die Landebahn zu Gesicht bekamen. Aus tausend Meter Höhe sah sie aus wie ein Trampelpfad, den jemand mitten in den Wald gehackt hatte. Abgesehen von den Hütten eines nahe gelegenen Dorfes waren keine Spuren der Zivilisation zu entdecken. Unmittelbar vor der Landung drehte sich der Co-Pilot um und brüllte: »Festhalten!« Beruhigend war das nicht. Die Landung war so hart, dass sich Ecko mit den Fingernägeln in das linke Knie seines Mitreisenden krallte. Als sie wieder zu Atem gekommen waren, konnten sie darüber lachen. Hauptsache, sie waren unten.

Zwei Lkws warteten an einer kleinen Wellblechhütte, in der auf Regalen Lebensmittel und Wasser lagerten. Als die Triebwerke stillstanden, riss eine Gruppe älterer Jungen die hinteren Türen auf und fing an, die Kisten auszuladen. Binnen Minuten waren die Lkws voll beladen, und die Triebwerke des Flugzeugs wurden angelassen. Die Piloten winkten zum Abschied und rollten davon.

Der Lkw-Fahrer war ebenfalls Däne. Er stellte sich mit einem breiten Lächeln vor und sagte, sie sollten in die Kabine steigen. Die halbe Bodencrew sprang auf die Ladefläche und machte es sich zwischen den Kisten bequem. Rhino Camp war eine halbe Stunde entfernt.

Beim ersten Anblick des Lagers konnte Ecko nur ungläubig den Kopf schütteln. Zelte und improvisierte Behausungen erstreckten sich kilometerweit, und Tausende Flüchtlinge, von denen die meisten Südsudanesen waren wie er selbst, wanderten scheinbar ziellos durch die Lehmstraßen. Der Lkw hielt an einer Verteilungsstelle, wo bereits andere Lkws ausgeladen wurden. Ein Gefreiter der ugandischen Armee erwartete sie, und es ging sofort zu Fuß weiter. Ecko hatte eine kleine Sporttasche mit Vorräten und Geschenken dabei. Fast eine Stunde lang marschierten sie durch das Lager und kamen dabei an unzähligen Flüchtlingen vorbei, die ziellos umherliefen und nichts zu tun hatten. Sie passierten lange Schlangen von Frauen und Kindern, die geduldig auf die nächste Mahlzeit warteten, und noch längere Schlangen vor Sanitätsstationen und zusammengeschusterten Hütten, in denen Mitarbeiter von Hilfsorganisationen Formulare ausfüllten und Essen, Medikamente und gebrauchte Kleidung aushändigten. Sie kamen an Hunderten von Frauen und Mädchen vorbei, die Töpfe mit Wasser anmutig auf dem Kopf balancierten.

Am Krankenhaus von Ärzte ohne Grenzen fragten sie sich zu Christine Moran durch, die sie zu einem kleinen Untersuchungszimmer führte, in dem Ecko endlich Beatrice und deren Söhne begrüßen konnte. Chol und James sahen in ihren makellosen Schuluniformen sehr adrett aus, auch wenn sie wegen des besonderen Anlasses die Schule schwänzten.

Aus der Sporttasche holte Ecko T-Shirts und Kappen mit Schriftzug und Logo der Eagles von der NC Central. Jede Menge Adler. Er gab Beatrice einen Umschlag mit einem langen handgeschriebenen Brief von Samuel und einen kleineren mit Geld. Für James und Chol gab es farbenfrohe Weihnachtskarten, die von den Spielern und Trainern der Eagles unterzeichnet waren. Sie unterhielten sich eine Stunde lang über Samuel und sein neues Leben auf dem Campus, seine Freunde, sein Basketballspiel. Auf seinem Handy zeigte Ecko ihnen ein Video von Samuel und dessen Zimmergenossen, Murray Walker, die beide Grüße schickten und frohe Weihnachten wünschten. Ein weiteres Video zeigte Samuel, wie er im Training immer wieder den Ball in den Korb stopfte.

Kymm machte Dutzende Fotos mit Eckos Handy.

Sechs Stunden später landete das dänische Frachtflugzeug ohne Ladung in der Dunkelheit am Flughafen Entebbe, und Ecko bedankte sich und verabschiedete sich von Kymm. Während er drei Stunden auf seinen Flug nach Nairobi wartete, schickte er Samuel die Fotos.

Um die Zeit totzuschlagen, schlenderte er durch das Terminalgebäude und schwor sich, sein Möglichstes zu tun, um die Familie zu retten, auch wenn ihm sehr wohl bewusst war, wie schwer das werden würde. Er rief Samuel an und unterhielt sich eine halbe Stunde mit ihm, eine teure Angelegenheit, weil es ein internationaler Anruf war. Samuel freute sich sehr über die Fotos und wollte alles über seine Mutter und seine Brüder wissen. Ecko gab sich große Mühe, ehrlich zu sein, was ihre Lebensumstände anging, und dem Jungen trotzdem nicht die Hoffnung zu nehmen.

Nachdem drei Spieler die Sperrstunde nicht eingehalten hatten und deswegen außen vor blieben, fuhren die Eagles mit ihrer Restmannschaft und einem Studienanfänger, der als Redshirt maximal vier Spiele absolvieren durfte, mit dem Bus zum Campus der Furman University im Norden des Bundesstaats South Carolina, wo sie am Mittwochabend spielen sollten. Coach Britt setzte alle neun ein, aber das reichte nicht. Die Eagles verloren mit einem Rückstand von fünfzehn Punkten und hatten damit nur drei Siege, aber fünf Niederlagen zu verbuchen.

Zum Glück waren für die nächste Woche wegen der Prüfungen keine Spiele angesetzt.

32

Am frühen Morgen des 18. Dezember, einem Freitag, stieg die Mannschaft wieder in einen gemieteten Bus und ging auf die vierstündige Fahrt nach Washington, D.C. Die Stimmung war gut, die Prüfungen waren vorbei, die Weihnachtsferien standen vor der Tür. Noch ein Spiel, dann hatten sie ein paar Tage frei, und alle Spieler, bis auf Samuel, fuhren nach Hause zu ihren Familien. Als sie die Ringautobahn rund um Washington, den Beltway, hinter sich gelassen hatten, erinnerte er sich an seinen letzten Besuch in der amerikanischen Hauptstadt, im August, als er mit seinen südsudanesischen Mannschaftskameraden zwei Tage hier verbracht hatte, nachdem sie im Showturnier in Orlando ausgeschieden waren.

Es waren schlimme Tage für ihn gewesen, der Schock der katastrophalen Nachrichten aus der Heimat war noch ganz frisch gewesen. Vier Monate später hatte sich sein Leben radikal verändert, aber keine Minute verging, in der er nicht an seinen verstorbenen Vater und das furchtbare Schicksal seiner geliebten Schwester dachte. Seine Mannschaftskameraden waren bester Stimmung, während sich der Bus durch den Verkehr in der Stadtmitte quälte, und Samuel gab sich trotz seines Kummers große Mühe, fröhlich zu sein und die Stimmung nicht zu verderben.

Die Mannschaft checkte im Hyatt in der Nähe der Capital One Arena ein, aß eine Kleinigkeit zu Mittag und stieg dann wieder in den Bus, um sich ein paar Stunden lang die Stadt anzusehen. Um sechs zogen die Sportler ihre Trainingskleidung an und fuhren zu einem einstündigen Shootaround zum Campus der Howard University. Um acht gingen sie zu Fuß vierhundert Meter zu einem Restaurant, wo sie von Maria Manabol von der Botschaft der Republik Südsudan begrüßt wurden. Im August hatte Samuel sie zusammen mit Lonnie Britt und Ecko Lam an der Botschaft aufgesucht und von ihr die Bestätigung für Ayaks Tod erhalten. Sie hatte damals die Formalitäten für Samuels Studentenvisum erledigt und kümmerte sich seitdem um seine Aufenthaltsgenehmigung. Alle zwei Wochen hatte sie ihn angerufen, um sich zu vergewissern, dass er am College zurechtkam. Sie und ihr Ehemann Paul, ein Amerikaner aus Pittsburgh, waren hervorragende Gastgeber und luden die Mannschaft in einen Nebenraum ein, wo Prime Rib mit allen Beilagen serviert wurde. Nach dem Abendessen erzählte sie kurz von ihrem Land und seinen Problemen. Die schwierige Lage der Familie Sooleymon erwähnte sie mit keinem Wort, obwohl jeder im Raum deren Geschichte kannte.

Um elf lagen alle im Bett, mit strenger Anweisung, am Samstagvormittag so lange wie möglich zu schlafen. Brunch war um halb elf.

Obwohl die größeren Colleges zu Beginn der Saison bei Spielen gegen Howard eigentlich fest mit einem Sieg rechneten, hatten die Bison nur zwei Spiele verloren und zehn gewonnen, einschließlich eines Thrillers mit zweifacher Verlängerung gegen die University of Maryland in der unmittelbaren Nachbarschaft. Vor Beginn der Saison waren die Bison von den Experten, die sie am unteren

Ende der Mid-Eastern Athletic Conference sahen, viel zu schlecht eingeschätzt worden. Central rangierte weiter oben, aber die Buchmacher wussten es besser und stuften die Eagles mit vier Punkten als Außenseiter ein.

Zwei Stunden vor dem für drei Uhr angesetzten Spielbeginn im Burr Gymnasium saßen Maria und Paul mit Samuel auf der Tribüne und unterhielten sich mit ihm über das Leben im Allgemeinen, das Leben auf dem Campus, Basketball und vor allem das Leben in den Flüchtlingslagern. Die Botschaft erhielt viele Anfragen von Südsudanesen, die in den Vereinigten Staaten lebten und um Hilfe bei der Suche nach vertriebenen Angehörigen in der Heimat baten. Maria hatte sich sehr gefreut, als Samuel anrief, um ihr zu sagen, dass Beatrice und seine Brüder in Rhino Camp in Uganda waren. Dass er sie gefunden hatte, war ein Wunder und kein kleines. Sie dort herauszuholen würde allerdings ein großes Wunder erfordern.

Mit viel Taktgefühl wiederholte sie die Probleme, die Samuel nur allzu bewusst waren. Die Einwanderung in die USA sei streng geregelt, nur wenigen Südsudanesen gelinge es, die Voraussetzungen zu erfüllen. Viele, viele Antragsteller kämen vor ihnen an die Reihe. Seine Familie habe bis auf Samuel keinen Bürgen in den Vereinigten Staaten, und er habe noch nicht einmal die amerikanische Staatsbürgerschaft.

Als es Zeit war, sich für das Spiel umzuziehen, bedankte er sich bei ihr und Paul, umarmte beide herzlich und versprach, sich zu melden. »Wenn wir in der nächsten Saison wiederkommen, bin ich auf dem Spielfeld«, sagte er im Gehen.

»Wir freuen uns schon«, entgegnete Maria.

Wie Lonnie und die anderen Trainer befürchtet hatten, erwies sich die einwöchige Pause als katastrophal. Dazu kam der Besuch in der Hauptstadt, der die Eagles völlig aus dem Tritt gebracht hatte.

Howard dagegen war voll da. Die ersten fünf Würfe der Bison waren Treffer, während Central keinen einzigen Korb machte. Als Howard zwölf Minuten vor Ende der zweiten Halbzeit mit vierundzwanzig Punkten führte, begann der Trainer, immer mehr Spieler einzuwechseln. Die Ersatzspieler erwiesen sich als genauso gut wie die Startaufstellung. Lonnie wechselte ebenfalls die Bank ein, und jeder außer Samuel kam ins Spiel. Zu allem Überfluss humpelte drei Minuten vor Schluss Harry Greenwood, ein Reserve-Forward, vom Platz, weil er sich das Knie verdreht hatte. Das dachte er zumindest. Später sollte ein Bänderriss diagnostiziert werden, der operiert werden musste.

Das erste Conference-Spiel mit einunddreißig Punkten zu verlieren war nicht gerade der überzeugende Start, den sich Coach Britt vorgestellt hatte. Vorn im Bus flüsterten er und die anderen Trainer während der vierstündigen Rückfahrt miteinander und schüttelten immer wieder mit finsterer Miene die Köpfe. Wieder wurde es eine sehr stille Heimreise, ein Rückzug nach einer weiteren beschämenden Niederlage.

In der Umkleide im »Nest« wünschte Coach Britt allen frohe Weihnachten, schickte sie für die Feiertage nach Hause und ließ sich von ihnen versprechen, dass sie in einer Woche frisch motiviert zurückkommen würden. Die Saison war noch jung, und er gab sich optimistisch.

33

Als das Wohnheim am Sonntagmorgen schloss, stopften Murray und Samuel ihre Sachen in Rucksäcke und Taschen und schafften ihre Schmutzwäsche zum zehn Minuten entfernten Haus der Walkers. Murray hatte ihre Ankunft um 10.15 Uhr sorgfältig geplant.

Dann mussten seine Eltern nämlich zur Kirche, und er hatte überhaupt keine Lust mitzugehen. Sooley brauchte ebenfalls eine Pause. Insgeheim fand er den protestantischen Gottesdienst befremdlich und besuchte oft allein eine Messe.

Ebenso überrascht wie erfreut stellten sie fest, dass Miss Ida und Ernie beschlossen hatten, zu Hause zu bleiben und zu kochen. Sie begrüßte die Jungen mit einer herzlichen Umarmung und Schokoladenwaffeln. Während Ernie den Speck briet, zeigte sie ihnen stolz das weihnachtlich geschmückte Haus. Der farbenfrohe Baum war der größte, den Samuel je gesehen hatte.

Er freute sich sehr auf die nächsten Tage in dem gemütlichen Haus, riesige Mahlzeiten, schlafen, wann immer ihm danach zumute war, und vor allem Zeit mit Jordan, die Montagabend eintreffen sollte.

»Du bist ja schon wieder gewachsen«, verkündete Miss Ida irgendwann, während sie ihn von Kopf bis Fuß musterte. »Was wiegst du?«

»Fünfundneunzig Kilo.«

Sie tippte spielerisch gegen seine Brust. »Du hast richtig breite Schultern gekriegt.«

»Er ist ständig im Kraftraum, Mom«, sagte Murray. »In diesem Semester hat er schon neun Kilo zugenommen. Er denkt, er spielt Football.«

Samuel schmunzelte. »Meine Basketballeinsätze halten sich jedenfalls in Grenzen.«

»Geht mir nicht anders.« Murray lachte gezwungen. Er bekam wenig Spielzeit und war deswegen zunehmend frustriert. Samuel hörte sich sein Gejammer an und versuchte, ihm gut zuzureden, aber die Niederlagen schlugen der gesamten Mannschaft aufs Gemüt, und es gab immer wieder Streit. Insgeheim war Samuel der Meinung, dass sein Zimmergenosse nicht mehr als zehn Minuten pro Spiel verdiente.

Tatsächlich hatte er selbst seit August genau zehn Kilo zugenommen. Der Kraftraum, das viele Essen bei Miss Ida und die üppigen Sportlermahlzeiten am College sorgten dafür, dass er Gewicht zulegte, vor allem aber Muskeln aufbaute. Zweimal hatte sich Coach Britt im Training ausführlich nach seinen Work-outs im Kraftraum erkundigt. Obwohl der Trainer schlanke, bewegliche Spieler bevorzugte, konnte er nicht viel gegen einen definierten Bizeps und muskulösere Beine sagen. Außerdem war der Junge ein Redshirt und gerade erst achtzehn geworden, sodass Lonnie beschloss, ihn mit Gewichten arbeiten zu lassen, so viel er wollte.

Er war inzwischen fast zwei Meter groß und, obwohl er an Gewicht zugelegt hatte, unverändert schnell. Er war mit Abstand der Schnellste und Wendigste im Team und sprang erstaunliche 1,17 Meter hoch. Während der langen Rückfahrt von Washington, D.C., hatte einer der Assistenztrainer, Ron McCoy, laut überlegt, ob sie nicht die Redshirt-Regeln über Bord werfen und dem Jungen ein paar Minuten Spielzeit geben sollten. Was brachte es, wenn sie noch länger warteten? Viel schlechter konnte die Saison nicht laufen. Lonnie hörte sich das ohne große Einwände an und versprach, das Thema später zu besprechen. Mit zwei Verletzten hatte er nur noch elf Stammspieler. Einer war nach seinem Redshirt-Jahr im ersten offiziellen Collegejahr. Der zweite war ein Walk-on, der im Training nichts traf.

Nach einem ausgiebigen Brunch räumten Ernie und die Jungen die Küche auf und ließen sich dann zu einem langen Nachmittag mit NFL-Play-offs vor dem Fernseher nieder. Mit Sooley Football zu sehen war kein Vergnügen, weil er den Mund nicht halten konnte. Er hinterfragte alles an dem Spiel und schien es einfach nicht zu kapieren.

Miss Ida überließ sie sich selbst und ging einkaufen.

Um sieben am Mittwochmorgen lief Samuel leise durch die Küche in die Garage und wartete auf den wöchentlichen Anruf von Christine Moran. Er kam fünfzehn Minuten zu spät. Sie erklärte, ihr Telefonnetz funktioniere nicht richtig und jeder habe nur wenige Minuten. Ob er bitte nach zehn Minuten Schluss machen könne? Natürlich willigte er ein und bedankte sich wie immer bei ihr, bevor er die sanfte Stimme seiner Mutter hörte. »Frohe Weihnachten, Samuel.«

»Frohe Weihnachten, Mutter. Wie geht es dir?« Er schloss die Augen, schüttelte den Kopf und wunderte sich, dass eine Frau, die in einem Zelt in einem Flüchtlingslager lebte, daran dachte, anderen frohe Weihnachten zu wünschen. Er mochte sich gar nicht vorstellen, wie hoffnungslos und deprimierend die Feiertage für sie waren, und musste unwillkürlich an das letzte Weihnachten denken, an dem die ganze Familie noch vereint gewesen war.

Sie sagte, James und Chol seien gute Schüler und sprächen immer noch über den Überraschungsbesuch von Coach Ecko Lam in der vergangenen Woche. Sie liefen voller Stolz in ihren Central-Kappen und -T-Shirts herum, um die sie von der ganzen Nachbarschaft beneidet würden. Die Tatsache, dass ihr älterer Bruder in Amerika Basketball spiele, verschaffe ihnen einen besonderen Status. Beatrice versprach, während der Christmette ein Gebet für Samuel zu sprechen, und er versprach, ebenfalls an sie zu denken. Vergessen konnte er sie sowieso nicht, und er sagte ihr, er denke ständig und immer an sie.

Das Telefonat war zu kurz, und als es zu Ende war, saß Samuel allein in der Dunkelheit auf einem Gartenstuhl und sehnte sich nach seiner Familie.

Am Weihnachtsabend war die Kirche mehr als voll, und sogar Samuel genoss die Feierlichkeiten. Der Prediger hielt sich zurück und sprach nicht so lange wie sonst. Die Jugendgruppe hatte sich kostümiert und führte einen Sketch über die Weihnachtsgeschichte auf. Der Kinderchor in einheitlichen weinroten Roben stahl ihnen mit Weihnachtsliedern die Show. Der Erwachsenenchor ließ mit »Go, Tell It on the Mountain« und »The Holy Baby« die Fensterscheiben erzittern. Jordan erklärte Samuel im Flüsterton, die Lieder seien von einer Generation von Afroamerikanern an die nächste weitergegeben worden.

Spät am nächsten Vormittag versammelte sich die Familie um den Baum, um Geschenke auszutauschen. Für die Jungen waren Kleidung, Jeans und lässige Hemden für das College dabei, für Jordan Parfüm und eine goldene Halskette. Samuels großes Geschenk war ein marineblauer Blazer, sein erster. Jordan schenkte ihm eine schöne Krawatte. Er war überwältigt von ihrer Großzügigkeit und fand angesichts der vielen Geschenke kaum Worte. Es war ihm gelungen, ein paar Dollar zu sparen, und er hatte seinerseits einige Aufmerksamkeiten für sie: Parfüm für Miss Ida, eine große Kochschürze für Ernie, einen Ledergürtel für Murray und für Jordan kleine Ohrringe, die sie sofort anlegte. Sie waren gerührt, dass er daran gedacht hatte, doch sie hatten ein schlechtes Gewissen, die Geschenke anzunehmen. Die Stimmung wollten sie ihm aber auf keinen Fall verderben.

Nach der Bescherung waren alle am Verhungern. Jordan legte eine CD mit Weihnachtsliedern auf, während die Familie in die Küche umzog, wo jeder der Walkers versuchte, das Kommando zu übernehmen.

34

Die Feiertagspause fand am Tag nach Weihnachten ein unschönes Ende, als sich die Spieler zurück zum Campus schleppten, wo sie drei harte Übungsstunden erwarteten. Die Trainer empfingen sie mit militärischer Härte. Coach Britt begann seine Ansprache mit einer unnötigen Erinnerung daran, dass sie den Start völlig vermasselt hatten. Drei Siege gegen hoffnungslos unterlegene Gegner und sechs Niederlagen, von denen zwei völlig überflüssig waren. Sie seien besser als Campbell, und für diese Schlappe übernehme er die Verantwortung. Sie hätten die gute Mannschaft von der East Carolina University in die Enge getrieben und sich den Sieg dann doch noch nehmen lassen. Die blamable Niederlage gegen Howard sei unentschuldbar.

Nach einer fünfzehnminütigen Strafpredigt schlug er einen versöhnlicheren Ton an und ermutigte sie, sich nicht mehr mit den Misserfolgen zu belasten. Einundzwanzig Spiele lägen noch vor ihnen, davon siebzehn im Rahmen der Conference, von denen neun Heimspiele waren. Die wirklich wichtigen Spiele kämen noch, und sie dürften keine Zeit mehr mit Gedanken an den zähen Start verschwenden.

Die Spieler waren ganz seiner Meinung, denn sie hatten Dringenderes im Kopf. Am Montag würden sie nach New York fliegen, um dort bei einem Weihnachtsturnier gegen andere HBCUs antreten, *Historically Black Colleges and Universities*, also Hochschulen, die traditionell von Schwarzen besucht wurden. Eine einzigartige Gelegenheit! Die Spiele fanden im Madison Square Garden statt, und die meisten übertrug einer der ESPN-Sportkanäle im Fernsehen. Innerhalb von fünf Tagen würde Central gegen Grambling aus Louisiana, Prairie View aus Texas und Fisk aus Nashville spielen.

Lonnie sprach über die Reise, das Turnier und ihre Gegner, die allesamt mehr Siege als Niederlagen zu verbuchen hatten. Ende November habe Fisk Howard in Washington völlig zerlegt, auf demselben Spielfeld, auf dem sich Central nur eine Woche zuvor blamiert habe. Aber genug der Vergangenheitsbewältigung. Seinem Scoutingbericht zufolge seien alle drei Mannschaften praktisch nicht zu schlagen und spielten nahezu auf NBA-Niveau.

Es war eine Motivationsrede mit einer gehörigen Portion Angstmacherei, und die Spieler waren einigermaßen beunruhigt. Aber sie waren unterwegs zu einem großen Auftritt und entschlossen, gute Leistung zu zeigen. Als Lonnie in seine Trillerpfeife blies, liefen sie auf das Spielfeld, um sich zu dehnen und aufzuwärmen, dann gingen die Sprints los. Die Trainer waren offenbar fest entschlossen, die Jungen all die gefüllten Truthähne, Nusskuchen, Brownies, Früchtebrote und was Omas weihnachtliche Küche sonst noch geboten hatte, wieder ausschwitzen zu lassen. Nach fünfzehn Minuten Intervallsprints musste sich der erste Spieler übergeben.

Auf der Fahrt zur Sporthalle hatte Murray Sooley erklärt, dass er unbedingt Robin treffen wollte und nach dem Training das Zimmer gern für sich hätte. Sie müssten mal allein sein, und das gehe nur im Studentenwohnheim. Sooley war mit allem einverstanden. Er hatte noch nie Nein gesagt. Dann fing Murray davon an, wie schön es wäre, wenn sie bei ihm übernachten könnte. Im Gemeinschaftsraum im Erdgeschoss des Wohnheims gebe es doch eine Couch, und da könne sein Mitbewohner doch ... Sooley lächelte, zuckte die Achseln und meinte, ihm sei alles recht.

Nach dem knallharten Training gingen die Spieler erschöpft duschen und verließen die Kabine dann. Am nächsten Tag würde es genauso weitergehen. Sooley hatte seine Zweifel, ob einer von ihnen die Energie für Sex hatte. Aber Murray war offenbar nicht unterzukriegen. Er bot an, Sooley mitzunehmen, doch er wollte lieber zu Fuß gehen. Viel Spaß und bis morgen. Während die Hilfskräfte die Kabine säuberten, versteckte sich Sooley in einer Abstellkammer. Als die Lichter ausgeschaltet und alle verschwunden waren, ging er leise wieder auf das Spielfeld, schaltete eine Lampe ein und fing an zu werfen.

Nach fünfhundert Würfen schaltete er das Licht aus und kehrte in die Kabine zurück. Er duschte erneut und holte sich aus der Mannschaftsküche ein Sportgetränk und ein paar Müsliriegel.

Dann machte er es sich auf einem der bequemen Polstersessel im Videoraum gemütlich und schaltete ein NBA-Spiel ein. Noch bevor das zweite Viertel begann, schlief er tief und fest.

Als er aufwachte, lief im Fernsehen *SportsCenter*. Nachdem er sich ein paar Highlights angesehen hatte, merkte er, dass er am Verhungern war. Er zog sich den Trainingsanzug der Central an und machte sich auf die Suche nach etwas Essbarem. Da die Studentencafeteria noch geschlossen war, war auf dem Campus nichts zu finden. Er marschierte anderthalb Kilometer zu einem Soul-Food-Restaurant, wo es ihm besonders gut schmeckte, und verputzte zwei der typischen Chickenburger. Er spielte mit dem Gedanken, noch einmal anderthalb Kilometer zur Messe in der Sacred Heart Church zu laufen, entschied sich aber dagegen. Das Wetter war höchst ungemütlich, und es sah nach Regen aus. An die Kälte hier würde er sich nie gewöhnen.

Als Coach Britt am frühen Nachmittag eintraf, hörte er das vertraute Aufprallen eines Basketballs. Er spähte um eine Ecke der Tribüne und sah, was er erwartet hatte. Samuel Sooleymon warf und warf, mit nacktem Oberkörper, tropfnass geschwitzt. Zwei Dinge waren klar: Der Junge war körperlich topfit, und die Bälle prallten nicht mehr vom Ring ab.

Das Training begann mit dem Spielplan für Grambling, ihrem ersten Gegner in New York. Die Spieler waren aufgeregt und voller Energie, nur Murray war vielleicht einen Tick langsamer.

Wie immer war Sooley im Training ebenso unermüdlich wie in den Übungsspielen. Er spielte so körperbetont, dass ihm seine Mannschaftskameraden immer wieder säuerliche Blicke zuwarfen. Er lächelte, brüllte und provozierte pausenlos.

Manchmal aber drohte ihn seine Motivation im Stich zu lassen. Schließlich würde er in New York nicht dabei sein.

35

Punkt neun Uhr am Montagmorgen erschien Coach Britt in der Kabine, um seine Truppen zu inspizieren. Alle trugen marineblaue Blazer, weiße Hemden, hellbraune Baumwollhosen und Freizeitschuhe, keine Basketballschuhe. Der Anblick gefiel ihm, und trotzdem fand er bei jedem noch etwas zu kritisieren. Die Spannung war geradezu greifbar, und alle brannten darauf, dass es losging. Er ließ die vier ehrenamtlichen Helfer antreten, ging ihre Checklisten durch und blaffte zur Abrundung Coach McCoy an, weil er keine Krawatte trug. Das wurde hastig korrigiert.

Sooley saß in Trainingskleidung in einer Ecke, sah sich das Spektakel an und versuchte, sich nicht unterkriegen zu lassen. Die Spieler redeten mit ihm und wurden zumindest mit einem Lächeln belohnt, aber es war klar, dass er am Boden zerstört war, weil er nicht mitdurfte. Ein Termin bei der Einwanderungsbehörde war wichtiger.

Als alles bereit war, verließen sie im Gänsemarsch die Halle und stiegen in einen wartenden Bus, wo sich die Ehefrauen der vier Trainer, die sich ordentlich in Schale geworfen hatten, angeregt über den bevorstehenden Ausflug unterhielten. Zwei von ihnen und einer der Trainer waren noch nie im Big Apple gewesen. Eine halbe Stunde später setzte der Bus die Gruppe am Privatterminal des Raleigh-Durham Airport ab. Ihr Direktflug sollte kurz nach zwei Uhr nachmittags am Flughafen Teterboro in New Jersey landen.

Als die Halle leer war, schaltete Sooley ein paar Lampen ein und fing an zu werfen.

Am Abend rief Murray an, um zu melden, dass sie gut angekommen waren. Er sprach eine halbe Stunde lang über die Reise, das Hotel und darüber, wie groß Manhattan sei. Nach dem Anruf saß Sooley im Dunkeln im Bett und scrollte durch Dutzende von Fotos, die seine Mannschaftskollegen gepostet hatten.

Er hatte sich noch nie so allein gefühlt.

Am nächsten Morgen um neun Uhr wartete Miss Ida wie vereinbart vor dem Wohnheim, als Samuel herauskam. Er hatte seine neue Kleidung an – marinefarbener Blazer, hellbraune Baumwollhose, weißes Hemd und die schöne Krawatte, die Jordan ihm zu Weihnachten geschenkt hatte. Zum ersten Mal überhaupt trug er eine Krawatte, und Murray hatte ihm eine Stunde lang den richtigen Knoten gezeigt. Anschließend hatte er selbst noch hundertmal geübt.

Miss Ida musterte ihn prüfend und war beeindruckt. Sie fuhren mit ihrem Auto zur Zweigstelle der US-amerikanischen Einwanderungs- und Einbürgerungsbehörde. Der Termin, den sie um zehn Uhr bei einem Sachbearbeiter hatten, war offenbar so wichtig, dass Tag und Zeit unmöglich geändert werden konnten. Sowohl Miss Ida als auch Sooley hatten versucht, ihn zu verschieben, damit er mit nach New York konnte, aber ohne Erfolg. Es gebe einen enormen Rückstand bei der Bearbeitung der Fälle. Die Behörde habe viel zu wenig Personal und so weiter. Sooley wollte alles tun, um seine Einbürgerung voranzutreiben, und außerdem durfte er sowieso nicht spielen.

Sie warteten eine Stunde auf Klappstühlen in einem überfüllten Gang und beobachteten, wie Ausländer kamen und gingen. Um 11.15 Uhr wurde Samuels Name aufgerufen, und Miss Ida und er wurden zu einem kleinen Eckbüro geschickt, wo sie von einem höflichen jungen Mann begrüßt wurden, der sich für die Wartezeit entschuldigte. Im Sitzen stießen sie mit den Knien an seinen Metallschreibtisch, während er mit ihnen über das Studentenleben an der Central University plauderte. Das Büro hatte keine Fenster, und der Thermostat schien bei siebenundzwanzig Grad festzuhängen.

Der Sachbearbeiter las eine Reihe sinnloser Fragen von einem Vordruck ab, von denen Samuel die meisten mit Ja oder Nein beantwortete. Der Mann war mit beidem zufrieden und nahm mit wichtiger Miene Einträge in der Verfahrensakte vor. Zwanzig

Minuten, nachdem sie das Büro betreten hatten, waren sie entlassen und machten sich eilig auf den Weg nach draußen, um frische Luft zu schnappen. Der gesamte Termin hätte in weniger als zehn Minuten telefonisch oder per E-Mail erledigt werden können.

»Sie wollten dich eben persönlich sehen«, meinte Miss Ida.

Da Samuel nicht zurück zum Campus wollte – das Wohnheim war verlassen, und zu tun hatte er auch nicht viel –, lud Miss Ida ihn zum Essen in einen Diner ein und nahm ihn dann mit in ihre Kanzlei. Sie stellte ihn einigen ihrer Mitarbeiter vor und setzte ihn an einen alten Schreibtisch, wo er einen Stapel Papiere sortieren und ablegen sollte. Samuel nahm die Krawatte ab und ging hoch motiviert an die Arbeit.

Am späten Nachmittag, als Miss Ida eine Besprechung nach der anderen hatte, verabschiedete Samuel sich und genoss den langen Fußmarsch zurück zum Campus. Das Wetter war sonnig und relativ mild, und der Spaziergang hob seine Stimmung. Er freute sich, dass er überhaupt einen Termin bei der Einwanderungsbehörde bekommen hatte und dass es mit seiner Einbürgerung voranging. Wenn das erledigt war, konnte er den nächsten Schritt zur Rettung seiner Familie tun.

Die Sporthalle war dunkel und verlassen wie der restliche Campus auch. Er hatte unterwegs keine Menschenseele gesehen, nicht einmal den Sicherheitsdienst. Es gab keinen Verkehr, alle Parkplätze waren leer. In der Kabine zog er sich um und ging auf das Spielfeld.

Tip-off im Spiel Central gegen Grambling war um acht Uhr abends, und die Partie wurde von dem auf Collegesport spezialisierten Sender ESPNU übertragen. Obwohl er es allmählich satthatte, immer nur Spiele anzusehen und nicht selbst zu spielen, fand Samuel es aufregend, dass seine Freunde im Fernsehen waren und auf solch großer Bühne spielten. Die Tribüne war gut gefüllt und die Menge in Feierlaune.

In seinem Wohnheimzimmer aß Sooley eine Pizza und feuerte seine Mannschaft lautstark an. Mitch Rocker, der Point Guard im letzten Collegejahr, hatte einen guten Start und versenkte seine ersten drei Würfe. Melvin Montgomery und Roy Tice blockierten in der Verteidigung den Weg zum Korb und schalteten die Centerspieler von Grambling aus. Murray kam nach acht Minuten ins Spiel und erkämpfte sich sofort den Ball. Zur Halbzeitpause lagen beide Mannschaften gleichauf, und Central hatte die besten zwanzig Minuten der Saison gespielt. Die Buchmacher sahen die Eagles mit vierzehn Punkten als Außenseiter, aber das hatte den Spielern wohl keiner gesagt.

Während er zwischendurch kurz auf einen anderen Kanal schaltete, klopfte es leise an der Tür. Zuerst dachte er, er hätte sich getäuscht. War er nicht mutterseelenallein auf dem Campus? Nach dem zweiten Klopfen öffnete er und blickte in Robins lächelndes Gesicht. »Hallo, Sooley. Kann ich hereinkommen?«

»Natürlich«, sagte er völlig verwirrt. Sie wohnte in Raleigh, hatte ein Auto und schien ständig unterwegs zu sein. Sie ließ sich auf Murrays Bett, ihr zweites Zuhause, fallen. »Siehst du das Spiel?«

»Ja. Was machst du denn hier?«

»Mir war langweilig. Ich dachte, vielleicht freust du dich über Gesellschaft.«

Wie jede andere Studentin hing sie ständig an ihrem Handy. Warum also hatte sie nicht zuerst angerufen? Wollte sie verhindern, dass er Nein sagte? Sie trug enge Jeans und ein weites Sweatshirt. Sie war hübsch, sexy, lebhaft und schien sich über sein Unbehagen zu amüsieren.

Robin hatte einen Freund nach dem anderen. Sie gehörte zu einer Gruppe von Mädchen, die immer mit den Sportlern abhingen, und Sooley hatte in der Umkleide gerüchteweise gehört, dass sie mit einigen anderen Basketballern mehr als bekannt war. Miss Ida mochte sie überhaupt nicht, kein gutes Zeichen.

Die zweite Halbzeit begann, und sie konzentrierten sich auf das Spiel, feuerten die Mannschaft an, schimpften über fragwürdige Schiedsrichterentscheidungen und jubelten über gute Würfe. Grambling stellte eine Zwei-Drei-Zone und machte das Mittelfeld dicht. Central war bei Distanzwürfen nicht besonders stark, und als Mitch Rocker und Duffy Sunday aus dem Tritt gerieten, gewann der Gegner die Oberhand.

Während einer Auszeit wollte Robin von Sooley wissen, wer seine Freundin sei. Dabei wusste sie bestimmt genau, dass er keine hatte, weil Murray ihr alles erzählte.

»Niemand«, sagte er.

»Kaum zu glauben. Alle Mädchen, die ich kenne, wollen dich nackt sehen.«

Er lachte nervös. Sie wurden einen Augenblick abgelenkt, weil Murray sieben Minuten vor Schluss ins Spiel kam, als Central mit zehn Punkten zurücklag. Sooley fand es einfach nicht richtig, dass er seinem besten Freund im Fernsehen zuschaute, während er von dessen Freundin angebaggert wurde.

Grambling gewann mit einem Vorsprung von zwölf Punkten. Kaum war das Spiel vorbei, drehte sich Robin zu ihm um. »Willst du mit mir ins Bett?«

Sooley ging zur Tür, öffnete sie und deutete mit dem Kopf auf den Gang. »Nicht mit dem Mädchen meines besten Freundes. Tut mir leid.«

»Komm schon, Sooley. Keiner wird es je erfahren.«

»Bitte geh.«

36

Robin schickte ihm den ganzen Tag lang Textnachrichten und deutete an, dass sie dem Wohnheim wieder einen Besuch abstatten würde. Sooley verbrachte den Tag allein im »Nest«, absolvierte tausend Korbwürfe und sah sich im Videoraum College- und NBA-Spiele an. Dort übernachtete er auch, wobei er vorsichtshalber die Tür abschloss.

Prairie View schlug Central mit einem Vorsprung von acht Punkten.

An Silvester ging Sooley zu Fuß die halbe Stunde zum Haus der Walkers und aß mit der Familie zu Abend. Danach sahen sie zu, wie Central ein gutes Spiel gegen die überlegene Mannschaft von Fisk verlor. Murray spielte in der ersten Halbzeit nur drei Minuten, was seine Eltern sehr ärgerte. In der zweiten Halbzeit verzog sich Sooley angesichts der angespannten Stimmung in den Keller, um sich das Spiel allein anzusehen. Jordan kam nach, und bald wurde so heftig geflirtet, dass das Spiel in Vergessenheit geriet. Sooley war zuerst begeistert, dass sie sich für ihn interessierte, wurde aber nervös, als sie mehr zu wollen schien. Aber Miss Ida hatte wohl Verdacht geschöpft und schloss sich ihnen bald an. Einerseits war Sooley erleichtert. Andererseits konnte er auf dem Sofa kaum einschlafen, weil ihm Jordans lange Beine nicht aus dem Sinn gingen.

Die Mannschaft kehrte an Neujahr zurück. Die drei Niederlagen machten dem Team schwer zu schaffen, und Coach Britt war sehr unzufrieden. Sie trainierten drei Tage hintereinander intensiv und schlugen am 5. Januar eine glücklose Division-III-Mannschaft mit zwanzig Punkten vor nicht einmal zweihundert Fans. Hatten ihre Getreuen bereits aufgegeben? Es sah ganz so aus.

Und dann waren sie nur noch zu zehnt. Nach dem Spiel schickte DeRell Compton, ein Reserve-Guard, eine E-Mail an seine Mannschaftskollegen:

Hallo allerseits! Ich habe gerade mit Coach Britt gesprochen und ihm gesagt, dass ich die Mannschaft verlasse. Ich wechsle ans Pico Community College in Texas, weil ich dort sofort SPIELEN kann. Es war eine gute Zeit mit euch, und ich wünsche euch nur das Beste. DeRell

Die Nachricht kam überraschend, war aber nicht unbedingt ein Schock. Dafür hatte DeRell in der Kabine zu viel geredet und sich seine Unzufriedenheit zu deutlich anmerken lassen. Die Mannschaft würde ihn nicht vermissen. Nach seinem Weggang blieben noch acht Spieler, plus Sooley und der Walk-on, der praktisch nicht zum Einsatz kam. Harry Greenwood kurierte sich nach seiner Knieoperation aus, und Evan Tuckers Ellbogen heilte nur langsam.

Murray war mit Robin unterwegs und um Mitternacht immer noch nicht zurück. Sooley war eingeschlafen, wurde aber kurz darauf geweckt, als sein Zimmergenosse hereinpolterte und das Licht einschaltete. Er war verzweifelt und wollte unbedingt reden. Als Sooley wieder halbwegs klar sehen konnte, merkte er, dass Murrays Augen gerötet waren.

»Sie hat mit mir Schluss gemacht«, sagte er mit heiserer, gepresster Stimme.

»Was?«

»Sie hat mich abserviert, einfach so.«

»Hat sie gesagt, warum?«

»Natürlich hat sie das gesagt. Wir haben die letzten beiden Stunden über nichts anderes geredet. Sie hat gesagt, sie hat jemand anderen kennengelernt und will Schluss machen. Jede Menge Mist hat sie geredet.«

Sooley hatte plötzlich ein mulmiges Gefühl im Bauch und die entsetzliche Befürchtung, dass *er* der andere sein könnte. »Es tut mir furchtbar leid, Murray. Ich weiß gar nicht, was ich sagen soll.«

»Da gibt es nichts zu sagen, hör mir einfach zu. Wie kann sie mir das antun? Ich liebe dieses Mädchen, und ich dachte, wir hätten eine ganz besondere Beziehung. Im Bett war sie eine Kanone. Bei uns lief alles bestens, und von jetzt auf gleich hat sie einen anderen. Ich kann das nicht glauben.« Er wischte sich über die Augen und starrte lange Zeit traurig auf den Boden, untröstlich in seinem Liebeskummer.

»Hast du eine Ahnung, wer der andere ist?«, fragte Sooley vorsichtig.

»Nein. Sie war zu feige, mir das zu sagen.«

Sooley war erleichtert. Er vermutete, dass Robin mit mehreren Sportlern im Bett gewesen war, und freute sich insgeheim, dass sie von der Bildfläche verschwand. Sein Freund hatte Besseres verdient.

Da vibrierte Sooleys Handy lautlos. Er warf einen Blick auf das Display und stellte zu seinem Entsetzen fest, dass Robin ihm geschrieben hatte: *Ich will dich immer noch nackt sehen.*

Er versteckte das Handy unter seinem Kissen und streckte sich auf dem Bett aus.

Frauen!

37

Die richtigen Conference-Spiele begannen mit einer kurzen Busfahrt nach Greensboro, wo sie gegen die North Carolina Agricultural and Technical State University, kurz A&T, antraten, die größte Konkurrentin der Central University. Die kleine Sporthalle war wegen der Semesterferien nur halb gefüllt, und beide Mannschaften kamen nur langsam in Fahrt. Mitten in der ersten Halbzeit nahm Coach Britt Duffy Sunday aus dem Spiel, einen Guard, der vier Wurfversuche komplett versemmelt hatte, und brachte stattdessen Murray. Nachdem er so schnöde sitzen gelassen worden war, wollte er sich beweisen, erkämpfte sich prompt an der Freiwurflinie einen Pass, sprintete zum Korb und schloss mit einem spektakulären Slamdunk ab. Sooley hatte ihn noch nie so schnell erlebt, und sein Spiel inspirierte die Eagles. Bei seinem nächsten Angriff versenkte er einen langen Dreier und brüllte in Richtung Bank. Die Mannschaft wachte auf und hatte einen Zehn-zu-null-Lauf, der sie bis zur Halbzeit mit sechs Punkten in Führung brachte. A&T war in der zweiten Halbzeit völlig von der Rolle, vor allem weil Murray das Spiel dominierte. Er spielte siebenundzwanzig Minuten, erzielte mit fünfzehn Punkten das beste Ergebnis der Mannschaft und sang auf dem Rückweg lauter als alle anderen. Später am Abend rief er von seinem Wohnheimzimmer aus Ernie an und erstattete ihm eine halbe Stunde lang Bericht.

Ihr erstes Heimspiel fand am Montag, dem 11. Januar, statt, der Gegner war Coppin State. Miss Ida, Jordan und Ernie waren schon früh da, und Sooley besuchte sie vor Spielbeginn auf der Tribüne. Sie waren begeistert, weil Murray in der Startaufstellung stand. Es war erstaunlich, wie ein wenig Spielzeit bei Eltern die Stimmung hob.

»Er spielt besser, weil er dieses Mädchen los ist«, behauptete Miss Ida.

»Sie war bestimmt kein guter Einfluss, aber er spielt, weil er es verdient hat«, meinte Ernie.

Sooley äußerte sich nicht dazu. Robin hatte aufgehört, ihm Nachrichten zu schicken, und sich vermutlich ein neues Opfer gesucht. Als es Zeit zum Umziehen war, umarmte er Jordan und verabschiedete sich für die nächsten Monate. Für sie ging es am nächsten Tag zurück zu ihrem Jurastudium.

Murray gab ihnen reichlich Grund zum Jubeln. Gemeinsam mit Mitch Rocker beherrschte er das Rückfeld und nahm etwas Tempo aus dem Spiel, wie es mit Coach Britt abgesprochen war. Die Spieler von Coppin State waren klein, schnell und lauffreudig, hatten jedoch Probleme, aus dem Drei-Punkte-Bereich zu treffen. Murray holte sich in der ersten Halbzeit dreimal den Ball und steuerte sechs Vorlagen bei, und obwohl er nicht punktete, spielte er fünfzehn Minuten. Zu Beginn der zweiten Halbzeit versenkte er zwei lange Dreier, und von da an ging es für die Eagles nur noch bergauf.

Vier Tage später nahm das Team eine Chartermaschine nach Tallahassee, um gegen die Rattlers von der Florida Agricultural and Mechanical University, der FAMU, anzutreten. Das FAMU-Team war einer der Favoriten der Vorsaison und hatte vier Tage zuvor Howard zu Hause geschlagen. Die Central-Trainer hofften, dass sich die Mannschaft nach zwei Siegen hintereinander gefangen hatte und endgültig über den Berg war. Gegen Coppin State hatte die neue Aufstellung mit Murray als Guard und Jabari Nix als Forward unschlagbar gewirkt. FAMU war bekannt für aggressive Mann-Verteidigung und setzte die Eagles zu ihrer Überraschung ab dem Eröffnungs-Tip-off mit einer Ganzfeldpresse unter Druck. Murray und Mitch Rocker konnten sich kaum aus dem Pressing lösen, und die Offensive war aus dem Tritt. Bis sie im Mittelfeld durchgekommen waren, waren zehn Sekunden vorbei, und sie konnten ihre Spielzüge nicht ausführen. FAMU ging früh in Führung und ließ sie sich nicht mehr abnehmen.

Auf dem Rückflug prüfte Coach Britt die anderen Ergebnisse der Conference-Spiele, die zwar nicht überraschend, aber höchst unbefriedigend waren. Central war die erste MEAC-Mannschaft, die zehn Spiele verloren hatte. Zwei der Mannschaften in der Mid-Eastern Athletic Conference, nämlich Howard und FAMU, waren noch besser, als von den Experten erwartet. Mit sechs Siegen und zehn Niederlagen bei vierzehn noch anstehenden Conference-Spielen hatte er das mulmige Gefühl, dass sich seine Mannschaft im freien Fall befand, und er hatte keine Ahnung, wie er sie retten sollte.

Wieder zu Hause, aß er mit seiner Frau und den drei Kindern eine spätabendliche Pizza. Um elf ging er ins Bett, konnte erst nicht einschlafen, döste dann doch ein und wurde am Sonntagmorgen um halb vier durch den Anruf eines ehrenamtlichen Helfers geweckt. Vier seiner Spieler hatten hohes Fieber und Grippesymptome. Lonnie rief den Mannschaftsarzt an und sorgte dafür, dass die betroffenen Spieler sofort auf der Krankenstation der Universität betreut wurden. Dann informierte er die anderen Trainer und schickte sie für achtundvierzig Stunden in Quarantäne. Für Jason Grinnell, der bereits Fieber hatte, kam sie zu spät. »Das blöde Flugzeug war rappelvoll«, schimpfte Jason.

Samuels Stirn glühte, und er hatte Schüttelfrost, als Murray ihn in aller Eile zur Krankenstation schaffte. Der Grippeabstrich war positiv. Murray rief seine Mutter an, die ihn aufforderte, Samuel sofort zu ihnen nach Hause zu bringen. Murray selbst war noch nicht krank, aber das Virus verbreitete sich mit rasender Geschwindigkeit auf dem Campus, und sie wollte ihn von seinen Mannschaftskameraden fernhalten. Sie brachte Samuel im Keller unter, gab ihm Medikamente, schaltete das Licht aus und sagte, er solle die Augen zumachen. Gegen Grippe half ihrer Meinung nach, viel zu trinken und zu schlafen. Doch Schüttelfrost und Fieber hielten auch während der Nacht an, und an Schlaf war nicht zu denken.

Mit vier Spielern und einem Trainer weniger empfing Central am folgendem Montag Morgan State und spielte, als hätte ein furchtbares Virus die gesamte Mannschaft niedergestreckt. Morgan State war Durchschnitt, aber der Trainer gewieft. Er hatte Gerüchte über die Grippewelle gehört, registriert, dass sich nur sechs Central-Spieler aufwärmten, und seinen Spielplan in aller Eile auf möglichst schnellen Angriff umgestellt, um den Gegner zu überrennen. Es funktionierte, und zur Halbzeit lagen die Eagles zurück.

Sooley verfolgte das Spiel im Internet, fühlte sich aber so elend, dass ihm egal war, wer gewann – Morgan State mit achtzehn Punkten Vorsprung. Es war seine vierte Nacht im dunklen Keller, und ihm tat jeder Knochen weh. Er hatte das Fieber, die Kopfschmerzen, die Tomatensuppe gründlich satt. Ehrlich gesagt, hatte er auch genug von seiner selbst ernannten Krankenschwester, die alle halbe Stunde nach ihm sah. Zumindest kam es ihm so vor. Tagsüber rief sie ihn an. Ernie rief an. Murray rief an. Wie sollte er da schlafen?

Offenbar war der Grippetyp, der den Campus heimsuchte, besonders aggressiv. Zwei der vier Basketballer, Roy Tice und Duffy Sunday, erholten sich so weit, dass sie mit zu dem Spiel gegen Delaware State fahren konnten. Dmitri Robbins und Sooley dagegen nicht. Coach Grinnell blieb ebenfalls zu Hause, und das war auch gut so. Delaware State brachte den Eagles eine vernichtende Niederlage bei.

Zwei Tage später karrte derselbe Bus sie nach einer weiteren Blamage, einem miserablen Spiel gegen South Carolina State nach Hause. Es war ihre dreizehnte Niederlage, die fünfte in der Conference-Runde, und die Stimmung war am Boden. Coach Britt brüllte nicht einmal mehr.

Seinen Traum von einer neuen Aufgabe an einem größeren College hatte er auf Eis gelegt. Im Moment konnte er froh sein, wenn er überhaupt noch einen Job hatte.

38

Nachdem es morgens eine Woche lang still gewesen war, schloss Lonnie am Samstag in aller Früh seine Bürotür auf und stutzte, als er einen prallenden Ball hörte. Sooley war wieder da. Und es war Zeit, dass sie miteinander redeten. Er beobachtete ihn einen Augenblick und holte ihn dann vom Spielfeld. Sie setzten sich auf die leere Tribüne, während die ersten Sonnenstrahlen durch die Fenster drangen und auf den Boden fielen.

»Der Arzt sagt, du bist wieder fit«, begann Lonnie.

»Mir geht es gut, Coach. Es war eine lange Woche, aber jetzt ist es überstanden.«

»Wie viel hast du abgenommen?«

»Knapp fünf Kilo. Aber ich bin schon dabei, wieder zuzulegen.«

»Wie fühlst du dich?«

»Ich bin bei neunzig Prozent, Coach, und werde jeden Tag fitter.«

»Meinst du, du kannst spielen?«

»Natürlich. Meinen Sie ein richtiges Spiel?«

»Vielleicht. Es tut mir leid, wenn du dein Redshirt-Jahr verlierst, Sooley, und wir machen das nur, wenn du einverstanden bist. Aber du weißt ja selbst, in welcher Lage wir sind. Wir brauchen Hilfe. Wir brauchen eine neue Aufstellung. Vielleicht brauchen wir neue Trainer. Ich weiß es nicht. Ich fürchte, die Spieler stehen kurz davor aufzugeben.«

»Ich bin bereit, Coach. Redshirt sein ist blöd. Jede Menge Training und kein Spiel. Wann brauchen Sie mich?«

»Das weiß ich noch nicht. Wir spielen morgen Nachmittag hier. Eigentlich eine einfache Nummer, aber das sagt im Augenblick gar nichts. Rontae ist krank und außer Gefecht. Stell dich schon mal darauf ein und halte dich bereit.«

»Na klar, Coach. Sie können auf mich zählen.«

Allein bei dem Gedanken, dass er zum ersten Mal seit August

ein richtiges Spiel absolvieren würde, noch dazu sein erstes Collegespiel, war Samuel im siebten Himmel. Er warf mit neuem Elan Körbe – den ganzen Vormittag lang. Als er die Sporthalle verließ, weil er etwas essen musste, schneite es leicht. Er sah das als gutes Omen. Sein erster Schnee am Tag vor seinem ersten Spiel.

Auf dem Boden blieb nicht viel liegen, und die Straßen waren passierbar, obwohl nicht geräumt worden war. Trotzdem hatten viele Fans keine große Lust, sich an einem ungemütlich kalten Sonntagnachmittag nach draußen zu wagen, um sich zwei Mannschaften anzusehen, die ständig verloren.

Monate später würden Tausende behaupten, sie wären bei Sooleys erstem Spiel dabei gewesen, aber tatsächlich waren es eher fünfhundert.

Ihr Gegner war die University of Maryland Eastern Shore. Die Mannschaften waren gleich stark und punkteten in den ersten zehn Minuten abwechselnd. Kurz vor der Halbzeitpause kassierte Roy Tice sein drittes Foul, und eine Minute später war es auch bei Dmitri Robbins so weit. In der Pause flüsterte Coach McCoy Sooley zu, er solle sich bereit machen.

Bei Minute 6:20 pfiff der Schiedsrichter ein so absurdes Foul von Tice, dass Lonnie die Fassung verlor und sich sein zweites technisches Foul der Saison einhandelte. Auftritt Samuel Sooleymon, mit einem Stein in der Magengrube, der so groß war, dass er zuerst kaum Luft bekam. Um seine Nerven zu beruhigen, sprintete er bei der Verteidigung über das gesamte Spielfeld und rammte absichtlich seinen Gegner. Der Körperkontakt fühlte sich gut an. Allerdings verlor er ihn sofort wieder und musste zusehen, wie der andere den Ball völlig frei mit einem Sprungwurf versenkte. »Immer mit der Ruhe, Sooley«, brüllte Coach Britt.

Er versuchte, ruhig zu bleiben und seinen Mann in der Verteidigung im Griff zu behalten, rief sich die Spielzüge in der Offensive ins Gedächtnis und vermied jeden Ballkontakt. Er war in der

Zone, als der Point Guard zum Korb preschte und einen Floater warf. Sooley tauchte aus dem Nichts auf, sprang hoch und schmetterte den Ball ins Aus. Sekunden später versuchte sein Mann einen Sprungwurf von der Freiwurflinie, und Sooley schlug den Ball über den Pressetisch.

Das Wegschlagen und Ausboxen machte richtig Spaß, und die Bank von Central erwachte zum Leben. Sooleys erster Korb war ein perfekter Alley-oop von Murray, ein Spielzug, den sie im Training geübt hatten. Blickkontakt, ein schnelles Handzeichen von Murray, ein Sprint zum Korb, ein Slamdunk aus dem Bilderbuch.

Als er erst einmal ins Schwitzen geraten war, beruhigten sich Samuels Nerven wieder, und er merkte, dass er das Spiel kontrollieren konnte. Sein Verteidiger war nur 1,93 Meter groß, viel zu klein, um ihn zu stören. Er nahm einen Pass von Murray an, dribbelte zur Freiwurflinie und stieg hoch in die Luft. Der Sprungwurf war vom Ablauf her perfekt, aber der Ball prallte vom Ring ab.

In der ersten Halbzeit punktete er nicht mehr. Die Eagles führten mit acht Punkten, und in der Kabine ging es hoch her. Nach vier verlorenen Conference-Spielen in Folge war die Mannschaft fest entschlossen, den Sieg nach Hause zu bringen.

Die Legende von Sooley begann fünfzehn Minuten vor Ende der zweiten Halbzeit. Er kam für Dmitri als Power Forward ins Spiel und machte sich unter dem Korb breit. Murray verlor den Ball, erkämpfte ihn sich wieder, spielte ihn zu Mitch Rocker, der ihn sich wegschlagen ließ. Es folgte ein Handgemenge, als sich Spieler beider Mannschaften auf den Ball stürzten. Im Getümmel sprang der Ball weg, und Sooley fing ihn im Mittelfeld, als auf der Wurfuhr noch zwei Sekunden verblieben. Ohne zu zögern, sprang er hoch und zielte auf den Korb. Es war kein verzweifelter Versuch, dem Buzzer zuvorzukommen. Es war keine unkontrollierte Aktion. Nein, es war ein geschmeidiger, selbstbewusster, perfekter Sprungwurf aus einer Entfernung von knapp dreizehn Metern, der direkt ins Netz ging. Die Central-Bank tobte. Die kleine Zuschauermenge war außer sich. Als Sooley mit ein paar Freudensprüngen abdrehte und lächelte, unablässig lächelte, sah er Coach Britt an, der wie erstarrt mit weit offenem Mund da stand. Schließlich nickte der Trainer, als wollte er sagen »Weiter so«.

Das Spiel lief nicht im Fernsehen, aber jedes Spiel wurde aufgezeichnet, und »der Wurf« wurde für die Nachwelt festgehalten. Eine der ehrenamtlichen Hilfskräfte sollte das Video später posten, und es machte die Runde.

Melvin Montgomery, der Centerspieler aus dem dritten Collegejahr, holte sich einen Rebound und spielte einen Bodenpass zu Mitch Rocker, der sich Zeit ließ, um die Offensive zu organisieren. Sooley schubste seinen Mann, löste sich aus einem Block und tauchte tief in einer Ecke auf. Mitch spielte ihm den Ball zu, und er stieg hoch über seinen überforderten Verteidiger auf und warf direkt ins Netz.

Eine Minute später versenkte er seinen dritten langen Dreier hintereinander, und Eastern Shore nahm ein Time-out, um sich zu sammeln. Die kurze Pause half nichts. Sooley vergab den nächsten Wurf, schüttelte seinen Verteidiger mit einer gewieften Täuschung ab, zog unaufhaltsam ab und stopfte den Ball in den Korb.

»Ball zu Sooley!«, zischte Lonnie, als Mitch vorbeidribbelte. Wie geplant, drehte sich Sooley mit einem Spinmove an seinem Verteidiger vorbei, nahm einen Bodenpass an und warf sofort. Dabei sprang er hoch über den gegnerischen Centerspieler, um sicher zu treffen. Mit seiner Größe und erstaunlichen Sprungkraft zog er unerreichbar auf Korbhöhe ab.

Sooley beendete das Spiel mit siebzehn Punkten in vierzehn Minuten, sechs Rebounds, zwei Blocks und zwei Steals. In der Kabine ging es rund, als seine Teamkollegen und die ehrenamtlichen Helfer, ja sogar die Trainer ihren neuen Star und die neue Saison feierten.

Früh am Mittwochmorgen saß Sooley in der Sporthalle hoch oben auf der Tribüne und wartete auf den Anruf von Christine Moran. Er brannte darauf, seiner Mutter und seinen Brüdern von dem Spiel zu berichten, aber Christine meldete sich nicht. Er versuchte selbst anzurufen, doch sie war nicht erreichbar. Kein Empfang. Das geschah nicht zum ersten Mal, und er war nicht beunruhigt. Seine Familie war in Sicherheit, hatte zu essen, und seine Brüder gingen zur Schule, das war das Wichtigste. Auf seinem Handy scrollte er durch die vielen Fotos, die Ecko in Rhino Camp aufgenommen hatte, und sah sich das Video an, auf dem seine Mutter und seine Brüder in die Kamera sprachen und aufgeregt nach seinem neuen Leben fragten. Er hatte es schon hundertmal gesehen, aber es brachte ihn immer noch zum Lachen und Weinen.

Er schaltete das Licht ein und fing an zu werfen.

Bethune-Cookman hatte zwölf Siege und acht Niederlagen zu verbuchen, wobei die Mannschaft nur zwei Conference-Spiele verloren hatte. Den Buchmachern zufolge war die Mannschaft selbst bei einem Auswärtsspiel mit dreizehn Punkten Favorit und kam entsprechend selbstbewusst aus der Kabine. Das »Nest« hatte dreitausendfünfhundert Sitzplätze und war fast voll. Der überfüllte Studentenblock machte ordentlich Lärm. Sooley war nicht in der Startaufstellung, wurde aber sechs Minuten vor Ende der Halbzeit eingewechselt und wollte sofort den Ball haben. Übereifrig warf er einen langen Wurf völlig daneben, holte aber dafür den Rebound, den er Roy Tice zuspielte, der ganz nah am Korb stand und mit einem einfachen Dunk den Ausgleich erzielte. Als Sooley beim nächsten Mal zum Korb ging, verpasste er seinem Verteidiger mit dem Ellbogen einen kräftigen Stoß in die Niere, wirbelte herum, nahm einen Pass von Murray an und sprang zu einem fantastischen Wurf, der direkt im Netz landete, in Richtung Decke. Es war der erste Dreier des Spiels für Central, der erste von vielen.

Sooley warf mit dem Selbstvertrauen eines Weitwurfkönigs und war aus der Distanz praktisch nicht mehr aufzuhalten. Die Trainer hatten beschlossen, ihn von der Leine zu lassen und ihm grundsätzlich grünes Licht zu geben. Die alte Offensive war aus dem Takt. Also bauten sie eine neue auf, in deren Mittelpunkt Sooley stand.

Als er seinen dritten langen Dreier versenkte, nahm Bethune ein Time-out. Ihr bester Verteidiger war ein 1,93 Meter großer Small Forward mit blitzschnellen Händen. Er hängte sich vom Mittelfeld an hartnäckig an Sooley, während der Rest der Defensive nur darauf wartete, sich auf ihn zu stürzen. Sooley hielt mehr von guten Pässen als von langen Würfen und fing an, den Ball seinen frei stehenden Mannschaftskollegen zuzuspielen. Da alle fünf punkteten, hatte Central einen Vierzehn-zu-null-Lauf und führte zur Halbzeit mit einem Vorsprung von fünfzehn Punkten.

Sechzehn Minuten vor Schluss kam Sooley wieder ins Spiel und traf auf Anhieb aus einer Entfernung von zehn Metern. Von den Distanzwürfen hatte er fünf von acht versenkt. Als er sich das nächste Mal auf den Weg zum Korb machte, erwarteten ihn zwei Verteidiger, was ihm ein Lächeln entlockte. Alles brachte ihn zum Lächeln. Da sich der Gegner ganz auf ihn konzentrierte, beschloss er, sich vom Korb fernzuhalten, und lächelte, wenn Murray und Mitch Rocker durch die Zone preschten und dabei immer wieder den Ball Roy Tice zuspielten, der ungehindert Körbe machte. Als sich die Defensive zurückzog, um den Weg zum Korb zu schützen, ging Sooley wieder zu langen Dreiern über. Alles lief wie geschmiert, und Central setzte sich gegen Bethune mit einem Vorsprung von zwanzig Punkten bei zweiundneunzig Punkten insgesamt durch – Saisonrekord. Sooley hatte vierundzwanzig Punkte gemacht, ebenso wie Roy Tice. Außerdem hatte Sooley elf Rebounds geholt und damit sein erstes Double-double, zweimal zweistellig.

Fünf Tage später schlug Central bei einem Auswärtsspiel mühelos Norfolk State und verbuchte damit den dritten Sieg in Folge. Sooley machte zwanzig Zähler und blockte sieben Würfe.

39

Der Bruder von Coach Jason Grinnell, Hubert, hatte für Duke gespielt und war dort mittlerweile Assistenztrainer. Wie er es in jeder Saison mehrmals tat, organisierte Hubert Besucherausweise für seinen Bruder, der mehrere Jungen aus seiner Mannschaft zu einem Spiel im Cameron Indoor Stadium mitnahm. An einem Sonntagnachmittag fuhr Jason mit Murray, Sooley und Harry Greenwood zu einer landesweit übertragenen Partie gegen Louisville. Duke war mit zweiundzwanzig Siegen bei ebenso vielen Spielen ungeschlagen und schon lange vor Saisonbeginn die Nummer eins. Louisville rangierte auf dem vierten Platz und hatte nur zweimal verloren.

Sie kamen etwas früher und gingen durch die Zeltstadt, in der Studenten, die fünfzigtausend Dollar jährlich an Studiengebühren zahlten, tagelang kampierten, um Karten zu ergattern. Es war ein eindrucksvolles Bild, und Sooley musste an seine Mutter und seine Brüder denken, die bereits seit Monaten in einem Zelt lebten, mit dem sie zwar zufrieden waren, das aber auf unbestimmte Zeit ihre einzige Unterkunft war.

Drinnen besuchten sie das Duke Basketball Museum und die Athletics Hall of Fame, die in einem feudalen Nebengebäude des Stadions untergebracht waren. Das Gebäude enthielt die Trophäen der fünf US-College-Meisterschaftstitel und Bronzebüsten der großen All-American-Spieler Johnny Dawkins, Mike Gminski, Christian Laettner, Grant Hill, Jay Williams und Shane Battier. Es gab jede Menge zu sehen. Auf großen Bildschirmen und in interaktiven Videos liefen immer wieder besondere Höhepunkte. Hubert begrüßte sie und zeigte ihnen alles. Er führte sie zu dem nach Coach K, der eigentlich Mike Krzyzewski hieß, benannten Spielfeld und deutete auf Dutzende Meisterschaftsbanner und Trikots mit den Nummern berühmter ehemaliger Spieler, die nicht mehr vergeben wurden. Der Studentenblock war bereits voll besetzt, und die Cameron Crazies, wie die Fans genannt wurden, machten schon eine Stunde vor dem Spiel ordentlich Lärm.

Sooley, der im Amway Center in Orlando gespielt hatte, war überrascht, wie klein das Cameron Indoor Stadium war. Hubert lachte und erzählte die bekannte Geschichte, wie die Duke University zu Ehren ihres Trainers einen Palast mit zwanzigtausend Plätzen hatte errichten wollen. Aber Coach K hatte Nein gesagt. Die Halle brachte gegenüber jedem Gegner einen Vorteil von mindestens zehn Punkten. Wenn die neuntausenddreihundert Fans außer Rand und Band waren, konnten sie es problemlos mit einer doppelt so großen Menge aufnehmen. Jeder gegnerische Spieler musste sich insgeheim eingestehen, dass das nicht so einfach wegzustecken war.

Sie saßen zwei Reihen hinter der Duke-Bank, so nah, dass sie die Blue Devils fast anfassen konnten. Ehrfürchtig beobachteten sie das Aufwärmen vor dem Spiel, während die Halle vor Aufregung geradezu vibrierte. Die vier Studienanfänger, die in die NBA wechseln würden, Kevin Washington, Tyrell Miller, Akeem Akaman und Darnell Coe, erzielten bei Punkten und Rebounds zweistellige Ergebnisse, und die Hobbyexperten überlegten, ob in der ersten All-American-Mannschaft Platz für alle war. Debattiert wurde auch darüber, wer von ihnen beim NBA-Draft zuerst ausgewählt werden würde, aber es gab kaum Zweifel daran, dass sie alle in der ersten Runde weggehen würden. Sooley beobachtete sie voller Bewunderung und mit einer gehörigen Portion Neid. Sie waren in seinem Alter, bereits jetzt hervorragende Spieler und bald sehr wohlhabende Stars. Das keine fünf Kilometer entfernte »Nest« lag in einer anderen Welt.

Das Spiel erfüllte die hohen Erwartungen. Beide Mannschaften hatten jede Menge Talente und hervorragende Trainer und lagen zum Ende der ersten Halbzeit gleichauf. In der zweiten Hälfte profitierte Duke davon, dass so viele gute Spieler zur Verfügung standen und immer wieder gewechselt werden konnte, denn die Cardinals zeigten angesichts der hartnäckigen Verteidigung zunehmend Schwächen. Sechs Minuten vor Schluss geschah das Unausweichliche. Die Weitwurfspezialisten von Duke schlugen zu. In diesem Spiel waren es Tyrell Miller und Darnell Coe, die Louisville unter einem Hagel von Dreiern begruben. Die Menge wurde immer lauter, und manchmal konnte Sooley sich selbst nicht denken hören.

Es war ein Erlebnis, das er nie vergessen würde. Er genoss die Show, das Spiel, das Hin und Her zwischen den beiden großartigen Mannschaften, aber er war auch überzeugt, dass er selbst auf dieses Spielfeld gehörte. Es war Zeit, dass er spielerisch weiterkam.

Und er war nicht der Einzige, der so dachte. Huberts Bruder wusste noch nichts davon, aber er und ein weiterer Duke-Assistenztrainer hatten insgeheim schon überlegt, Sooley ein Angebot für einen Wechsel zu machen. Sie hatten die Gerüchte gehört, Videos studiert und wollten sich unauffällig ein Spiel im »Nest« ansehen. Wenn sie überzeugt waren, würden sie das Thema bei Coach K ansprechen.

Auf der Heimfahrt, bei der ihnen noch die Ohren dröhnten, unterhielt Coach Grinnell sie mit der Geschichte seines ersten und einzigen Spiels im Cameron. Er hatte vier Jahre lang am Wofford College gespielt, und bei einem dieser Spiele Anfang Dezember, das kinderleicht hätte werden sollen, hatten sie sich in der regulären

Spielzeit bis auf ein Unentschieden an Duke herangekämpft, verloren dann aber in der Verlängerung mit drei Punkten Rückstand. Er hatte einen Zehn-Meter-Wurf mit dem Buzzer vergeben, was ihm eigentlich nicht hätte passieren dürfen und ihn bis an sein Lebensende verfolgen würde.

Es schneite wieder, als sie zu ihrem Campus zurückkehrten, dem anderen College in Durham.

Als Howard anrollte, führte die Mannschaft in der MEAC mit nur einer Niederlage und hatte richtig gut gespielt. Die Buchmacher sahen sie mit neun Punkten als Favorit.

Coach Britt erwähnte das in der Kabine und erinnerte die Mannschaft natürlich auch an die Blamage vom 19. Dezember in Washington. Eine peinliche Niederlage mit einem Rückstand von einunddreißig Punkten. Es war Zeit für Revanche.

Drei gewonnene Conference-Spiele in Folge, ein neuer Star im ersten Collegejahr, das zog zunehmend mehr Zuschauer an. Das »Nest« war fast ausverkauft, als die Mannschaften auf das Spielfeld liefen, und die Central-Studenten machten sich lautstark bemerkbar. Die eisigen Temperaturen draußen schienen beide Mannschaften zu beeinträchtigen, und in den ersten beiden Minuten punktete keine von ihnen. Da bei Minute 15:20 überhaupt nur vier Punkte erzielt worden waren, nahm Coach Britt ein Time-out und brachte Sooley und Jabari Nix. Als Jabari einen Sprungwurf aus drei Metern vergab, ging der Rebound weit ins Feld, und Howard machte sich auf zu einem Fast Break. Der Point Guard setzte schon zu einem leichten Korbleger an, als Sooley scheinbar aus dem Mittelfeld dazwischensprang, den Ball hart gegen das Brett knallte, den Rebound holte und ihn Melvin Montgomery zuspielte, der nicht aufgerückt war. Er spazierte mit dem Ball zum Korb und versenkte ihn. Die Videoanalyse zeigte ein Goaltending bei Sooleys Block, aber die Schiedsrichter waren zu verblüfft gewesen, um es zu pfeifen. Der Trainer von Howard kochte vor Wut und wollte sich nicht beruhigen, wofür er schließlich ein technisches Foul kassierte. Als Mitch Rocker den Freiwurf ausführte, skandierten die Central-Studenten lautstark: »Sooley! Sooley! Sooley!«

Beim Einwurf nahm Sooley Blickkontakt mit Murray auf, der den Ball hatte, und lief zur Ecke. Murrays Pass war perfekt, und bevor ein Howard-Spieler reagieren konnte, stieg Sooley zu einem perfekten Sprungwurf aus einer Distanz von zehn Metern in die Höhe. Es folgten zwei weitere erfolgreiche Distanzwürfe, und die Fenster der alten Sporthalle klirrten.

Als Neuling wusste Sooley ganz genau, welche Regeln für ihn galten, und er wollte auf keinen Fall, dass es in der Kabine Gerede gab, weil er als aufsteigender Star den Ball nicht abgab. Er verzichtete darauf, noch einmal selbst zu glänzen, und spielte einen brillanten Pass zu Roy Tice, dem der Ball aber ins Aus ging. Die Uhr tickte, und es wurde immer klarer, dass keiner seiner Mannschaftskollegen einen Korb machen würde. Die Spieler von Howard waren groß, machten die Zone dicht und ließen nichts durch. Kein Problem. Sooley wich zurück, löste sich aus einem Block und machte seinen vierten Treffer direkt von der Dreierlinie. Die nächsten beiden Würfe vergab er und spielte wieder mehr Pässe. Bei Minute 3:35 wurde er für eine Verschnaufpause aus dem Spiel genommen und musste zusehen, wie Howard sechs Punkte erzielte. Eine Minute vor Ende der Halbzeit kassierte Roy Tice, der unter dem Korb knallhart war, sein drittes Foul, und Lonnie nahm ihn aus dem Spiel. Die Eagles waren drei Punkte im Rückstand und im Ballbesitz, sodass Murray auf Zeit spielte, um den letzten Spielzug vorzubereiten. Sein Pass wurde weggeschlagen, und der Ball rollte zu Sooley, der fast im Mittelfeld war. Sein Verteidiger wich zurück, um ihn zu einem Wurf zu provozieren, und Sooley ging acht Sekunden vor der Halbzeitpause darauf ein. Völlig frei stehend, stieg er in die Luft und warf einen hohen Ball zum Ausgleich.

Die Menge war außer Rand und Band, und als die Mannschaft in die Kabine lief, rief das Publikum im Hintergrund wieder: »Sooley! Sooley! Sooley!«

Er hatte vierzehn Punkte gemacht, vier Dreier und einen Dunk. Die Offensive bestand im Grunde aus ihm, und in diesem Moment waren seine Mannschaftskollegen gern bereit, ihm die Verantwortung für das Spiel zu überlassen. Die Trainer auch. Sie steckten abseits von den Spielern die Köpfe zusammen und einigten sich auf die Strategie: Hauptsache, Sooley bekommt den Ball.

Aller Augen hingen an ihm, als er in den ersten drei endlosen Minuten der zweiten Halbzeit auf der Bank saß. Als Coach Britt seinen Namen rief und er in Richtung Kampfgericht ging, war das Publikum hellwach. Howard auch, aber wie sollte man einen Distanzsprungwurf verteidigen, den ein 2,01 Meter großer Spieler, der über das Brett springen konnte, hoch über dem Kopf abzog? Er machte zwei Körbe, vergab einen, und als er den Ball zum dritten Mal versenkte – insgesamt war es der siebte Treffer bei neun Würfen –, nahm Howard ein Time-out. Der Coach kam zu dem Schluss, dass er nur durch Fouls aufzuhalten war, und zwar möglichst harte.

Sooley verbrachte den Großteil der zweiten Halbzeit an der Freiwurflinie und versenkte in aller Ruhe zehn von zwölf Würfen. Sein endgültiger Punktestand war neununddreißig, die Hälfte der gesamten Punkte, die seine Mannschaft erzielt hatte, und das drittbeste Ergebnis in der Geschichte des Colleges. Howard kehrte gedemütigt mit einer Zwölf-Punkte-Niederlage nach Hause zurück.

Später am Abend hatten Sooley und Murray großen Spaß auf Social Media. Die Central-Fans konnten sich gar nicht wieder beruhigen. Mädchen riefen an und hinterließen alle möglichen Nachrichten. Jemand hatte Sooleys Telefonnummer weitergegeben, und er wurde mit Textnachrichten überschwemmt.

Am Freitag, dem 12. Februar, ließen die Eagles die Vorlesungen ausfallen, um nach Baltimore zu fahren, mit dem Bus fünf Stunden. Um ein Uhr am folgenden Tag schlugen sie Coppin State mit einem Vorsprung von achtzehn Punkten. Sooley, der zu Spielbeginn auf der Bank saß, aber neunundzwanzig Minuten spielte, machte einunddreißig Punkte und blockte vier Würfe. Sie verbrachten zwei weitere Nächte in Baltimore und schlugen am Montag Morgan State bei einem wilden Schützenfest mit einem Vorsprung von fünfzehn Punkten. Die Eagles erzielten achtundneunzig Punkte, sechsunddreißig davon machte Sooley. Zu Hause schlugen sie am folgenden Samstag in der völlig überfüllten Halle South Carolina State mit einer Führung von vierzehn Punkten. Mit diesem Sieg, dem siebten in Folge, hatten sie nun ebenso viele Niederlagen wie Siege zu verbuchen, nämlich jeweils dreizehn. Obwohl die NCAA-Meisterschaften im März in greifbare Nähe rückten, war ihnen sehr bewusst, dass ihr misslungener Start nur schwer auszugleichen sein würde.

Coach Britt gab ihnen den Sonntag frei, bestellte sie aber trotzdem in die Sporthalle ein. Der Mannschaftsarzt hatte Routinechecks angeordnet. Sooley wog einhundertdrei Kilo, war fast 2,03 Meter groß und wuchs immer noch. In der Pressebroschüre vom vergangenen November war er mit fünfundneunzig Kilo und 1,98 Meter aufgeführt.

Am nächsten Tag zeigte Murray ihm, wie er seine Telefonnummer änderte.

40

Die Zelte waren nicht als Dauerunterkunft geeignet, was nach sechs Monaten in Regen, Wind und Sonne nicht mehr zu übersehen war. Die Regenzeit war vorbei, aber Wasser und Schlamm hatten den Stoff so verfärbt, dass sich die Reihen blütenweißer Zelte in ein Sammelsurium schmutzigbrauner Behausungen verwandelt hatten, die mit aus alter Kleidung geschnittenen Stoffstreifen, Plastikfetzen und Blech notdürftig repariert worden waren. Manche hingen durch, andere brachen völlig zusammen, wieder andere waren in neue Bereiche des ständig wachsenden Lagers verlegt worden, viele waren durch Verschläge aus Pappe und allem, was gerade verfügbar war, ersetzt worden. In der grellen Sonne lösten sich Nähte und Reißverschlüsse der Zelte zunehmend auf. Die Löcher zu flicken wurde zur täglichen Herausforderung.

Beatrice kaufte auf dem Markt drei leuchtend blaue Folien, eine für sich, zwei für ihre Freundinnen rechts und links von ihr, die sie über die Dächer drapierten und notdürftig mit Paketdraht befestigten. Die Planen waren ein Luxus, der rasch unerwünschte Aufmerksamkeit erregte.

Jeden Morgen standen sie früh auf und stellten sich an einer Essensausgabe in die Schlange. Nach dem Frühstück brachten sie und ihre Freundinnen die acht Kinder zu Fuß zur eine Stunde weit entfernten Schule. Ein Freund, ein älterer Herr von der anderen Seite der Lagerstraße, behielt ihre Zelte im Auge. Beatrice bezahlte ihn dafür mit Dosenfleisch.

Die Spannungen im Lager nahmen zu, weil die ethnischen Konflikte über die Grenze schwappten, während der Krieg in ihrer Heimat weiter tobte. Nuer, Bari und Azande machten die Dinka für den jetzigen Krieg, die Gräueltaten, die Vertreibungen verantwortlich, die sie in die Flüchtlingslager gezwungen hatten. Beschimpfungen waren an der Tagesordnung, und es kam immer wieder zu Schlägereien. Jugendliche und alte Männer schlossen sich zu Banden zusammen, die einander mit Stöcken und Steinen angriffen. Ugandische Soldaten wurden in die Lager entsandt, um die Gewalt im Keim zu ersticken, und ihre Anwesenheit wurde Teil des Lebens in Rhino Camp. Die Atmosphäre war aufgeladen vom Hass, dessen

Wurzeln viele Jahrzehnte weit zurückreichten, ein Pulverfass, das nur auf ein Streichholz wartete.

Als Beatrice und ihre Freundinnen eines Morgens von der Schule zurückkehrten, war nur scheinbar alles wie immer. Die begehrten blauen Folien waren an Ort und Stelle, aber die Zelte waren vollständig ausgeraubt. Die Diebe hatten die Rückseiten der Zelte aufgeschnitten, und Lebensmittel, Kleidung, Decken, Kissen, leere Wasserflaschen, die Central-T-Shirts und Souvenirs gestohlen, einfach alles. Ihr Wachmann, der alte Dinka von der anderen Straßenseite, war verschwunden.

Die drei Frauen gerieten nicht in Panik und behielten den Vorfall für sich, sonst hätten sie noch mehr unerwünschte Aufmerksamkeit erregt. Und wo hätten sie den Diebstahl auch melden sollen? Polizei gab es nicht, und die ugandischen Soldaten waren da, um Kämpfe zu unterbinden, nicht um ihre Zeit mit Kleinkriminellen zu verschwenden.

Wieder einmal flickten sie die Zelte notdürftig zusammen. Als sie allein in ihrem Zelt saß, brach Beatrice in Tränen aus.

Wie konnte jemand die Ärmsten der Armen bestehlen?

Central schloss den Februar mit drei weiteren Siegen ab – zu Hause über Norfolk State und Delaware State und auswärts über Eastern Shore. Bei den Conference-Spielen standen zwölf Siege gegen fünf Niederlagen, insgesamt war das Verhältnis sechzehn zu dreizehn, und jetzt mussten sie sich beim MEAC-Turnier durchsetzen, um an der NCAA-Meisterschaft teilnehmen zu können. Sooley erzielte durchschnittlich einunddreißig Punkte und acht Rebounds pro Spiel. Er hatte sich einen Platz in der Startaufstellung erkämpft und bekam zweiunddreißig Minuten Spielzeit, mehr als jeder andere mit Ausnahme von Mitch Rocker, der kaum jemals ausgewechselt wurde. Mittlerweile hatte sich ein System eingespielt, bei dem acht Spieler rotiert wurden, mit Murray und

Mitch Rocker im Vorfeld, Sooley und Roy Tice als Forwards und Melvin Montgomery als Center. Dmitri Robbins, Duffy Sunday und Jabari Nix saßen zunächst auf der Bank, wurden aber eingewechselt und bekamen reichlich Spielzeit.

Das letzte Spiel der Saison war ein Heimspiel gegen Florida A&M, mit fünfzehn Siegen und zwei Niederlagen Meister der regulären Saison. Das Spiel fand nachmittags am 5. März, einem Samstag, statt, und drei Tage zuvor unterbrach der Sportdirektor das Training mit der aufregenden Nachricht, dass der Sportkanal ESPN ins »Nest« kommen würde.

Die Nachricht versetzte den gesamten Campus in Aufruhr, und achttausend Studenten versuchten verzweifelt, Karten zu ergattern. Die Halle fasste nur dreitausendfünfhundert, und ein Viertel der Plätze war Dauerkarteninhabern vorbehalten. Coach Britt legte für jeden Spieler fünf Besucherausweise zur Seite. Sooley gab drei davon irgendwelchen Mädchen, mit denen er befreundet war.

Er war Gegenstand eines Dokumentarfilms, der vor dem Spiel erschien und die letzten neun Monate seines Lebens schilderte. Videoaufnahmen zeigten ihn, wie er in Orlando mit den Jungen aus dem Südsudan herumalberte, und es gab eine Archivaufnahme von Rhino Camp South. Der Reporter sprach über die Gewalt in seinem Heimatland, den Tod seines Vaters, die schwierige Lage, in der seine Mutter und seine Brüder waren. Zu diesem Thema hatte es eine Interviewanfrage gegeben, aber Coach Britt hatte sich dagegen ausgesprochen. Der Junge sollte nicht abgelenkt werden, und er wollte vermeiden, dass ein Spieler zu viel Aufmerksamkeit bekam. Sooley war mit allem einverstanden. Miss Ida hatte ihm dringend geraten, sich von Journalisten fernzuhalten, und Coach Britt war ganz ihrer Meinung.

Am Tag des Spiels trafen die Fans schon früh ein, und in den Gängen war kein Durchkommen mehr. Der Hausmeisterdienst hatte es geschafft, zusätzliche Sitzbänke für dreihundert weitere Zuschauer in die Halle zu quetschen, eine Maßnahme, die von der Stadt genehmigt werden musste. Die Bürgermeisterin von Durham hatte selbst an der Central University studiert, und der Sportdirektor besorgte ihr besonders gute Plätze.

Eine Stunde vor dem Tip-off legte die Band los, und die Studenten tanzten unter dem Brett. Die Cheerleader heizten die Stimmung an. Das Eagle Dance Team ließ die Hüften kreisen, die Schultern zuckten im pulsierenden Rhythmus der Musik. Im »Nest« war es noch nie so voll und so laut gewesen. Als FAMU zum Aufwärmen auf das Spielfeld joggte, wurden die Spieler mit einer donnernden Welle von Buhrufen empfangen. Sekunden später führte Mitch Rocker Central auf den Platz, und die Halle war außer Rand und Band. Nach dem ersten Aufschrei stimmten die Studenten sofort ihr mittlerweile übliches »Sooley! Sooley! Sooley!« an.

Er lächelte, scherzte mit seinen Mannschaftskameraden, übte seine Korbleger und Dunks und versuchte, das Tohuwabohu zu ignorieren. Ihm war klar, dass er unter genauer Beobachtung stand, und er hatte sich an die Aufmerksamkeit gewöhnt, aber oft war sie schwer zu ignorieren und brachte ihn ärgerlicherweise aus dem Konzept. Das Leben abseits vom Basketball war kompliziert geworden, was ihm gar nicht gefiel. Murray war zu seinem Berater und Beschützer geworden, der ihn wie ein Pitbull abschirmte – und ihm versicherte, in der Mannschaft sei niemand eifersüchtig. Im Gegenteil, alle seien begeistert, dass sie zehn Spiele hintereinander gewonnen und plötzlich einen Star hatten, der dreißig Punkte pro Spiel machte. Weiter so, Sooley!

Während der Nationalhymne beruhigte sich die Menge halbwegs, aber als die Startspieler der Eagles vorgestellt wurden, war es damit schon wieder vorbei. Die Fernsehkameras schienen allgegenwärtig. Hoch oben in den Ecken hingen ESPN-Banner.

Als ideale Eröffnung stellte sich Coach Britt einen langen

Dreier von Sooley vor, um in der Halle für die richtige Stimmung zu sorgen. Der Spielzug war sorgfältig eingeübt worden. Da Sooley mindestens fünfzehn Zentimeter höher sprang als Melvin Montgomery und jeder andere Center in der Conference, übernahm er jetzt den Tip-off. Im vierten Spiel hintereinander tippte er den Ball locker nach hinten zu Murray, der den Ball nach vorn brachte. Er deutete hierhin und dorthin, rief einen Spielzug auf, den es gar nicht gab, setzte ein frustriertes Gesicht auf und schüttelte den Kopf, ohne die Uhr aus den Augen zu lassen. Nach zwanzig Sekunden spurtete jeder der Eagles auf eine andere Position. Sooley drehte sich von der Freiwurflinie weg, sprintete zum Korb, löste sich von seinem Verteidiger, der von Roy Tice hart geblockt wurde, tauchte unter dem Korb mit einem Fuß über der Grundlinie auf, blieb in Bewegung, kam hinter einem anderen Block hervor und fing in der Ecke einen Bodenpass, während ein Verteidiger verzweifelt versuchte, ihn einzuholen. Aus dieser Position führte er einen perfekten Sprungwurf aus. Als der Ball unten aus dem Netz kam, war das »Nest« nicht mehr zu halten.

Die FAMU-Spieler brauchten einige Minuten, um sich an das Getöse zu gewöhnen, in dem sie weder die anderen Spieler noch ihren Trainer hören konnten, um ihren Rhythmus zu finden und sich nur noch auf das Spiel zu konzentrieren. In der Zwischenzeit fiel ein Dreier nach dem anderen. Beim zweiten Zug zum Korb spielte Mitch Rocker einen Pass hinter dem Rücken, den Sooley fing, um mit einem gewaltigen Sprung aus einer Entfernung von acht Metern zu werfen. Am anderen Ende verdaddelte FAMU die Zeit für den Wurfversuch, um den Ball dann ins Aus zu befördern. Bei Centrals drittem Ballbesitz vergab Murray einen kurzen Sprungwurf, setzte aber nach, holte seinen Rebound, spielte ihn nach außen zu Mitch Rocker, der so tat, als wollte er werfen, damit sein Verteidiger sprang, gab den Ball dann mit einem Pass an Sooley ab, der bestens verteidigt wurde. Das war völlig egal. Obwohl der

Verteidiger an ihm zog, sprang er hoch und machte seinen dritten Korb in Folge. Das offensichtliche Foul wurde vom Schiedsrichter gepfiffen, und Sooley verwandelte zu einem brillanten Vier-Punkte-Spiel. Er hatte in nicht einmal zwei Minuten die ersten zehn Punkte des Spiels gemacht.

FAMU vergab erneut, und Mitch Rocker brachte den Ball in Richtung Korb. Sooley tauchte aus dem Getümmel auf und nahm stehend gute zehn Meter vom Korb entfernt einen Pass an. Er täuschte einen Wurf an und schickte damit zwei Verteidiger hoch in die Luft. Dann preschte er zum Korb und legte Roy Tice den Ball für einen lockeren Dunk vor.

Beim Stand von 12:0 nahm FAMU ein Time-out.

Die Rattlers hatten nicht zufällig fünfzehn Spiele gewonnen und nur zwei verloren und verkürzten innerhalb von fünf Minuten auf 16:10. Nach seinen ersten dramatischen Dreiern aus der Distanz ließ Sooley nach und vergab die nächsten beiden. Bei einem kurzen Sprungwurf wurde er von seinem Gegner, einem guten Verteidiger, gefoult. Sooley beschloss, ein drittes Foul zu provozieren, das bei Minute 8:04 gepfiffen wurde. Als bei Minute 3:56 eine Werbepause fürs Fernsehen eingelegt wurde, führte Central mit 39:34, und es sah ganz nach einem klassischen Schlagabtausch aus. Wenn es so weiterging, würden beide Teams mindestens neunzig Punkte erzielen.

Zur Halbzeit führte Central mit 48:41. Sooley hatte neunzehn Punkte gemacht und fünf von neun Dreiern versenkt.

FAMU erzielte den Gleichstand bei sechzig Punkten. Sekunden darauf kassierte Sooleys Mann sein viertes Foul. Der Ersatzspieler war fünf Zentimeter kleiner und eine Klasse langsamer. Es war Zeit zu handeln. Murray warf Sooley an der Freiwurflinie den Ball zu, den er aus sechs Meter Entfernung versenkte. Beide Teams punkteten abwechselnd, und die Führung änderte sich ständig, weil die Verteidiger auf beiden Seiten erschöpft waren und nicht mehr mithalten konnten. Sooley merkte schnell, dass sein Mann ihm nicht gewachsen war, und forderte den Ball. Er warf zwei Dreier hintereinander, und plötzlich führte Central mit zehn Punkten. Um diese Führung war es aber schnell geschehen, als Sooley bei Minute 5:10 eine Pause einlegte. Mitch und Murray warfen abwechselnd daneben, und Lonnie brüllte sich heiser. Hören konnten sie ihn sowieso nicht. Vier Minuten vor Schluss nahm er ein Time-out, als Central mit zwei Punkten im Rückstand war. Sooley kam wieder ins Spiel, und der Blick seines Trainers sagte alles. »Hau die Dinger rein!«

Er machte zwei Körbe hintereinander, und die Studenten hielt es nicht mehr auf den Bänken. Er vergab einen Wurf, traf wieder, alles von weit hinter der Dreierlinie. Die Rattlers zeigten zu diesem ungünstigen Zeitpunkt Schwäche, was Central nutzte, um sie endgültig in die Pfanne zu hauen. Als Sooley seinen elften Dreier von insgesamt zwanzig versenkte, nahm FAMU ein letztes Time-out, um sich der Katastrophe entgegenzustemmen, aber es war zu spät.

Als der Buzzer ertönte, stürmten die Studenten das Spielfeld und feierten ausgelassen. Die Spieler wurden umringt und umarmt, mussten abklatschen und konnten sich der Liebe ihrer Fans kaum erwehren. ESPN war begeistert, nicht nur von dem spannenden Spiel, sondern auch von der Entdeckung eines echten Stars, den der Sender dem Rest des Landes präsentiert hatte. Sooley hatte siebenundvierzig Punkte, elf Rebounds und zehn Assists beigesteuert. Dreimal zweistellig, ein Triple-double.

Ein Moderator versuchte, ihn am Spielfeldrand zu interviewen, aber er wollte nur noch in die Kabine.

Gemeinsam mit Murray flüchtete er sich zu den Walkers, wo sie den Sonntagabend mit einer Pizza beschlossen. Das Leben im Wohnheim war zu kompliziert geworden. Ständig klopften Mädchen an seine Tür. Auf dem Campus musste er sich praktisch in der Sporthalle verstecken. Sechs Wochen zuvor hatte ihn in den Vorlesungen kaum jemand zur Kenntnis genommen. Jetzt gab er Autogramme und posierte für Fotos. Der zehnminütige Fußweg von einer Vorlesung zur anderen dauerte endlos, weil er einfach nicht in Ruhe gelassen wurde. Jeder wollte ein Foto, das gepostet werden, mit dem man angeben konnte. Sogar Journalisten riefen an. Social Media ignorierte er komplett.

Im Hobbyraum im Keller sahen sie zu, wie Duke gegen North Carolina bei einem Thriller mit zweifacher Verlängerung im Cameron Indoor Stadium die erste und einzige Niederlage der Saison kassierte. Dann lief in *SportsCenter* die Zusammenfassung, und sie warteten geduldig auf Highlights vom »anderen College in Durham«. Endlich kamen sie, und das Warten hatte sich gelohnt. Alle elf Dreier waren zusammengeschnitten, und Sooley war zu sehen, wie er aus allen möglichen Positionen Weitwürfe versenkte, was der Moderator begeistert kommentierte. Ein kurzer Clip zeigte die Cheerleader und die Zuschauer, die »Sooley! Sooley! Sooley!« skandierten, dass die Halle bebte.

»A Star is born«, verkündete der Moderator. Samuel war begeistert. Murray war stolz auf seinen Freund, aber er fing an, sich Sorgen zu machen.

41

Samuel zog bei den Walkers in den Keller, und Murray richtete sich wieder in seinem alten Zimmer im ersten Stock ein. Früh am Montagmorgen rief Ida Coach Britt an und beschwerte sich darüber, wie mit dem Jungen umgegangen werde. Er könne keine Vorlesung besuchen, könne nicht in seinem Zimmer im Studentenwohnheim bleiben, nicht in Ruhe in der Cafeteria essen, noch nicht einmal über den Campus gehen, ohne dass sich ein Schwarm von Bewunderern an ihn hänge. Lonnie war besorgt und versicherte ihr, Sooleys Wohlergehen habe für ihn oberste Priorität.

Vor dem Training traf sich Lonnie mit seinen Spielern aus dem letzten Collegejahr, Mitch Rocker, Roy Tice und Dmitri Robbins, und überlegte gemeinsam mit ihnen, wie sie mit dem Problem umgehen sollten. Wenn sie hart durchgriffen und Studentinnen und Fans aufforderten, Sooley in Ruhe zu lassen, wirkte ihr junger Star möglicherweise arrogant und undankbar. Wenn sie nichts taten, war die Versuchung bei den vielen Mädchen und anderen Ablenkungen für ihn vielleicht zu groß.

Sie beschlossen die Sache für den Augenblick zu ignorieren, weil sie ohnehin ein Auswärtsspiel hatten.

Am frühen Dienstagmorgen fuhr am Campus der Bus los, der sie zu der drei Stunden entfernten Stadt Norfolk bringen sollte, wo das MEAC-Turnier stattfand. Da die Spieler fast eine ganze Woche Vorlesungen verpassen würden, drängten die Trainer sie, im Bus zu lernen. Sie öffneten Laptops und Lehrbücher, setzten Kopfhörer auf und dösten umgehend ein. Als sie wieder wach waren, hörten sie Musik und spielten Videospiele.

Die acht besten Mannschaften der Conference traten in der Norfolk Scope gegeneinander an, einer Arena mit zehntausend Sitzplätzen, in der das Turnier bereits des Öfteren stattgefunden hatte. Der Sieger war automatisch berechtigt, an der NCCA-Meisterschaft, der March Madness, teilzunehmen. Alle anderen fuhren nach Hause.

Das Spiel begann Mittwochmittag, und schon vom Anpfiff an lief nichts wie erwartet. Der Tabellenerste FAMU, dem offenbar noch das Auswärtsspiel in Durham vom Samstag in den Knochen steckte, zeigte von Anfang an Schwächen. Die gegnerische Mannschaft, A&T, war Achtplatzierter, erzielte aber eine Trefferquote von siebzig Prozent und gewann mit einem Vorsprung von achtzehn Punkten. Eine Woche zuvor hatte FAMU mit einer Bilanz von vierundzwanzig Siegen und fünf Niederlagen die Teilnahme am NCAA-Turnier praktisch in der Tasche gehabt. Plötzlich mussten sie überstürzt aufbrechen, um einen früheren Flug zurück nach Tallahassee zu erwischen, und fragten sich, wie die Saison so aus dem Ruder laufen konnte.

Im zweiten Spiel erwies sich der Tabellensiebte, Norfolk State, gegen Howard, die Nummer zwei, als weit überlegen und schickte die Bison vorzeitig nach Hause.

Vor dem dritten Spiel hämmerte Coach Britt seinen Spielern ein, dass bisher alle Außenseiter gewonnen hatten. Selbst wenn die Buchmacher die Eagles gegen South Carolina State mit elf Punkten als Favoriten sahen, hieß das also gar nichts, und ihre Erfolge während der Saison zählten hier nicht. Die Botschaft kam an. Sooley machte in der ersten Hälfte fünfzehn Punkte, in der zweiten neunzehn, aber besonders stolz war er auf seine acht Assists, von denen fünf an Murray gingen, der achtzehn Punkte erzielte, mehr als je zuvor in seiner sportlichen Laufbahn. Sechs Eagles punkteten zweistellig, und die Trefferquote lag bei vierundsechzig Prozent. Es war ihr zwölfter Sieg in Folge.

Nummer dreizehn folgte am nächsten Tag, als sie Delaware State aus dem Turnier warfen.

Nach dem Spiel duschte die Mannschaft schnell und sah sich dann von der Tribüne aus die Partie Norfolk gegen A&T an. Am Samstag würden sie gegen den Sieger antreten, wenn es um den Titel und die Teilnahme an der March Madness ging.

Da ihr Campus ganz in der Nähe lag, wurde Norfolk State von einer großen lautstarken Fangemeinde unterstützt, und »The Scope« war beim Tip-off mehr als halbvoll. Die Eagles suchten sich einen freien Bereich weit oben auf der Tribüne und stärkten sich mit Pizza und Hotdogs, die die ehrenamtlichen Helfer besorgt hatten. Murray musste zur Toilette und wurde auf dem Rückweg zu seinem Platz von einem geradezu beängstigend freundlichen Fremden aufgehalten. Strahlendes Lächeln, perfekte Zähne, ausgestreckte Hand. »Hallo, Murray. Ich bin Reynard Owen von Team Savage. Haben Sie einen Augenblick Zeit?«

Es war ein Überfall, und Murray blieb nichts anderes übrig, als die ausgestreckte Hand zu schütteln. »Team was?«

»Team Savage. Wir sind eine Sportmanagementfirma in Miami.«

Murray gelang es, sich aus dem Griff zu befreien, und er wich einen Schritt zurück. Damit war er aber noch längst nicht aus dem Schneider. »Was für eine Firma haben Sie gesagt?«

»Sportmanagement. Wir vertreten Profisportler, in erster Linie Basketballer.«

»Ah, ich verstehe. Sie sind ein Agent.«

Reynard tat das mit einem noch breiteren Lächeln ab. »Nein, bin ich nicht, aber ich arbeite für einen.«

Murray trat einen weiteren Schritt zurück, als ihm klar wurde, was Sache war. »Alles klar, jetzt weiß ich, was hier läuft. Sie wollen über meinen Mitbewohner sprechen, können aber keinen Kontakt zu ihm aufnehmen, weil sie sonst gegen die NCAA-Regeln verstoßen und Ärger bekommen. Wer ist noch mal Ihr Chef?«

»Arnie Savage. Vertritt jede Menge große Namen.«

»Und die wären?«

Reynard zauberte eine Visitenkarte hervor. »Zu viele, um sie alle aufzuzählen. Sehen Sie sich seine Website an, jede Menge Stars. Meinen Sie, Sooley will mit uns reden?«

»Nein, will er nicht, zumindest nicht jetzt. Während der Saison sind solche Gespräche verboten, das wissen Sie. Ich weiß noch nicht mal, ob ich mit Ihnen reden darf.« Murray wollte ihm die Visitenkarte wiedergeben, überlegte es sich aber anders und steckte sie in die Hosentasche, falls er sie später noch brauchte.

Reynard, dessen Alltagsgeschäft das war, kannte alle Einwände und hielt ein Dutzend Routineantworten bereit. »Es spricht nichts dagegen, dass wir beide jetzt oder später miteinander reden, Murray. Der Junge stellt sich besser schon mal darauf ein, dass er am NBA-Draft teilnimmt.«

»Erzählen Sie mir nichts über Sooley«, sagte Murray, plötzlich genervt. »Ich verbringe seit August jeden Tag mit ihm, und wir trainieren gemeinsam. Ich habe miterlebt, wie er immer besser geworden ist, und kenne ihn besser als jeder andere.«

»Gut möglich, dass er ein Lottery Pick wird.«

»Wird er nicht! Was wissen Sie schon!«

»Das ist mein Geschäft.«

»Ach wirklich? Haben Sie überhaupt am College gespielt?«

»Community College in der Nähe von Chicago«, konterte Reynard ungerührt.

»Hören Sie, ich will ja nicht angeben, aber ich spiele auf diesem Niveau und weiß Bescheid. Niemand kennt Sooley so gut wie ich, und er ist noch nicht bereit für die NBA.«

Tatsächlich wurde in der Kabine getuschelt. Ein obskurer und nicht gerade zuverlässiger Scouting-Blog hatte Samuel Sooleymon nach dem Auftritt vom vergangenen Sonntag gegen FAMU als potenziellen neuen »One-and-Done«-Kandidaten gesehen. Allerdings kursierten im Internet immer die wildesten Geschichten. Murray wusste noch nicht einmal, ob sein Mitbewohner den Kommentar gesehen hatte. Aber es wurde geredet, und solche Gerüchte hielten sich hartnäckig, vor allem wenn ein Spieler praktisch aus dem Mittelfeld traf.

Reynard war ein gewiefter Profi und lächelte unerschütterlich. »Alles gut, wir werden uns doch hier nicht streiten. Sein Wert steigt mit jedem Spiel, und die Scouts haben ihn im Auge. Arnie Savage ist in seiner Branche der Beste. Behalten Sie uns einfach im Hinterkopf.«

Auch Murray lächelte. »Natürlich.«

Während er zu seinem Platz zurückkehrte, überlegte er, ob er Coach Britt von der Begegnung berichten sollte, entschied sich aber dagegen. Wenn Reynard recht hatte – und Murray hatte das Gefühl, dass es so war –, kreisten die Geier bestimmt schon.

Einen Monat zuvor, am 9. Januar, hatte Central den ersten großen Auswärtssieg eingefahren, in Greensboro gegen den härtesten Konkurrenten, North Carolina A&T. Es war ein überwältigender Sieg mit einer Führung von fünfzehn Punkten über einen völlig überforderten Gegner. Damals ahnte bei Central allerdings niemand, dass sechs der A&T-Spieler, davon drei Startspieler, mit einer üblen Lebensmittelvergiftung zu kämpfen und kaum die Kraft gehabt hatten, sich umzuziehen. Der Trainer beschwerte sich nicht, erwähnte es aber bei einem Routinetelefonat mit seinem alten Freund Lonnie am nächsten Tag. Nachdem sich A&T von der Vergiftung erholt hatte, spielte die Mannschaft eine respektable Saison mit achtzehn Siegen und zwölf Niederlagen, wobei das Verhältnis bei den Conference-Spielen neun zu neun war.

Am Donnerstagabend schlug sie Norfolk State in der Verlängerung und zog ins Finale ein. Am Samstagnachmittag trat sie gegen Central an, um sich das Recht zur Teilnahme am NCAA-Turnier zu erkämpfen.

Im sechsten Spiel hintereinander gewann Sooley mit Leichtigkeit den Tip-off und schlug den Ball zurück zu Mitch Rocker. Der geplante Spielzug funktionierte perfekt – bis der Ball vom Ring abprallte. Sooley vergab seine ersten vier Distanzwürfe und stellte die Korbwürfe komplett ein. Sein Verteidiger, Carson, war ein 1,98 Meter großer Power Forward, der ihn zwickte, festhielt, schubste und ständig Beleidigungen ausstieß. Er und Sooley stürzten sich gleichzeitig auf einen freien Ball und landeten ineinander verkeilt auf dem Boden. Zwei Schiedsrichter warfen sich dazwischen, um eine Schlägerei zu vermeiden. Beide Spieler standen auf, hätten sich aber offenkundig am liebsten weitergeprügelt. Die Mannschaften wurden getrennt, und beide Trainer redeten beruhigend auf ihre Spieler ein. Aber Sooley hatte die Lust am Spiel verloren. Er saß die verbleibenden zehn Minuten auf der Bank und schmollte, ohne ein einziges Mal sein typisches Lächeln zu zeigen. A&T führte mit acht Zählern. Er hatte nur zwei Punkte gemacht, einen billigen Putback.

Nachdem die Mannschaft weder in der eigenen noch in der gegnerischen Hälfte ihren Rhythmus fand, hatte Coach Britt in der Halbzeitpause ordentlich zu tun. Er stellte Sooley zur Rede, sagte ihm, er solle aufhören, den Beleidigten zu spielen wie ein Zehnjähriger, und sich endlich mental und körperlich einbringen. Sooley sollte die zweite Halbzeit nah am Korb beginnen und Carson zu Fouls verleiten.

Die beiden Guards von Central, Murray und Mitch Rocker, nahmen Tempo aus dem Spiel und sorgten dafür, dass der Rückstand nicht zu groß wurde. Bei Minute 14:20 führte A&T mit zehn Punkten, als Carson sein drittes Foul kassierte. Sooley beobachtete lächelnd, wie er zur Bank ging, und versenkte zwei Freiwürfe.

Es war Zeit für Distanzwürfe. Sooley verließ die Zone, befreite sich aus einem Block, nahm den Pass an, um in acht Meter Entfernung sein Dribbling abzubrechen und den ersten langen Dreier zu versenken. Sein Verteidiger, der im ersten offiziellen Collegejahr nach dem Redshirt-Jahr war, schien am Boden zu kleben. Murray schnappte sich den Einwurf und spielte seinem Zimmergenossen, der noch in der Nähe seines letzten Wurfpunkts stand, einen flachen Ball zu. Sooley traf erneut.

Carsons Boxenstopp war von kurzer Dauer. Bei Minute 12:40 stürmte er wieder auf das Spielfeld und rempelte Sooley sofort heftig an. Ein Schiedsrichter hatte das beobachtet und verwarnte ihn. Sooley lächelte nur und reagierte nicht weiter. Roy Tice erzielte durch einen kurzen Wurf mit Brett den Ausgleich. In der Verteidigung ließ Sooley Carson viel Platz, um ihn zu einem Wurf zu provozieren. Er war kein Korbjäger, aber da er völlig frei stand, blieb ihm keine Wahl. Sooley sprang hoch, schlug den Ball weg und lachte Carson ins Gesicht. Ein langer Rebound ging zu Mitch, der ihn mit einem Bodenpass an Murray weitergab, der sich wiederum zu einem Drei-gegen-Eins-Spielzug in der Mitte positioniert hatte. Sooley flitzte von links heran, nahm einen kurzen Bodenpass an und stieg zu einem Dunk hoch, als Carson ihn mit einem brutalen Bodycheck von hinten attackierte. Sooley knallte gegen die Korbpolsterung und landete hart auf dem Boden. Überall schrillten Trillerpfeifen, während die Schiedsrichter losrannten, um einen Krieg zu verhindern. Lonnie forderte lautstark ein technisches Foul, und die Bankspieler beider Seiten schoben sich immer näher an das Spielfeld heran.

Sooley sprang auf, lächelte und erklärte, es sei alles in Ordnung.

Die Assistenztrainer bugsierten ihre Spieler wieder dorthin, wo sie hingehörten, und die Lage beruhigte sich. Ein Schiedsrichter baute sich vor Carson auf und deutete zur Kabine. Es war ein unsportliches Foul, daran war nichts zu rütteln, und er war aus dem Spiel.

Sooley traf beide Freiwürfe. Beim Einwurf rief Lonnie einen Spielzug auf, den sie perfekt eingeübt hatten. Sooley löste sich von zwei Blocks, nahm den Ball tief in einer Ecke allein an und erzielte seinen vierten Dreier in diesem Spiel. Central führte mit einem Vorsprung von fünf Punkten.

Das unsportliche Foul und die Schlägerei, zu der es um Haaresbreite gekommen war, feuerten die Eagles an, und sie gaben richtig Gas. Nachdem sie dreizehn Spiele in Folge gewonnen hatten, alle mit zweistelliger Differenz, wussten sie, dass Spiel und Titel ihnen gehörten. Es war klar, dass ihr Star endgültig seine ideale Distanz gefunden hatte. Sieben Minuten vor Schluss wurde das knappe Spiel zu einer Schlappe für A&T, als die Verteidigung unter dem

Sperrfeuer von Sooleys Distanzsprungwürfen in die Knie ging, die er brillant mit einem unaufhaltsamen Zug zum Korb kombinierte. Letztendlich erzielte er achtundzwanzig Punkte, wurde als wertvollster Spieler des Turniers ausgezeichnet, und die Eagles gingen zum zweiten Mal in ihrer Geschichte als MEAC-Meister vom Platz.

Die Busfahrt nach Hause war eine einzige Party.

42

Der Sonntag, als der Tag des Herrn bekannt, war am 13. März vor allem Selection Sunday, an dem endgültig bestimmt wurde, welche Mannschaften bei der Collegemeisterschaft spielten. Um vierzehn Uhr öffneten sich die Türen zum »Nest«, und die Studenten strömten herein, um die Fernsehübertragung des Auswahlverfahrens mitzuerleben. Erst zum zweiten Mal in der Geschichte von Central hatte die Mannschaft es in die March Madness geschafft, und das wollten sie genießen. Zum Feiern gab es allen Grund. Schließlich hatten sie realistische Chancen, einen Preis zu holen, der in den nächsten Jahrzehnten in einer Vitrine in der Eingangshalle stehen und von künftigen Generationen bewundert werden würde. Das Publikum war gekommen, um sich zu bedanken, um zu feiern und um zu erfahren, wer die nächsten Gegner sein würden. Es stand außer Frage, dass die Mannschaft an der eigentlichen Meisterschaft teilnehmen würde. Mit dem Sieg vom Vortag waren die Eagles automatisch qualifiziert. Während andere noch bangen mussten, war die Teilnahme von Central gesichert.

Kleinere Colleges und weniger gut ausgestattete Sportabteilungen waren schon glücklich, wenn sie überhaupt zur größten Party im amerikanischen Sport eingeladen wurden. Dagegen hatten die Stammteilnehmer die Meisterschaft als drei oder vier zusätzliche

Spiele am Ende der jeweiligen Saison fest eingeplant. Für die anderen war es ein seltener Genuss, den sie voll auskosteten.

Coach Britt versammelte die Mannschaft zum Mittagessen in der Kabine. Während sich die Spieler einfanden, verfolgten sie mit einem Auge, wie die Experten von ESPN und CBS im Fernsehen über die Turnierbäume, die Brackets, spekulierten und alle möglichen Prognosen wagten. Wie das Komitee die achtundsechzig Mannschaften einordnen würde, war unmöglich zu erraten, aber davon hatten sich die Analysten noch nie beeindrucken lassen. Ein Wust von Daten wurde präsentiert. Unter anderem wurde mehrfach erwähnt, dass North Carolina Central zwar direkt qualifiziert war, aber mit zwanzig Siegen und dreizehn Niederlagen das schlechteste Ergebnis im Teilnehmerfeld hatte. Andererseits habe die Mannschaft vierzehn Auswärtssiege hintereinander geholt und verfüge über einen Star im ersten Collegejahr, der durchschnittlich dreißig Punkte pro Spiel erzielt habe. Diese Informationsbrocken wurden heruntergerasselt, weil niemand Central ernsthaft auf dem Schirm hatte. Schließlich gehörte das College zu den Historically Black Colleges and Universities, und solche Unis kamen im Turnier nie sehr weit. Der MEAC-Titel beeindruckte die Kommentatoren nicht weiter.

Die Geschichte der NCAA-Play-offs, die im Anschluss an die reguläre Saison ausgetragen wurden, begann 1939. Damals traten in einem K-.o.-System acht Mannschaften gegeneinander an. 1952 waren es schon sechzehn, 1978 zweiunddreißig. Da College-Basketball an Beliebtheit gewann und mit der Einführung von Dunks, Dreiern und Wurfuhr spannender wurde, wuchs das Turnier, das zunächst inoffiziell und dann offiziell als March Madness bezeichnet wurde, immer weiter. Im Jahr 2000 verdoppelte es seine Größe erneut, auf vierundsechzig Mannschaften, von denen sich die Hälfte durch den Gewinn des Conference-Titels direkt qualifizierte. Das war eigentlich genug, aber jedes Jahr gab es Kontroversen, weil einige Mannschaften außen vor blieben. 2011 wurde versucht, mit vier Qualifizierungsspielen für Mannschaften auf einem schlechten Tabellenplatz Abhilfe zu schaffen. Diese Vorrunde, die First Four, wurde in Dayton, Ohio, ausgetragen.

Wie alle Trainer wollte Coach Britt auf gar keinen Fall in die First Four. Das zusätzliche Spiel bedeutete eine lange Fahrt und weniger Vorbereitungszeit. Außerdem flogen die Play-in-Mannschaften, die sich dabei qualifizierten, zumeist in der ersten Runde aus dem Turnier.

Während er und seine Assistenten mit den Spielern Sandwichs und Pommes frites aßen, hörten sie sich die Kommentare der Experten an. Wie immer waren sie sich grundsätzlich nie einig, aber alle schienen davon auszugehen, dass Central ein Play-in-Spiel absolvieren würde, obwohl sich die Mannschaft direkt qualifiziert hatte. Die dreizehn Niederlagen der Eagles beschäftigten alle bis auf die Mannschaft selbst.

Das Team genoss die Atmosphäre und badete im Ruhm einer erfolgreichen Saison, vor allem nachdem der Start so danebengegangen war. Die Chance, die March Madness überhaupt mitzuerleben, war das Sahnehäubchen.

Lonnie hatte in den vergangenen fünf Saisons durchschnittlich einundzwanzig Siege zu verbuchen, und obwohl er mit den Gedanken bei seinen Jungen war, hatte der Traum von einem Wechsel neue Nahrung erhalten. Ihm ging ein Angebot nicht aus dem Kopf, das er in der Nacht zuvor auf Umwegen über einen alten Bekannten erhalten hatte. Für ihn werde eine Stelle als Co-Trainer an einem College der Atlantic Coast Conference organisiert, aber er müsse Sooley mitbringen. Lonnie war von dem Anruf so schockiert gewesen, dass er nicht einmal seiner Frau davon erzählt hatte. Sport kannte keine Loyalität.

Der Lärm draußen schwoll weiter an, die Tribüne tobte. Die Band spielte mit voller Lautstärke. Um drei Uhr war es Zeit für die Mannschaft, sich zu zeigen. Mitch Rocker nahm die Siegertrophäe des MEAC-Turniers und führte die Mannschaft durch den Tunnel in die Halle, wo sie auf einem Podium unter dem eingefahrenen Brett Platz nahm. Das Publikum brüllte in einer Lautstärke, die selbst die Spieler überraschte. Auf dem Spielfeld drängten Studenten in Richtung Bühne, wie außer Kontrolle geratene Fans bei einem Rockkonzert. Es dauerte lange, bis sie sich so weit beruhigt hatten, dass die Reden beginnen konnten. Der Präsident der Universität, ein Dekan und der Sportdirektor sprachen.

Die an der Decke befestigte Anzeigetafel hing hoch über dem Mittelfeld. Eine Jumbotron-Videoanzeige stand schon lange auf der Wunschliste, aber das war Zukunftsmusik. Vier große Bildschirme waren in den Ecken des Spielfelds montiert, und bevor Coach Britt zum Mikrofon griff, wurde ein zehnminütiges Video mit den Highlights der Saison gezeigt, die fast alle aus den letzten zehn Spielen stammten. Die Studenten kreischten jedes Mal, wenn Sooley wieder einen langen Dreier versenkte.

Coach Britt bedankte sich für die Unterstützung. Er und Mitch übergaben dem Sportdirektor die Siegertrophäe. Lonnie bat Sooley vorzutreten und überreichte ihm eine Tafel, die ihn als wertvollsten Spieler des Turniers auswies. Zum mindestens vierten Mal in der letzten Stunde brachten »Sooley! Sooley! Sooley«-Rufe die Fensterscheiben zum Klirren.

Als der Lärm nachließ, deutete Coach Britt auf das Mikro, aber Sooley wollte auf gar keinen Fall sprechen. Bei dem Gedanken, eine Rede zu halten, geriet er in Panik.

Dann folgte eine Pause, während alle auf die Ergebnisse des Auswahlverfahrens warteten. Um vier wurde es in der Halle still, und die Spieler nahmen ihre Plätze auf der Bühne ein. Die prominentesten Sprecher des Fernsehsenders CBS begannen mit der

Bekanntgabe der vier landesweit Bestplatzierten: Duke, Gonzaga, Villanova und Kansas. Dann folgten die Mannschaften für die First Four, bei der die schwächsten direkt qualifizierten Mannschaften gegen die schwächsten auf Einladung teilnehmenden Mannschaften antreten mussten: Cornell gegen UMass, DePaul gegen Iowa State, BYU gegen Creighton. Und die Gators der University of Florida sollten gegen die Eagles der North Carolina Central University spielen, die in der Tabelle auf dem sechzehnten Platz standen. Die Menge tobte vor Begeisterung. Die Spieler sprangen auf, klatschten ab und feierten die Entscheidung für die Kameras. Die Trainer fielen einander in die Arme, als hätten sie sich sehnlichst gewünscht, vor dem Spiel gegen Duke noch einen Abstecher nach Dayton einzulegen. Lonnie Britt lächelte breit, während er Jason Grinnell aus dem Mundwinkel zuflüsterte: »Was zum Teufel soll das?«

Grinnell lächelte zurück. »Sie nehmen uns einfach nicht ernst«, knurrte er dabei.

»Wir sind erledigt!«, warf Coach Ron McCoy mit eingefrorenem Lächeln ein.

Das Freudentheater fand schließlich ein Ende, und Team und Fans sahen sich den Rest der Selection an. Die Trainer setzten eine erfreute Miene auf und gaben sich hochzufrieden, aber sie fühlten sich ausgebremst. Ihnen blieb kaum Zeit für die Vorbereitung. Sie wussten nichts über die Florida Gators, außer dass die Mannschaft Kansas in der SEC/Big 12 Challenge geschlagen hatte und Kentucky Anfang Januar in der Rupp Arena. In einer sehr durchwachsenen Saison hatte Florida zweiundzwanzig Spiele gewonnen, zwölf verloren, in der Conference ebenso viele Siege wie Niederlagen eingefahren und im Turnierfinale Auburn fast geschlagen.

Lonnie Britt verschwand von der Bühne, um sich mit dem Sportdirektor zu besprechen. Die Reise musste in aller Eile geplant werden. Sie brauchten eine private Chartermaschine, obwohl das ihr Budget sprengen würde. Die übrigen Details waren noch völlig unklar.

Sie waren sich darüber einig, dass es ein ziemlicher Tiefschlag war, aber sie hatten es, wenn auch knapp, bis in die NCAA-Meisterschaft geschafft und mussten ihre Chance nutzen. Die Assistenztrainer hingen am Telefon und riefen andere Trainer, Scouts, frühere Spieler, Freunde an, jeden, der möglicherweise etwas über die Florida Gators wusste. Als sich die Halle nach dem Ende des Auswahlverfahrens leerte, verschwanden die Spieler in der Kabine und zogen sich für das Training um.

Um einundzwanzig Uhr wurden die ersten Wettquoten im Internet gepostet. Florida war mit sechsundzwanzig Punkten Favorit.

In der Nacht fegte ein Schneesturm über den Bundesstaat und legte ihn weitgehend lahm. Bei Tagesanbruch gab es auf dem Campus, wie fast überall im Großraum Durham-Raleigh, keinen Strom. Der Flughafen war geschlossen. Die Chartermaschine der Mannschaft war in Philadelphia gestrandet. Eine Option war, einen Bus zu mieten, aber die Straßen waren auf dem Weg nach Ohio zumindest auf den ersten hundertfünfzig Kilometern kaum passierbar, und niemand wollte gern den ganzen Tag im Bus verbringen. Die Sporthalle war dunkel und kalt, Training unmöglich. Coach Britt tigerte in eine Decke gewickelt in seinem Haus auf und ab, wartete, dass er wieder Handyempfang hatte, wartete auf Strom und Heizung, wartete, dass das verflixte Eis endlich schmolz, damit er seine Mannschaft aus der Stadt bringen konnte. Als er einen Blick nach draußen warf und feststellte, dass Schnee auf seine Terrasse fiel, hätte er fast geweint.

Gegen dreizehn Uhr öffnete der Flughafen Raleigh-Durham, aber der Betrieb blieb eingeschränkt. Es gab in der Gegend immer noch keinen Strom und kein Internet. Gegen fünfzehn Uhr funktionierte der Handyempfang teilweise wieder.

Kurz nach sechzehn Uhr fiel der Strom im gesamten Großraum Raleigh-Durham erneut aus.

Am Dienstag, dem Tag des Spiels, um acht Uhr morgens fuhr am »Nest« ein gemieteter Bus los. An Bord waren zehn Spieler, vier Trainer, vier ehrenamtliche Hilfskräfte, der Sportdirektor, zwei seiner Mitarbeiterinnen, der für die Sportkommunikation Verantwortliche, der Leiter der Basketballabteilung, ein Einzel- und Kleingruppentrainer, der Mannschaftsarzt, ein Fitnesstrainer und ein ehrenamtlicher Seelsorger. Zwei Stunden lang kamen sie auf der Interstate 40 nur im Schneckentempo voran, bis sie Raleigh hinter sich gelassen hatten. In Winston-Salem fuhr der Fahrer auf die Interstate 77 in nördlicher Richtung auf, wo es auf vereister Fahrbahn ebenfalls nur zäh voranging. Wie die anderen Trainer und die Hälfte der Spieler verfolgte Coach Britt ihre Fahrt auf einer Navigations-App auf dem Handy. Wenn nicht noch mehr schiefging, war voraussichtliche Ankunft in Dayton um achtzehn Uhr. Tip-off war um zwanzig Uhr.

Lonnie war sicher, dass in der wechselvollen Geschichte der March Madness keine Mannschaft jemals so schlecht vorbereitet gewesen war. Er hing die ganze Zeit am Handy und rief alle möglichen Bekannten aus der Basketballbranche an, um überhaupt irgendetwas über Spieler und Trainer der Gators zu erfahren. Seine Assistenztrainer taten dasselbe. Der Sportdirektor meldete einem Ansprechpartner beim NCAA, wo die Mannschaft steckte, und beschwerte sich erneut darüber, wie mit seinem Team umgegangen wurde. Dann rief er den Sportdirektor der Gators an und besprach mit ihm die Möglichkeit, das Spiel um eine Stunde zu verschieben. Die Spieler mussten sich dehnen, den Kopf frei bekommen, ein paar Körbe werfen, eine Kleinigkeit essen. Der Sportdirektor der Gators war einverstanden, aber der NCAA lehnte ab. Das hätte gegen den Vertrag mit dem Fernsehsender CBS verstoßen.

Die Gators waren am Montagnachmittag entspannt mit einer Chartermaschine in Dayton gelandet und hatten ausgiebig trainiert. Am Dienstagmittag waren sie zu einem lockeren Shootaround noch einmal in die Halle gegangen.

Die Eagles trafen um zehn nach sechs an der University of Dayton Arena ein. Ein lokaler Fernsehsender war über ihre Leidensgeschichte informiert worden und filmte, wie die Spieler endlich aus dem Bus stiegen. Coach Britt wollte sich nicht äußern.

In aller Eile zogen sie ihre rotbraunen Auswärtstrikots an und liefen auf das Spielfeld. Die Florida Gators hatten sich bereit erklärt, ihnen die Halle bis neunzehn Uhr zu überlassen, damit sie wenigstens kurz ungestört trainieren konnten.

Trotz der winterlichen Straßenverhältnisse, der Verzögerungen und der endlosen Busfahrt waren die Spieler bester Stimmung und konnten über ihr Missgeschick sogar lachen. Nachdem sie zehn Stunden lang eingesperrt gewesen waren, brannten sie darauf, sich zu dehnen, zu sprinten, Sprünge zu üben und Dampf abzulassen. Lonnie würde später von der besten halben Stunde Training in der gesamten Saison sprechen. Wieder in der Kabine, stärkten sie sich mit Energieriegeln und Sportdrinks und hörten über ihre Kopfhörern leise Musik. Ab und zu flüsterte jemand nervös, ein- oder zweimal war ein Lachen zu hören.

Als es losgehen sollte, rief Lonnie sie zu einem Huddle zusammen. »Zwei Dinge, Leute. Zwei Dinge möchte ich euch sagen. Erstens sehen uns die Experten als Außenseiter – mit sechsundzwanzig Punkten. Sechsundzwanzig. Das heißt, sie glauben, wir sind hier fehl am Platz. Wir sind nicht gut genug. Wir haben zu viele Spiele verloren. Es heißt, dass uns niemand ernst nimmt. Nicht das Publikum da draußen. Nicht die andere Mannschaft. Nicht das Auswahlkomitee. Niemand vom NCAA. Niemand von der Presse. Keiner der Fernsehmoderatoren. Niemand hat auch nur ein bisschen Respekt vor uns. Also werden wir ihn uns verdienen. Zweitens zu dem hier.«

Lonnie hielt ein Blatt Papier hoch. »Das ist aus der *Tampa Bay Times*, der größten Zeitung in Florida. Ihre Sportreporter berichten über die University of Florida. Gestern hat ein Journalist mit Jerry Biles, dem Cheftrainer der Gators, gesprochen. Ich kenne Jerry. Er ist in Ordnung.«

Mit dramatischer Miene blickte Lonnie auf den Artikel. »Thema ist das große Spiel vom Freitag in Memphis, bei dem Florida in der ersten Runde gegen Duke, den landesweit Tabellenersten, antritt. Dazu hatte Biles Folgendes zu sagen, ich zitiere: ›In der ersten Runde haben wir einen leichten Gegner, in der zweiten sieht es schon anders aus. Aber wir haben keine Angst vor Duke. Wir haben Kansas und Kentucky geschlagen und sind jedem Gegner gewachsen. Wir freuen uns schon darauf.‹«

Er ließ das Blatt sinken, sah seine Spieler empört an und wiederholte: »Einen leichten Gegner!« Er knüllte das Blatt zusammen und warf es weg. »Ein leichter Gegner, und sie reden jetzt schon über das Spiel gegen Duke in Memphis am Freitag. Als wäre das Spiel von heute schon vorbei. Als gäbe es uns gar nicht.«

Keiner rührte sich, alle schienen den Atem anzuhalten. Es war totenstill.

Er senkte die Stimme. »Ich vermute, diese Idioten haben uns nicht einmal gescoutet. Sorgen wir also dafür, dass sie ihr blaues Wunder erleben. Sooley, du bist nicht in der Startaufstellung. Du wirst nach drei Minuten eingewechselt, halte dich also bereit. Wir machen den Kobe 4-Point-Play, konzentriert euch also auf den Wurf.« Er legte die Handflächen aneinander. »Leute, uns nimmt vielleicht keiner ernst. Noch nicht. Aber draußen auf dem Spielfeld können wir dafür sorgen, dass sich das ändert.«

43

Florida sicherte sich beim Tip-off den Ball, und Central verlegte sich auf eine Halbfeldpresse, bei der die Eagles als Verteidiger mit allen Mitteln erbittert darum kämpften, dass ihnen die Angreifer die Laufwege nicht versperrten. Ein misslungener Sprungwurf prallte vom Ring ab, und Melvin tippte den Ball zu Mitch Rocker, der gemächlich in Richtung des gegnerischen Korbs spielte. Bei acht Sekunden auf der Wurfuhr vergab Murray aus gut sechs Meter Entfernung. Florida warf daneben, Central genauso. Beide Mannschaften waren extrem aufgedreht und nach wie vor nervös. Das Eis war gebrochen, als Murray einen Pass vergab, der zu einem leichten Fast Break führte. Florida hatte zwei 1,78 Meter kleine Guards im letzten Collegejahr, deren Schnelligkeit und Wendigkeit alles übertraf, was Central aus der MEAC kannte. Das erste Foul wurde bei Minute 16:38 gepfiffen, und Coach Britt rief nach Sooley. Er positionierte sich an der Freiwurflinie, sprintete nach fünfzehn Sekunden zum Korb, wehrte einen Block ab und stand tief in der Ecke frei. Der Pass von Mitch war perfekt, genau wie Sooleys Treffer.

Die beiden Tage völliger Ruhe erwiesen sich als Vorteil, denn Lonnie hatte die Eagles noch nie so leidenschaftlich erlebt. Der Schneesturm war ein Segen gewesen. Sie spielten die beiden Centerspieler der Gators aus, und die beiden Guards trafen nicht. Als Sooley den dritten Dreier versenkte, ertönte die Trillerpfeife zur ersten Werbepause. Central führte mit 11:6 Punkten, und Florida schien aus dem Konzept zu sein. Im Huddle hämmerte ihnen Coach Britt noch einmal ein, dass sie als krasse Außenseiter weder von Florida noch von sonst jemandem ernst genommen würden. Sie müssten sich also beweisen.

Florida nahm keine Änderungen vor und schien darauf zu warten, dass Sooley Schwäche zeigte. Vergeblich. Er vergab seinen vierten Versuch, machte seinen fünften Korb aus einer Entfernung von achteinhalb Metern und schickte dann seinen Verteidiger mit einer Täuschung ins Leere, während er zum Korb preschte und den Ball Roy Tice zuspielte, der ihn mühelos hineinstopfte. Es stand 16:8, und Florida nahm ein Time-out.

In den vierzehn Spielen, bei denen er zum Einsatz gekommen war, hatte Sooley siebenundvierzig Prozent seiner Dreier versenkt, das zweitbeste Ergebnis in den USA. Er hatte keine bevorzugte Position. Er traf tief aus der Ecke, im Fadeaway und fast aus dem Mittelfeld. Schon vor vielen Spielen hatten die Trainer von Central erkannt, dass angesichts einer Offensive, der es an Weitwurfspezialisten mangelte, der beste Spielplan war, Sooley nach Lust und Laune werfen zu lassen. Abgesehen von seiner Präzision war besonders tödlich, dass er seinem Wurf oft nachging und lange Rebounds holte, die er dann in leichte Assists nah am Korb verwandelte.

Die Gators gingen zu ihrer Box-and-One-Verteidigung über und setzten einen 1,96 großen aggressiven Verteidiger auf Sooley an. Wann immer Sooley den Ball bekam, warf er oder täuschte einen Wurf vor. Für den Verteidiger waren die Finten fatal, da er entweder darauf hereinfiel oder Sooley foulte, wenn er zum Korb zog. Zur Halbzeit hatte er vierundzwanzig Punkte aus sechs langen Dreiern und sechs Freiwürfen. Central führte mit 41:30, doch die Eagles spielten besser, als es der Punktestand vermuten ließ. In der Kabine attackierte Coach Britt wieder unermüdlich die Fachleute, die so wenig von seinen Spielern hielten. Er forderte die Jungen auf, in der zweiten Hälfte noch härter zur Sache zu gehen.

Florida blieb bei der Box-and-One-Verteidigung, setzte aber einen anderen Verteidiger auf Sooley an. Er war genauso ineffizient wie seine beiden Vorgänger. Als Sooley zwei kurze Sprungwürfe versenkte und das Publikum mit einem Alley-oop hinter dem Rücken zu Melvin begeisterte, nahm Florida erneut ein Time-out.

Ihr Coach starrte ungläubig auf die Anzeigetafel. 50:34. Die Gators ließen immer mehr nach und keiften sich gegenseitig an. Für sie ging eine Welt unter, und es gab nichts, was sie dagegen tun konnten.

Als Central neun Minuten vor Schluss mit zwanzig Punkten in Führung lag, sah Sooley endlich die Chance für ein Manöver, mit dem er ein bisschen angeben konnte, das er aber noch nie in einem Spiel versucht hatte. Im Training hatte er es mehrfach ausprobiert, mit wechselndem Erfolg. Das Spiel war noch nicht entschieden, Florida hatte immer noch Zeit für einen Lauf, und er wollte auf keinen Fall, dass sich seine Gegner von irgendwelchen Spielereien inspirieren ließen. Allerdings verfügte er über ein ganzes Repertoire von Tricks und unkonventionellen Würfen, die er auf den Erdplätzen von Lotta gelernt hatte.

Was hatte er schon zu verlieren? Die Südsudanesen waren für ihre mutige, riskante Spielweise bekannt, und wenn der Spielzug funktionierte, würde *SportsCenter* ihn als Top-Highlight der First-Four-Spiele zeigen.

Mit dem Rücken zum Korb nahm er an der Freiwurflinie einen Pass an. Mit beiden Händen feuerte er den Ball über den Kopf, ein flacher Wurf, der keine Chance hatte, in den Korb zu gehen. Sollte er auch nicht. Er wirbelte herum, hakte seinen Verteidiger ein und fing den Ball in der Zone, nachdem er mit Wucht vom Brett abgeprallt war. Melvin erkannte den Spielzug und ging in Position. Sooley, der immer noch geradezu schwerelos in der Luft zu schweben schien, hielt den Ball für einen Sekundenbruchteil und ließ ihn dann in einem weichen Pass in Richtung Korb driften, während Melvin hinter den verwirrten Centerspielern der Gators hochsprang und den Ball in den Korb schmetterte.

Das Kampfgericht war ebenfalls verwirrt, konnte den Spielzug letztendlich aber nur als Fehlwurf gefolgt von einem Assist werten. Das war Sooley egal. Und Lonnie auch. Es waren noch einmal zwei Punkte, die die Moral der Gators brachen. Florida nahm ein weiteres Time-out, während die Eagles über Sooley herfielen, und die Menge tobte.

Sechs Minuten vor Schluss warf Sooley von der Dreierlinie, setzte nach, vergab und musste zusehen, wie ein langer Rebound zu einem einfachen Korb für die Gators wurde. Sie erhöhten den Druck auf dem gesamten Spielfeld und zwangen Murray, einen Ball ins Aus zu spielen. Es folgte ein Zehn-zu-null-Lauf, und die Bank der Gators wurde wach. Bei Minute 3:35 und einem Stand von 66:56 nahm Lonnie ein Time-out und beruhigte seine Spieler erst einmal. Er fragte Sooley, ob er eine Pause brauche, was dieser verneinte. In der zweiten Halbzeit wollte er keine Pause machen.

Die Eagles hatten ihre vierzehn Spiele in Folge nicht wegen ihrer geordneten Offensive gewonnen, und Lonnie hatte nicht vor zu experimentieren. Da jeder Verteidiger Sooley im Auge behielt, traf Mitch Rocker völlig frei einen Dreier, und dreißig Sekunden darauf gelang Murray dasselbe. Florida drängte mit aller Macht mit dem Ball zum Korb, machte viel Druck und hatte schnell keine Kraft mehr. Sooley dafür umso mehr. Bei Minute 1:40 traf er seinen neunten Dreier und brachte die Eagles mit 80:63 unerreichbar in Führung. Florida vergab einen Wurf, und der Rebound landete bei Murray, der nicht einmal daran dachte, Zeit zu schinden. Er spielte den Ball mit einem Bodenpass quer über das Spielfeld zu Sooley, der zehn Meter vom Korb entfernt völlig frei stand und entweder Zeit totschlagen oder zum Korb preschen konnte. Er tat keins von beiden, sondern warf seinen zehnten Dreier.

Sein Auftritt beherrschte die CBS-Zusammenfassung des Spiels, die dem Land einen ersten Eindruck von dem sensationellen College-Neuzugang bot. Der No-Look-Pass zum Brett war eines der großen Highlights, und die Moderatoren schüttelten ungläubig die Köpfe. Er hatte sechsundvierzig Punkte gemacht und war damit Siebter auf der historischen Turnierliste, allerdings mit weitem

Abstand zum scheinbar unerreichbaren Rekord von Austin Carr von Notre Dame. In einem Spiel gegen Ohio hatte Carr 1970 einundsechzig Punkte gemacht, und das vor Einführung des Dreiers. Das eingerechnet hätte Carr fünfundsiebzig Punkte gemacht.

Sooley hatte von der Freiwurflinie zehn von zweiundzwanzig Dreiern und acht von neun Freiwürfen getroffen, bei elf Rebounds, sechs Assists, vier Steals und vier Blocks in fünfunddreißig Minuten.

Es war der erste Sieg überhaupt von Central in diesem Turnier, und er trug viel dazu bei, dass das Eis in Durham endgültig schmolz. Überall auf dem Campus und in den umliegenden Studentenwohnheimen wurde spontan gefeiert. Die Lokale waren überfüllt, es ging hoch her, und überall auf den Straßen wurde die ganze Nacht hindurch »Sooley! Sooley! Sooley!« skandiert.

44

Die Trainer trafen sich pünktlich um 7.30 Uhr zum Frühstück im Hotelrestaurant. Sie setzten sich in einer der hinteren Ecken zusammen und tranken Kaffee, während sie auf die Speisekarten warteten. Alle vier strahlten über das ganze Gesicht. Lonnie legte sein Handy mitten auf den Tisch. »Alle Telefone hierher, ausgeschaltet. Meins vibriert ununterbrochen.« Die anderen drei Geräte landeten auf dem Tisch.

»Sooley hat mich heute Morgen um sechs angerufen«, sagte Jason Grinnell. »Natürlich in einer der kurzen Phasen, in denen ich tatsächlich geschlafen habe.«

»Was wollte er?«, fragte Lonnie.

»Heute ist Mittwoch, und er spricht jeden Mittwochmorgen um sieben mit seiner Mutter.«

»Er hat dich aber nicht geweckt, um dir das zu sagen«, meinte Ron McCoy.

»Hör zu. Er sagte, er hätte einen Traum gehabt, einen Albtraum, in dem es Probleme mit einem Flugzeug gab, und das wäre ein schlechtes Omen, und wir sollen mit dem Bus nach Memphis fahren. Der Junge scheint mir ziemlich abergläubisch zu sein.«

»Spart uns sechzigtausend Dollar für die Chartermaschine«, stellte Lonnie fest. »Der Sportdirektor wird begeistert sein.«

»Die Ehrenamtlichen können nach den Spielen seine Socken nicht finden«, warf McCoy ein. »Er nimmt sie mit.«

»Stimmt«, erklärte Grinnell. »Murray sagt, er wäscht sie selbst und hängt sie am Fenster auf. Angeblich macht er das seit seinem ersten richtigen Spiel so.«

»Hauptsache, die Socken werden gewaschen.«

Eine Kellnerin brachte ihnen die Speisekarten. »Mir gefällt der Gedanke«, sagte Lonnie, als sie wieder gegangen war. »Wir nehmen den Bus und fahren gar nicht erst nach Hause. Ich will Sooley vom Campus fernhalten, von dem ganzen Trubel. Letzte Nacht habe ich fünfzig E-Mails von Reportern bekommen, von anderen Trainern, von alten Freunden, die sich seit Monaten nicht gemeldet haben. Jeder will im Augenblick an den Jungen rankommen.«

»Murray sagt, die Mädchen treiben ihn in den Wahnsinn«, sagte Jackie Garver.

»Davon können wir nur träumen.« McCoy lachte.

»Sagt den Ehrenamtlichen, sie sollen die Spieler schlafen lassen. Wir fahren gegen elf los, dann haben wir jede Menge Zeit für die Fahrt nach Memphis.«

»Mit dem Bus?«

»Ja. Wenn Sooley Bus fahren will, fahren wir Bus.«

Duke gegen Central. Die Nummer eins gegen die Nummer sechzehn, die sich ihre Teilnahme erst durch ein Play-in-Spiel endgültig gesichert hatte. Nie in der Geschichte des Turniers hatte eine Nummer sechzehn eine Nummer eins geschlagen. Nummer fünfzehn, vierzehn und dreizehn übrigens auch nicht.

Duke gegen Central, das andere College in Durham. Duke, der fünfmalige nationale Meister mit zweiunddreißig All-American-Spielern, einundvierzig Turnierteilnahmen, sechzehn Conference-Meisterschaften, zum jetzigen Zeitpunkt zweiundzwanzig Wochen hintereinander auf Platz eins und so weiter. Central am anderen Ende der Stadt hatte nichts Vergleichbares vorzuweisen.

Duke mit Studiengebühren von mittlerweile fünfzigtausend Dollar, einer Vermögensmasse von acht Milliarden Dollar, einem Dutzend gestifteter Lehrstühle, einer Abschlussquote von fünfundneunzig Prozent, besten Rankings in Medizin, Jura, Maschinenbau, Geistes- und Naturwissenschaften, milliardenschweren Forschungsstipendien und so weiter.

Reich gegen arm, privat gegen staatlich, Elite gegen Emporkömmlinge.

Für die Kommentatoren war die Geschichte ein gefundenes Fressen.

Und jeder wollte Sooley sehen.

Das FedEx Forum. Die Heimat der Memphis Grizzlies und Austragungsstätte des South-Regional-Turniers. Die Fans aus dem nahen Arkansas strömten in die Stadt, um zuzusehen, wie ihre geliebten Razorbacks im ersten Spiel Indiana State mit Leichtigkeit aus dem Turnier warfen. Das hob die Stimmung noch mehr, und in der zweiten Runde brannten die Fans darauf, im Spiel gegen Duke zu zeigen, was sie von der mächtigen Atlantic Coast Conference hielten. Alle achtzehntausend Plätze waren besetzt, und nur eine Handvoll Zuschauer waren Getreue der Blue Devils. Als die Nummer eins auf das Spielfeld kam, wurde sie von Buhrufen begrüßt. Sekunden später schlug die Stimmung völlig um, und die Menge skandierte »Sooley! Sooley! Sooley!«, als Central aus der Kabine kam.

Für Samuel war es ein verstörender Augenblick. Natürlich freute er sich, solche Begeisterung auszulösen, aber er hatte das Gefühl, unter ständiger Beobachtung zu stehen. In den vergangenen zwei Tagen hatte er jede Kamera ignoriert und nur mit seinen Trainern und Mannschaftskollegen gesprochen. Sie alle sahen *SportsCenter* im Fernsehen und folgten dem Sturm auf Social Media. Sie waren entschlossen, möglichst viele Ablenkungen von ihm fernzuhalten.

Er lächelte, dehnte sich und versuchte, das Publikum zu ignorieren. Mit einem Seitenblick auf die Duke-Spieler am anderen Ende des Spielfelds fragte er sich, ob sie genauso nervös waren wie er. Sie schienen kein Lampenfieber zu kennen und wirkten allesamt ruhig, entspannt und selbstbewusst. Sie waren es gewöhnt, ausgebuht und beschimpft zu werden, und sahen die lautstarke Ablehnung bei Auswärtsspielen als Ansporn. Mit dem Wahnsinn im Cameron Indoor Stadium war dies nicht zu vergleichen, aber sie spielten auswärts immer in feindseligen, überfüllten Stadien. Es war Teil der Duke-Legende. Die Blue Devils gegen den Rest der Welt.

Sooleys Verteidiger war Darnell Coe, ein 2,03 Meter großer Small Forward, der zwölf Punkte pro Spiel machte und als der beste Duke-Defensivspieler seit Shane Battier galt. Sooley warf ein paar Blicke auf Coe und versuchte dann, ihn zu ignorieren. Coe schien sich wie alle Duke-Spieler nicht für die gegnerische Mannschaft zu interessieren.

Da Central auf dem schlechteren Tabellenplatz stand, wurde die Mannschaft zuerst vorgestellt und begeistert begrüßt, während »Sooley!«-Rufe den Sprecher übertönten. Die Duke-Startspieler wurden lautstark ausgebuht, ließen sich aber nicht aus dem Konzept bringen. Im Mittelfeld gönnten sie den Eagles keinen Blick.

Ihr Center, Akeem Akaman, war 2,08 Meter groß. Als er mit finsterer Miene zum Tip-off antrat, sprang Sooley blitzschnell hoch und schlug den Ball nach hinten zu Mitch Rocker.

Centrals erster Spielzug war einfach. Es gab nur einen einzigen Grund, warum sie so weit gekommen waren – Sooley und dessen Weitwürfe. Genau darauf setzten sie. Das war der Faktor, der über Erfolg oder Niederlage entschied. Er positionierte sich an der Freiwurflinie, sprintete tief in die gegnerische Hälfte, nahm einen Bodenpass von Mitch an und dribbelte den Ball. Er war gut zehn Meter vom Korb entfernt, und Coe ließ ihm Raum, als wollte er ihn zu einem Wurf provozieren.

Sooley sprang hoch und warf. Er setzte nicht nach, sondern wich zurück und war schon hinter dem Mittelfeld, als der Ball unten im Netz landete. Das quittierte er mit ein paar Sprüngen und schwenkte die Arme. Die Menge war nicht mehr zu halten.

Duke hatte keine Schwächen. Akaman und Kevin Washington waren in der Lage, das Spiel unter dem Korb zu beherrschen, Coe, Tyrell Miller und Toby Frost trafen von jeder Position aus. Central hatte nicht genügend Spieler auf der Bank, um ein hartes Spiel mit vielen Fouls zu überstehen, aber keine Mannschaft konnte es sich leisten, der Duke-Offensive Raum für ihr eigenes Spiel zu lassen. Coach Britt hatte entschieden, hart zu spielen, und konnte nur hoffen, dass die Schiedsrichter großzügig waren.

Frost vergab den ersten Wurf, und Roy Tice holte sich blitzschnell den Rebound. Mitch joggte mit dem Ball nach vorn, wobei er und Murray den Ball hin- und herpassten, und nach fünfzehn Sekunden fegte Sooley erneut in die gegnerische Hälfte, nahm den Ball an und warf, diesmal aus nur 9,75 Meter Entfernung. Direkt ins Netz. Die Fans waren im siebten Himmel.

Der Plan war, Sooley seine langen Dreier machen zu lassen, bis er einen vergab. Nach einem Korb von Akaman brachte Mitch den Ball schnell nach vorn und spielte ihn, als nur noch zehn Sekunden für einen Wurf auf den Korb blieben, Sooley zu, an dem Coe ganz dicht dran war. Er täuschte einen Pass an und sprang dann in einer Entfernung von neun Metern. Als sein dritter Wurf ins Netz ging, bebte das Forum.

Duke ließ sich nicht aus dem Konzept bringen und baute ungerührt seinen Angriff auf. Tyrell löste sich aus einem perfekten Block und warf aus sechs Metern, vergab aber. Akaman holte jedoch den Rebound und stopfte den Ball in den Korb.

Coe hängte sich dicht an Sooley und fing an, ihn zu halten und zu schubsen. Sooley löste sich immer wieder aus einem Block, konnte ihn aber nicht abschütteln. Als Sooley den Ball zum vierten Mal bekam, täuschte er einen Wurf an, und Coe flog in die falsche Richtung. Sooley preschte zum Korb, hätte fast dafür gesorgt, dass die Blue Devils ein Charging Foul kassierten, spielte dann einen perfekten Pass hinter dem Rücken zu Murray in der Ecke. Er vergab, und Kevin Washington holte den Rebound.

Toby Frost dribbelte nach vorn und gab seinen Mannschaftskollegen ein Zeichen, es ruhiger anzugehen. Bei Minute 17:40 führte Central mit 9:4, und das Lampenfieber war verflogen. Frost versenkte einen Dreier, und Sooley vergab schließlich einen Ball. Die Teams punkteten abwechselnd, verloren dann abwechselnd den Ball, und bei der ersten Werbepause stand es 13:13. Das Spiel hatte einen rasanten Start hingelegt, und beide Mannschaften schienen hundert Punkte machen zu wollen.

Dann aber fand die Verteidigung von Duke ihren Rhythmus und machte ab der Dreierlinie Druck. Mitch und Murray versuchten, aus der Nahdistanz zu punkten, doch Roy Tice und Melvin Montgomery trafen einfach nicht. Coe klebte an Sooley und ließ ihn nicht an den Ball. Als er schließlich einen Pass annahm, versuchte er erneut einen Wurf aus neun Metern, der aber danebenging und zu einem langen Rebound mit einem gelungenen Three-on-One Fast Break führte.

Coe war knallhart und setzte voll auf Körperkontakt, mit Halten und Schubsen. Als ein harter Handcheck gegen Sooley, ein eindeutiges Foul, nicht gepfiffen wurde, explodierte Lonnie an der Seitenlinie, was ihm einen strafenden Blick eines Schiedsrichters eintrug. Er hatte aber nicht die Absicht, sich den Mund verbieten zu lassen und sich zu beruhigen. Wenn die Schiedsrichter zuließen, dass sein Star kaltgestellt wurde, würde er das nicht schweigend hinnehmen. Er legte es geradezu auf ein technisches Foul an und bekam auch eins, das dritte in dieser Saison.

Als Tyrell Miller den unangefochtenen Freiwurf ausführte, schien die Menge das Spielfeld stürmen zu wollen.

Duke ging in Führung, traf innerhalb und außerhalb der Zone, und da Sooley ausgeschaltet war, fand Central kein Gegenmittel. Lonnie übte weiter Druck auf die Schiedsrichter aus, die schließlich dafür sorgten, dass es fairer zuging. Coe kassierte zwei Fouls hintereinander und wurde ausgewechselt. Sooley versenkte prompt einen Wurf aus siebeneinhalb Meter Entfernung und verkürzte bei Minute 8:03 auf 28:20.

Es war offensichtlich, dass die restliche Mannschaft keine große Chance hatte zu punkten. Bei einem Time-out von Central fragte Lonnie Sooley, ob er eine Pause brauche. Nein, brauche er nicht. »Das Spiel gehört dir«, sagte Lonnie. »Mach die Körbe.«

Da Coe auf der Bank saß und Duke den Perimeter verteidigte, zog er mit aller Kraft zum Korb. Er schloss ein paar Mal erfolgreich ab, vergab mehrmals, und als Coe bei Minute 5:22 wieder ins Spiel kam, stand es 34:30.

Der offenkundige Nachteil eines Spiels gegen ein hervorragend trainiertes Team mit vier All-American-Spielern war, dass irgendeiner immer traf. Toby Frost versenkte zwei kurze Sprungwürfe, und die Schiedsrichter beanstandeten einen Schrittfehler von Mitch.

Dann machte Frost einen Dreier, und Duke ging mit elf Punkten in Führung. Central kämpfte sich zurück, hatte drei eindrucksvolle Stops, dann traf Sooley seinen fünften Dreier.

Zur Halbzeit führte Duke mit 46:35 und schien nicht mehr zu schlagen zu sein. Sooley hatte zweiundzwanzig Punkte gemacht und fünf von zehn Dreiern versenkt.

In der Kabine war es still, als die Eagles tief durchatmeten und überlegten, wie sie eine zweite Halbzeit von diesem Kaliber überstehen sollten. Lonnie und die anderen Trainer berieten sich und beschlossen, Tempo aus dem Spiel zu nehmen. Ihre Mann-Verteidigung hatte gerade sechsundvierzig Punkte durchgehen lassen und wirkte hilflos. Sie beschlossen mit einer Zwei-Drei-Zone zu beginnen, die Mitte zu blockieren und zu hoffen, dass Duke außerhalb der Dreierlinie nachließ. Wenn das nicht funktionierte, was durchaus denkbar war, gewannen sie zumindest Zeit und sparten Kraft für die Schlussphase.

Die Zone erfüllte ein paar Minuten lang ihren Zweck, da beide Teams Würfe vergaben und immer wieder den Ball verloren. Wenn Sooley ihn in die Finger bekam, warf er, aber Coe ließ ihm keine Luft, und jeder Wurf war hart umkämpft. Bei Minute 17:25 kassierte Coe sein drittes Foul, blieb jedoch im Spiel. Sooley war fest entschlossen, ein viertes Foul zu provozieren, und zog in Richtung Korb. Er ging mit der Schulter zu tief und kassierte sein zweites Foul. Bei der ersten Werbepause führte Duke bei 52:40 mit zwölf Punkten, und Sooley hatte alle fünf Würfe vergeben, egal aus welcher Distanz.

Die Durststrecke endete mit einem Treffer aus sechs Meter Entfernung. Die Antwort von Duke ließ nicht lange auf sich warten. Als Mitch den Ball nach vorn brachte, packte Coe Sooley – wieder einmal – am Trikot, wobei sich ihre Füße verhakten. Beide knallten auf den Boden, direkt vor einem Schiedsrichter, der wütend auf den am Boden liegenden Coe deutete und dessen viertes Foul pfiff. Die Bank von Duke, wo die Stimmung immer explosiv war, regte sich maßlos auf, und einige Sekunden lang war die Atmosphäre sehr angespannt. Coe verließ kopfschüttelnd das Spiel. Die Kommentatoren ließen die Wiederholung laufen, und es gab keinen Zweifel, dass er Sooley festgehalten, ihn herumgedreht und ihm ein Bein gestellt hatte.

Sooley nahm den Einwurf an und warf einen Sekundenbruchteil später von der Dreierlinie. Direkt ins Netz. Tyrell Miller reagierte mit einem Dreier, weit weg von der Zone. Es ging hin und her, beide Mannschaften vergaben und trafen abwechselnd. Duke ging mit vierzehn Punkten in Führung, Central kam bis auf acht Punkte heran, schaffte es aber nicht, weiter zu verkürzen. Bei Minute 7:08 nahm Lonnie eine Auszeit, und Sooley setzte sich zu einer wohlverdienten Verschnaufpause auf die Bank. Duke führte mit 64:54.

Als Sooley bei Minute 5:50 ins Spiel zurückkam, wurde auch Coe wieder eingewechselt, aber mit vier Fouls musste er sich zurückhalten. Das wusste Sooley und versuchte zwei lange Dreier. Beide gingen daneben. Da die Zeit lief, gab Lonnie die Zonenverteidigung auf und wechselte zu einer Halbfeldpresse, und Duke verlor, ganz untypisch für die Mannschaft, mehrmals den Ball. Die Eagles waren erschöpft, aber fest entschlossen, richtig Gas zu geben. Jetzt war keine Zeit, müde zu sein. Sie kämpften sich bis auf acht Punkte heran, bei einem Stand von 72:64, und das Publikum war wieder hellwach. Duke nahm Tempo aus dem Spiel, spielte auf Zeit, und Kevin Washington traf einen Dreier. Drei Minuten vor Schluss erzwang Duke einen Ballverlust, der zu einem leichten Korb führte, und blockte dann einen Wurf, was mit einem weiteren einfachen Treffer für sie endete.

Binnen Sekunden, zumindest fühlte es sich so an, hatte Duke einen Vorsprung von fünfzehn Punkten, und Coach Britt nahm ein Time-out. Die Fans setzten sich und starrten enttäuscht auf die Anzeigetafel. So still war es im Forum seit Stunden nicht gewesen.

Noch 1:58 Minuten Spielzeit. Duke 79, Central 64.

Die nächsten achtundfünfzig Sekunden sollten später als die aufregendste Minute aller Zeiten in die Turniergeschichte eingehen. Murray spielte den Ball beim Einwurf Mitch zu, der ins Mittelfeld passte, wo sich Sooley den Ball schnappte, zweimal dribbelte und aus neun Meter Entfernung direkt ins Netz warf. Noch 1:50 Minuten. Tyrell Miller holte sich den Ball, stellte sich an die Grundlinie und warf zu Toby Frost ein. Allerdings trat Miller bei seinem Pass auf die Linie, was von einem Schiedsrichter gepfiffen wurde. Dmitri führte einen langen Einwurf zu Sooley aus, der in der Nähe des Mittelfelds lauerte. Er spielte Coe mit einer einfachen Wurftäuschung aus, dribbelte hinter dem Rücken und warf aus gut acht Meter Entfernung. Netz. 1:44. 79:70. Central machte auf dem gesamten Spielfeld Druck, und Duke brachte den Ball nach vorn. Toby Frost löste sich aus einem Block und stand frei – aber nicht lange. Sooley kam aus dem Nichts angeflogen, blockte den Wurf und sprintete dann zum Zwei-gegen-Eins mit Murray, der den Ball führte. Er prellte den Ball seinem Zimmergenossen zu, der bei knapp neun Metern stoppte und zum dritten Mal hintereinander traf. 1:30, es stand 79:73.

Lonnie holte die Mannschaft nach hinten, und sie stellten auf Halbfeldpresse um. Murray wehrte einen Bodenpass ab, der Ball sprang weg, vier Spieler stürzten sich auf ihn. Im Handgemenge kämpften mindestens drei von ihnen um den Ball, und der Schiedsrichter pfiff einen Sprungball. Ballbesitz Central. Sooley kämpfte sich zum Korb und wurde Coe durch einen harten Block von Melvin Montgomery los. Kein Foul, obwohl Coe fast auf dem Boden landete. Sein Mann stand allein in der Ecke, und Mitch spielte einen perfekten Pass. Sooley traf zum vierten Mal hintereinander, diesmal aus einer Entfernung von knapp acht Metern. 1:10 und 79:76.

Central stellte auf eine Ganzfeldpresse um, und Murray und Mitch bedrängten Frost in einer Ecke. Sein verzweifelter Pass wurde im Mittelfeld von Dmitri abgefangen, der ihn, ohne zu zögern, mit einem perfekten Bodenpass Sooley zuspielte. Er warf aus einer Entfernung von achteinhalb Metern, und als der Ball durch das Netz rauschte, war das Forum außer sich. 79:79, eine Minute vor Schluss.

Duke nahm zutiefst erschüttert ein Time-out, und die Bank von Central zerquetschte ihren Star fast. Lonnie brachte seine Spieler nur mit Mühe dazu, sich hinzusetzen und sich halbwegs zu beruhigen. Aber der Lärm war ohrenbetäubend, und er war schon während der gesamten zweiten Hälfte heiser gewesen. Er stellte auf eine enge Mann-Verteidigung um und kündigte einen Distanzwurf an. Sooley setzte er auf Toby Frost an, wenn nötig sollte er foulen.

Frost brachte den Ball in aller Ruhe nach vorn, während Duke seine Offensive sortierte. Zehn Sekunden, fünfzehn. Tyrell Miller schirmte Frost hart ab, rollte sich ab und nahm einen perfekten Pass an. Bei einundvierzig Sekunden traf Tyrell aus einer Entfernung von gut sieben Metern. Duke ließ sich zurückfallen und bedrängte Mitch, der einen Pass zu Murray spielte. Während Sooley versuchte, Coe abzuschütteln, um frei zu stehen, pfiff ein Schiedsrichter. Coe kassierte sein fünftes Foul, und Sooley ging zur Linie, um achtzehn Sekunden vor Schluss seine beiden Freiwürfe auszuführen. Der Erste traf. 82:80. Central brauchte zwei Punkte, nicht einen, und niemand in der Halle erwartete, dass Sooley den zweiten Korb machen würde. Sobald der Schiedsrichter ihm den Ball zuprellte, warf er auf den Korb und sprang mit einem gewaltigen Satz hinterher. Als der Ball vorn am Ring abprallte, schlug er ihn zu Murray, der ganz allein in der Ecke stand. Sein Wurf aus einer Entfernung von achteinhalb Metern in letzter Minute war einmalig, und Central führte mit einem Punkt.

Duke hatte immer noch Zeit auszugleichen und nahm sein letztes Time-out.

Die Spieler von Central hielt es nicht auf der Bank, und hören konnten sie sowieso kaum etwas. Also drängten sie sich um Coach Britt und spornten sich brüllend an, die Führung nicht mehr aus der Hand zu geben.

Frost brachte den Ball nach vorn, spielte sich mit Tyrell Miller wechselseitig Pässe zu, aber keiner fand einen Spieler, der frei stand. Als noch fünf Sekunden für den Korbwurf blieben, versuchte Kevin Washington einen Sprungwurf aus der Drehung, doch Roy Tice konnte den Ball gerade noch mit der Hand ablenken. Der Ball sprang zu Murray, der seinen Mitbewohner über das Spielfeld preschen sah. Er spielte einen hohen langen Pass, den Sooley nach einem Aufprall an ihrer eigenen Freiwurflinie annahm, um sich dann in die Luft zu katapultieren.

Gegen die Regeln der Schwerkraft schwebte Sooley mit dem Ball in der rechten Hand hoch über dem Kopf wie Niollo durch das Forum. Er schloss mit einem mächtigen Windmill Dunk ab, der den Ring erzittern ließ und dessen Ausläufer noch im Südsudan zu spüren waren.

Die Menge stürmte das Spielfeld, als sich die Eagles auf dem Mittelfeld in die Arme fielen.

45

Die Stimmung in der Kabine war erstaunlich gedämpft. Die Spieler waren glücklich, aber zu benommen und zu erschöpft, um zu feiern. Sie waren überwältigt von ihren Gefühlen. Coach Britt hielt Kameras und Presse fern, hatte die Tür abgeschlossen und ließ sie von Ehrenamtlichen bewachen. Er ging ohne viel Aufhebens von einem Spieler zum anderen, umarmte jeden, lobte mit ein paar leisen Worten und wischte sich selbst ab und zu eine Träne weg. Nach fünfzehn Minuten wandte er sich an die Spieler und sagte ihnen, wie sehr sie ihm am Herzen lagen. Seine raue, heisere Stimme drohte, ihn im Stich zu lassen, und ihm fehlten ohnehin die Worte.

Ein Ehrenamtlicher kam herein und meldete, die Turnierleitung warte. Lonnie bat die drei Spieler im letzten Collegejahr, Mitch Rocker, Roy Tice und Dmitri Robbins, mitzukommen. Und Sooley.

Der Presseraum war überfüllt. Lonnie setzte sich, flankiert von zwei Spielern, auf das Podium und hatte sein Mikrofon kaum eingestellt, als er schon mit Fragen bombardiert wurde. Er hob lächelnd beide Hände. »Einer nach dem anderen, bitte.« Er deutete auf einen Reporter in der ersten Reihe.

»Coach, haben Sie daran geglaubt, dass Sie dieses Spiel gewinnen würden?«

Lonnie lachte, und seine Spieler lächelten. »Was soll ich dazu sagen? Ehrlich gesagt hat vermutlich niemand hier im Raum gedacht, dass wir gewinnen würden. Ich glaube, wir stehen alle noch unter Schock.«

»Coach, gehörte es zu Ihrem Spielplan, dass Sooley vom Mittelfeld aus Dreier wirft?«

Er lachte wieder. »Allerdings. Unser Spielplan war einfach. Hauptsache, Sooley bekommt den Ball.«

Jeder Reporter hatte eine Zusammenfassung des Spiels vorliegen und kannte die Zahlen. Sooley hatte achtundfünfzig Punkte gemacht und damit zusammen mit Bill Bradley die zweitmeisten Zähler in einem Turnierspiel. Er konnte vierzehn Dreier, zwölf Rebounds, zehn Assists, vier Steals und vier Blocks verbuchen. Dreimal zweistellig.

»Coach, war das Publikum ein Faktor?«

»Ich muss sagen, ich war noch nie in einer Halle, wo ich mich nicht einmal denken hören konnte. Mir dröhnen immer noch die Ohren. Wie Sie selbst merken, ist meine Stimme stark angeschlagen, und manchmal konnte ich mich mit meinen Spielern kaum verständigen. Aber ja, das Publikum auf unserer Seite zu haben war ein Faktor.«

»Coach, eine Frage für Sooley.« Lonnie zuckte mit den Schultern, um zu zeigen, dass er nichts dagegen hatte.

Mit breitem Lächeln zog Sooley sein Mikro näher zu sich heran.

»Sooley, Sie haben vierzehn Dreier geworfen, das ist Turnierrekord. Was haben Sie da draußen gedacht?«

Sooley hatte noch nie mit einem Journalisten gesprochen, und die Welt wartete auf ein Wort von ihm. Er lächelte achselzuckend und offenkundig verlegen. »Ich weiß auch nicht«, sagte er schließlich. »Eigentlich habe ich gar nichts gedacht.« Allgemeines Gelächter. »Wissen Sie, der Adrenalinspiegel ist so hoch, dass man einfach spielt, da ist keine Zeit, groß zu überlegen.«

»Mitch, wie ist es, wenn ein Mannschaftskollege spielt wie Sooley vorhin?«

Mitch beugte sich grinsend vor. »Das sind wir gewöhnt. Das macht er im Training immer. Wenn er in Fahrt kommt, spielen wir ihm einfach den Ball zu.«

»Sooley, Sie haben gerade achtundfünfzig Punkte gegen einen großartigen Verteidiger gemacht. Was halten Sie von Darnell Coe?«

»Er ist ein harter Gegner, einer der besten. Spielt sehr körperbetont. Aber das machen alle Duke-Spieler. Das ist ihre Art. Sie sind eine großartige Mannschaft.«

Mitch beugte sich wieder vor. »Tatsache ist, dass niemand Sooley verteidigen kann, wenn er den Ball hat. Er wirft zu schnell und springt zu hoch. Manchmal setzen wir im Training zum Spaß drei Verteidiger auf ihn an. Wenn er springt, kommt keiner an den Ball.«

»Coach, wie bereiten Sie Ihr Team nach einem Sieg wie diesem auf das nächste Spiel vor?«

»Wir werden bereit sein«, erwiderte Lonnie. »Das kann ich Ihnen versprechen.«

Jeder Reporter, jeder Fan kannte Sooleys Geschichte. Der Tod seines Vaters. Die Verschleppung seiner Schwester. Seine Mutter und seine Brüder, die in einem Flüchtlingslager lebten. Und jeder Reporter wollte ihn nach dem vergangenen Jahr fragen, aber es war nicht der Augenblick dafür. Warum dem Jungen die Stimmung verderben?

Als sich die Spieler endlich umgezogen hatten, führten ihre ehrenamtlichen Helfer die Mannschaft durch eine Seitentür nach draußen. Sie gingen zu Fuß achthundert Meter durch das Stadtzentrum von Memphis zum *Rendezvous*, einem berühmten Steakrestaurant in einer kleinen Seitenstraße. In einem Nebenzimmer fiel die Anspannung von ihnen ab, und bald wurde herzlich gelacht. Am nächsten Tag konnten sie bis mittags schlafen.

Die Sensation beherrschte die Nachrichten. Da die sieben anderen Spiele am Donnerstag wie erwartet ausgingen, wurde über nichts anderes berichtet. Alles drehte sich um Sooleys spektakulärste Treffer. Seine vierzehn Dreier, fünf innerhalb von achtundfünfzig Sekunden, mit denen er den Gleichstand erzielt hatte. Seine geblockten Würfe. Es gab einen eigenen Film mit seinen Highlights.

Am Freitag trafen er und Murray sich mit Miss Ida und Ernie im Hotelrestaurant zu einem späten Mittagessen. Und mit Jordan, die eigens mit dem Auto aus Nashville gekommen war. Sie hatte eigentlich nur das Spiel gegen Duke eingeplant, sich aber wie die anderen entschieden, noch zur nächsten Partie zu bleiben. Murray hatte zwölf Punkte geholt, auch den goldenen Dreier, mit dem Central sechzehn Sekunden vor Schluss mit 82:83 in Führung ging.

Sie sprachen das Spiel noch einmal durch und genossen jeden Augenblick. Jordan saß ganz dicht neben Sooley, Knie an Knie. Natürlich unter dem Tisch, weil Miss Ida sie genau im Auge behielt.

Später am Nachmittag absolvierte das Team ein leichtes, privates Training im für die Öffentlichkeit geschlossenen Forum. Jason Grinnell besprach einen Scoutingbericht mit ihnen und versuchte, ihnen einzureden, dass Arkansas kaum zu schlagen war. Die Spieler wollten das nicht glauben, nicht nach der Partie gegen Duke. Das hatte Lonnie befürchtet, und es bereitete ihm eine weitere schlaflose Nacht.

Um vierzehn Uhr am Samstag öffneten sich die Türen für das Drei-Uhr-Spiel, und die Fans aus Arkansas waren zurück. Sie strömten schon früh in das Forum und waren fast so laut wie am Donnerstag. Ihre Liebe zu Sooley war rasch erkaltet, weil es jetzt um ihre eigene Mannschaft ging. Das College hatte nur einen nationalen Titel gewonnen, im Jahr 1994, und da Duke aus dem Weg war, sahen sich die Razorbacks schon in der nächsten Runde.

Sooley machte da weiter, wo er aufgehört hatte, und als er seinen zweiten Dreier warf, wurde die Menge still. Die Verteidigung von Arkansas war nervös und geriet in Panik, sobald er den Ball berührte. Alle stürzten sich auf ihn und ließen an anderer Stelle jede Menge Lücken. Er begann zum Korb zu ziehen und dann abzuspielen, damit die anderen leichte Treffer erzielten. Zur Halbzeit hatte er neun Assists und sechzehn Punkte beigesteuert. Die zweite Hälfte wurde zu einer Art Galopprennen, bei der jede Mannschaft schneller sein wollte als die andere. Aber keiner lief schneller als Sooley. Er machte sechsundvierzig Punkte bei dreizehn Assists, und Central kam mit einem Zehn-Punkte-Sieg weiter.

Ab in die Sweet Sixteen, die Runde der letzten Sechzehn.

46

Am Montagmorgen hatte Lonnie Britt den Begriff »Cinderella-Team« – so bezeichnete man Mannschaften, die unerwartete Erfolge einheimsten – bereits herzlich satt. Jeder Sportmoderator und Sportjournalist verwendete den Ausdruck mindestens einmal pro Satz. Kein anderer Turnierteilnehmer erregte solches Interesse. Weit im Westen hatte Utah State als Zehntplatzierter UCLA auf Platz vier aus dem Turnier geworfen, was mildes Erstaunen ausgelöst hatte, sich aber nicht annähernd mit den Ereignissen in Memphis messen konnte.

Der Präsident der North Carolina Central University wartete schon. Seine Tür stand weit offen, seine Sekretärin bot lächelnd Kaffee und Gebäck an. Lonnie war noch nie so herzlich begrüßt worden. Als sie sich auf den breiten Ledersesseln niederließen, traf der Sportdirektor ein, und die Tür wurde geschlossen. Die Glückwünsche nahmen gar kein Ende. Was für ein Wochenende!

Erstes Thema war die Logistik des Auswärtsspiels in Atlanta in der nächsten Runde. Wie viele Karten würde ihnen zugeteilt werden? Wie viele Großspender würden dabei sein? Politiker hatten angerufen, um ihr Interesse zu bekunden. Die Alumni-Beauftragte war noch nie so gefragt gewesen. Und die Presse! Hunderte von Reportern und Journalisten waren auf der Jagd nach Material und wollten mit dem Star persönlich sprechen. Natürlich war es eine einzigartige Marketingchance für das College, aber Lonnie war viel wichtiger, dass seine Spieler keinen Schaden nahmen. Und Sooley brauchte besonderen Schutz.

»Wo ist er?«, fragte der Präsident.

»Er haust bei Murray Walker im Keller. Ich glaube, Ida Walker bewacht höchstpersönlich seine Zimmertür. Das geht jetzt schon seit ein paar Wochen so. Im Wohnheim war es nicht mehr auszuhalten.«

»Besucht er die Vorlesungen?«

»Ja, meistens. Aber ich bezweifle, dass viele meiner Spieler heute Vormittag in den Vorlesungen sitzen. Ich plane, morgen nach dem Training nach Atlanta abzureisen, um die Jungs aus der Stadt zu bekommen.«

Der Sportdirektor runzelte die Stirn. »Dann verpassen sie ja eine ganze Woche Vorlesungsbetrieb.«

Lonnie lachte. »Sie denken doch wohl nicht, dass sie diese Woche etwas lernen würden? Wir spielen Donnerstagabend um sechs gegen Providence, und sie denken an nichts anderes. Das ist eine Riesensache. Die Jungs sind völlig überfordert. Ich möchte morgen direkt nach dem Training aufbrechen.«

Der Sportdirektor sah den Präsidenten an. Beide waren realistisch. Allein die drei bisherigen Siege im Turnier waren eine ergiebige Geldquelle. Aus dem NCAA-Vertrag mit dem Fernsehsender CBS, der mittlerweile mehr als fünfhundert Millionen Dollar pro Jahr wert war, sickerten die Gelder zu den Siegern der Conference-Turniere und einzelnen Spiele durch. Central hatte bereits sechshunderttausend Dollar erhalten, mit denen das College nicht gerechnet hatte. Und je mehr Spiele eine Mannschaft in der March Madness gewann, desto mehr verdiente sie.

Coach Britt war am Drücker.

»Einverstanden, aber sorgen Sie bitte dafür, dass sich die Spieler ihre Aufgaben geben lassen und in ihrer Freizeit lernen«, sagte der Präsident pflichtgemäß.

»Selbstverständlich«, erwiderte Lonnie pflichtgemäß. Er würde bestimmt keine Laptops kontrollieren. Es war erst März. Die Spieler hatten jede Menge Zeit, den Lernstoff nachzuholen, und er hatte nicht vor, in der vielleicht wichtigsten Woche ihres Lebens an seinen Sportlern herumzunörgeln.

»Wir haben Zimmer in einem neuen Marriott im Stadtzentrum«, sagte der Sportdirektor. »Zwei Spieler pro Zimmer.«

Lonnie lächelte. »Nein, danke. Wir haben uns die Hotels angesehen, und mir gefällt keins davon. Ich will nicht, dass sich herumspricht, wo meine Mannschaft ist. Es gibt ein Hotel in Athens, wo uns niemand vermuten wird. Zwei Spieler pro Zimmer.«

Der Sportdirektor runzelte die Stirn. »Aber unsere Teamzentrale ist im Marriott. Wir sind alle da untergebracht, auch die Fans.«

»Dann viel Spaß dabei. Erst recht ein Grund, den Aufenthaltsort der Mannschaft geheim zu halten. Ich will nicht, dass die Jungs ständig belästigt werden. Murray hat mir gestern Abend erzählt, dass ihm drei Agenten ihre Laufburschen auf den Hals gehetzt haben. Sie wissen, dass er sich das Zimmer mit Sooley teilt, und er musste immer wieder darauf hinweisen, dass jeder Kontakt zu diesem Zeitpunkt illegal ist. Aber diese Leute wissen, wie das System funktioniert. Sie sehen selbst, worauf es hinausläuft. Im Fernsehen wird der Junge als einer der ersten NBA-Picks gehandelt. Die Geier kreisen, was ja ganz in Ordnung ist, sobald die Saison zu Ende ist. Im Augenblick will ich nicht, dass er abgelenkt wird.«

Alle drei hatten *SportsCenter* gesehen und kannten die Gerüchte.

»Sehen Sie ihn als Draft-Kandidaten?«, fragte der Präsident.

»Nein. Er ist zu jung, zu ungeschliffen, zu unreif.«

Aber er hatte gegen Duke achtundfünfzig Punkte gemacht!

Im College-Basketball hat jeder seine eigene Agenda. Lonnie war auf der Suche nach einer aussichtsreicheren Stelle, und Sooley konnte dabei hilfreich sein. Sooley würde vermutlich bald seine Teilnahme am NBA-Draft erklären, um herauszufinden, welche Möglichkeiten er hatte. Ein Agent würde ihm Wunder versprechen und ihn mit viel Geld locken. Wenn es um Geld ging, zählte Loyalität nicht viel.

»Also gut«, sagte der Sportdirektor, »sollen wir die Zimmer reservieren?«

»Nein, das ist bereits erledigt.«

»Verraten Sie uns, wo die Mannschaft untergebracht ist?«

»Nur, wenn Sie versprechen, Sooley nicht um ein Selfie zu bitten.«

Der Sportdirektor lachte. »Wir haben jede Menge Tickets für den Flug angefragt.«

»Die können Sie sich sparen. Wir nehmen den Bus.«

»Den Bus? Es ist eine sechsstündige Fahrt nach Atlanta!«

»Stimmt. Aber Sooley fährt lieber Bus. Er wird unterwegs mit Sicherheit die ganze Zeit lernen.«

»Also wissen Sie, Coach«, sagte der Präsident. »Wir können doch nicht mit dem *Bus* zu den Sweet Sixteen reisen.«

»Warum? Wie reist man zu den Sweet Sixteen?«

»Okay, okay …«

»Wenn Sooley einen Bus will, dann nehmen Sie eben den Bus«, sagte der Sportdirektor.

Miss Ida sorgte dafür, dass sie rechtzeitig aufstanden und um acht am Frühstückstisch saßen. Ernie ging ein wenig später zur Arbeit, um sich zu verabschieden.

Sie machten sich Sorgen, weil ihre beiden Basketballer in der vergangenen Woche keinerlei Interesse am Studium gezeigt hatten und vermutlich auch den Montag schwänzen wollten. Nachdem Ernie gegangen war, ließ sich Miss Ida von Sooley versprechen, dass er in seine Vorlesung gehen würde.

Tatsächlich war er hoch motiviert. In Amerikanische Geschichte hatte er nämlich zwei besonders hübsche Studienkolleginnen. Als er fünf Minuten zu spät in den Saal kam, erhob sich der gesamte Kurs und jubelte ihm zu. Die Professorin war keine Spielverderberin und hatte ihren Spaß an der Feier. Sooley setzte sich auf seinen üblichen Platz hinter den Mädchen und klappte seinen Laptop auf.

Nach fünfzehn Minuten wurde der Professorin klar, dass ihr niemand zuhörte, schon gar nicht Sooley, der online mit den Mädchen chattete. Die Professorin stellte sich vor das Pult. »Dürfte ich kurz um Ihre Aufmerksamkeit bitten? Danke. Wie viele von Ihnen haben jüngere Geschwister?«

Die meisten Studenten hoben die Hand.

»Und wie viele von diesen Geschwistern wollen unbedingt, dass Sie ein Foto mit Mr. Sooleymon besorgen?«

Alle Hände hoben sich.

Sie lächelte. »Das dachte ich mir. Ich habe selbst einen zwölfjährigen Sohn, und wenn ich ohne Foto nach Hause komme, redet er nicht mehr mit mir. Sooley, entschuldigen Sie, dass ich Sie bei der Arbeit störe, aber wenn Sie uns den Gefallen tun, bekommen Sie von mir eine Entschuldigung für alle Fehlzeiten von dieser und letzter Woche. Abgemacht?«

Der Saal jubelte, und Sooley schlenderte nach vorn.

Das College wollte eine spektakuläre Verabschiedung, eine traditionelle Motivationsveranstaltung mit Reden, Cheerleadern, einer Band und jeder Menge Studenten auf der Tribüne. Aber Lonnie lehnte ab. Noch mehr Heldenverehrung würde es ihnen kein bisschen leichter machen, gegen Providence zu gewinnen.

Er ließ sie am Dienstagnachmittag hart trainieren, schickte sie dann unter die Dusche. Sobald sie sich umgezogen hatten, stiegen sie zügig in den Bus.

Als sie den Campus hinter sich ließen, brüllte Roy Tice nach hinten. »Hör mal, Sooley, wenn wir nächste Woche in der Final Four spielen, können wir dann fliegen? Meine App sagt, mit dem Auto sind es zweiunddreißig Stunden nach Phoenix. Immer nur geradeaus auf der Interstate 40.«

Sooley hatte seine Ohrhörer eingesetzt und stellte sich taub. Seine Augen waren geschlossen, als wäre er tief in eine Meditation versunken. Andere meckerten ebenfalls über die Busfahrt, aber sie waren zu aufgeregt, um sich wirklich zu ärgern.

Coach Britt forderte ihre Aufmerksamkeit ein und zeigte ein

bearbeitetes Video des Spiels, in dem Providence Butler, eine gute Mannschaft, in der zweiten Runde nach Strich und Faden zerlegte. Und er erinnerte sie daran, dass sie bei den Buchmachern wieder einmal Außenseiter waren – immer noch mit sechs Punkten.

Sie wurden einfach nicht ernst genommen.

47

Die Sonderlieferung wurde auf einen Truppentransporter der ugandischen Armee verladen. Mehrere Soldaten übernahmen die Bewachung, die Aufsicht hatten zwei Techniker der Armee. Coach Kymm saß vorn in der Kabine neben dem Fahrer, als sie am frühen Morgen am Flughafen Entebbe abfuhren. Er hatte eigentlich gehofft, die Ladung mit einem kleinen Frachtflugzeug befördern zu können, wie der Maschine, die ihn und Ecko Lam damals Anfang Dezember mitgenommen hatte, aber dafür war nicht genug Platz. Lebensmittel und Medikamente hatten Vorrang, und bei dieser Fahrt ging es um reine Unterhaltung. Die Kosten übernahm ein reicher ugandischer Biermagnat, der Basketball liebte und Kymms Nationalmannschaften unterstützte.

Die siebenstündige Fahrt dauerte auf den Schotterpisten tatsächlich neun Stunden, und als sie in Rhino Camp South ankamen, war es zu spät, um auszupacken. Sie aßen zu Abend und übernachteten in einer Kaserne in der Nähe. Früh am Donnerstagmorgen erkundeten die Techniker mögliche Standorte und entschieden sich für eine Anhöhe unweit der neuen Schule. Ein Flachbettanhänger wurde in Position gebracht, und die Techniker und Soldaten fingen an, die Bildschirme aufzustellen. Es waren zwei, die an entgegengesetzten Enden des Anhängers positioniert und mit einem endlos langen Kabelgewirr an dem in der Mitte aufgebauten

Generator mit Empfänger und Antenne angeschlossen waren. Brandneue 150-Zoll-8K-Flachbildfernseher von Samsung, die größten, die in diesem Winkel Afrikas aufzutreiben waren. Coach Kymm verbrachte den Tag im Schatten eines Baumes und sah zu, wie das Projekt Gestalt annahm, wobei er hin und wieder ein paar Seiten in einem Taschenbuch las. Er versuchte, Ecko in Atlanta anzurufen, hatte aber kein Netz.

Spät am Mittwochabend, als den ehrenamtlichen Helfern zufolge alle Spieler im Hotel waren, schlich sich Lonnie aus seinem Zimmer und ging in die Hotelbar, wo Ecko in einer Ecke auf ihn wartete. Bisher hatten die Medien die Mannschaft noch nicht in ihrem Versteck in Athens, einem Holiday Inn, aufgespürt. Ecko, der sich das Mannschaftstraining an der University of Georgia angesehen hatte, war ebenfalls im Hotel abgestiegen.

Sie bestellten ein Bier und redeten über das Training, über Providence, den Spielplan. Lonnie lachte. »Bei einem Ein-Mann-Team ist der Spielplan relativ einfach.«

»Und wenn er nicht trifft?«

»Dann gibt es für uns keine Punkte, und wir sind erledigt. Ich würde mich wirklich freuen, wenn wenigstens bei einem Spiel jemand anderer den Korb treffen und zwanzig Punkte machen würde. Mitch oder Murray, vielleicht sogar Dmitri aus der Ecke. Das würde den Druck von Sooley nehmen und die Verteidigung schwächen.«

»Große Korbjäger sind sie nicht.«

»Wem sagst du das. Und je mehr Punkte er macht, desto mehr verlassen sich die anderen auf ihn. Sie nutzen ihre eigenen Chancen nicht, bloß damit er den Ball bekommt.«

»Ich war heute Nachmittag bei ihm auf dem Zimmer und habe mich ausführlich mit ihm unterhalten. Er scheint ganz gut damit zurechtzukommen. Sehr klug von dir, ihm die Medien vom Hals zu halten. Es ist der reinste Zirkus.«

»Hast du die Titelseite von *Sports Illustrated* gesehen? Wurde gerade eben online gestellt.«

»Nein. Was ist drauf?«

»Ein Foto von dem Jungen, wie er bei seinem Windmill Dunk gegen Duke durch die Luft fliegt, den Ellbogen einen Meter über dem Korb. Die Bildunterschrift war ›Sooleymania‹.«

»Clever. Ich weiß, du machst dir Sorgen um ihn, aber eigentlich ist das positiv. Im Augenblick könnte es nicht besser für ihn laufen, und das weiß er. Bisher ist ihm sein Ruhm nicht zu Kopf gestiegen. Noch nicht.«

»Seine Mannschaftskollegen kümmern sich rührend um ihn und passen ständig auf ihn auf. Das sind tolle Jungs, Ecko. Ich mag diese Burschen sehr.«

»Und du wirst sie noch mehr mögen, wenn sie die nächsten beiden Spiele gewinnen und dich in die Final Four bringen.« Beide lachten, nippten an ihrem Bier und warfen einen Blick in die Runde. Die Bar war praktisch leer.

»Was soll aus Sooley werden, Ecko? Du sprichst eher mit den Scouts als ich. Ich muss mich zu sehr auf das nächste Spiel konzentrieren und habe keine Zeit, darüber hinauszudenken.«

»Erinnerst du dich an Frankie Moka, meinen Assistenten vom Sommer?«

Lonnie nickte. »Natürlich.«

»Er ist Scout bei den Nuggets und sagt, vermutlich wird Sooley beim NBA-Draft spät in der ersten Runde verpflichtet. Seine Stärken sind offensichtlich, und dazu kommt, dass er noch wächst und als Spieler weiter an Reife gewinnen wird. Der Nachteil ist, dass er gewissermaßen eine unbekannte Größe ist. Ist er eine Eintagsfliege? Jemand, der fünfzehn Spiele lang ein Feuerwerk zündet, und dann ist es vorbei? Es wäre nicht das erste Mal. Die Scouts wollen sehen, wie er mit einem schlechten Spiel umgeht. Niemand trifft hinter der Dreierlinie fünfzig Prozent. Was passiert, wenn er keine Körbe macht und das Spiel in die Hose geht?«

»Bitte nicht jetzt.«

»Schon klar. Ich sage nur, dass nicht so viel über ihn bekannt ist wie über die anderen ›One-and-Done‹-Kandidaten, die schon im ersten Collegejahr in die NBA wechseln. Die vier von Duke haben die Scouts auf dem Schirm, seit sie fünfzehn sind. Die anderen Top-Kandidaten spielen seit mindestens zwei Jahren am College. Sooley nicht. Das ist also ein Problem, aber kein großes. Die Scouts sind ebenso begeistert wie alle anderen.«

Lonnie lächelte und trank einen Schluck. »Habe ich mich übrigens schon bedankt, dass du mich überredet hast, ihm ein Stipendium zu besorgen?«

»Hast du, gern geschehen. Manchmal muss man auch Glück haben. Kaum zu glauben, dass er bei unserer ersten Begegnung vor einem Jahr 1,88 Meter groß war, keine achtzig Kilo wog und den hässlichsten Sprungwurf im Südsudan hatte.«

»Er ist einfach eine Ausnahmeerscheinung, Ecko, das ist alles. Letzte Woche haben wir ihn gemessen. Inzwischen ist er 2,03 Meter groß und wiegt einhundertvier Kilo. Körbe werfen und Gewichte heben, sonst interessiert ihn nichts.«

»Mädchen?«

»Da mische ich mich nicht ein, aber es gibt bestimmt einige.«

»Hast du mit ihm über den NBA-Draft, Agenten und das ganze Geschäft gesprochen?«

»Nein, noch nicht. Ich weiß, dass die Agenten schon Vertreter schicken. Das gehört dazu. Mindestens drei haben Murray angesprochen. Ich habe dem ganzen Team einen Vortrag gehalten, bei dem Sooley anwesend war, und dann noch privat mit den Spielern im letzten Collegejahr gesprochen. Sie versuchen, ihn zu schützen, aber du weißt ja, wie das läuft. Sobald das Turnier vorbei ist, ist er Freiwild und kann mit einem Agenten verhandeln. Wenn das losgeht, ist er weg. Niemand kann es sich leisten, solche Summen abzulehnen.«

Ecko pflichtete ihm bei. »Und er verehrt Niollo, der nur ein Jahr an der Syracuse University war und dann mit neunzehn Profi wurde. Natürlich hat Niollo schon an der Highschool hier in den USA Leistungssport getrieben und war sogar All-American-Spieler. Weißt du übrigens, wer von den Highschool-Basketballern als einziger vor Niollo rangierte?«

»LeBron.«

»LeBron. Und er ist direkt Profi geworden.«

»Was will Sooley?«

»Wir haben heute Nachmittag über seine Familie gesprochen. Das ist alles, was ihn im Augenblick wirklich beschäftigt. Er ist dir und der Central University und seinen Mannschaftskollegen unendlich dankbar, aber wenn er nicht auf dem Platz ist, denkt er nur an seine Mutter und seine Brüder. Ich habe ihm erzählt, dass ein Trainerkollege von mir in Uganda seine Beziehungen zur Regierung hat spielen lassen und im Flüchtlingslager riesige Flachbildfernseher aufstellen lässt, damit sie das Spiel sehen können. Kannst du dir das vorstellen? Sooleys Mutter und Brüder sehen ihn spielen. Der Junge hatte Tränen in den Augen, als ich ihm davon erzählt habe.«

»Großartig! Das hast du hinbekommen?«

»Natürlich. War ein Kinderspiel. Du fragst, was er will. Wenn Geld ihm hilft, seine Familie herzuholen, nimmt er das Geld. Wenn der schnellste Weg ist, in vier Jahren das College abzuschließen und amerikanischer Staatsbürger zu werden, will er das.«

»Er wird das Geld nehmen.«

»Wahrscheinlich.«

»Er vertraut dir, Ecko. Kennst du einen guten Agenten?«

»Ich mische mich lieber nicht ein. Das ist eine andere Welt, und ich kann ihm keinen Rat geben, der ihm helfen würde. Er ist ein kluger Junge und wird zurechtkommen. Hoffentlich.«

Als Samuel zum Tip-off in den Mittelfeldkreis trat, nahm er sich einen Augenblick Zeit, um die gewaltige Größe der State Farm Arena in Atlanta, der Heimat der Hawks, auf sich wirken zu lassen. Unter dem einen Brett rief eine lautstarke Abordnung der Central-Fans immer wieder seinen Namen, während die übrigen mehr als achtzehntausend Zuschauer ihre Plätze einnahmen. Wie vor jedem Spiel rief er sich ins Gedächtnis, woher er kam und was er erreicht hatte. Vor einem Jahr hatte er noch auf Erdplätzen gespielt.

Er nickte dem Centerspieler von Providence zu, einem schlaksigen Jungen mit schweren Füßen, und schlug den Ball nach hinten zu Mitch Rocker, der sich Zeit ließ und schnell merkte, dass sich zwei Friars an den Star der Eagles hängten. Die anderen drei standen in einer Art Zonenverteidigung verteilt. Mitch preschte zur Freiwurflinie und spielte den Ball Dmitri zu, der einen einfachen Wurf aus sechs Meter Entfernung vergab. Ein Fehlwurf folgte auf den anderen, und das Doppelteam, das Sooley bewachte, war höchst effektiv, weil sonst keiner traf. Der Start ging für Central daneben, und es wurde immer schlimmer, als der führende Korbjäger der Friars seinen zweiten Dreier zum Stand von 12:2 warf. Zur ersten Werbepause führten die Friars bei einem Stand von 26:6 mit zwanzig Punkten, und Sooley hatte nicht einen Punkt beigesteuert. Das Publikum war sehr still, aber die Halle summte geradezu vor Spannung, als fragten sich alle, was der ganze Hype sollte.

Mit einem Verteidiger, der ihm am Rücken klebte, und einem, der verhinderte, dass er an den Ball kam, war Sooley in Schwierigkeiten. Frustriert rammte er den Größeren mit dem Ellbogen, was die Schiedsrichter pfiffen – sein erstes Foul. Sie fingen ihn im Mittelfeld ab und folgten ihm auf Schritt und Tritt. Mitch Rocker versenkte einen Dreier, und nach einem Block von Sooley gelang Murray ebenfalls ein Dreier. Bei Minute 13:05 gelang es Sooley, an der Freiwurflinie einen Bodenpass anzunehmen und hoch über seine Verteidiger hinaus zu springen. Er wurde heftig verteidigt, zog ein Foul, als der Ball ins Netz ging, und schloss den Drei-Punkte-Spielzug von der Freiwurflinie ab. Endlich hatte er gepunktet, und der Rückstand war auf fünfzehn Zähler geschmolzen. Roy Tice holte einen langen Rebound und spielte den Outlet Pass zu Murray, der ihn hinter seinem Rücken Sooley zuspielte. Sooley traf aus einer Entfernung von gut neun Metern, und die Menge geriet zunehmend in Stimmung. Providence nahm Tempo aus dem Spiel, und die Verteidiger beider Seiten machten dicht. Coach Britt legte sich permanent mit den Schiedsrichtern an und beklagte sich, weil Sooley gehalten, geschubst und anderweitig behindert wurde. Das führte dazu, dass seine Verteidiger erst ein und dann noch ein Foul kassierten, und die Deckung ließ ihm gerade genug Raum, um loszulegen. Er traf zwei weitere Dreier, und als Providence bei 7:40 Minuten ein Time-out nahm, war der Vorsprung auf acht Punkte geschmolzen. Lonnie gab Mitch und Murray Anweisung, auf den Korb zu spielen, um Druck von Sooley zu nehmen. Roy Tice versenkte zwei kurze Sprungwürfe, und die Friars vergaben viermal hintereinander. Sooley warf bei einem Dreier aus der Distanz komplett daneben, setzte aber nach, holte den Rebound und spielte einen perfekten Pass zu Melvin Montgomery, der den Ball in den Korb stopfte. Zur Halbzeit lagen beide Mannschaften mit je vierzig Punkten gleichauf. Sooley hatte zwölf Punkte und drei von sieben Würfen hinter der Dreierlinie versenkt. Wichtiger war, dass er die Verteidigung der Friars beschäftigte, während seine Mannschaftskollegen punkteten.

Am anderen Ende der Welt standen Beatrice, James und Chol vor einer gewaltigen Menge Flüchtlinge und starrten ungläubig auf den Flachbildfernseher. Vor Spielbeginn hatte ein ugandischer Kommandeur die Zuschauer begrüßt und erklärt, die Übertragung sei ein Entgegenkommen seiner Regierung. Er sprach über das Spiel, erwähnte kurz das Turnier und stellte als Ehrengäste die Familie von Samuel Sooleymon vor, dessen Name in den USA derzeit in aller Mund war.

Beatrice konnte gar nicht mehr aufhören zu weinen.

In der Kabine ließen die Eagles ihrer Begeisterung freien Lauf. Sie hatten sich nach einem desaströsen Start zurückgekämpft und waren jetzt richtig in Fahrt. Lonnie riet ihnen eindringlich, hartnäckig zu verteidigen und keinen Wurf durchzulassen. Es war nur eine Frage der Zeit, bis Sooley die Kontrolle übernehmen würde.

Er verschwendete keine Zeit. Der erste Wurf der Friars prallte vom Ring ab, Dmitri holte einen langen Rebound und sprintete mit dem Ball los. Mit einem Bodenpass spielte er den Ball Sooley auf der anderen Seite zu, der aus einer Entfernung von knapp neun Metern warf, bevor irgendwer auch nur in seine Nähe kam. Direkt ins Netz. Es war der Wurf, auf den die Menge gewartet hatte, und die Fans waren plötzlich hellwach. Nach einem kurzen Korb aus dem Feld am anderen Ende schüttelte er seine Verteidiger ab, stieg erneut hoch und wurde hart gefoult. Er traf zwei von drei, und Central machte sofort auf dem gesamten Spielfeld Druck. Murray zog ein Offensivfoul. Beim Einwurf spurtete Sooley unter dem Korb hervor, nahm an der Freiwurflinie einen Pass an, wirbelte in der Luft herum und traf aus einer Entfernung von sechs Metern. Providence machte einen Korb, und Mitch brachte den Ball nach vorn. Als sich Sooley aus einem Block nah am Korb befreite, packte ihn einer seiner Verteidiger am Trikot und wurde von einem Schiedsrichter dabei erwischt. Drittes Foul, Zeit für eine Pause. Beim Einwurf spielte Murray den Ball Sooley zu, der tief in einer Ecke stand und seinen fünften Dreier machte. Providence musste sich dringend wieder sammeln, aber der Trainer beschloss, auf die erste Werbepause zu warten. Das erwies sich als

Fehler. Die Friars standen so unter Druck, dass sie auch aus völlig aussichtslosen Positionen versuchten, auf den Korb zu werfen. Mitch Rocker traf einen Dreier, und Central hatte damit erstmals einen zweistelligen Vorsprung: 53:42. Die Bank von Central war außer sich, und die meisten der achtzehntausend Fans jubelten für die Eagles.

Nach dem Time-out nahmen die Friars Tempo aus dem Spiel und trafen zweimal. Sooley vergab aus siebeneinhalb Metern, setzte nach, verfehlte den Rebound, und Central ließ einen leichten Fast Break zu. Der Vorsprung schmolz auf die Hälfte zusammen. Bei Minute 9:20 stoppte Sooley bei einem Vorsprung von sieben Punkten in einer Entfernung von achteinhalb Metern und traf. Er machte noch einen Distanzwurf, vergab einmal, zog aber ein Foul. Acht Minuten vor Schluss vergab er einen ungünstigen Wurf, und Lonnie nahm ihn zu einer Verschnaufpause aus dem Spiel. Zwei Minuten lang sah er zu, wie Providence sechs Punkte hintereinander machte, und als er 5:50 Minuten vor Schluss wieder ins Spiel kam, stand es 63:56, und das Spiel war nach wie vor offen. Aber seine beiden Verteidiger waren erschöpft und hatten es satt, ihn über das Spielfeld zu jagen. Er machte seinen sechsten Dreier, dann seinen siebten. Als er bei Minute 4:45 seinen achten versenkte, nahm Providence bei einem Stand von 72:58 völlig erschöpft ein Time-out. Central verstärkte den Druck und setzte auf Tempo, während Sooley, der bereits vierunddreißig Punkte zu verbuchen hatte, weiter lange Dreier warf. Als er aus einer Entfernung von neun Metern traf, fing die Menge an, seinen Namen zu skandieren, und in der Arena herrschte eine Bombenstimmung.

Er holte insgesamt vierzig Punkte in einem Spiel, das seine Mannschaft mit fünfzehn Punkten gewann. Die Eagles waren nur noch ein Spiel von der Endrunde der Final Four entfernt.

48

Das Spiel endete um zwei Uhr morgens ostafrikanischer Zeit, und Coach Kymm trieb einen ugandischen Sergeant mit einem Satellitentelefon auf. Er wählte eine amerikanische Mobilfunknummer. Sooley saß mit seinen Mannschaftskameraden und Trainern hoch oben auf einem der billigen Plätze der State Farm Arena und sah sich das zweite Spiel, Iowa State gegen Maryland, an, als sein Telefon vibrierte und eine ihm unbekannte Nummer anzeigte. Sekunden später sprach er mit seiner Mutter.

Sie hatten kaum Zeit, das Gefühl zu genießen, dass sie zu den letzten Acht, den Elite Eight, gehörten. Am Freitag schlief sich die Mannschaft aus, absolvierte im leeren Stegeman Coliseum auf dem Campus der University of Georgia ein leichtes Work-out, studierte den Scoutingbericht über Maryland und warf immer mal wieder einen Blick auf die vier Spiele auf der anderen Seite des Turnierbaums, des Brackets.

Am Samstag schliefen sich die Jungen noch einmal aus, nahmen im Hotel einen Brunch ein und fuhren mit dem Bus zum Stadion im Zentrum von Atlanta. In ihren offiziellen Trainingstrikots und -shorts alberten sie zwei Stunden vor dem Tip-off bei einem leichten Shootaround herum. Die Medien waren überall, und sie zogen für die Kameras eine ordentliche Show ab. Sooley sprach am Spielfeldrand mit einigen Journalisten und beantwortete die üblichen Fragen, wobei Coach Britt vorsichtshalber ganz in der Nähe blieb. Er lächelte und blieb bescheiden wie immer, während seine Mannschaftskollegen im Hintergrund »Sooley! Sooley! Sooley!« skandierten.

Als Cinderella-Team standen sie unter ständiger Beobachtung, aber die Trainer ließen den Jungen ihren Spaß. Mehrere Journalisten stellten fest, dass sie viel entspannter waren als die Mannschaft der University of Maryland, die von den Buchmachern mit acht Punkten als Favorit gesehen wurde.

Sooley gewann problemlos den Tip-off. Der Centerspieler von Maryland bemühte sich auch nicht besonders, weil ein gut getarnter Steal bestens funktionierte und Mitch den Ball gleich wieder los war. Ein schneller Pass nah am Korb führte zu einem leichten Dunk.

Maryland hatte sieben Niederlagen kassiert, davon fünf in der Big Ten Conference, einer der wichtigsten Ligen im Collegesport, aus der es sechs Mannschaften ins Turnier geschafft hatten. Drei davon waren in die Runde der Elite Eight gekommen, mehr als aus jeder anderen Liga. Die Terps verteidigten knallhart und hatten nur einundsechzig Punkte pro Spiel zugelassen, was im landesweiten Vergleich bloß von Virginia übertroffen wurde. Sie gingen sofort in eine Box-and-One-Verteidigung, wobei vier Spieler die Zone bewachten. Der fünfte, Omar Brazeale, war Verteidiger des Jahres in der Big Ten und hängte sich ab dem Mittelfeld an Sooley, wobei er große Reden schwang. Das hörte schnell auf. Sooley schlug einen weiten Bogen, nahm einen Bodenpass von Murray an und warf aus einer Entfernung von gut neun Metern. Brazeale war 1,98 Meter groß, ungefähr dreißig Zentimeter kleiner als nötig, und als der Ball Sooleys Hand verließ, stand sein Verteidiger tief unter ihm. Direkt ins Netz, ein Vorgeschmack auf das, was kommen sollte.

Maryland war in der Offensive geduldig und machte keine Anstalten, beim Tempo mit den Eagles mitzuhalten. Vier Sekunden, bevor die Wurfuhr ablief, prallte der Ball vom Ring ab. Dmitri Robbins holte den Rebound, wirbelte in der Luft herum und feuerte einen Pass zu Mitch, der Sooley perfekt in den Lauf bediente. Sooley stoppte bei siebeneinhalb Metern und holte seinen zweiten Dreier. Maryland vergab erneut, und Murray sprintete mit dem Ball zum Korb. Brazeale wurde von einem harten Block abgefangen, sein Mann stand völlig frei, und als Sooley seinen dritten Dreier in den ersten neunzig Sekunden machte, fing die Menge an, seinen Namen zu skandieren.

Central traf sieben der ersten acht Korbwürfe und führte zur ersten Werbepause bei Minute 14:55 mit 18:7 Punkten. Maryland war zu erfahren, um in Panik zu geraten, und blieb bei seiner kontrollierten Offensive. Das Spiel verlor deutlich an Tempo, während sich die Terps langsam heranarbeiteten. Sooley vergab zwei lange Dreier, holte aber das erste Foul gegen Brazeale. Das zweite kam schnell, als Brazeale Melvin Montgomery rammte, der Sooley abschirmte. Die Situation war nicht eindeutig, und die Bank von Maryland war gar nicht zufrieden. Brazeale wurde sehr still, als ihm klar wurde, dass er das restliche Spiel damit verbringen würde, hinter Sooley herzulaufen, mit dem er sowieso nicht Schritt halten konnte und der höchst effektiv abgeschirmt wurde. Als Sooley bei Minute 7:20 seinen fünften Dreier versenkte, nahm Maryland ein Time-out. Central führte mit 34:24. Sooley hatte zweiundzwanzig Punkte, und fünf seiner acht Dreierversuche waren erfolgreich gewesen. Das Team hatte eine Trefferquote von siebzig Prozent, ein rasantes Tempo, das nicht zu halten sein würde, das war Coach Britt klar. Er sagte den anderen vier, sie sollten den Weg zum Korb freiräumen, damit Sooley zum Abschluss kam.

Die Offensive von Maryland rackerte sich geduldig weiter ab und traf einen Dreier. Dann bekam Sooley im Mittelfeld den Ball, dribbelte zweimal, machte eine Kopffinte, schickte Brazeale in die Luft und rannte Richtung Brett. Als sich die Verteidigung in der Mitte auf ihn stürzte, spielte er den Ball mit einem Pass hinter dem Rücken Mitch Rocker zu, der aus sechs Metern völlig frei auf den Korb warf. Er vergab, und Maryland spielte den Ball langsam wieder nach vorn. Beide Mannschaften ließen nach, vergaben abwechselnd oder trafen aus der Nahdistanz. Zwei Minuten vor Halbzeitende machte Maryland zunehmend Druck und erzwang zwei

Ballverluste. Die Terps kamen schnell zum Abschluss und hatten zur Halbzeit bei einem Stand von 41:37 auf vier Punkte verkürzt. Sooley hatte vierundzwanzig Punkte gemacht und fünf von zehn Distanzwürfen versenkt. Noch wichtiger war, dass Brazeale drei Fouls kassiert hatte. Während der Pause malte Coach Britt zwei Spielzüge auf, die das vierte Foul holen sollten, damit Sooley freie Bahn hatte.

Maryland vergab den ersten Korbwurf der zweiten Halbzeit. Mitch startete die Offensive und spielte einen Bodenpass zu Sooley, der im Mittelfeldkreis stand. Er winkte seine Mannschaftskollegen auf die rechte Seite, als wäre er allein mit Brazeale auf dem Spielfeld. Dann täuschte er einen Wurf an, und als Brazeale darauf nicht ansprang, warf er aus knapp zehn Metern und machte den Korb. Maryland ließ die Wurfuhr möglichst lang laufen und traf schließlich mit einem kurzen Sprungwurf. Sooley campierte an der Freiwurflinie, während Brazeale hartnäckig an ihm klebte. Mit fünfzehn Sekunden auf der Wurfuhr wirbelte er herum und preschte, von drei Kollegen hart abgeschirmt, zu einer Ecke. Brazeale kämpfte sich durch die Blocks, verlor aber eine Sekunde. Als Sooley sprang, um aus einer Entfernung von knapp sieben Metern zu werfen, stieg Brazeale ebenfalls hoch und ließ sich gegen ihn fallen, was ihm sein viertes Foul einbrachte. Endlich einmal ein Spielzug, der genau so funktionierte, wie Coach Britt ihn aufgemalt hatte. Sooley traf zwei der drei Freiwürfe.

Nachdem Brazeale auf der Bank saß, setzte Maryland zwei Verteidiger auf Sooley an, was ihm gerade recht kam. Das riss Lücken in die Defensive, und Murray, vielleicht der schwächste Werfer der Mannschaft, fand seinen Rhythmus. Als er zwei Dreier hintereinander versenkte, ging Central mit 52:39 in Führung, und Maryland nahm ein Time-out.

Jeder Weg zum Korb wurde ein neues Sooleymania-Abenteuer. Die gesamte Defensive sah ihm dabei zu. Wenn er nicht an den

Ball kam, spielte Mitch ihn unter den Korb, und Melvin Montgomery und Roy Tice machten leichte Körbe. Wenn Sooley den Ball – zumeist im Mittelfeld – bekam, spielte er seine Verteidiger mit blitzschnellen Dribblings aus und warf entweder lange Fadeaway-Sprungwürfe oder preschte zum Korb, wo er entweder Fouls holte, mit filmreifen Dunks abschloss oder an seine Mannschaftskollegen abgab.

Bei Minute 6:02 kam Brazeale in einer Werbepause wieder ins Spiel. Seine Mannschaft lag beim Stand von 68:52 mit sechzehn Punkten zurück, und die Menge war nicht mehr zu halten.

So laut es in der State Farm Arena auch war, der Lärm war nichts gegen das ständige Gebrüll der Massen am Rande von Rhino Camp South. Jeder erfolgreiche Distanzwurf von Samuel löste bei seinen Leuten ungebremste Stürme der Begeisterung aus. Beatrice, James und Chol wurden wie VIPs behandelt und bei jedem brillanten Spielzug fast erdrückt.

Als Central beim Stand von 76:56 mit zwanzig Punkten führte, wurde Sooley zu einer Verschnaufpause ausgewechselt, und Maryland setzte zu einem unvermeidlichen letzten Lauf an. Die Terps machten acht Punkte hintereinander, und Coach Britt nahm bei Minute 3:35 ein Time-out, damit sich seine Mannschaft sortieren konnte. Sooley kam wieder ins Spiel und vergab gleich einen Weitwurf. Maryland ebenfalls. Bei Mitch wurde ein Schrittfehler gepfiffen, und Maryland schlug einen Ball ins Aus. Beide Mannschaften atmeten noch einmal tief durch und stählten sich für die letzten beiden Minuten. Mitch rief erneut den Dreierblock auf, um Sooley abzuschirmen, und als er aus einer Entfernung von achteinhalb Metern traf, hing Maryland erneut in den Seilen. Roy Tice blockte einen Wurf, und der Ball landete bei Murray. Er spielte einen langen, hohen Pass in Richtung des anderen Spielfeldendes, wo Sooley mutterseelenallein lässig den Ball annahm und in den Korb stopfte. Maryland warf mit einem langen Pass ein, der die Eagles überraschte und zu einem einfachen Korbleger führte. Die Terps drängten sich um den Einwurf, aber Mitch klärte mit einem langen Pass ans andere Ende, wo Sooley frei stand. Er hätte auf Zeit spielen oder ein Foul holen können. Oder er hätte quer über das Spielfeld passen können, um ein Foul zu vermeiden. Stattdessen sprang er instinktiv in einer Entfernung von knapp neun Metern hoch und traf.

Coach Britt beschloss, unablässig Druck zu machen. Maryland hatte es gerade noch geschafft, den Ball innerhalb von zehn Sekunden über die Mittellinie zu bringen, und warf kurz danach weit daneben. Roy Tice holte den Rebound und wurde gefoult. Er machte beide Freiwürfe, dann war das Spiel vorbei.

Als der Bus spät am Sonntagnachmittag auf den Campus rollte, warteten die Studenten schon. Sie säumten die Straßen, brachen in Jubelrufe aus, schwenkten Transparente, warfen Konfetti. Als der Bus vor dem »Nest« hielt, stiegen Spieler und Trainer durch Absperrungen geschützt aus und genossen den Augenblick. Ein halbes Dutzend Transporter von Fernsehsendern parkte wild vor der Halle, und es wimmelte nur so von Kameras. Drinnen war es rappelvoll, und es herrschte eine Bombenstimmung. Viertausend Studenten drängten sich auf Tribüne und Spielfeld, um einen Blick auf die Helden zu erhaschen, die das College zum ersten Mal in seiner Geschichte in die Runde der Final Four gebracht hatten. Als Mitch sie durch den Tunnel ins Gedränge führte, erschütterten »Sooley! Sooley! Sooley!«-Rufe die alte Halle.

49

Wie am Montag zuvor saß Lonnie wieder zusammen mit dem Sportdirektor im Büro des Präsidenten, der ein viel beschäftigter Mann war, doch seine Termine abgesagt hatte. Alles andere konnte warten.

Sie genossen den Erfolg und ließen die Spiele vom vergangenen Wochenende noch einmal Revue passieren. Dann ging es um die Planung der Reise nach Phoenix, Tickets und alle möglichen anderen Details, von denen sie sich nie hätten träumen lassen, dass sie einmal Thema sein würden.

Lonnie hatte eine Überraschung auf Lager. »Ich möchte mit der Mannschaft so schnell wie möglich hier weg. Es gibt einfach zu viel Ablenkung. Ich gehe schon gar nicht mehr ans Telefon, und meine Mails lese ich auch nicht mehr. Jeder will was, und Sooley ist die Hauptattraktion. Wir müssen den Jungen schützen.«

»Sie wollen jetzt schon abreisen?«, fragte der Präsident kritisch, obwohl er im Grunde wusste, dass es nicht anders ging.

»Noch heute. Die Vorlesungen können wir diese Woche abschreiben. Die Jungs lernen sowieso nichts. Sie können sich ja nicht mal in Ruhe am College bewegen. Wir müssen abtauchen und irgendwohin, wo wir ungestört trainieren können. Das hier ist Wahnsinn.«

»Wissen Sie schon, wohin?«, fragte der Sportdirektor.

»Ja. Ein Freund von mir ist Trainer an der Northern Arizona University in Flagstaff, zwei Stunden nördlich von Phoenix. Ich habe gestern Abend mit ihm gesprochen, und er ist einverstanden. Er bucht Hotelzimmer unter seinem Namen und stellt uns die ganze Woche seine Sporthalle zur Verfügung. Hier können wir nicht trainieren. Das geht einfach nicht.«

Der Präsident gab sich der Form halber missbilligend. »Die ganze Woche keine Vorlesungen?«

»Ganz genau. Wir haben keine Wahl. Sprechen Sie mit den Dekanen, holen Sie die Professoren ins Boot, dann sorge ich dafür, dass sich die Jungs online auf dem Laufenden halten. Sie haben jede Menge Zeit, wenn wir nicht trainieren. Ich sorge dafür, dass das funktioniert.«

Alle drei kannten die Zahlen. Lonnie hatte soeben mit seinem Team zwei Millionen Dollar zusätzlich für das Sportprogramm des Colleges eingefahren und würde bekommen, was immer er wollte.

Der Präsident zuckte resigniert mit den Schultern.

»Aber diesmal nehmen Sie das Flugzeug?«, fragte der Sportdirektor.

Lonnie lachte. »Sooley hat tatsächlich vorgeschlagen, mit dem Bus zu fahren. Die anderen wären ihm am liebsten an die Gurgel gegangen.«

»Ich kann mir kaum vorstellen, dass sie wirklich sauer auf ihn sind«, sagte der Präsident.

»Nein«, sagte Lonnie. »Bestimmt nicht. Sie fühlen sich alle für ihn verantwortlich.«

»Wo steckt er überhaupt?«

»In Ida Walkers Keller. Sie lässt keinen zu ihm, ist aber etwas überfordert. Es hat sich herumgesprochen, wo er ist, und gestern Nacht standen Leute bei ihr vor der Tür.«

»Holen wir die Jungs hier raus«, sagte der Sportdirektor.

»Einverstanden«, stimmte der Präsident zu. »Das College wird Sie in jeder Hinsicht unterstützen.«

»Danke.«

»Diesmal brauchen Sie also ein Flugzeug?«, vergewisserte sich der Sportdirektor.

»Ja.«

Als die Mannschaft am Montagnachmittag in den Bus stieg, wusste keiner der Spieler, wohin es gehen sollte. Ihnen war nur gesagt worden, was sie tragen und was sie einpacken sollten. Amüsiert stellten sie fest, dass der Fahrer den Schildern zum Flughafen Raleigh-Durham folgte. Am Terminal für die Allgemeine Luftfahrt stiegen sie aus und wurden zu einer privaten Chartermaschine geführt, die auf dem Vorfeld wartete. Als sie ihre Plätze einnahmen, wuchs die Spannung. Mitch Rocker hielt es schließlich nicht mehr aus. »Coach, wo geht es eigentlich hin?«, fragte er laut.

»Nach Disney World«, sagte Lonnie. »Und jetzt packt ihr eure Bücher aus und lernt.«

Doch an Lernen war nicht zu denken.

Nach dem Start wurden die Bildschirme in der Kabine ausgeschaltet, auf denen sonst die Landkarte mit der Position des Flugzeugs angezeigt wurde. Klar war nur, dass sie in westliche Richtung flogen. Vier Stunden und über dreitausend Kilometer später begann der Anflug auf eine gebirgige Wüstengegend, eine völlig neue Welt. Ihr Verdacht bestätigte sich, das Ziel war Arizona. Nachdem das Flugzeug gelandet war und zum Terminal rollte, erklärte Lonnie der Mannschaft den Plan für die Woche. Er wies die Jungen an, Aufenthaltsort und Trainingsplan geheim zu halten. Social Media waren tabu.

Am Dienstag gab es ein frühes, intensives Training im Walkup Skydome auf dem Campus der Northern Arizona University, dann legten sie eine Erholungspause ein und sahen sich ein Video der Mannschaft von Villanova an, gegen die sie am Samstag antreten sollten. Die Wildcats standen in der Big East Conference auf dem ersten Tabellenplatz. Die anderen beiden Mannschaften waren Oregon aus der West Coast Conference und Kansas aus der Midwest Conference. Nach dem Mittagessen lernten sie gezwungenermaßen eine Stunde lang für die Uni und fuhren dann mit dem Bus zu einem Nationalpark in einer Gegend, die von einem

Meteoriteneinschlag vor fünfzigtausend Jahren geprägt war. Die Spieler – und die meisten Trainer – hatten noch nie eine Landschaft von solch wilder Schönheit gesehen, die so völlig anders war als ihre Heimat. Sie machten Hunderte Fotos, hielten sich aber an das strikte Social-Media-Verbot. Nach dem Abendessen sahen sie auf ihren Zimmern fern und hörten sich die endlosen Kommentare und Berichte zur Runde der Final Four an. Die Eagles und ihr unglaublicher Lauf, der sie nach Phoenix geführt hatte, waren das Hauptthema.

Die Berichte ähnelten sich sehr und konzentrierten sich immer wieder auf dieselben Punkte. Das andere College in Durham, das es mit renommierten Basketballabteilungen aufnahm. Das erste traditionell schwarze College, das so weit gekommen war. Das spektakuläre Spiel von Samuel Sooleymon, einem Ausnahmesportler im ersten Collegejahr, der durchschnittlich einundvierzig Punkte pro Spiel machte, ein Rekord in der jüngeren Turniergeschichte. Ein Ein-Mann-Team gegen weit überlegene Mannschaften.

Früh am Mittwochmorgen sprach Sooley mit seiner Mutter und hörte voller Stolz, dass sie und Zehntausende anderer Flüchtlinge das Spiel gesehen hatten. Er war der Stolz des Südsudans oder zumindest seiner Landsleute im Flüchtlingslager.

Mittwoch und Donnerstag wiederholte sich die Routine. Hartes Training am Vormittag, Ausflüge mit dem Bus am Nachmittag. Der Höhepunkt war ein Besuch am Grand Canyon.

Am Freitag fuhr das Team zwei Stunden nach Glendale, zum University of Phoenix Stadium, der Heimat der Arizona Cardinals, einer Football-Profimannschaft. Die Trainer hatten ihnen Fotos von dem futuristischen Stadion gezeigt, dessen Dach bei Bedarf geöffnet werden konnte, damit sie keinen Schock bekamen, wenn sie das winzige Basketballfeld inmitten der riesigen Anlage sahen. Nach einem leichten Shootaround war das vergessen. Überall waren Kameras, und die Spieler genossen die Aufmerksamkeit.

Später wurden sie von einem CBS-Team interviewt, dessen Interesse hauptsächlich Sooley galt.

Lonnie war dafür kritisiert worden, dass er seine Mannschaft versteckt hielt, aber das war ihm egal. Im Scheinwerferlicht gaben sich die Jungen offen und zugänglich und sagten genau das Richtige. Mit seinem unerschütterlichen Lächeln und seiner freundlichen Art wurde Sooley schnell zum Liebling der Medien.

Zurück im Hotel, sahen sie bis elf Uhr einen Film, dann war Bettruhe. Um zehn Uhr am Samstagvormittag ließen sie sich den Brunch schmecken, der sie in einem großen Konferenzraum erwartete, während Coach Britt noch einmal Spielplan und Zuordnung der Spieler durchging. Um zwölf Uhr stiegen sie in den Bus und fuhren wieder nach Glendale. Um halb drei schlenderten sie auf das Spielfeld und fingen an, sich zu dehnen und aufzuwärmen. Die Mannschaft von Villanova tat am anderen Ende des Spielfelds dasselbe, und schließlich begegneten sich einige Spieler in der Mitte des Spielfelds und begrüßten sich. Coach Jay Wright kam vorbei und stellte sich vor. Die Stimmung war gelöst, geradezu festlich, die Wildcats waren eine angenehme Truppe.

Sooley unterhielt sich mit Coach Wright, der ihn Darrell Whitley vorstellte, ihrem All-American-Forward. »Ich bin an dir dran«, sagte Whitley lächelnd.

»Und ich an dir«, erwiderte Sooley. Das Aufeinandertreffen der beiden Sportler war ein Traum und wurde von den Experten schon die gesamte Woche lang eingehend diskutiert. Whitley, der im dritten Collegejahr war, hatte durchschnittlich zwanzig Punkte und zehn Rebounds zu verbuchen und würde wohl im Draft sehr schnell weggeschnappt werden. Die Trainer von Central hatten sich stundenlang Videomaterial angesehen und waren zu dem Schluss gekommen, dass er gelegentlich Schwächen in der Verteidigung zeigte. Wie zu erwarten, wollten sie ihm Sooley gegenüberstellen.

Wieder in der Kabine zog die Mannschaft die rotbraunen Auswärtstrikots an und versuchte, sich zu entspannen. Die meisten Spieler trugen Kopf- oder Ohrhörer und hörten Musik.

Sooley warf einen Blick auf sein Handy. Er hatte eine Textnachricht, über die er sich sehr freute. »Alles Gute, Samuel. Ich bin sehr stolz auf dich. Gib da draußen alles.« Es war die dritte Nachricht, die er in den letzten beiden Wochen von Niollo erhalten hatte. Er bedankte sich kurz.

Als es Zeit war, versammelte Lonnie sein Team um sich und sagte den Jungen, wie wichtig sie ihm seien. Ganz gleich, wie das Spiel ausgehe, sie hätten gemeinsam Geschichte geschrieben. Sie seien der Stolz ihres Colleges, ihrer Familien, ihres Bundesstaats und aller schwarzen Colleges und Universitäten, die es bei allem Engagement nicht so weit geschafft hatten. Was in den nächsten beiden Stunden dort draußen passieren würde, werde sie für den Rest ihres Lebens begleiten. Die Welt blickt auf euch. Genießt es, Jungs!

50

Die Walkers – Ida, Ernie, Jordan und Brady – saßen zehn Reihen hinter der Bank im Herzen des Central-Fanblocks. Wie die meisten Getreuen hatten sie noch nie ein Basketballspiel mit fünfundsiebzigtausend Zuschauern in einem so großen Stadion gesehen. Ernie gefiel das gar nicht. Das Spielfeld sei zu weit weg. Alles sei so weit weg. Er könne die Band kaum hören. Ida erwiderte schließlich, er solle aufhören zu meckern und das Erlebnis genießen.

Am anderen Ende der Welt wurden Beatrice und ihre Söhne wieder von freundlichen Soldaten zu Ehrenplätzen direkt an den Bildschirmen geführt. Hinter ihnen drängten die Massen zum

Anhänger und den beiden riesigen Fernsehern. Selbst diejenigen, die kaum etwas sehen konnten, standen geduldig im Gedränge und lauschten der Einleitung der amerikanischen Kommentatoren.

Es war spät am Samstagabend, am Himmel stand der Vollmond. Am nächsten Tag war Sonntag, für sie schlicht ein weiterer Tag, den sie überleben mussten, bevor der Montag kam.

Bei einem solchen Spektakel vorgestellt zu werden war schon aufregend genug. Vorgestellt zu werden, während Tausende seinen Namen skandierten, war überwältigend, aber Sooley ließ sich die Anspannung nicht anmerken und nahm alles mit einem Lächeln zur Kenntnis. Central war eindeutig der Publikumsliebling.

Die Startspieler beider Mannschaften trafen sich im Mittelfeld und schüttelten sich die Hände. Der Center von Villanova, Wade Lister, war 2,13 Meter groß und konnte springen. Er hatte in der Saison jeden Tip-off kontrolliert, und Sooley war chancenlos. Dann blieb er an einem Block hängen, und Darrell Whitley machte in aller Ruhe einen Korb aus einer Entfernung von sechs Metern. Die Wildcats gingen sofort in Führung.

Jeder, der das Spiel verfolgte, ahnte, was kommen würde. Sooley stand nah am Korb und preschte durch die Zone, während Whitley sich an Blocks vorbeikämpfte. Murray spielte einen perfekten Bodenpass, den Sooley auf dem Weg zum Korb annahm und aus einer Distanz von gut neun Metern versenkte. Als der Ball durch das Netz ging, kam der Jubel der Menge bei den Spielern wegen des großen Abstands mit einem Sekundenbruchteil Verzögerung an. Nova vergab von der Dreierlinie und verpasste den Rebound, den sich Mitch Rocker holte, um einen Fast Break einzuleiten. Als die Zone dicht machte, spielte er einen spektakulären Pass hinter dem Rücken, und Sooley stieg erneut in die Luft und machte seinen zweiten Korb aus einer Distanz von neun Metern.

Es sah aus, als wäre er nicht zu stoppen, aber das war natürlich eine Illusion. Im College-Basketball traf kaum ein Weitwurfkönig vierzig Prozent seiner Distanzwürfe. Niemand hatte je eine Saison lang fünfzig Prozent Treffer erzielt.

Nach neunzehn Spielen lag Sooleys Quote bei sechsundvierzig Prozent. Im Turnier hatte er eine Trefferquote von einundfünfzig Prozent, ein erstaunlicher Wert, der nicht zu halten war. Irgendwann musste auch er Schwäche zeigen, und die kam zum denkbar ungünstigsten Zeitpunkt. Er vergab die nächsten beiden Würfe, und das Publikum beruhigte sich wieder. Whitley war ein flinker, furchtloser Verteidiger und schlug einen Ball ins Aus. Als Sooley auf dem Weg zum Korb mit der Schulter zu tief ging, kassierte er ein Foul. Er vergab erneut aus dem Mittelfeld, und die Offensive geriet ins Stottern. Beim ersten Time-out führte Nova mit 14:6.

Zunehmend unter Druck, vergab Sooley einen Wurf, den er gar nicht hätte versuchen sollen, aus sechs Metern, während Darrell Whitley am anderen Ende einen schnellen Dreier machte. Murray vergab einen Wurf, Mitch tat es ihm gleich. Die Eagles trafen gar nichts mehr, und bei ihrem Star lief es nicht rund. Beim Stand von 22:6 nahm Lonnie ein Time-out. Das Publikum war verstummt. War der Traum für das Cinderella-Team vorbei?

In den letzten acht Minuten der Halbzeit spielte Central so schlecht wie selten in der Saison. Vielleicht lag es auch nur an der Überlegenheit des Gegners. Villanova spielte eine kompakte Mannschaftsverteidigung und wartete am anderen Ende geduldig, bis sich eine gute Gelegenheit bot. Nachdem der Korbjäger von Central ausgeschaltet war, geriet die Offensive in Panik und stolperte von einem Ballverlust zum nächsten. Fünf Sekunden vor der Pause traf Sooley endlich einen weiteren Dreier und verkürzte bei einem Spielstand von 41:24 auf siebzehn Punkte. Er hatte in der Halbzeit elf Zähler gemacht, aber nur drei von zehn Würfen von der Dreierlinie waren erfolgreich gewesen.

In der Kabine der Eagles wurde die Stimmung von Frustration,

Anspannung und Sorge beherrscht. Frustration, weil sie so nachlässig spielten. Sorge, dass ihre magische Phase hier ein Ende finden würde. War das ihr Schicksal? Nach einem unglaublichen Lauf, den sie einem scheinbar unbezwingbaren früheren Redshirt verdankten, nach all den Schlagzeilen, am ersten wirklich starken Gegner zu scheitern? Mitch Rocker und Roy Tice, die beide im letzten Collegejahr waren, appellierten an ihre Kollegen. Coach Grinnell hielt eine Motivationsrede. Coach Britt meinte, eine Zwei-Drei-Zonenverteidigung könne funktionieren. Aber jeder kannte die Wahrheit. Wenn Sooleys Distanzwürfe nicht in den Korb gingen, hatten sie keine Chance.

Bei Minute 18:40 kassierte er sein drittes Foul, über das sich Lonnie sehr aufregte, weil er ihn auf keinen Fall aus dem Spiel nehmen wollte. Er sagte ihm, er solle sich zurückhalten und unbedingt ein weiteres Foul vermeiden. Sooley versenkte sofort einen Dreier, dann noch einen, und das Stadion erwachte zum Leben. Aber Nova hatte hervorragende Trainer, und die Mannschaft war zu erfahren, als dass sie sich hätte verunsichern lassen. Sie führte ihre Offensive weiter, setzte bei Bedarf zwei Verteidiger auf Sooley an und baute ihre Führung aus. Bei Minute 9:25 stand es 58:39, und es sah nicht nach einer Aufholjagd von Central in letzter Minute aus. Nova hatte einen viel stärkeren Kader und konnte daher beliebig wechseln, um die Eagles in der Verteidigung müde zu spielen. Eine Minute später humpelte Mitch Rocker mit einem verstauchten Knöchel vom Feld. Nova stellte sofort auf eine Ganzfeldpresse um, die Murray völlig ausbremste. Sooley schaffte es, sich so weit freizuspielen, dass er in einer Distanz von knapp elf Metern allein stand. Der Wurf, den er gar nicht erst hätte versuchen sollen, ging weit daneben und zeigte, wie verzweifelt die Eagles waren. Ihre Willenskraft brachte sie bis auf zwanzig Punkte an Villanova heran, aber mehr war nicht drin. Bei Minute 2:44, als sie nur noch auf ein Wunder hoffen konnten, stand Sooley bei siebeneinhalb

Metern frei. Wenn er traf, konnte das der Beginn eines spektakulären Laufs sein. Bei dem Spiel gegen Duke hatte er schließlich auch fünf Dreier in achtundfünfzig Sekunden geworfen. Als der Ball gegen den Ring prallte, klärte Nova und spielte in aller Ruhe bei einem Stand von 71:50 auf den Korb. Central verteidigte im Mittelfeld mit aller Kraft, aber Nova ließ sich davon nicht im Geringsten beeindrucken. Ein Dunk, und das Spiel war entschieden.

Sooley verdrückte keine Träne. Er hatte im vergangenen Jahr viel geweint, doch weil er einen wirklichen Verlust erlebt hatte, eine echte Tragödie. Nach einem Basketballspiel zu weinen hätte die Tränen entwertet, die er um seine Familie vergossen hatte.

Er und die Eagles blieben auf dem Spielfeld, um den Wildcats zu gratulieren, die als faire Sportler genau die richtigen Worte fanden. Sooley gab CBS am Spielfeldrand ein Interview und brachte sogar das Lächeln zustande, das zu seinem Markenzeichen geworden war. Er gab sich die Schuld an der Niederlage und sagte, er habe nicht gut gespielt, aber es sei für ihn und seine Mannschaftskollegen als krasse Außenseiter eine wertvolle Erfahrung gewesen und sie seien stolz auf das Erreichte. Sie müssten sich nicht verstecken. Die bessere Mannschaft habe gewonnen.

Als sie schließlich zusammen in der Kabine waren und die Türen hinter sich geschlossen hatten, lächelte Lonnie seine Spieler an. »In meiner Kabine weint keiner, ist das klar? Denkt daran, wie es bei uns im September aussah, als wir mit dem Training angefangen haben. Keiner von uns hätte sich in seinen wildesten Träumen vorstellen können, dass wir heute hier sein würden. Uns ist eine einmalige Leistung gelungen. Ihr habt Geschichte geschrieben, das kann euch niemand nehmen. Ich stehe hinter euch. Das ganze Trainerteam steht hinter euch. Genießen wir den Augenblick. Wir lassen uns nicht unterkriegen!«

Sie sahen sich die erste Hälfte des Spiels Oregon gegen Kansas an, aber im Augenblick hatten sie genug vom Basketball. Ihre Saison war vorbei, und es war ihnen im Grunde egal, wer am Montagabend um den Titel spielte. Mitch, der mit seinem Tapeverband zumindest humpeln konnte, fragte Coach Britt, ob sie rauskönnten. Mit dem Bus fuhren sie zu einem sehr guten Steakhouse in Phoenix, wo ein Nebenraum für sie reserviert war. Der Präsident der Central University, der Sportdirektor und andere wichtige Persönlichkeiten waren bereits da. Die Ehefrauen der Trainer nahmen ebenfalls an der Feier teil. Als Sooley sich gerade einen Platz suchte, kam Ecko Lam herein und umarmte ihn. Sie setzten sich zusammen mit Murray und Dmitri an einen Tisch und sprachen über das Spiel.

Sooley hatte zweiundzwanzig Punkte gemacht, fast zwanzig unter seinem Turnierdurchschnitt. Wenn er getroffen hätte, hätte das Spiel einen ganz anderen Verlauf genommen, so viel war klar. Von der Dreierlinie waren nur fünf von sechzehn Versuchen erfolgreich gewesen. Er hatte vier Ballverluste zu verantworten, keine Blocks gestellt und nur sechs Rebounds geholt. Es war in jeder Hinsicht eine Leistung unter seinem Niveau, und er hatte keine Erklärung dafür. Die Umgebung war zunächst überwältigend gewesen, aber Lampenfieber hatte jeder andere Spieler auch gehabt. Ihr Gegner war gut, doch sie hatten schon andere hochklassige Mannschaften geschlagen.

Es gab keine Entschuldigung, keine Erklärung. Einfach ein schlechter Tag.

Ecko versuchte, die Stimmung aufzulockern. »Jetzt ist es fast ein Jahr her, dass wir uns zum ersten Mal begegnet sind, bei den Try-outs in Juba. Kaum zu glauben, was?«

Sooley nickte lächelnd.

Ecko sah Murray an. »Er war nur 1,88 Meter groß, relativ kräftig und hatte eine unglaubliche Sprungkraft. Leider konnte er noch nicht einmal einen Korbleger versenken.«

»Wir wissen Bescheid«, sagte Murray. »Er hat uns erzählt, wie gut er damals in Afrika gespielt hat.«

»Schön wär's. Er wurde als Letzter für die Sommermannschaft ausgewählt. Wusstest du das, Samuel?«

»Nein. Das haben Sie mir nie gesagt.«

»Ich hatte bei den Try-outs zwei Assistenztrainer, und keiner von ihnen wollte dich. Fast hätten wir den letzten Platz Riak Kuol gegeben, dem 2,08 Meter großen Jungen aus dem Obernilgebiet. Erinnerst du dich?«

»Ja, klar. Ich dachte, er schafft es bestimmt in die Mannschaft.«

»Warum haben Sie Sooley genommen?«, fragte Dmitri.

»Ich weiß auch nicht. Ihm fehlte der Feinschliff, wie vielen jungen Afrikanern. Aber einmal kam ich während der Try-outs früh am Morgen in die Halle, und da war er und trainierte ganz allein Korbwürfe. Es war heiß, und er war klatschnass geschwitzt, aber es war klar, dass er Spaß hatte. Er warf, holte den Ball, warf wieder. Das konnte er stundenlang machen. Außerdem wusste ich, dass seine Mutter groß war und dass er vermutlich noch wachsen würde. Ich wusste natürlich nicht, dass er in einem Jahr fünfzehn Zentimeter zulegen würde, das konnte keiner ahnen. Ich bin einfach das Risiko eingegangen, und das war gut so. Dann habe ich Lonnie überredet, ihn zu nehmen, sonst wären wir heute nicht hier.«

»Coach Britt wollte ihn nicht haben?«, fragte Dmitri.

»Ihr wisst doch, wie er ist. Wir kennen uns schon ewig und sind alte Freunde. Angeblich hat er Samuel bei dem Turnier in Orlando gesehen und sofort gewusst, dass der Junge Potenzial hat. Tatsächlich waren hundert andere Trainer da, von denen keiner sein Talent erkannte. Niemand sonst hat ein Angebot gemacht. Als sich herausstellte, dass Central einen Stipendiumsplatz frei hatte, habe ich Coach Britt überredet, das Risiko einzugehen. Das hat er, und ich rechne es ihm hoch an.«

Am späten Sonntagvormittag hatten die Spieler genug von dem Hotel. Sie trafen sich zu einer Mannschaftsbesprechung und diskutierten ihre Pläne mit ihren Trainern. Natürlich konnten sie noch bleiben, sich am Montagabend das Finale ansehen und am Dienstagmorgen zurückfliegen.

Aber sie wollten nach Hause.

TEIL III

51

An einem schönen Frühlingstag Anfang April stand Sooley früh auf und schlich sich aus dem Wohnheimzimmer, um seine Mutter anzurufen. Murray schlief wie immer tief und fest und rührte sich nicht.

Sie waren aus zwei Gründen wieder ins Studentenwohnheim gezogen. Zum einen hatten sie keine Lust mehr, bei Miss Ida und Ernie zu wohnen, die ständig etwas von ihnen erwarteten. Zweitens, und das war viel wichtiger, gab es im Wohnheim jede Menge weibliche Fans, die sie gerne besuchten. Ein Star zu sein hatte jede Menge Vorteile, und Murray profitierte gern davon.

Beatrice sagte, ihr und den Jungen gehe es gut, jeder Tag sei mehr oder weniger gleich. Sie seien traurig über das abrupte Ende von Samuels Saison und machten sich Sorgen, weil er bestimmt enttäuscht sei, aber sie hielten durch, von einem Tag zum anderen. Samuel gab zu, dass er nach dem Ende der Saison in ein Loch gefallen war. Plötzlich habe er kein Ziel mehr, keine tägliche Herausforderung, keinen strukturierten Tagesablauf. Der Traum vom Sieg und Weiterkommen sei ausgeträumt. Es sei wärmer geworden, der Frühling sei schön, aber mit dem Basketball sei es vorbei.

Seine Mutter konnte unmöglich verstehen, vor welchen Entscheidungen er stand. Sollte er das College abbrechen, sich einen Agenten nehmen, am Draft teilnehmen, Profi werden? Oder sollte er all das vergessen und noch ein oder zwei Jahre an der Central University bleiben? Also belastete er sie gar nicht erst mit solchen

Themen. Nach fünfzehn Minuten übernahm die immer freundliche Christine das Telefon und verabschiedete sich.

Sooley duschte und zog sich an. Dabei ließ er das Licht an und veranstaltete so viel Lärm wie möglich, aber sein Mitbewohner zuckte nicht mit der Wimper. Als er das Gebäude verließ, war es so früh, dass er sogar einen ausgedehnten Spaziergang auf dem Campus unternehmen konnte, was in einigen Stunden ein Ding der Unmöglichkeit sein würde. Er schaffte es bis zum »Nest«, ohne dass ihn auch nur eine Studentin um ein Foto gebeten hatte.

Coach Britt wartete gemeinsam mit Coach Grinnell in seinem Büro. Sie trugen Freizeitkleidung, Golfhemden und Jogginghosen, und tranken Kaffee. Offenbar unterhielten sie sich schon eine ganze Weile.

Seit dem Ende der Saison kursierten im Internet so viele Gerüchte, dass sie keine Ruhe mehr fanden. Nun stand eine wichtige Entscheidung an.

»Du hast nur noch eine Woche, um dich zu entscheiden, Samuel«, sagte Lonnie. »Was hast du vor?«

Der NCAA suchte nach Möglichkeiten, Studenten in den ersten beiden Jahren am College zu halten. Manche wollten ihnen erlauben, für einen begrenzten Zeitraum einen Agenten zu verpflichten, der sie bei einem Work-out von einem Expertengremium begutachten ließ. Das sollte dann ihre Chancen beim NBA-Draft bewerten, und wenn es nicht gut aussah, wurde die Sache abgebrochen. Dann konnten sie am College bleiben und es später noch einmal versuchen. Aber das waren nur Gedankenspiele. Wenn Sooley einen Agenten engagierte und am Draft teilnahm, gab es kein Zurück, falls es nicht gut lief. Dann konnte er höchstens versuchen, in Serbien oder Israel sein Geld zu verdienen, aber seine Zeit im Collegesport wäre vorbei.

Er liebte die Central University und sein Leben am College. Es war sein einziges Zuhause, und er hatte Angst davor wegzugehen.

Trotzdem verschlang er alles, was er im Internet über den Draft finden konnte, über Spielerbewertungen, Lottery Picks, Agenten, Rookie-Verträge für die Neuzugänge, die Millionen von Dollar, die sich im Profibasketball verdienen ließen, und Stars wie Kobe Bryant, LeBron James und Kevin Garnett, die direkt nach der Highschool Profis geworden waren und sich gar nicht erst mit dem College aufgehalten hatten. Er hatte ein Dutzend Berichte über gute Basketballer gefunden, die am College geblieben waren und sich durch eine Verletzung die Karriere ruiniert hatten.

Noch mehr beschäftigte ihn eine andere Frage, die er aber für sich behielt – Was haben *Sie* vor, Coach?

Im Internet wurde heftig darüber spekuliert, wo sein Trainer die nächste Saison verbringen würde. Alle Blogs schienen sich darüber einig zu sein, dass er Central verlassen würde.

Sooley zuckte mit den Schultern. »Ich will nicht weg, Coach, aber Timing ist alles.«

»Hast du schon mit einem Agenten geredet?«

»Noch nicht. Murray und ich werden ständig von ihren Laufburschen angesprochen, aber direkten Kontakt mit einem Agenten habe ich noch nicht aufgenommen. Würden Sie mir dazu raten?«

Lonnie Britt und Jason Grinnell nickten.

»Du brauchst einen Agenten, Samuel«, sagte Lonnie. »Aber sei vorsichtig.«

Sooley hörte sich das an, ohne eine Miene zu verziehen. Er wusste, dass auch Lonnie einen Agenten hatte und dass sie landesweit offensiv nach einer neuen Position suchten. Sein Berater war ein gewiefter Mann aus Houston, der jede Menge College-Basketballtrainer vertrat. Den zahlreichen Gerüchten im Internet zufolge stand der Agent mit Purdue, Marquette und verschiedenen anderen Colleges in Verbindung, um das jährliche Trainerkarussell nach Saisonende in seinem Sinne zu beeinflussen.

»Ich will dir lieber keinen Agenten empfehlen, Samuel«, sagte Lonnie.

»Es gibt so viele, und mir fehlt die Erfahrung. Ich bekomme ständig Anrufe.«

Jason Grinnell lachte. »Wir bekommen alle Anrufe, Samuel. Jeder offizielle und inoffizielle Agent in den USA ruft an und versucht, einen Fuß in die Tür zu bekommen. Ich habe noch nie so viele Freunde gehabt.«

Das Lachen verstummte, und eine verlegene Pause trat ein. »Aber was soll ich tun?«, fragte Sooley schließlich. »Meinen Sie, ich bin bereit für den Draft? Oder soll ich besser am College bleiben?«

Lonnie lächelte. »Du bist genauso gut wie die anderen Spieler, gegen die du im Turnier angetreten bist. Wir glauben an dich und wollen, dass du Erfolg hast. Natürlich würde ich dich gern noch drei Jahre lang trainieren, aber das wird nicht passieren. Du kannst das Geld nicht ignorieren.«

»Was wird aus Ihnen?«

»Ich weiß es noch nicht. Es ist einiges in der Mache. Aber ich habe es nicht eilig. Im Gegensatz zu dir, du musst dich entscheiden.«

»Kennen Sie Arnie Savage?«

»Nicht persönlich, aber er soll ein anständiger Agent sein. Warum?«

»Einer seiner Angestellten lässt mir keine Ruhe. Er ist erst in Norfolk aufgetaucht, dann in Memphis, nach dem Sieg über Duke. Er hat Murray angesprochen und wollte sich mit mir treffen.«

»Davon hat Murray mir nichts gesagt.«

»Ich weiß. Mir auch nicht. Der Kontakt war unzulässig, aber, wie ich mittlerweile weiß, ist das kein Thema. Er war ja nur ein Vertreter. Ich habe mich über Savage informiert, und er scheint in Ordnung zu sein. Hat zwei Dutzend Spieler in der NBA.«

»Soll ich ihn anrufen?«, fragte Lonnie.

»Nein, danke. Ich kümmere mich selbst darum, und Murray unterstützt mich.«

»Du darfst dir diese Gelegenheit nicht entgehen lassen, Sooley«, sagte Jason. »Dafür geht es um zu viel Geld.«

»Ich weiß.«

Murray saß mit seinen Eltern am Küchentisch und nippte an einem alkoholfreien Getränk. Zu essen gab es nichts. Herd und Ofen waren kalt, und es duftete nicht so köstlich wie sonst.

Ida machte sich Sorgen, schon seit einer Weile. »Er ist nicht einmal neunzehn«, sagte sie. »Neunzehn ist doch die Altersgrenze, oder?«

»So ungefähr«, erwiderte Murray. »Man muss in dem Kalenderjahr neunzehn werden, in dem man am Draft teilnimmt.«

»Das ist zu jung«, sagte sie.

»Aber so ist die Regel, Mom. Wo ist das Problem? Denk doch bloß an Baseball und Hockey. Jedes Jahr gehen Hunderte Achtzehnjährige direkt nach der Highschool in den Profisport, das ist schon seit Jahren, seit Jahrzehnten so. Al Kaline war mit zwanzig bester Schlagmann in der American League. Joe Nuxhall hat sein erstes Spiel für die Reds mit fünfzehn absolviert.«

»Wer?«, fragte Ida.

»Und was haben diese alten weißen Männer mit Sooley und der NBA zu tun?«, fragte Ernie.

»Nichts. Ich will damit nur sagen, dass ständig Achtzehn- und Neunzehnjährige Profisportler werden. Duke hat dieses Jahr drei oder vier davon. Kentucky mindestens zwei. Denkt ihr, die sind reifer als Sooley?«

»Aber er ist doch noch ein Kind«, sagte Ida. »Ich verstehe nicht, dass wir uns überhaupt damit befassen müssen.«

»Finde dich damit ab, Mom. Er muss sich einen Agenten suchen und am Draft teilnehmen.«

Ernie schüttelte den Kopf. »Das gefällt mir gar nicht. Er soll das College fertig machen, dann kann er immer noch Profisportler werden.«

»Da bin ich anderer Meinung«, sagte Murray. »Was, wenn sie ihm eine Million Dollar anbieten? Wenn er Nein sagt, an der Central bleibt und sich verletzt? Warum soll er das Risiko eingehen? Sooley will genug Geld verdienen, um seine Familie nachzuholen. Das ist für ihn ausschlaggebend. Natürlich wäre ein Collegeabschluss schön, und den will er früher oder später auch nachholen. Aber er hat keine Ruhe, solange seine Mutter und seine Brüder nicht hier in Sicherheit sind.«

»Eine Million wird er ja wohl nicht verdienen«, konterte Ida.

Murray lächelte, schüttelte aber entnervt den Kopf. »Mom, ich weiß, dass du dich nicht über die aktuellen Entwicklungen im Basketball informierst, und das ist völlig in Ordnung. Aber im Augenblick gehen die meisten Experten und Blogger davon aus, dass Sooley in der Mitte oder gegen Ende der ersten Runde gewählt wird, vermutlich als fünfzehnter bis zwanzigster Pick. Nach der Tabelle für Rookie-Verträge bedeutet das ein garantiertes Einkommen von zwei Millionen Dollar im ersten Jahr. Im zweiten Jahr doppelt so viel.«

Ida schüttelte ungläubig den Kopf.

»Er kann noch nicht mal Auto fahren«, wandte Ernie ein.

»Ich bringe es ihm gerade bei. In ein paar Monaten gehört ihm ein Porsche.«

»Um Himmels willen …«

Reynard Owen saß in einer Nische und blickte auf den Parkplatz und den kalten Nieselregen vor dem Fenster. Das Restaurant lag am Stadtrand von Chapel Hill, fünfundzwanzig Minuten vom Campus der Central University entfernt. Pünktlich zur vereinbarten Zeit fuhr der kleine blaue Pick-up auf den Parkplatz und stellte sich neben den eleganten schwarzen Jaguar von Reynard. Auf der Beifahrerseite stieg Sooley aus, streckte sich und warf einen Blick auf den Jaguar. Murray stieg ebenfalls aus und bewunderte das Auto. Einer von beiden machte wohl einen Scherz, jedenfalls lachten beide, während sie über den Parkplatz schlenderten. Als sie hereinkamen, winkte Reynard sie zu sich heran, und sie setzten sich mit großem Abstand zu den anderen Gästen in eine Nische.

Alles an Reynard war cool. Das maßgeschneiderte Jackett, die Designerbrille, die goldene Rolex. Er sah aus wie der Inbegriff von Erfolg und Reichtum, obwohl er erst dreißig war, doch das war zu erwarten. Sooley und Murray, zwei arme Studenten, waren beeindruckt, auch wenn sie das System durchschauten. Reynard war ein Verkäufer, ein Laufbursche, den sein Chef geschickt hatte, um Fühlung zu einem potenziellen Mandanten aufzunehmen.

Sie sprachen über das Turnier, und Reynard wollte wissen, ob sie sich von der Niederlage gegen Villanova erholt hatten. Nein, hatten sie nicht. Sie bestellten Burger und Pommes. »Kommen wir zum Geschäftlichen«, sagte Murray, als die Kellnerin gegangen war. »Sooley und ich müssen zurück und eine Nachtschicht in der Bibliothek einlegen.«

Tatsächlich schwänzten sie eine Vorlesung nach der anderen. Die March Madness hatte sie sehr mitgenommen und machte ihnen immer noch zu schaffen. Außerdem hielt der Hype um Sooley unvermindert an. Jetzt ging es darum, ob er in die Profiliga wechselte oder nicht.

Reynard zeigte seine strahlend weißen Zähne. »Gern. Ich arbeite für Arnie Savage, einen sehr angenehmen Arbeitgeber. Er ist Mitte vierzig und hat vor Jahrzehnten mal für Gonzaga gespielt. Einer der führenden Agenten in der Branche. Sie haben ja bestimmt recherchiert und wissen, welche NBA-Sportler er vertritt.«

Sooley und Murray nickten. Ja, wussten sie.

»Arnie handelt für seine Spieler Top-Gehälter aus, auch wenn das jeder Agent von sich behauptet. Tatsächlich ist das Geld nicht das große Thema, weil das von der Spielergewerkschaft kontrolliert wird. Die Alten wollen nicht, dass die Jungen alles einstecken. Ich bin mir sicher, Sie sind mit der Tabelle für Rookie-Verträge vertraut.«

Beide nickten.

»Arnie wird mit dem Verein, der Sie in der ersten Runde holt, einen Vierjahresvertrag aushandeln, wobei die ersten beiden Jahre garantiert sind.«

»In der ersten Runde«, sagte Murray. »Sind Sie und Ihr Chef sicher, dass er in der ersten Runde weggeht?«

»Hören Sie, Murray, wenn Arnie davon nicht überzeugt wäre, würde ich jetzt nicht hier sitzen. Er vertritt genügend Spieler. Mit Leuten, die im Draft irgendwann gegen Ende weggehen, gibt er sich nicht ab. Arnie ist die Beziehung zu seinen Mandanten wichtig. Ihm liegt wirklich an den Spielern, er ist wie ein Freund, ein Vertrauter. Deshalb hat er sie auch lieber in der Nähe und hält nicht viel davon, Spieler nach Europa zu vermitteln. Verstehen Sie das?«

Sie nickten.

»Um Missverständnissen vorzubeugen: Natürlich hat er auch Mandanten in Europa, hervorragende Spieler, aber er tut alles, um sie herzuholen, wo sie hingehören. Seine Arbeit ist in erster Linie die NBA.«

Sie nickten wieder.

»Arnie verdient sein Geld nicht nur als Freund und Berater, er vermittelt seine Mandanten auch für Marketingkampagnen und als Markenbotschafter. Viele seiner Mandanten verdienen außerhalb des Sports mehr Geld als mit den Spielen. Arnie ist clever und kann den Marktwert seiner Spieler einschätzen.«

»Und je mehr wir verdienen, desto mehr verdient er«, stellte Sooley fest.

»Genau. Er bekommt vier Prozent des Spielergehalts, wie alle

Agenten. Im Augenblick beziehen seine Mandanten Gehälter in Höhe von insgesamt zweihundert Millionen, das ist also leicht auszurechnen. Er gehört jedes Jahr zu den zehn bestbezahlten Spieleragenten. Wie viel die Verträge als Markenbotschafter wert sind, ist nicht immer auf Anhieb ersichtlich.«

Murray nickte, als wäre ihm das alles bekannt. Savage zählte zu den fünf besten Spielervermittlern. Sechsundzwanzig Spieler in der NBA. Vier All-Stars.

Sooley drehte sich der Kopf. Es war schon aufregend genug, dass er in den Blogs als aussichtsreicher Kandidat für den NBA-Draft gehandelt wurde. Natürlich hatte er davon geträumt, viel Geld zu verdienen. Aber jetzt einem Mann gegenüberzusitzen, der seine Träume wahr werden lassen konnte, war zu viel für ihn.

Das Essen kam, doch keiner der drei beachtete es. »Arnie hat folgenden Vorschlag«, sagte Reynard. »Sprechen Sie persönlich mit ihm. Sie müssen ihn kennenlernen, um sich ein Bild zu machen. Er kann Ihnen erklären, wie Ihr Leben in den nächsten fünf Jahren aussehen könnte, und er kann dafür sorgen, dass die Vorhersagen eintreffen.«

»Wo ist er?«, fragte Murray.

»Miami. South Beach. Er mag die Wärme.« Er deutete mit dem Kopf in Richtung Fenster. »Auf jeden Fall besser als hier. Angeblich soll es drei Tage lang regnen.«

»Ist das Ihr Jaguar da draußen?«, fragte Murray.

»Ja.«

»Dem Kennzeichen nach ist er in Maryland zugelassen.«

»In Washington, D.C. Ich vertrete Arnie in diesem Teil des Landes.«

»Wie viele Mitarbeiter hat er?«

»Wir sind zu viert und reisen viel, vor allem in dieser Zeit des Jahres. Wir sehen uns viele Spiele an und jede Menge Videos. Und wir netzwerken viel.«

»Macht Ihnen das Spaß?«

»Und ob.«

Murray war fasziniert. Er war nicht sicher, ob er eine Zukunft in der NBA hatte. Vielleicht sollte er es als Agent versuchen.

»Wann will Mr. Savage mit uns sprechen?«, fragte Sooley.

»Er wäre bereit herzukommen. Übrigens nennt ihn niemand Mr. Savage. Er ist einfach Arnie. Aber es wäre viel netter, wenn Sie ihn aufsuchen. Er hat eine tolle Villa, und es ist immer irgendeine Party im Gang. Mit dem Privatflieger sind wir im Handumdrehen da.«

»Ein Privatjet?«, fragte Murray.

»Natürlich. Er hat mehrere.«

Das gab den Ausschlag.

52

Ecko Lam war in der Stadt, angeblich auf Durchreise. Tatsächlich brauchten zwei Freunde seine Unterstützung.

Einer davon war der junge Samuel. Ecko holte ihn früh am Freitagmorgen am Wohnheim ab und fuhr mit ihm zu einem Diner im Zentrum von Durham. »Wächst du etwa noch, Junge?«, fragte Ecko, als sie sich an einen Tisch setzten.

»Kommt mir zumindest so vor.« Sooley grinste. »Ich bin in letzter Zeit nicht gemessen worden.«

»Wie viel wiegst du?«

»Nicht genug. Wissen Sie, mit wem ich gestern Abend gesprochen habe?«

»Niollo?«

Sooley lachte. »Woher wussten Sie das?«

»Du hast gesagt, ich soll raten. Da habe ich wohl richtig geraten. Was meint er?«

»Ich soll das Geld nehmen, solange es noch geht. Er sagt, vielleicht ist das die höchste Bewertung, die ich je haben werde. Weil ja immer die Gefahr besteht, dass man sich verletzt. Er hat ein Jahr für Syracuse gespielt, hat mit neunzehn am Draft teilgenommen und wurde als siebter Spieler genommen.«

Sie bestellten Kaffee, Saft und Eier. Ecko nickte nur. Das wusste er alles. Er kannte Niollo seit fünfzehn Jahren.

»Er hat gesagt, das erste Jahr war ziemlich hart, aber das geht jedem so«, fuhr Soolcy fort. »Es dauert eine Weile, bis sich der Körper an einen Spielplan mit zweiundachtzig Spielen gewöhnt hat. Er glaubt aber, ich bin körperlich fit genug dafür.«

»Es heißt, er geht aus Miami weg.«

»Darüber haben wir nicht gesprochen. Das geht mich nichts an. Ich habe ihn nach Agenten gefragt, aber dazu hat er nicht viel gesagt. Es kam mir so vor, als wäre er mit seinem nicht so zufrieden.«

»Damit wäre die Sache wohl entschieden, Samuel. Wenn Niollo sagt, du sollst Profi werden, dann machst du das. Oder?«

»Was meinen *Sie* denn?«

»Mir ist Bildung sehr wichtig. Ich bin sehr stolz auf meinen Abschluss von der Kent State University, weil ich der Erste in meiner Familie bin, der aufs College gegangen ist. Wenn es nach mir ginge, würdest du Medizin studieren, Arzt werden, dann in den Südsudan zurückkehren und Krankenhäuser bauen.«

»Die würden doch sowieso in Brand gesteckt werden. Das wären noch einmal zehn Jahre. Danach würde ich zwar gut verdienen, aber bestimmt keine Millionen.«

»Du träumst also davon, Millionen zu verdienen?«

»So viel wird im Basketball heutzutage bezahlt. Das sind irre Summen, finden Sie nicht?«

»Allerdings. Mir war Bildung wichtiger, Samuel, aber ich will ehrlich sein: Mir hat niemand angeboten, in der NBA zu spielen. Man wusste mein unerhörtes Talent wohl nicht zu schätzen. Im Draft hat sich keiner für mich interessiert, was ich mir hätte denken können. Also bin ich Trainer geworden.«

»Und ich bin sehr froh darüber. Stellen Sie sich vor, wir hätten uns nie kennengelernt.«

»Ein furchtbarer Gedanke.«

»Ich weiß. Ich habe gestern Abend einen Artikel über mich gelesen. Davon gibt es im Augenblick ziemlich viele. Der Journalist arbeitet für ESPN und kann richtig gut schreiben. Er sagt, in der Geschichte des Basketballs ist noch niemand in zwölf Monaten so weit gekommen wie ich. Größe, Können, Reife, Laufleistung, alle Werte stimmen. Und das nach allem, was ich erlebt habe. Vor einem Jahr war ich 1,88 Meter groß und habe auf Erdplätzen im afrikanischen Busch gespielt. Jetzt bin ich 2,03 Meter groß und könnte im Draft in der ersten Runde weggehen.«

»Du liest also gern, was über dich geschrieben wird?«, fragte Ecko belustigt.

»Manchmal. Um zu sehen, ob alles stimmt. Viele Journalisten erfinden einfach was. Murray durchforstet das Internet nach Berichten über mich.«

»Wie ich immer sage, Sooley: Du musst im Augenblick leben. Genieß es.«

»Es wäre dumm, das Geld abzulehnen, oder?«

»Das wäre es. Du musst es tun, Samuel. Jeder sagt, du gehst beim Draft in der ersten Runde weg. Ich glaube das auch. Bei so viel Geld kannst du nicht Nein sagen.«

»Ich weiß. Meiner Familie kann ich am besten helfen, wenn ich Geld verdiene und die richtigen Leute kennenlerne. Das wird an der Central University nicht passieren.«

»Ich bin völlig deiner Meinung, Samuel.«

Lonnie machte die Tür zu seinem Büro zu und schloss ab. Er setzte sich hinter seinen Schreibtisch und sah Ecko an, der ihn wortlos anlächelte.

»Ich will nicht weg«, sagte Lonnie schließlich. »Ich mag die Jungs.

Ich habe sie rekrutiert, ich stehe bei ihnen im Wort, ich habe sie erwachsen werden sehen und hatte einen unglaublichen letzten Monat mit ihnen. Wie soll ich ihnen erklären, dass ich weggehe?«

»Du bist Trainer, Lonnie. Das gehört zu unserem Geschäft. Es ist hart, und es werden Tränen fließen, dann kommt der Neue, und du bist vergessen. So ist das Leben.«

»Ich weiß, ich weiß.«

»Das war dein Traum, dafür hast du gearbeitet. Du hast es verdient, Lonnie. Es ist Zeit für einen großen Schritt nach vorn.«

»Habe ich es wirklich verdient? Sooley war ein einmaliges Phänomen. Ohne ihn hätten wir die Saison verloren. Ich habe den Jungen nicht aufgebaut. Er ist ganz von allein zu diesem irren Typen geworden, der alle Körbe gemacht und fast alles gewonnen hat. Wir anderen waren nur seine Weggefährten.«

»Du hast fünf Jahre hintereinander zwanzig Spiele im Jahr gewonnen. In unserem Geschäft heißt das, man bekommt einen besseren Job und mehr Geld.«

»Mehr Geld ist gar kein Ausdruck. Zehnmal mehr, als ich jetzt verdiene.«

»Das spricht doch für sich selbst. Was meint Agnes?«

»Machst du Witze? Sie will, dass ich das Angebot annehme.«

»Dann mach das und hör auf rumzuheulen.«

»Warum kann ich Sooley nicht mitnehmen?«

»Weil er gestern einen Anruf von Niollo bekommen hat, der meint, er ist alt genug, um in der NBA zu spielen. Niollo sagt, er soll das Geld nehmen, solange es noch geht. Und das macht er jetzt.«

»Für ihn bestimmt die richtige Entscheidung.« Lange sagte keiner der beiden etwas, die Stimmung war gedrückt. Lonnie konnte sich nicht vorstellen, die Mannschaft zusammenzurufen, um sich zu verabschieden. Mittlerweile wussten seine Spieler, dass Sooley weggehen würde. Wenn sie jetzt auch noch ihren Trainer verloren, war das ein harter Schlag.

»Ehrlich gesagt hat Agnes keine große Lust auf Milwaukee«, wandte er ein. »Der ganze Schnee damals, als wir an der Northern Iowa waren, reicht ihr eigentlich. Die Kinder fühlen sich hier an der Schule wohl.«

»Sie würden woanders genauso zurechtkommen. Mach dir keine Sorgen wegen dem Schnee, der Planet wird immer wärmer, falls du das noch nicht mitbekommen haben solltest. Lonnie, Marquette spielt Basketball auf höchstem Niveau und bietet dir ein Vermögen. Du bist vierzig und hast deine Karriere noch vor dir. Wie oft haben wir das schon besprochen?«

»Ich weiß.« Lonnie warf einen Blick auf die Uhr.

Ecko ebenfalls. »Jetzt habe ich aber ein schönes Mittagessen in einem richtig guten Restaurant verdient. Eigentlich bin ich dran, aber nachdem ich pleite bin und du jetzt dicke Kohle verdienst, lädst du ein.«

»Ist ja gut.«

Bestimmt zum dritten Mal in einer völlig verfahrenen Diskussion erinnerte Murray seinen Vater daran, dass er zwanzig Jahre alt war. Wenn er mit Samuel und anderen das Wochenende in South Beach verbringen wollte, dann würde er das tun. Er sei alt genug zu wählen, zum Militär zu gehen, ein Auto zu kaufen – wenn er sich eins hätte leisten können – und alle möglichen Verträge zu unterschreiben. Also bitte.

Sie saßen in Ernies engem Büro im Gebäude der Tafel in der Innenstadt. Ernie war gegen den Ausflug, genau wie Miss Ida. Beide hatten Nein gesagt, aber Murray wollte sich nichts vorschreiben lassen. Er hatte das Gespräch mit seinem Vater gesucht, weil Ernie leichter zu knacken war. Wenn Ida Nein sagte, war nicht viel zu machen.

Aber es war sowieso egal. Die Jungen ließen sich nicht abhalten. Murray verabschiedete sich und knallte auf dem Weg nach draußen die Tür zu. Ernie wartete eine halbe Stunde und rief dann seine Frau an.

Der Gedanke, dass Samuel das College abbrach und am Draft teilnahm, bereitete ihnen schlaflose Nächte. In den vergangenen acht Monaten hatten sie sich intensiv um ihn gekümmert, und er gehörte fast zur Familie. Er war ein kluger Junge, aber nicht reif genug für solch wichtige Entscheidungen. Das Geld konnte sein Verderben sein. In dem Haifischbecken da draußen konnte er sehr leicht auf Abwege geraten. Es würde große Versuchungen geben. Er war ein einfacher Junge, der noch nicht Auto fahren durfte und ganz bestimmt nicht reif genug war, um mit Ruhm und Geld umzugehen.

53

Pünktlich zur vereinbarten Uhrzeit hielt ein schwarzer SUV vor dem Studentenwohnheim, an dem Murray und Sooley gespannt warteten. Sie warfen ihre Sporttaschen hinten ins Auto und stiegen ein. Reynard hatte gesagt, sie bräuchten nicht viel. Sie würden das ganze Wochenende über T-Shirts und Shorts tragen. Während in Durham feuchte Kälte herrschte, waren in South Beach blauer Himmel, knappe Bikinis und Sonne angesagt.

Es war kurz vor fünf am Freitagnachmittag. Sooley warf einen Blick auf sein Handy und runzelte die Stirn. »Deine Mutter. Zum dritten Mal. Ich kann ihre Anrufe nicht einfach ignorieren.«

»Vergiss es«, sagte Murray. »Ich mache das auch. Sie haben kein Recht dazu. Nimm es ihnen nicht übel.«

»Sie machen sich doch bloß Sorgen. Ich rufe sie vom Flugzeug aus an.«

Sie kamen am Terminal für die Allgemeine Luftfahrt an und

wurden von einem Piloten in der Lounge in Empfang genommen. Er nahm ihr Gepäck und führte sie zum Vorfeld, wo ein eleganter Privatjet auf sie wartete. Er deutete auf die Treppe. »Auf nach Miami, Gentlemen.«

Sie sprangen die Stufen hinauf und wurden von Reynard begrüßt, der bereits eine Flasche Bier in der Hand hielt. Eine hübsche Flugbegleiterin nahm ihnen die Sakkos ab und fragte, was sie trinken wollten. Bier für alle. Hinten in der Maschine erhob sich eine attraktive Blondine und kam mit strahlendem Lächeln auf sie zu. Reynard sagte: »Meine Freundin, Meg. Meg, das sind Sooley und Murray.« Sie schüttelten ihr die Hand und bewunderten ihre tiefblauen Augen.

Dann ließen sie sich auf riesigen Ledersesseln nieder und studierten die vielen Details der Kabinenausstattung. Meg, die einen engen, kurzen Rock trug, schlug die Beine übereinander, und Sooley stockte der Atem. Murray versuchte, nicht hinzusehen, und wandte sich an Reynard. »Was für ein Flugzeug ist das?«

»Eine Falcon 900.«

Murray nickte, als wäre er mit Privatjets bestens vertraut. »Welche Reichweite?«

»Da gibt es eigentlich keine Einschränkungen. Letztes Jahr sind wir nach Kroatien geflogen, um uns einen Spieler anzusehen. Reine Zeitverschwendung. Eine Zwischenlandung, wenn ich mich recht erinnere. Aber Arnie will eigentlich nicht mehr mit Spielern in Europa arbeiten. Er hat genügend hier in den Staaten.«

Die Flugbegleiterin erschien mit einem Tablett, auf dem zwei eisgekühlte Bierflaschen standen. Meg bestellte ein Glas Wein. Die Maschine rollte an, während Murray alle möglichen Fragen zum Flugzeug stellte. Die Flugbegleiterin forderte sie auf, sich zum Start anzuschnallen, und verschwand im hinteren Bereich der Maschine.

Eine Viertelstunde später tauchte sie mit frischen Getränken wieder auf und erkundigte sich, ob jemand Hunger habe. Der Gedanke, in einer Höhe von zwölftausend Metern in dieser luxuriösen Umgebung zu speisen, war verlockend, und die Jungen bestellten je eine kleine Pizza.

Meg erwies sich als Basketballfan und wollte alles über ihren Lauf wissen, der sie in die Final Four geführt hatte. Wegen Reynards Arbeit sah sie viele College- und NBA-Spiele und kannte alle Spieler, Trainer und sogar einige Schiedsrichter. Reynards Schätzung zufolge sah er selbst mindestens fünfundsiebzig Spiele pro Saison, und Meg war oft dabei.

Kein schlechtes Leben, dachte Murray und fragte Reynard über seine Arbeit aus. Sooley warf einen Blick auf sein Handy, sah, dass er Empfang hatte, und ging nach hinten, um Miss Ida anzurufen. Sie nahm nicht ab.

Arnies riesige Villa lag in einer Straße nicht weit vom Meer. Wie die Nachbarhäuser war sie offenkundig von avantgardistischen Architekten entworfen worden, die vor nichts zurückschreckten, wenn sie ihre Kollegen damit beeindrucken konnten. Haustüren waren tabu. Ebenen stapelten sich in grotesken Winkeln übereinander. Ein Gebäude bestand aus drei Glassilos, die durch chromglänzende Laufstege miteinander verbunden waren. Ein anderes wirkte wie ein grotesker Bunker in Erdnussschalenoptik ohne erkennbare Fenster. In seinen acht Monaten in Durham hatte Sooley kein Haus gesehen, das auch nur im Entferntesten diesen bizarren Konstruktionen ähnelte.

Das von Arnie war mit drei Ebenen und einer großartigen Aussicht eines der hübscheren Gebäude. Die Limousine hielt in der kreisförmigen Einfahrt, wo sie von einem barfüßigen Butler begrüßt wurden. Er führte sie durch eine türlose Öffnung in einen riesigen offenen Wohnbereich mit hoher Decke, an der Mobiles im Stil von Alexander Calder in ständiger Bewegung waren.

»Die Party ist da hinten«, sagte der Butler und deutete auf den Rasen hinter dem Haus, wo ein großer, hell erleuchteter Pool auf die Gäste wartete.

»Wir gehen uns umziehen«, sagte Reynard und verschwand mit Meg. In abgetragenen Jeans, Sneakers und T-Shirts kamen sich Sooley und Murray geradezu overdressed vor. Jeder hier trug Shorts. Die meisten waren barfuß. Sie postierten sich in einer Ecke, holten sich ein Bier von der Bar und sahen zu, wie zwei Mädchen in den Pool sprangen. Aus unsichtbaren Lautsprechern klang Soft Rap. Es herrschte ein ständiges Kommen und Gehen, immer wieder verschwanden Gäste im Haus und tauchten dann wieder auf.

»Hey, das ist ja Sooley!«, sagte jemand. Der Unbekannte kam mit breitem Lächeln auf sie zu und schüttelte ihnen energisch die Hände. Er stellte sich als Julian Irgendwas vor und sagte, er arbeite mit Reynard zusammen. Jeder Gast hatte irgendwie mit Basketball zu tun, und im Augenblick war Samuel Sooleymon der bekannteste College-Basketballer in den USA. Bald hatte sich eine Gruppe um ihn versammelt, und er unterhielt sich angeregt. Jemand brachte ihm ein frisches Bier. Ein paar Mädchen stießen dazu. Sie waren attraktiv, und alle Hautfarben waren vertreten. Dem Aussehen nach war keine der jungen Frauen älter als zwanzig. Mehrere trugen nur knappe Bikinis, andere enge Shorts mit offenherzigen Blusen. Murray fing wie immer sofort an zu flirten.

Im Hauptraum war eine lange Tafel aufgebaut, an der das Abendessen serviert wurde. Die Gäste waren andere Agenten, die mit Arnie zusammenarbeiteten, Manager von den Miami Heat, Trainer aus der Gegend, Freunde aus der Nachbarschaft. Die ungezwungene Runde vermittelte den Eindruck, dass sich in Arnies Welt jederzeit eine Party wie diese ergeben konnte.

Wo war Arnie? Murray fragte Reynard, der sagte, sein Chef komme mit dem Flugzeug und müsse bald eintreffen.

Es erschienen immer mehr Gäste. Murray erkannte Lynn Korby, einen Guard der Miami Heat, der seit einem Monat verletzt war. Seine Mannschaft absolvierte die letzten Auswärtsspiele der regulären Saison. Die Play-offs würden in einer Woche beginnen. Bei Korbys Anblick überlegte Sooley, ob Niollo auch auftauchen würde, aber das hielt Murray für unwahrscheinlich.

Nach dem Abendessen erschien ein DJ, und die Musik wurde lauter. Im Landschaftsgarten am Pool fuhr eine Tanzfläche hoch, auf der sich bald die Paare drehten. Hinter einer Hecke feierte eine Gruppe nackter Mädchen mit Champagnerflöten in der Hand in einem Whirlpool ihre eigene Party. Sooley und Murray ließen sich in zwei Liegestühle fallen und beobachteten das Spektakel. »Sooley, alter Junge, Durham ist hier ganz weit weg«, stellte Murray fest.

Sie unterhielten sich, tanzten, tranken Bier und feierten bis nach Mitternacht. Als kein Ende absehbar war, hatte Sooley irgendwann genug. Ein Hausangestellter führte sie zu ihrem Schlafzimmer im ersten Stock in einem Flügel, der wie ein von einem Designer gestaltetes Wohnheim wirkte. Sie ließen sich in ihre Betten fallen und schliefen ein, während die Party unten weiter tobte.

Reynard holte sie spät am nächsten Vormittag ab und brachte sie zu einem Sonnendeck am Pool. Ein großes Vordach sorgte für Schatten, ein Ventilator für eine angenehme Brise. Arnie Savage telefonierte gerade, sprang aber auf, als er sie sah, und ließ das Telefon verschwinden. Er stellte sich vor, begrüßte sie mit einem herzlichen Händedruck und entschuldigte sich dafür, dass er die Party am Vorabend versäumt hatte. Er lud sie ein, sich zu setzen, und binnen Sekunden erschien eine junge Dame, um ihre Bestellungen aufzunehmen. Omelette, Pfannkuchen, Schinken und Ei, Avocado, alles war im Angebot.

Murray sah Reynard an. »Was nehmen Sie?«

»Pochierte Eier auf Avocadotoast sind immer gut.«

»Das stimmt«, sagte Arnie. »Ich nehme das Gleiche.«

»Ich hätte gern Waffeln mit Speck«, sagte Murray.

Sooley schloss sich an. »Ich auch.«

Kaffee und Saft für alle.

Sooley hatte so viel über Arnie gelesen, dass er das Gefühl hatte, ihn seit Jahren zu kennen. Er wurde weithin zu den zehn besten Spielervermittlern der NBA gezählt und galt mit seiner eindrucksvollen Mandantenliste als einer der einflussreichsten Agenten. Sie erwarteten einen vor Energie sprühenden Verkäufertyp, der ihnen das Blaue vom Himmel versprach. Arnies bedächtige Sprechweise und leise Stimme waren eine angenehme Überraschung. Er sprach nur mit fünfundsiebzig Prozent der normalen Geschwindigkeit und schien jedes Wort genau abzuwägen. Ihm war wichtig, was sie zu sagen hatten, und er hörte aufmerksam zu, ohne ungeduldig zu werden.

Sie sprachen über ihre fantastische Saison, ihre Abenteuer in der Runde der Final Four. Selbstverständlich sei er dort gewesen. Er habe seit Jahren keine Endrunde verpasst.

Das Essen kam, und sie griffen zu. Arnie hatte am College Basketball gespielt und wirkte immer noch fit. Er sagte, er laufe fünfzehn Kilometer am Tag und spiele viel Tennis. »Sooley – ich darf Sie doch so nennen?«, fragte er zwischen zwei Bissen. »Die halbe Welt kennt Sie als ›Sooley‹, aber vielleicht ist Ihnen Samuel lieber?«

»Sooley ist in Ordnung«, platzte Murray heraus. Samuel nickte.

»Dann bleiben wir bei Sooley. Darf ich Sie fragen, wie es mit der Auswahl Ihres Agenten aussieht? Wie weit sind Sie?«

»Wir stehen noch am Anfang«, antwortete Sooley. »Sie sind der Erste. Mein Berater und ich dachten, wir würden uns erst mal zwei oder drei genauer ansehen. Ist das die normale Vorgehensweise?«

»Da gibt es keine Regeln. Natürlich können Sie das so machen.«

Murray, der eben zum Berater avanciert war, meldete sich zu Wort. »Können Sie uns sagen, wie Sie seine Chancen im Draft einschätzen?«

»Natürlich. Mein Team und ich haben uns angesehen, wie Sie spielen, live und auf Video, und wir haben mit Scouts auf allen Ebenen gesprochen. Ihre Stärken – und die überwiegen deutlich – liegen auf der Hand: Größe, Schnelligkeit, Wendigkeit, Sprungkraft, Treffsicherheit, eigentlich alles. Ich finde, Sie haben das ideale Alter. Sie sind teamfähig, immer freundlich, die ganze Welt hat sich von der Sooleymania anstecken lassen. Sie sind damit sehr geschickt umgegangen, und jede Profimannschaft hätte Sie gern an Bord.«

»Und was spricht gegen ihn?«, fragte Murray und machte sich über eine weitere Waffel her.

Arnie lächelte und trank einen Schluck Kaffee. »Mangelnde Erfahrung. Kein Highschool-Basketball. Nur ein Jahr am College, besser gesagt, ein halbes Jahr. Jeder andere Spieler, der in den ersten beiden Runden weggehen wird, ist seit Jahren bestens bekannt. Die vier von Duke haben schon mit fünfzehn auf nationaler Ebene gespielt, und jeder hat sie mit eigenen Augen gesehen. Ich muss Sie nicht daran erinnern, dass es im Sport viele Athleten gegeben hat, die aus dem Nichts auftauchten, ein kurzes Feuerwerk entzündeten, dann ausgebrannt waren und in Vergessenheit gerieten. Sind Sie so ein Feuerwerk, Sooley? Es gibt Leute, die das befürchten. Ich nicht. Ihr letztes Spiel gibt einigen zu denken. Sie haben gegen Villanova nicht gut gespielt, und manche Kritiker haben nur auf diesen scheinbaren Beweis dafür gewartet, dass Sie dem Druck nicht standhalten.«

»Gegen Duke hat er achtundfünfzig Punkte gemacht«, wandte Murray ein.

»Ich weiß. Aber Sie wollten wissen, was gegen ihn spricht. Das ist die Antwort. Mir macht das keine Sorgen, Sooley. Ich bin mir sicher, dass Sie die körperlichen Voraussetzungen, das Talent und den Kopf für eine lange NBA-Karriere haben.«

»Wo sehen Sie mich?«

Arnie antwortete, ohne zu zögern. »Sie kennen die Spielerbewertungen. Experten gibt es wie Sand am Meer. Wir spielen jeden Tag in meinem Büro unseren eigenen Draft durch und schieben stundenlang Namen nach oben oder unten. Die vier Spieler von Duke, zwei von Kentucky, Nkeke von Oregon, Dokafur von Minnesota, alle im ersten Jahr. Dann Darrell Whitley von Villanova, Long von San Diego, der große Russe von Gonzaga und Barber von Kansas. Das sind zwölf, und irgendwann danach wird Ihr Name fallen.«

Arnie ratterte die Namen herunter, als hätte er alle Statistiken auswendig gelernt und gewusst, was das Management der einzelnen Basketballmannschaften dachte.

»Also bestenfalls an zwölfter Stelle«, sagte Murray.

»Bestenfalls an neunter oder zehnter, schlechtestenfalls an fünfzehnter Stelle. Auf jeden Fall in der ersten Runde, Sooley. Ich handle für Sie einen Vierjahresvertrag aus, bei dem zwei Jahre garantiert sind.«

»Wie viel?«, fragte Sooley.

»Sie kennen die Tabelle für Rookie-Verträge und wissen, dass es darauf ankommt, bei welcher Mannschaft Sie landen. Aber zehn bis fünfzehn Millionen sind realistisch.«

Sooley konnte ein Lächeln nicht unterdrücken, und seinem Berater ging es genauso. Reynard beobachtete ihn genau und sah das übliche ungläubige Staunen. Jeder hatte seine Träume, doch die Zahlen von einem erfahrenen Agenten wie Arnie zu hören war immer ein Schock.

Sooley legte die Gabel beiseite und trank einen Schluck Orangensaft. Sein Mund war plötzlich wie ausgedörrt. Sein verstorbener Vater hatte als Lehrer vielleicht zweihundert Dollar im Monat verdient, und auch das nur acht Monate im Jahr.

Arnie wartete, aß einen Bissen und fuhr dann fort: »Ich erhalte grundsätzlich von allem vier Prozent, das ist Standard. Wenn die Angebote als Markenbotschafter kommen – aber da passiert im ersten Jahr nicht viel –, berate ich Sie und nehme zehn Prozent. Das ist ebenfalls üblich. Und ich passe auf das Geld auf, Sooley. Ich könnte ein Buch schreiben über Sportler, die Millionen verschwendet haben und pleite waren, als sie aufgehört haben zu spielen. Nicht meine Mandanten. Ich habe ein eigenes Investmentteam, und wir arbeiten hart daran, Sie und Ihr Geld zu schützen. Meine Mandanten sind sportlich, außerhalb des Sports und bei ihren Finanzgeschäften bei mir gut aufgehoben.«

»Sie verwalten also das Geld?«, fragte Murray.

»So ist es. Meine Rookie-Spieler erhalten einen Vorschuss, damit sie sich einen angemessenen Lebensstil leisten können. Wer in der NBA spielt, muss entsprechend auftreten. Garderobe, ein Sportwagen, Geschenke für Freunde und Familie, eine nette Eigentumswohnung. Ich rate dringend davon ab, Immobilien zu erwerben, solange es keinen langfristigen Vertrag gibt und kein Trade zu erwarten ist, wobei ich einen Wechsel nicht immer beeinflussen kann. Wenn Sie sich eingewöhnt haben und richtig ausgestattet sind, legen wir fest, wie viel Sie jeden Monat brauchen. Wir richten einen Dauerauftrag für Sie ein, die Höhe richtet sich nach Ihren Wünschen. Uns ist immer bewusst, dass es Ihr Geld ist, nicht meins. Wenn Sie aber alles behalten wollen, können Sie sich einen anderen Agenten suchen. Wie gesagt, Sooley, ich schütze meine Mandanten. Wenn Sie meinen Schutz nicht wollen, verschwende ich meine Zeit.«

Sooley war der Appetit vergangen, aber er nickte.

Arnie aß einen weiteren Bissen und gab ihm jede Menge Zeit, um Fragen zu stellen. Da er keine hörte, sprach er weiter. »Das größte Problem ist das Umfeld. Jede Menge alte und neue Freunde werden sich bei Ihnen melden, und jeder wird etwas von Ihnen wollen. Sie können sich glücklich schätzen, dass Sie einen Freund wie Murray haben.«

Sooley lachte. »Der bekommt aber nichts.«

Sie lachten erneut. »Sie werden ihn brauchen«, sagte Arnie. »Und seine Mutter.«

»Meine Mutter?«

»Ja, Ida. Ich habe mich heute Morgen ausgiebig mit ihr unterhalten.«

»Nein! Das darf doch wohl nicht wahr sein. Sagen Sie bloß nicht, dass sie hier angerufen hat.« Murray schüttelte den Kopf. Wie peinlich!

»Hat sie.«

»Das tut mir wirklich leid, Arnie. Ich entschuldige mich.«

»Wofür?«

»Dass sie sich ständig einmischen muss. Nicht zu fassen.«

»Regen Sie sich nicht auf, Murray. Es war ein sehr konstruktives Gespräch. Sie fühlt sich für Sie beide verantwortlich und will Sie nur schützen.«

»Tut mir wirklich leid.«

»Braucht es nicht. Meine Mutter ist gestorben, als ich zehn war. Seien Sie froh, dass Sie Ihre noch haben.«

Murray und Sooley sahen sich verwirrt an. »Was will sie?«, fragte Sooley.

»Sie hat mich gebeten, ihr den Agenturvertrag vorzulegen, den Sie und ich unterschreiben werden. Für mich geht das in Ordnung. Ich spiele mit offenen Karten, Sooley. Es gibt keine Geheimnisse, keine versteckten Inhalte. Sie ist Rechtsanwältin, und deshalb ist es eine gute Sache, wenn sie sich die Vereinbarung ansieht. Irgendwelche Einwände?«

Sooley hob beide Hände, mit den Handflächen nach oben. »Was immer Miss Ida will, geht für mich in Ordnung. Ich kann ihr nichts abschlagen.«

»Sie ist knallhart«, sagte Murray. »Wahrscheinlich wird sie darauf bestehen, dass Sie weniger als vier Prozent nehmen.«

Arnie lachte. »Dazu wird es nicht kommen. Ich bin sicher, Miss Ida und ich werden uns einigen. Ich führe seit zwanzig Jahren Verhandlungen mit Managern, Inhabern und Schuhfabrikanten.«

»Und ich führe seit zwanzig Jahren Verhandlungen mit ihr«, erwiderte Murray. »Raten Sie mal, wer gewinnt.«

»Auf jeden Fall hat sie gesagt, ich soll dafür sorgen, dass Sie beide gesund und wohlbehalten nach Hause kommen. Das habe ich ihr versprochen.«

»Können wir noch bis morgen bleiben?«, fragte Sooley.

»Natürlich. Hier ist mein Vorschlag: Ich habe eine Zwanzig-Meter-Jacht, ein nettes kleines Boot. Damit könnten wir rausfahren und angeln.«

»Tolle Idee.«

54

Spät am Montagabend erhielten die Central-Spieler eine E-Mail von Coach Britt, der eine Mannschaftsbesprechung einberief. Mittlerweile rechneten alle damit, dass er weggehen würde. Es war bereits heftig spekuliert worden. Auf zwei Websites, die praktisch nur Trainerwechsel im Collegesport verfolgten, hatten sich seit dem Ende der Saison wie üblich die Gerüchte überschlagen. Die Frage war, wer seinen Job verlieren und wer an ein besseres College wechseln würde. Mindestens zehn wichtige College-Mannschaften holten neue Trainer.

Als sie sich um vier Uhr nachmittags in der Kabine versammelten, war die Stimmung gedrückt. Die Spieler im letzten Collegejahr – Mitch Rocker, Roy Tice und Dmitri Robbins – waren eingeladen, obwohl sie nicht mehr für die Mannschaft auflaufen würden. Coach Britt hatte sie selbst rekrutiert und wollte sich von ihnen verabschieden. Sooley war ebenfalls da, obwohl jeder wusste, dass er nicht wiederkommen würde.

Wie immer bei diesen herzzerreißenden Abschieden fühlte sich die Mannschaft im Stich gelassen. Die Spieler, die am College blieben, hatten sich ihrem Trainer und seiner Abteilung gegenüber für vier Jahre verpflichtet. Plötzlich war diese Abteilung nicht mehr gut genug für ihn. Er hatte eine bessere Stelle und mehr Geld in Aussicht. Einerseits freuten sie sich für den Trainer, den sie schätzten, und wünschten ihm Erfolg auf höchstem Niveau. Andererseits wollten sie einfach, dass er bei ihnen blieb. Als Mannschaft hatten sie das Unvorstellbare geschafft, und die Zukunft sah rosig aus.

Lonnie fasste sich so kurz wie möglich. Er habe einen Vierjahresvertrag mit Marquette geschlossen und werde demnächst umziehen. Er entschuldigte sich für seinen Weggang, dafür, dass er Spieler zurückließ, die er selbst rekrutiert hatte, die ihm wichtig waren, aber so sei der Sport. Das Karussell sei in ständiger Bewegung, nichts bleibe, wie es war.

Er überraschte sie mit der Nachricht, dass Jason Grinnell zu seinem Nachfolger ernannt werden würde. Die Spieler waren sichtlich erleichtert. Davon war kein Wort durchgesickert, selbst im Internet war nichts davon zu lesen gewesen. Jason war bei den Spielern beliebt und bei der Rekrutierung der meisten beteiligt gewesen.

Lonnies Stimme brach, als er ihnen noch einmal für die tolle Zeit dankte und sagte, er werde sie nie vergessen. Dann trocknete er sich die Augen, lächelte die Jungen an und verließ unter Tränen den Raum.

Jason Grinnell stand auf und übernahm die restliche Besprechung.

Zwei Tage später unterzeichnete Sooley einen Vertrag mit Arnie Savage und meldete sich zum NBA-Draft an. Die Central University veröffentlichte umgehend einen Kommentar dazu. Niemand war überrascht.

Der Vertrag war eingehend von Ida Walker geprüft worden, die auf einigen Änderungen bestanden hatte. Arnies Rechtsanwalt hatte ihn ihr per E-Mail geschickt, und als sie ihn ausgedruckt hatte und zum ersten Mal in den Händen hielt, fühlte sie sich wie beschmutzt. Aber je mehr sie sich damit auseinandersetzte, desto mehr legte sich ihre Skepsis. Die Klauseln waren genauso klar und eindeutig, wie Arnie angekündigt hatte. Die Zusammenarbeit mit seinem Rechtsanwalt gestaltete sich angenehm. Schließlich standen sie alle auf derselben Seite und verfolgten dieselben Ziele.

Sooley gingen ihre Überwachungs- und Kontrollversuche allmählich auf die Nerven. Murray fand ihre Einmischung unerträglich. Obwohl er nicht wusste, ob er je den Mut dazu aufbringen würde, spielte er mit dem Gedanken, ein Jahr auszusetzen und als Sooleys Assistent zu arbeiten. Sein Freund brauchte ihn jetzt, denn das Leben würde höchst kompliziert werden. Außerdem fand er den Gedanken an das Geld, die Privatjets, die Mädchen, den Glanz, der auf ihn abfallen würde, und die Vorstellung, eine NBA-Saison mitzuerleben, unwiderstehlich.

Träum weiter, sagte er sich immer wieder.

Am 2. Mai war das Semester endlich zu Ende, und Sooley hatte nur mit größer Mühe bis zum Schluss durchgehalten. Wieso sollte er lernen, wenn er im Herbst gar nicht weitermachte? Wie sollte er sich für noch einmal drei Jahre College und ein endloses Aufbaustudium motivieren, wenn er Millionen mit seinem geliebten Sport verdienen konnte? Das konnte nicht klappen. Und für die Abschlussprüfungen zu lernen ging schon gar nicht.

Die Entscheidung fiel eines Abends in der Bibliothek, wo er

sich angeblich für die Abschlussprüfung in Biologie vorbereitete, aber eigentlich nur die Zeit totschlug, bis er wieder in sein Zimmer konnte. Murray hatte es für ein paar Stunden mit Beschlag belegt. Reynard schickte ihm eine Textnachricht und wollte wissen, ob alles in Ordnung war. Sooley ging nach draußen in die kühle Nacht und rief ihn an. Als er ihm erzählte, er lerne für die Abschlussprüfungen, bekam Reynard einen Lachanfall und konnte sich gar nicht wieder beruhigen. Sooley kam sich selbst albern vor.

»Ich habe eine Idee«, sagte Reynard. »Vergessen Sie die Abschlussprüfungen, und kommen Sie für einige Tage mit zu Arnie. Er hat ein paar NBA-Assistenztrainer da und meint, Sie sollten mit ihnen trainieren und über die Combine sprechen, bei der sich die Spieler für den NBA-Draft präsentieren. Ich hole Sie morgen ab.«

Sooley sagte sofort zu.

Am nächsten Vormittag schlief er aus und wartete, bis Murray gegangen war. Dann packte er so viel Kleidung, Hygieneartikel und andere Habseligkeiten, wie er in eine große Sporttasche und einen Rucksack stopfen konnte. Als der schwarze SUV vor dem Studentenwohnheim vorfuhr, warf Sooley sein Gepäck in den Laderaum und setzte sich auf den Rücksitz.

Jetzt, wo der Campus hinter ihnen zurückblieb, wurde ihm schlagartig bewusst, dass er vermutlich nie zurückkehren würde, und das rührte ihn fast zu Tränen. Angekommen war er im August, am Boden zerstört wegen der entsetzlichen Ereignisse in seiner Heimat, ohne zu wissen, wer von seinen Angehörigen überlebt hatte. Der Tod seines Vaters war bestätigt, aber von den anderen fehlte damals jede Spur. Coach Britt hatte ihm aus Mitleid ein Stipendium angeboten, das sich für alle als Glücksgriff erwiesen hatte.

Er dachte an seine Mutter und daran, wie enttäuscht sie sein würde, wenn er das College abbrach, aber damit konnte er sich jetzt nicht befassen. Irgendwann würde sie es vielleicht verstehen.

Er wartete, bis er in South Beach war, bevor er Murray eine Nachricht schickte. *»Bin ein paar Tage in South Beach bei Arnie. Bitte sag deiner Mutter nichts. Alles gut.«*

»Du Flasche!«, lautete Murrays Antwort. *»Was ist mit den Abschlussprüfungen?«*

»Was soll damit sein?«

»Ich sag es Mom.«

So eindrucksvoll Arnies Villa auch war, eine eigene Basketballhalle gehörte nicht dazu, deswegen nutzte er die einer nahen Privatschule. Am späten Nachmittag auf der Fahrt zur Halle erklärte Reynard, Arnie sei gerade zu einem Treffen mit Darrell Whitley von Villanova in Philadelphia. Wenn er zu Arnie kam, hatten sie zwei Spieler, die in der ersten Runde weggehen würden, der Traum jedes Agenten.

Van und Herman warfen auf den Korb, um sich die Wartezeit zu vertreiben. Alle stellten sich vor, und die beiden schienen sich zu freuen, Sooley kennenzulernen. Van war früher Assistenztrainer bei den Mavericks gewesen, Herman irgendwann mal Scout bei den Magic. Sie gehörten irgendwie zu Arnies Welt, aber es war nicht klar, welche Position sie genau innehatten. Van nahm das Training sehr ernst, und Arnie hatte ihn gebeten, Sooley eine halbe Stunde lang Dehnen und Aufwärmübungen machen zu lassen und ihm einzuhämmern, dass diese Routine nun zu seinem Alltag gehöre. Als er richtig locker war, fingen sie mit dem Wurftraining an. Nachdem er tagelang nicht gespielt hatte, fühlte es sich großartig an, wieder einen Ball in der Hand zu haben und auf den Korb zu werfen.

In einer Pause unterhielten sie sich über die Combine. Van hielt die Teilnahme für eine gute Idee. Herman war skeptisch. Arnie hatte noch nicht entschieden, ob Sooley teilnehmen sollte. Etwa die Hälfte seiner Mandanten war dabei, doch Arnie hielt nicht viel von der Veranstaltung.

Jedes Jahr wurden die sechzig bis siebzig besten Draft-Kandidaten zur NBA Draft Combine eingeladen, einem dreitägigen Schönheitswettbewerb, über den in den Medien ausführlich berichtet wurde. Alle erdenklichen Werte der Spieler wurden erfasst: Größe mit und ohne Schuhe, Gewicht, Körperfettanteil, Beweglichkeit, Armspannweite, Schnelligkeit, Handgröße und Sprungkraft im Stand und in der Bewegung. Es gab Korbwurfwettbewerbe, leichte Übungsspiele, jede Menge Interviews und Schaulaufen für die Presse.

Sooley wollte unbedingt teilnehmen und seine Fähigkeiten zeigen. Herman hielt das für keine gute Idee. Sein Wert sei nie höher gewesen. Warum riskieren, dass bei einem Work-out etwas schiefging?

Das Training fand jeden Tag statt, einmal morgens und dann wieder am Abend, wenn die Halle verfügbar war. Welche Trainer und Spieler dabei waren, änderte sich fast jeden Tag. Arnies Freunde kamen und gingen. Manche lebten in der Gegend, aber die meisten waren nur auf der Durchreise, immer wegen irgendeiner Basketballgeschichte.

Je länger Sooley in Arnies Luxusvilla war, desto besser gefiel es ihm dort. Die Abschlussprüfungen waren vorbei, aber das betraf ihn ohnehin nicht mehr. Das Semester war zu Ende, und Murray, sein Berater, rackerte sich für acht Dollar die Stunde bei der Tafel ab, wo er Kartons schleppte und ins Lager räumte.

Er bestellte ein spätes Frühstück, das er am Pool mit den Gästen einnahm, die zufällig gerade im Haus übernachtet hatten. Dabei lernte er eine unglaubliche Zahl von Trainern, Scouts, früheren Spielern, anderen Agenten, Vertretern von Schuhherstellern und eine ganze Menge andere kennen, die keine bestimmte Aufgabe zu haben schienen. Reynard flüsterte ihm zu, die meisten seien Schmarotzer, die in der Entourage irgendwelcher Prominenter eine ruhige Kugel schieben wollten.

Arnie war selten zu Hause. Er saß fast jeden Tag im Flugzeug und verließ sich darauf, dass seine Angestellten den Haushalt am Laufen und die Karawane der ständig wechselnden Gäste unter Kontrolle hielten.

Sooley hatte eigentlich auch gar keine Alternative. Immer wieder fragte er Reynard, ob er sich eine neue Bleibe suchen solle. Aber Reynard lachte nur. »Keine Sorge, Sooley. Sie gehen beim Draft in der ersten Runde weg. Solche Leute sind immer willkommen.«

Er sprach jeden Tag mit Murray und gelegentlich auch mit Miss Ida. Jeden Mittwochmorgen telefonierte er mit seiner Mutter, hatte aber noch nicht den Mut aufgebracht, ihr von seinen neuen Plänen zu erzählen. Meistens schlief er aus, unternahm lange Spaziergänge am Strand, trainierte mindestens eine Stunde im Kraftraum und ließ sich zweimal täglich von verschiedenen Trainern fitmachen. Wenn Arnie zu einem Kurzaufenthalt nach Hause kam, unterhielten sie sich über den Draft und die Spielerbewertungen. Sooley wollte natürlich gern wissen, wo er landen und in den nächsten Jahren leben würde. Es gab im ganzen Land verteilt dreißig Mannschaften, und manche Städte waren attraktiver als andere. Im Grunde war es nicht so wichtig. Das Geld war überall gut, aber ein Star bei den Celtics oder den Lakers zu sein war etwas anderes, als für Sacramento zu spielen. Wie alle Spieler träumte er von einem lukrativen Vertrag bei einem Team mit einer eigenen Legende, das überall im Fernsehen zu sehen war.

Arnie sprach den ganzen Tag lang mit den für die Spieler verantwortlichen GMs der Mannschaften und mit Scouts. Er war immer noch der Meinung, dass Sooley in der Mitte der ersten Runde weggehen würde. Brooklyn, Denver und Houston waren wahrscheinliche Interessenten, aber die Dinge konnten sich von einem Augenblick auf den anderen ändern, wenn der Draft näher rückte. Jedes Jahr brachte eine Vielzahl von Transfers, bei denen die Spieler oft völlig überraschend von einer Mannschaft zur anderen wechseln mussten.

Anfang Mai entschied Arnie, die Combine sei keine gute Idee. Die Scouts hatten genug von Sooley gesehen. Kein Collegespieler hatte in diesem Frühjahr größeres Interesse geweckt und war häufiger im Fernsehen gewesen. Seine Schnelligkeit, Wendigkeit, Sprungkraft und Treffsicherheit waren bestens dokumentiert, und die Combine brachte nichts Neues. Ein misslungenes Work-out oder eines, das den hohen Erwartungen nicht gerecht wurde, konnten seinen Wert nur mindern. Sooley war enttäuscht, vertraute seinem Agenten aber voll und ganz.

Als Arnie auf der Jagd nach einem anderen Geschäft abgereist war, versuchte Sooley, Murray zu einem Kurztrip zu überreden, zu einem Wochenende mit Partys und vielen Mädchen. Aber seine Eltern wachten mit Argusaugen darüber, dass er seinen Job bei der Tafel nicht im Stich ließ.

Sooley lernte ein Mädchen kennen. Ihr Name war Valerie, doch sie nannte sich Val oder Vallie, beides war ihr recht. Sie gehörte zu der Gruppe Mädchen, die in knappen Bikinis am Pool herumhingen und ihre durchtrainierten Beine und Bauchmuskeln zeigten. Sie behauptete, sie habe an der University of South Florida Basketball gespielt, bis eine Knieverletzung ihre Karriere ruiniert habe, und zeigte ihm bereitwillig eine Narbe am Bein, der einzige Makel an ihrem ansonsten perfekten Körper. Sie verbrachten die erste Nacht zusammen in Sooleys Zimmer und frühstückten spät am Pool. In der zweiten Nacht gingen sie zu ihrem kleinen Apartment um die Ecke und konnten die ganze Nacht die Finger nicht voneinander lassen. Angeblich war sie vierundzwanzig und konnte als Immobilienmaklerin ihre Arbeitszeit selbst bestimmen. Nach drei Tagen war Sooley bereits über beide Ohren verliebt. Der vierte Tag war ein Mittwoch, und er verschlief und vergaß, seine Mutter anzurufen.

Wenn Reynard da gewesen wäre, statt im Flugzeug zu sitzen, hätte er Sooley zur Vorsicht geraten. Arnies Universum zog viele junge Damen an, die zwar die Partys belebten, aber oft nur auf Geld und ein Leben im Scheinwerferlicht aus waren. Arnie mischte sich für gewöhnlich nicht ein. Er sah sein Heim als Pforte, die seinen Mandanten den Übergang vom behüteten Leben auf dem Campus in die schillernde Welt des Entertainments und des großen Geldes erleichterte. Als Profis würden sie Versuchungen ausgesetzt sein, die sich ein kleiner Collegestudent noch nicht einmal vorstellen konnte. Er sah es als seine Verpflichtung, sie darauf vorzubereiten.

Bei aller Nachsicht bemühte sich Arnie jedoch, alles im Auge zu behalten. Sein lässiges Personal überwachte die Gäste, notierte Auffälligkeiten und erstattete ihm Bericht. Sex, Alkohol und Gras waren zu erwarten, und davon gab es jede Menge, aber wenn härtere Drogen in Umlauf waren und konsumiert wurden, wollte Arnie Bescheid wissen. Er hatte mehreren Dealern und zwielichtigen Gestalten Hausverbot erteilt. Gegen Glücksspiel ging er ebenso rigoros vor. Wenn ein Spieler eine Schwäche für Wetten hatte, griff er umgehend ein.

Arnie wurde informiert, dass Sooley sich mit einem Mädchen eingelassen hatte, das offenbar eine Goldgräberin war. Er gab Anweisung, die beiden so engmaschig wie möglich zu überwachen.

55

Der NBA-Draft fand am 8. Juni im Barclays Center in Brooklyn statt. Sooley lud Murray zu der Veranstaltung ein, der begeistert zusagte. Murrays Eltern waren ebenfalls eingeladen, aber sie lehnten ab. Sie wollten nicht so viel Geld ausgeben und hielten immer noch nichts davon, dass er das College sausen ließ. Zu allem Überfluss bot Sooley ihnen an, die Kosten für ihre Reise nach New York zu übernehmen. Das empfanden sie als Beleidigung, sagten aber nichts. Auf keinen Fall wollten sie Samuels Geld ausgeben, ihn jedoch auch nicht durch eine schroffe Antwort verletzen, weil ihm offensichtlich wirklich daran gelegen war, sie einzubeziehen. »Er weiß es nicht besser«, sagte Ida. Sie lehnten höflich ab und schützten berufliche Verpflichtungen vor.

Vallie war auch nicht mit von der Partie, obwohl sie liebend gern mitgekommen wäre. Arnie stellte klar, dass der Besuch in New York zwar durchaus seine angenehme Seite haben würde, er aber auf keinen Fall zulassen würde, dass sein geschätzter Mandant bei den anstehenden geschäftlichen Besprechungen nicht voll und ganz bei der Sache war. Diese Frau wollte er auf keinen Fall in Sooleys Nähe haben, solange die Vertragsverhandlungen liefen. Wie Sooley Reynard anvertraute, war er erleichtert und froh, einmal seine Ruhe vor ihr zu haben. Auf Anregung von Reynard legte der Jet einen Zwischenstopp am Flughafen Raleigh-Durham ein, um Murray abzuholen, von dem sich sowohl Reynard als auch Arnie einen positiven Einfluss auf Sooley erwarteten.

Arnie und seine Entourage waren bereits einen Tag eher eingetroffen und hatten sich im obersten Stockwerk des Latitude Hotels eingerichtet, einem eleganten Fünf-Sterne-Haus, das nur ein paar Hundert Meter vom Barclays Center entfernt war. In der Penthouse-Suite stand ein Buffet mit Bar zur freien Verfügung. Neben Sooley vertrat Arnie Darrell Whitley von Villanova, der voraussichtlich zu den ersten zehn Picks gehören würde, sowie den ebenfalls neunzehnjährigen Davonte Lyon von Auburn, der bei der Combine einiges Aufsehen erregt hatte. Mit drei Spielern, die voraussichtlich in der ersten Runde weggehen würden, war Arnie einer der angesagtesten Agenten, und in seiner Kommandozentrale herrschte emsige Betriebsamkeit. Teammanager, Scouts,

Reporter, Spieler, Trainer und alle möglichen Frauen kamen und gingen oder genossen einfach nur das bunte Treiben.

Ein bestens gelaunter Darrell Whitley traf ein und begrüßte Sooley mit einer herzlichen Umarmung. Beide hatten sich zuletzt in Phoenix gesehen, beim letzten Spiel von Central. Darrell stellte seine beiden Brüder und zwei Freunde vor. Sooley hatte nur Murray dabei. Wie groß musste die Begleitmannschaft sein? Er nahm sich vor, Reynard zu fragen. Davonte Lyon erschien, begrüßte alle und stellte seinerseits drei Begleiter vor. Sooley hatte zunehmend das Gefühl, nicht mithalten zu können. Die Jungen waren bester Stimmung und hingen stundenlang zusammen herum. Arnie hatte für sie ein hervorragendes Abendessen bestellt, aber danach waren sie auf sich gestellt. Darrell sagte, er kenne sich in New York aus und könne ihnen die Clubs zeigen.

Der Draft wurde live auf ESPN und im Livestream auf der NBA-Website »The Vertical« übertragen. In Durham schloss Ernie die Tür zu seinem Büro und sah sich die Show auf einem kleinen Fernseher an. Bei der Pflichtverteidigungs- und Prozesskostenhilfe verfolgte Ida die Ereignisse gemeinsam mit ihren Mitarbeitern auf einem viel größeren Bildschirm. In South Beach trafen sich Vallie und ihre Freundinnen in einer Sportsbar und fingen schon eine Stunde, bevor der Draft überhaupt angefangen hatte, an zu trinken. In Arnies Haus in South Beach versammelten sich alle – Mitarbeiter und Gäste – im kleinen Kino im Keller und warteten, dass der Spaß losging. Lonnie Britt saß in einem Hotelzimmer in Des Moines, wohin ihn die Rekrutierung eines Spitzenspielers geführt hatte, vor dem Fernseher. Ecko hatte sich zu Hause in Cincinnati mit seinem fünfzehnjährigen Sohn ins Fernsehzimmer zurückgezogen. Frühere Kollegen von der südsudanesischen Sommermannschaft und den Eagles der North Carolina Central University schalteten ein, um gespannt und voller Stolz zu verfolgen, wie ihr guter Freund Millionär wurde.

Sooley und Darrell hatten Einladungen für den Green Room erhalten, einen Bereich vor dem Draft-Podium, in dem sich die Spieler mit ihren Agenten, Familien und einigen wenigen Freunden versammelten und auf ihr Stichwort warteten. Der Green Room gewährleistete einen reibungslosen Ablauf, weil die zuerst ausgewählten Spieler, nachdem sie ihre Lieben umarmt hatten, nur ein paar Stufen auf die Bühne gehen mussten, wo sie mit dem Trikot ihrer neuen Mannschaft neben dem NBA-Boss, Commissioner Adam Silver, posierten. Die Einladungen waren handverlesen, weil es für einen Spitzenspieler beschämend war, wenn er nach endlosem Warten feststellte, dass er doch erst in der zweiten Runde an die Reihe kommen würde. Das war schon vorgekommen, und um so etwas zu vermeiden, wurden nur die besten zwanzig Spieler eingeladen.

Die Auserwählten, die sich dort versammelten, klatschten ab, versetzten sich scherzhaft Rippenstöße und taten, als wären sie nicht im Geringsten nervös oder gespannt darauf, bei welchem Team sie das große Geld verdienen und ihre spektakuläre Karriere starten würden. Sooley saß zwischen Arnie und Murray, der noch aufgeregter als sein Freund zu sein schien. Kaum vorstellbar, dass er im selben Raum wie zwanzig Jungen seines Alters saß, die hoch dotierte Verträge erhalten und vielleicht All-Stars werden würden – oder sogar richtige Basketballlegenden.

Die erste Wahl hatten die Timberwolves, und Adam Silver rief Tyrell Miller von Duke auf. Im Green Room brandete Applaus auf, und jeder wollte dem Top-Pick gratulieren. Tyrell posierte neben dem Commissioner und lächelte in die Kameras.

Die Reihenfolge der nächsten vier Spieler entsprach genau den Vorhersagen. »Sie sind der Nächste, Kumpel«, sagte Arnie zu Darrell. Der Agent schien es nicht nötig zu haben, sich Notizen zu machen, und wusste offenbar genau, wer als Nächster an die Reihe kommen würde.

Cleveland wählte Darrell. »Morgen wird er transferiert und wechselt zu Indiana«, flüsterte Arnie Sooley zu, als Darrell die Bühne betrat.

Sooley hatte keine Ahnung, was er darauf sagen sollte. Der Draft mit seinen Lottery Picks und den verschiedenen Deals und Trades war ihm oft ein Rätsel. Jeder Pick zog eine Kettenreaktion nach sich. Als Phoenix Antonio Long von der San Diego State University holte, flüsterte Arnie Sooley zu: »Sie gehen zu Detroit, werden aber transferiert und wechseln sofort nach Washington.«

»Jetzt?«

»Nein, als Nummer neun. Was halten Sie von Washington?«

»Wo muss ich unterschreiben?« Sooley war auf Anhieb begeistert, weil er in Washington schon einmal gewesen war. Bis auf die Stippvisiten in Dayton, Memphis und Phoenix kannte er nur die Ostküste. Von dort war es nicht weit nach Durham. Die Walkers waren praktisch um die Ecke. Er hatte den Campus der Howard University, die südsudanesische Botschaft und einige Sehenswürdigkeiten besucht. Ja, Washington war perfekt.

Als sein Name an neunter Stelle aufgerufen wurde, trat er auf die Bühne, und einige Fans fingen an »Sooley! Sooley! Sooley!« zu rufen.

Während seine Spieler die Großstadt in vollen Zügen genossen, arbeitete Arnie bis tief in die Nacht hinein an den Trades, die dafür sorgten, dass Darrell Whitley zu den Indiana Pacers und Sooley zu den Washington Wizards wechseln konnten. Um sieben Uhr am nächsten Morgen frühstückte er mit dem General Manager der Wizards und feilte an den letzten Details des Vertrags, der einen Wert von vierzehn Millionen Dollar hatte und über vier Jahre lief, von denen die Hälfte garantiert war.

Auf dem Rückflug merkte Sooley, dass er eine Pause von South Beach brauchte. Er stieg mit Murray am Flughafen Raleigh-Durham aus und verabschiedete sich von Arnie und Reynard, nachdem er ihnen noch einmal gedankt hatte. Von der eleganten Falcon gingen sie durch das Privatterminal zum Parkplatz, auf dem Murrays kleiner blauer Pick-up stand, der so alt war, dass der Tacho bei dreihundertfünfzigtausend Kilometern hängen geblieben war. Der Parkautomat verlangte achtzehn Dollar, und Sooley zahlte gern mit seiner Kreditkarte.

»Hast du das mit dem Kredit mitbekommen?«, fragte er, als sie losfuhren.

»Nicht alles. Arnie gibt dir einen Vorschuss?«

»Ja. Ich habe Reynard erzählt, dass ich kein Auto habe, und er hat gesagt, kein Problem. Arnie leiht mir jetzt hunderttausend, und ich zahle das Geld in einem Monat zurück, wenn mein erstes Gehalt kommt.«

»Ist das legal?«

»Reynard sagt Ja. Angeblich leihen manche Agenten Spielern schon lange vor dem Draft Geld, aber das ist tatsächlich verboten.«

»Stimmt, war da nicht ein Spieler von der Arizona State, der dabei erwischt wurde? Die NBA entzog dem Agenten die Zulassung, und er klagte dagegen. Es war ein Riesenskandal.«

»Also, Reynard sagt, es ist in Ordnung, weil ich nicht mehr am College und offiziell Profi bin. Was hältst du davon?«

»Klingt gut. Dann kaufen wir ein Auto, sobald du deinen Führerschein hast.«

»Ach ja. Murray, ich möchte dir ein Angebot machen. Ich brauche Unterstützung. Ich muss ein Auto kaufen und in Washington eine Wohnung finden. Es gibt Unmengen von Dingen, die ich erledigen muss, und ich bin ziemlich überfordert. Kannst du mir nicht helfen, zumindest bis zum Herbst?«

»Willst du mich einstellen?«

»Ja. Reynard hat mir seine Hilfe angeboten, aber er ist viel zu beschäftigt. Und ich vertraue dir, Murray. Was sagst du?«

»Wie viel?«

»Acht Dollar die Stunde.« Beide brüllten vor Lachen und konnten gar nicht mehr aufhören. Als sie sich wieder beruhigt hatten, herrschte eine Weile Schweigen im Auto. Die Aufregung, die unwirklichen Ereignisse und die Hochstimmung der letzten beiden Tage forderten ihren Tribut.

»Du musst Miss Ida überzeugen«, sagte Murray schließlich. »Das gefällt ihr bestimmt nicht.«

»Ich wette, die vierzehn Millionen sprechen für sich selbst. Außerdem kann ich sie bestimmt überzeugen. Sie denkt, ich bin etwas Besonderes.«

»Du bist etwas Besonderes, Sooley.«

»Für dich immer noch Samuel.«

»Wie du willst.«

Es folgte eine Pause, in der keiner der beiden etwas sagte. »Was für ein Auto stellst du dir vor?«, fragte Murray schließlich.

»Einen Ford Explorer, einen SUV.«

Murray lachte. »Nein, nein, Samuel. Mit so einem Vertrag in der Tasche fährt man keinen Ford.«

»Ich will aber so einen. Coach Grinnell fährt einen und hat mich mal fahren lassen.«

»Coach Grinnell ist verheiratet und hat drei Kinder. Du bist in der NBA, Samuel, da kannst du keinen Ford fahren. Du brauchst einen schicken Sportwagen, einen Porsche zum Beispiel.«

»Ich bin noch nicht bereit dafür. Außerdem sind sie zu teuer. Ich habe im Internet einen Porsche für über hunderttausend gesehen.«

»Na und?«

»Der Ford Explorer kostet nur vierzigtausend.«

»Wow. Du musst noch viel lernen.«

Sie hielten an einem Wendy's und holten sich Burger und Pommes, dann fuhren sie weiter zur Pflichtverteidigungs- und Prozesskostenhilfe, wo Sooley wie ein Held begrüßt wurde. Miss Ida hatte Tränen in den Augen, während sie ihn umarmte und überall mit ihm angab.

Als sie allein in ihrem Büro waren, kam sie zum Geschäftlichen. Sie freute sich über den Transfer, weil Samuel ganz in der Nähe sein würde. Ohne auf Fragen oder Einwände seinerseits einzugehen, erklärte sie ihm, sie werde ein einfaches Testament vorbereiten, mit dem seine Mutter und seine Brüder als Alleinerben seines gesamten Vermögens eingesetzt wurden. Das Geld sollte auf einem Treuhandkonto für sie hinterlegt werden.

»Daran habe ich noch gar nicht gedacht«, gab Sooley zu.

»Es gibt vieles, woran du nicht gedacht hast, aber ich schon. Krankenversicherung, dein Visum. Andere Formalitäten. Wann unterschreibst du den Vertrag und bekommst das Geld?«

»In einem Monat.«

»Gut. Der überarbeitete Vertrag, den du mit Mr. Savage geschlossen hast, sieht vor, dass zehn Prozent des Geldes auf ein Bankkonto eingezahlt werden. Den Rest behält er für deinen täglichen Bedarf und Investitionen. Hast du das verstanden?«

»Ja, Miss Ida.«

»Deswegen musst du eine Vollmacht erteilen, falls jemand über das Konto verfügen muss. Diese Person kann nur an das Geld, falls dir etwas zustößt.«

»Warum machen Sie sich Gedanken darüber, dass mir etwas zustoßen könnte?«

»Weil ich Rechtsanwältin bin und du mein Mandant. Es ist meine Aufgabe, mich um alle Eventualitäten zu kümmern.«

»Jetzt mach mal einen Punkt, Mom«, protestierte Murray.

»Tu einfach, was ich dir sage, okay?«

»Arnie leiht mir hunderttausend, bis ich richtig Geld verdiene.«

»Ich nehme an, das ist legal.«

»Ja, ist es.«

»Er muss sich ein Auto kaufen«, sagte Murray. »Er will einen Ford Explorer.«

»Das ist deine Entscheidung.«

»Ich würde meiner Mutter gern Geld schicken«, sagte Sooley.

»Darüber sprechen wir noch. Ich weiß nicht, ob das nicht gefährlich ist. Einmal ist sie ja schon bestohlen worden.«

»Aber ich will sie unterstützen.«

»Das verstehe ich, Samuel. Ich will das auch. Wir finden eine Lösung.«

»Kann ich jetzt Bürge sein und sie herholen?«

»Darüber sprechen wir später. Ich muss in einer halben Stunde am Gericht sein. Wir reden heute Abend. Was willst du zum Abendessen?«

»Eine Flasche Champagner.«

»Du kannst Eistee haben. Und zu essen?«

»Das gebackene Zitronenhühnchen, das Sie immer machen, mit Pilzen und Soße.«

Sie lächelte. »Wenn du dir das wünschst, Samuel.«

56

Die Vorfreude auf die Anschaffung eines Autos wurde dadurch gedämpft, dass Sooley bei der Fahrprüfung durchfiel. Die Praxis lief ganz gut, obwohl er auf achtspurigen Straßen immer noch in Panik geriet, aber es haperte an der Theorie. Das war ihm peinlich, und Murray gegenüber gab er zu, nicht richtig gelernt zu haben. Er habe zu viel anderes im Kopf gehabt und die Prüfung nicht ernst genommen.

Miss Ida amüsierte sich darüber und meinte zu Ernie, der Rückschlag sei wahrscheinlich ein heilsamer Schock für sein zunehmend überbordendes Selbstbewusstsein. Sie einigten sich darauf, Murray für den Rest des Sommers für Sooley arbeiten zu lassen, damit sie gegebenenfalls eingreifen konnten. Er brauchte auf so vielen Ebenen Hilfe. Ihm eröffnete sich eine aufregende neue Welt, aber eine mit vielen potenziellen Fallstricken. Außerdem konnten sie Murray schlecht sagen, es sei wichtiger, tonnenweise Lebensmittel in einem Lager zu stapeln, als einem Freund zu helfen. Die Gelegenheit war so einmalig, dass sie nur pro forma Widerstand leisteten.

Am Tag nach der Prüfung lieh sich Murray das Familienauto und fuhr mit Sooley nach Washington, D.C. Sie nahmen sich ein Zimmer in einem Hotel in der Innenstadt und gingen auf die Suche nach einer Wohnung oder einem Apartment in einer der schicken Anlagen. Sooley wollte etwas Großes mit vielen Zimmern für seine Mutter und seine Brüder, aber Murray redete ihm das aus. Er solle klein anfangen und sich dann vergrößern. Die Preise für alle Immobilien, gleich ob klein oder groß, waren schwindelerregend. Sooley war von der Aktion überfordert, freute sich aber, ein schönes Heim für sich allein zu bekommen. Murray überredete ihn, fünftausend Dollar Kaution für eine neue, unmöblierte Dreizimmerwohnung im CityCenter-Komplex unweit der Capital One Arena zu hinterlegen. Der Mietvertrag hatte eine Laufzeit von zwölf Monaten.

Sie statteten dem Hauptquartier der Wizards einen Antrittsbesuch ab, wo sich alle hocherfreut zeigten, den neuen Star kennenzulernen. Sie aßen mit dem GM in einem vornehmen Restaurant zu Mittag. Sooley telefonierte mit dem Inhaber, einem Private-Equity-Anleger, der die Mannschaft den Wirtschaftsmagazinen im Internet zufolge vor vier Jahren für neunhundert Millionen Dollar gekauft hatte. Der Inhaber wollte Sooley unbedingt kennenlernen und sich mit ihm zum Mittagessen treffen, sobald er wieder im Land war. Er begrüßte ihn an Bord und versprach ihm eine großartige gemeinsame Zukunft.

Das Rauncheroo Reggae- und Rap-Festival fand jedes Jahr im Juni im Acropolis Resort auf Paradise Island auf den Bahamas statt. Zehntausende ausgelassener Fans aus aller Welt kamen zusammen, um die Größen von Hip-Hop und karibischer Musik zu hören. Auch Prominente ließen sich gern hier sehen und von den Fans bewundern. Im Gegensatz zu Sooley hatte Murray bereits davon gehört, bevor Darrell Whitley und dessen Gang in der Nacht vor dem Draft in einem Club in Brooklyn davon erzählt hatten. Es sei eine dreitägige heiße Party mit jeder Menge Mädchen, von denen viele aus Europa kamen. Nach der Rückkehr aus Brooklyn sprach Murray Sooley darauf an, und beide sahen sich die Sache auf Social Media an. Mit offenem Mund begafften sie Tausende Fotos und waren bald felsenfest davon überzeugt, dass sie sich das Festival nicht entgehen lassen konnten. Es wurde von vielen Schauspielern und Profisportlern besucht, NBA-Stars, die nach der Saison Dampf ablassen wollten, ebenso wie Footballspielern, die danach ins Trainingslager gingen. Die Liste der Sänger und Musiker enthielt praktisch jeden bekannten Namen. Sooley erwähnte ihr Vorhaben Vallie gegenüber, die natürlich sofort begeistert war. Er sprach mit Whitley, und sie legten sich einen Plan zurecht. Sie würden Reynard einladen und ihn überreden, einen Jet zu chartern. Zwei Spieler, die beim Draft in der ersten Runde weggegangen waren, konnten unmöglich einen Linienflug nehmen.

Am Tag nach ihrer Wohnungssuche in Washington verkündete Sooley beim Abendessen, er müsse nach South Beach, um mit Arnie einige Angebote als Markenbotschafter zu besprechen. Murray solle auch mitkommen. Das Festival erwähnten sie Ida und Ernie gegenüber nicht, weil sie sich das Theater ersparen wollten.

Sooley hatte die Nase voll davon, dass sie sich überall einmischten, und Murray wollte unbedingt nach Miami zu Arnie und dessen Haus.

Am nächsten Tag flogen sie mit einer Delta-Maschine nach Florida und nahmen ein ganz gewöhnliches Taxi zur Villa. Reynard war begeistert von dem Vorschlag und hatte Eintrittskarten, Hotel und ein Flugzeug bereits organisiert. Arnie, der geschieden war, hatte das Festival vor zwei Jahren besucht und wollte vielleicht nachkommen. Whitley reiste mit Jared, einem seiner Brüder, und Reggie, seinem »Manager«, an.

Murray gefiel der Titel, und er stellte sich ab sofort als Sooleys Manager vor.

Am nächsten Morgen schliefen sie bis spät und fuhren dann mit zwei Luxuslimousinen zum Flughafen, wo eine elegante Gulfstream 6 auf sie wartete. Die Gruppe bestand aus Sooley, Murray, Darrell, Jared, Reggie, Reynard und dessen Freundin Meg sowie Vallie. Zur Abrundung hatte Sooley zwei Freundinnen von Vallie, Tiff und Susan, eingeladen, attraktive frühere Sportlerinnen, die viel Zeit an Arnies Pool verbrachten. Insgesamt zehn Personen in einem Jet, der Platz für fünfzehn bot. Die Flugbegleiterinnen schenkten Champagner aus, bevor sie überhaupt angeschnallt waren. Auf dem fünfundfünfzig Minuten langen Flug nach Nassau wurden mehrere Flaschen geöffnet und geleert. Bei ihrer Ankunft warteten jede Menge Limousinen in bunten Farben auf die Reichen und Prominenten, die zu Dutzenden eintrafen.

Sie checkten im Acropolis ein und gingen auf ihre Zimmer. Sooleys Luxussuite hatte zwei Schlafzimmer, eins für ihn und Vallie, das andere für Murray, Tiff und Susan. Wer wo schlief, war nicht ganz klar, aber das schien keinen zu kümmern. Schließlich gab es in der Suite mindestens drei Sofas. Zum Mittagessen bedienten sie sich ausgiebig an einem riesigen Buffet in der Nähe eines Pools und vertrieben sich die Zeit damit, Leute zu beobachten.

Die Konzerte begannen um zwei, aber das Programm war flexibel, und die Menge versammelte sich um eine Freiluftbühne. Lauter Rap hallte durch die Hotelanlage, die über tausend Zimmer, acht Pools, Wasserrutschen, Whirlpools, Saunas, drei Casinos und jede Menge Restaurants und Bars verfügte. Die Fans, die an ihnen vorbeiströmten, waren fast alle unter dreißig und unterhielten sich in den verschiedensten Sprachen. Sooley wurde immer wieder erkannt und posierte stolz für Fotos.

Es ging ausschließlich darum, möglichst viel Spaß zu haben. Regeln schien es keine zu geben.

Murray liebte Kartenspiele, vor allem Blackjack, und am späten Nachmittag, als sie die Mädchen endlich losgeworden waren, gingen er und Sooley in ein Casino und spielten ein paar Runden. An den Tischen war es deutlich ruhiger, und sie waren froh, eine Pause von der Musik zu haben. Sooley entdeckte Alan Barnett von den Knicks, der ganz allein an einem Tisch für hohe Einsätze spielte. Angeblich war er einer der größten Glücksspieler und Partygänger der NBA. Rudy Suarez, der All-Pro-Quarterback von den Vikings, kam vorbei und begrüßte Barnett kurz. Wenn das nicht cool war. Sooley konnte es kaum erwarten, dass er selbst spielen, Siege holen und andere berühmte Sportler treffen konnte.

Er verlor in der ersten Runde fünfhundert Dollar und legte eine Pause ein. Es würde eine Weile dauern, bis er sich daran gewöhnte, das Geld so zu verbraten. Murray hatte jedoch eine Glückssträhne und wollte weiterspielen. Sooley suchte sich eine Bar, bestellte ein Bier und beobachtete die Menschen auf der Tanzfläche.

Nach Einbruch der Dunkelheit füllte sich die Anlage, bis sich dreißigtausend lärmende Fans um die Bühne drängten. Sitzplätze gab es keine, nur ein Gedränge, in dem jeder einen Drink hielt und sich in dem unaufhörlich pulsierenden Rhythmus bewegte. Der Hauptakt des Abends, Dock Ripp und seine Bad Boys aus Philadelphia, war für acht Uhr angesetzt. Sie kamen um zehn auf die

Bühne, und die Musik wurde noch lauter, die Menge noch ausgelassener. Sooley war mittendrin, tanzte mit Vallie, knutschte, fummelte und legte immer wieder eine Pause an der Bar ein.

Als die Musik um zwei Uhr morgens endete, beruhigte sich die Menge etwas und strömte zu den Bars. Sooley und Vallie waren völlig durchgeschwitzt und erschöpft. Sie gingen zur Suite, duschten und schliefen ein. Von Murray war nichts zu sehen.

Sie schliefen bis mittags und gönnten sich dann einen Brunch mit Champagner an einem Pool in einem privaten Teil der Anlage. Murray erschien, um zu melden, dass er viertausend Dollar beim Blackjack gewonnen hatte. Sooley meinte, vielleicht sei das der richtige Zeitpunkt, um seine Chips einzutauschen, aber er hatte Größeres vor. Murray aß mit ihnen, während sie das Geschehen um sich herum beobachteten. Nachdem er gegangen war, zogen sie sich um und sprangen ins Wasser, um dann den Nachmittag mit Nichtstun am Pool zu verbringen. Darrell, Jared und Reggie schlossen sich ihnen an, und Tiff und Susan tauchten ebenfalls auf. Die Jungen konnten den Blick nicht von der endlosen Parade von Stringbikinis wenden.

Die zweite Nacht verlief ganz ähnlich wie die erste, mit einem berühmt-berüchtigten Künstler nach dem anderen. In einer Pause stieß Sooley auf Darrell, der ihm berichtete, er habe Wazy Starr, eine Fernsehschauspielerin, kennengelernt, und sie und einige Freunde planten eine nächtliche Party in ihrer Suite. Sooley und Vallie hatten genug von der Musik und dem Gedränge und landeten schließlich auf der Party im siebzehnten Stock. Die Suite war doppelt so groß wie die von Sooley und völlig überfüllt mit Menschen, die er nicht kannte. Murray war nicht dabei. Jared Whitley kam ihnen zu Hilfe und stellte sie Wazy vor, die völlig zugedröhnt war. Ein dichter Marihuananebel hing über ihren Köpfen, und jeder schien Joints zu rauchen. Vallie nahm einen, gab ihn an Sooley weiter, der ebenfalls daran zog. An einem Esstisch beugten sich

Hollywood-Typen lachend über Kokslinien. Ein Kellner erschien mit einem großen Tablett mit Plastikbechern, die eine Art Rumpunsch enthielten. Vallie nahm zwei davon, gab einen Sooley und schloss sich dann einer anderen Gruppe an. Jemand erkannte ihn, und er lächelte in die Kamera. Er war ziemlich benebelt, hatte aber großen Spaß. Eine große Blondine bat ihn um ein weiteres Foto, und Sooley legte bereitwillig den Arm um sie. Vallie ging, um sich noch einen Drink zu holen. Die Blondine stellte sich als Jackie vor und sagte, sie arbeite beim »Film«. Sie nahm ihn an der Hand und führte ihn in ein anderes Zimmer, in dem die Musik noch lauter war. Sooley sah sich nach Vallie um, aber sie war nirgends zu entdecken. Jackie schmiegte sich eng an ihn und küsste ihn bei der ersten Gelegenheit auf den Mund. Dann wollte sie wissen, wo er die Nacht verbringen werde. In seinem Zimmer, sagte er. Sie fragte nach der Nummer, aber er lachte nur. Dann nahm sie zwei Becher mit Rumpunsch von einem Tablett und gab ihm einen davon. Sie griff in ihre Tasche und holte kleine Kapseln heraus.

»Schon mal ausprobiert?«, fragte sie.

»Was ist das?«

»Molly, ein geniales Zeug. Ein paar von denen, und du kannst die ganze Nacht durchmachen.« Sie nahm eine, schluckte und spülte mit dem Drink nach. Wenn sie das konnte, konnte er es auch.

Sooley wusste, dass »Molly« ein anderer Name für Ecstasy war, eine Droge, die er nur vom Hörensagen kannte. Nach dem Ende der Saison hatte er ab und zu mal Gras geraucht, das war seine gesamte Erfahrung mit Drogen.

Sie gab ihm drei weitere Kapseln. »Für später. Ich finde dich schon.«

Er griff zu und ließ sie schnell in einer Tasche verschwinden. »Da kommt Ärger«, sagte Jackie.

Sooley drehte sich um und sah Vallie an der Tür mit einem anderen Mädchen reden.

»Wir treffen uns später, okay?«, sagte Jackie.

»Okay«, antwortete er, um sie loszuwerden. Er ging zu Vallie, die keineswegs verärgert wirkte, und beide stellten fest, dass sie genug von der Party hatten. Sie gingen zurück zum Konzert, wo alle tanzten. Sooley fühlte sich zunehmend klarer im Kopf, glücklicher, leichtfüßiger, und sein von Alkohol und Gras vernebelter Blick wurde plötzlich schärfer. Vallie konnte die Finger gar nicht von ihm lassen. »Wer war das Mädchen?«, fragte sie irgendwann.

»Keine Ahnung, Schatz, ich kannte sie nicht.«

Sooley tanzte wie verrückt und kam sich vor, als könnte er selbst auf der Bühne stehen und ein paar Stücke singen. Noch nie hatte er sich so gut, so unbesiegbar gefühlt. Als Vallie Drinks holen ging, folgte er ihr und schluckte unauffällig noch eine Molly.

Dann war die Musik zu Ende und sie gingen zurück zu ihrer Suite, wo Murray seine eigene Party gab. Tiff und Susan tanzten allein, angefeuert von vier Jungen, die Sooley noch nie gesehen hatte. Sooley war plötzlich schwindlig, er fühlte sich kraftlos und hatte schwere Beine. Obwohl er schon seit Stunden schwitzte, war seine Stirn extrem heiß. Vallie, die nicht zurückstehen wollte, zog ihr enges T-Shirt aus und fing an, mit ihren Freundinnen zu tanzen. Murray schloss sich ihnen an, während eine weitere Gruppe mit flaschenweise Champagner eintraf. Die Party war zu gut, um sie sich entgehen zu lassen, daher verschwand Sooley im Bad und schluckte noch eine Molly.

57

Murray wurde von Schreien geweckt. Vallie stand in seiner Tür und war vollkommen hysterisch. »Er rührt sich nicht! Er rührt sich nicht! Tu was, Murray!«

Er griff nach seinen Sportshorts und wäre beim Anziehen fast umgefallen. Ihm dröhnte der Kopf, und er sah nur verschwommen, aber das war plötzlich völlig egal. Er rannte zum anderen Schlafzimmer, wo Vallie Sooley anstarrte, der halb mit einem Laken zugedeckt auf dem Bett lag.

Er war bis auf die Sportshorts nackt und steif wie ein Brett. Murray sprang auf das Bett und schüttelte ihn energisch, während er ihn anflehte aufzuwachen. Tiff und Susan sahen entsetzt zu, wie Murray versuchte, ihn wiederzubeleben. Schließlich gab er auf und trat zurück. Alle vier starrten auf die leblose Gestalt.

»Was hast du ihm gegeben?«, schrie Murray Vallie an.

»Nichts, rein gar nichts! Er hat getrunken und ein bisschen Gras geraucht, aber sonst gar nichts. Ich habe ihm nichts gegeben, Murray, das schwöre ich, und ich habe auch nicht gesehen, dass er was genommen hat.«

Er rief die Rezeption an und flehte sie an, einen Arzt und einen Krankenwagen zu schicken. Dann versuchte er es bei Reynard, aber der ging nicht ans Handy. »Zieht euch an«, fuhr er die Mädchen an, während er ein Laken über seinen Freund breitete. Dann setzte er sich auf die Bettkante und brach in Tränen aus.

Zwei Sanitäter stürzten ins Zimmer, gefolgt von einem Mann vom Sicherheitsdienst im dunklen Anzug. Während Vallie, Tiff und Susan auf dem Sofa saßen und sich die Tränen abwischten und Murray möglichst nah bei seinem Freund blieb, hörten die Sanitäter ihn mit einem Stethoskop ab und schüttelten mit finsterer Miene die Köpfe. Ein zweiter Mann im Anzug, der Hausdetektiv, erschien, um sich ein Bild von der Situation zu verschaffen. Er fing an, Fragen zu stellen. Keiner von ihnen habe dem Verstorbenen Drogen gegeben, versicherten sie. Der Detektiv glaubte ihnen kein Wort. Murray beteuerte, sein Freund habe keine Drogen genommen. Natürlich hätten sie getrunken, viel zu viel getrunken und Gras geraucht, aber keine harten Sachen. Er glaubte ihnen nicht.

Als Reynard endlich eintraf, fiel er fast in Ohnmacht, als ihm klar wurde, was geschehen war.

Der Detektiv entdeckte Shorts, die auf einem Stuhl lagen, und wollte wissen, wem sie gehörten. Vallie sagte, Sooley habe sie am Vorabend getragen. Der Mann durchsuchte die Taschen und fand eine einzelne Kapsel. Ein Blick, und er wusste Bescheid. »Ecstasy. Woher hat er das?«

Weder die vier jungen Leute noch Reynard hatten eine Ahnung, aber das nahm ihnen niemand ab.

Mühsam verfrachteten sie seine Leiche auf eine Trage, die für Durchschnittsmenschen ausgelegt war, aber nicht für jemanden, der 2,03 Meter groß war. Sie deckten ihn mit Laken zu und steckten sie an den Seiten fest, aber seine nackten Füße baumelten am Ende herunter.

»Keiner verlässt dieses Zimmer«, knurrte der Detektiv, während er der Trage folgte.

Als sie weg waren, sah Reynard Murray an. »Wir müssen telefonieren. Ich rufe Arnie an. Du sagst deiner Mutter Bescheid. Ich habe einen PR-Experten, der wird was vorbereiten. Es wird furchtbar werden.«

»Das ist es schon«, sagte Vallie und schniefte.

Murrays Gedanken waren ein wirres Gemisch von Angst, Schuldgefühlen, Fassungslosigkeit, Entsetzen, Trauer und Ausreden. Klar war nur, dass er nicht wusste, wie er es Miss Ida beibringen sollte. Schließlich stand er auf, fuhr sich erneut über die Wangen, ging mit dem Handy in der Hand zum anderen Schlafzimmer und schloss die Tür.

Ida verließ ihre Kanzlei in Tränen aufgelöst und fuhr nach Hause, wo Ernie auf sie wartete. Der Schock war so groß, dass sie kaum sprechen konnten. Sie setzten sich ins dunkle Fernsehzimmer und ließen ESPN ohne Ton laufen, während sie darauf warteten, dass die Meldung kam. Um 12.02 Uhr wurde *SportsCenter* für eine Bekanntmachung unterbrochen, und das lächelnde Gesicht von Samuel Sooleymon wurde gezeigt, dessen Tod auf den Bahamas jetzt bestätigt war. Im Alter von achtzehn Jahren gestorben, möglicherweise an einer Überdosis.

Die Nachricht verbreitete sich schnell, und ihre Telefone klingelten ununterbrochen.

Ecko Lam war in Juba, auf der Suche nach talentierten Spielern für seine Sommer-U18-Mannschaft, die er für das Showturnier vorbereiten wollte, als seine Frau anrief. Er ging in eine Umkleide und schloss die Tür. Später versammelte er die Spieler und teilte ihnen mit, Sooley, ihr neuer Nationalheld, sei tot.

Lonnie Britt war mit dem Auto auf einem Freeway bei Milwaukee unterwegs, als der Anruf von Jason Grinnell kam. Er schaffte es kaum noch auf den Seitenstreifen, wo er lange Zeit einfach nur dasaß und versuchte, einen klaren Kopf zu bekommen.

Auf dem Campus versammelte sich eine Gruppe von Studenten auf der Treppe vor dem »Nest«, um zu trauern. Es war ein Sonntag im Juni, und die Halle war abgeschlossen. Andere Studenten, die zufällig vorbeikamen, schlossen sich ihnen an. Zwei weitere erschienen mit dem ersten Blumenstrauß und einem Poster, das Sooleys lächelndes Gesicht zeigte. Darüber stand in großen Buchstaben von Hand geschrieben »Goodbye, Sooley. Wir vergessen dich nie«. Die Menge wurde immer größer, und es dauerte nicht lange, bis ein Transporter von einem Lokalsender auftauchte, dessen Crew eine Story witterte. Aber die Studenten weigerten sich, vor der Kamera etwas zu sagen.

Nachdem die Polizei mit ihnen fertig war, sammelte Reynard seine Gruppe um sich. Die meisten wollten Nassau so schnell wie möglich verlassen. Er und Murray blieben noch, um sich um die Leiche zu kümmern. Auf dem Rückflug war die Stimmung in der Gulfstream düster wie in einem Bestattungsunternehmen.

Arnie passierte sie irgendwo über dem Atlantik. Er und sein Rechtsanwalt hatten in aller Eile eine kleinere Lear gechartert, um so schnell wie möglich nach Nassau zu kommen. Reynard durfte das Hotel nicht verlassen und konnte sie deshalb nicht am Flughafen abholen. Sie fuhren mit dem Taxi zum Resort und ließen sich von der Polizei, die noch ermittelte, über den Stand der Dinge informieren. Sie hätten die Aussagen aller Personen aus dem Umfeld des Verstorbenen aufgenommen, suchten aber noch nach einer Unbekannten, einer großen, blonden Amerikanerin, die am Vorabend flüchtig mit Sooley gesehen worden sei. Sooleys Körper befinde sich in der Leichenhalle, weil noch nicht über eine Autopsie entschieden sei. Das könne bis zu zwei Wochen dauern. Allerdings lasse sich die Autopsie in manchen Fällen beschleunigen. Die Chancen, dass die Polizei die Leiche freigebe, damit die Autopsie in den USA vorgenommen werden könne, seien gering, aber die Entscheidung darüber obliege dem Gouverneur.

Arnies Rechtsanwalt verpflichtete die größte Kanzlei in Nassau, die sich durch ihre hervorragenden Beziehungen auszeichnete. Eine strafrechtliche Verfolgung war eigentlich nicht zu befürchten. Die einzige denkbare Straftat war der Besitz verbotener Substanzen durch den Verstorbenen selbst. Arnie hatte jedoch schon vor Jahren gelernt, dass es immer sicherer war, sich rechtzeitig einen Anwalt zu nehmen.

Jackie hörte die Neuigkeit, die sich in Windeseile im Resort herumsprach. Sie flüsterte ihrer besten Freundin zu, es sei an der Zeit, in die Staaten zurückzukehren.

Der Todesfall war natürlich tragisch und schockierend, aber es war der letzte Festivaltag, und die Party musste weitergehen. Die Musik begann um zwei.

Nach dem ersten Schock ordnete Ecko langsam seine Gedanken und begann, sich Sorgen um Beatrice zu machen. Es war unwahrscheinlich, dass sie die Nachricht hörte. Wie auch? Von wem? Allerdings war Sooley im gesamten Land eine bekannte Persönlichkeit, und nachdem vier Millionen südsudanesische Flüchtlinge in Lagern verstreut lebten, bestand die Möglichkeit, dass die Neuigkeit auch Rhino Camp South erreichte.

Er rief Christine Morans Handynummer an, aber sie hatte keinen Empfang. Nach einer Stunde versuchte er es erneut. Kein Empfang. Vielleicht lag es daran, dass Sonntag war. Beim dritten Mal ging sie ans Telefon, und Ecko stellte sich erneut vor. Anfang Dezember seien sie einander kurz begegnet, als er das Lager besucht habe. Sie erinnerte sich an ihn. Dann überbrachte er ihr die entsetzliche Nachricht und bat sie um einen Gefallen, der eigentlich eine Zumutung war. Ob sie Beatrice beibringen könne, dass ihr Sooley tot sei?

Christine war entsetzt und lehnte ab. Ecko redete auf sie ein und versuchte zu erklären, dass niemand sonst das tun könne. Er selbst sei in Juba und trainiere eine Mannschaft, da könne er nicht einfach weg. Und wer sonst könne Rhino Camp überhaupt erreichen?

Christine sagte, sie werde es sich überlegen, brauche aber Zeit. Sie legte auf und rief das Büro von Ärzte ohne Grenzen in New York an. Dort war natürlich sonntags niemand zu erreichen. Dann versuchte sie es bei einem Freund von Ärzte ohne Grenzen in Paris, ihrer Heimat, und bat ihn, die Geschichte zu überprüfen. Sie sagte, das Mobilfunknetz sei unzuverlässig, und nannte ihm stattdessen eine Satellitentelefonnummer. Wie vereinbart, rief er nach einer Stunde an und bestätigte Sooleys Tod.

Mittlerweile war Christine klar geworden, dass sie keine Wahl hatte. Sie hatte mehr Menschen sterben sehen als die meisten Kriegsveteranen, auf so viele verschiedene Arten, dass sie sich für abgebrüht gehalten hatte. Aber das war zu viel. Sie hatte Beatrice kennen- und schätzen gelernt. Ihr zu sagen, dass ihr ältester Sohn nicht mehr lebte, war unvorstellbar.

Sie besprach sich mit zwei befreundeten Krankenschwestern, und sie kamen zu dem Schluss, dass sie ihr die Nachricht am besten im Krankenhaus überbrachten, in einem privaten Bereich, in dem Beatrice und die Jungen ihrem Kummer freien Lauf lassen konnten. Sie würde Beruhigungsmittel bereithalten.

Christine hätte am liebsten selbst eins genommen. Sie schickte einen Boten los, um die Familie zu holen.

Bis zum Sonntagabend hatten sich bereits mehrere Hundert Studenten am »Nest« versammelt, umarmten sich, weinten, trösteten einander. Dutzende Blumensträuße bedeckten die Treppenstufen, und Plakate, mit denen sie ihrem Helden Tribut zollten, säumten den Gehsteig. Kerzen wurden verteilt, die nach Einbruch der Dunkelheit angezündet werden sollten.

Ida rief den Bürgermeister an und bat ihn, zwei Streifenwagen vor ihr Haus zu stellen. Immer wieder kamen Leute vorbei und klopften an ihre Tür, und ihnen war nicht danach, sich mit Journalisten oder sonst irgendwem herumzuschlagen. Der Fernseher war ausgeschaltet. Jordan kam mit dem Flugzeug aus Houston, wo sie den Sommer über Büroarbeiten in einer Anwaltskanzlei erledigte. Brady, der in Boston gewesen war, hatte sich bereits auf den Heimweg gemacht.

Und Murray wartete im Resort auf die Behörden. Es war unklar, wer die nächsten Entscheidungen treffen musste, aber die Polizei hatte mehrfach »den Gouverneur« erwähnt.

Während sie die Zeit totschlugen, einigten sich Murray, Arnie und Reynard darauf, zusammenzuhalten und sich nicht gegenseitig Vorwürfe zu machen. Sooley habe das Festival besuchen wollen. Er habe feiern und sich mal richtig amüsieren wollen. Es sei seine Idee gewesen, sich mit Whitley zusammenzutun und um den Jet zu bitten, seine Idee, die Mädchen einzuladen, seine Idee, bei der Party mitzufeiern. Irgendwann im Laufe der Nacht habe er sich Molly besorgt und genommen. Niemand habe ihn dazu gezwungen. Murray konnte das immer noch nicht fassen. Sooley habe keine Drogen genommen, sagte er immer wieder. Sie hätten fast ein Jahr lang zusammengewohnt, und er kenne ihn in- und auswendig. Sooley habe kein Rauschgift konsumiert. Er sei stolz gewesen auf seinen Körper, seine Kondition, sein Talent, und fest entschlossen, ein Star zu werden.

Murray fand es in Ordnung, sich nicht gegenseitig die Schuld zu geben, solange nicht Sooley für alles verantwortlich gemacht wurde, aber er wusste, was ihn zu Hause erwartete. Ihm war klar, dass seine Eltern immer das Gefühl haben würden, er habe Sooley vom rechten Weg abgebracht. Er wusste nicht, wie er ihnen gegenübertreten sollte.

Alle zwei Stunden telefonierte er mit ihnen. Er sprach mit dem Bestattungsunternehmen in Durham. Er machte ein Bestattungsunternehmen in Nassau ausfindig und beauftragte es. Er rief bei der Fluggesellschaft an, um die Überführung der Leiche zu organisieren – viertausend Dollar für den Transport, zweitausend für die Abwicklung am Flughafen zu Hause. Arnie übernahm alle Kosten. Murray telefonierte wie ein Weltmeister, um die Zeit totzuschlagen.

Arnie war beeindruckt.

Spät am Sonntagabend meldete sich die Polizei, um mitzuteilen, dass um neun Uhr morgens in Nassau eine Autopsie im beschleunigten Verfahren durchgeführt werden sollte. Der leitende Ermittler halte sie für nicht weiter relevant. Die Todesursache sei offensichtlich. Fremdeinwirkung sei seiner Meinung nach auszuschließen, obwohl er die Ermittlungen weiterführen werde, bis ein Ergebnis vorliege.

»Sieht ganz so aus, als hätte der junge Mann es mit dem Feiern übertrieben.«

58

Am Montagnachmittag flogen Arnie und Reynard zurück nach Miami. Sie boten Murray an, ihn mitzunehmen, aber er lehnte höflich ab. Er musste seinen Freund nach Hause bringen.

Am Dienstagmorgen verließ er Nassau an Bord einer Delta-Maschine auf einem Fensterplatz. Irgendwo unter ihm im Frachtraum befand sich ein anderer Passagier, sein lieber Freund, in einem Sarg. Sooley hatte immer gern die Geschichte von seinem Flug von Juba nach Orlando im letzten Sommer erzählt. Es sei für alle Jungen in der Mannschaft der erste Flug gewesen, und sie seien so aufgeregt gewesen, dass sie in der Nacht vor der Abreise nicht schlafen konnten. Nur seien sie dreißig Stunden unterwegs gewesen, und als sie endlich ankamen, hätten sie von Flugreisen mehr als genug gehabt.

Das damals war sein erster Flug gewesen. Dies war sein letzter.

Murray musste sich schon vor dem Start die Augen reiben, und er setzte die Sonnenbrille wieder auf, weil er nicht aufhören konnte zu weinen.

Auch wenn er sich Arnie gegenüber nichts hatte anmerken lassen, gab er sich die Schuld, und das würde sich sein Leben lang nicht ändern. Andere würden es genauso sehen. Für ihn – und bestimmt auch für andere – war klar, dass er Sooley im Stich gelassen hatte.

Er biss sich auf die Unterlippe, um nicht laut zu schluchzen. In seinem ganzen Leben hatte er sich körperlich und emotional nicht so elend gefühlt.

Am Mittwoch beschlossen Ida und Ernie, den Trauergottesdienst im »Nest« zu halten. Der Präsident der Central University hatte sich dafür eingesetzt und letztendlich Ida überzeugt, dass das College und vor allem seine Studenten Sooley den gebührenden Tribut zollen wollten.

Ernie war für eine private Zeremonie in der Sacred Heart Church mit einer kurzen Beisetzung im Anschluss daran gewesen. Zunächst schien Ida seiner Meinung zu sein, aber Murray befürwortete den Vorschlag des Präsidenten, weil er wusste, dass die Studenten Abschied nehmen wollten. Murray funktionierte und kümmerte sich um die Details. Ida konnte das nicht.

Er gab im Internet bekannt, der Gottesdienst werde am Samstag um fünfzehn Uhr in der Sporthalle stattfinden, und jeder sei eingeladen. Am folgenden Tag sollte eine private Totenmesse in der Kirche stattfinden.

Dann kümmerte er sich um die Presse. Würden Journalisten zugelassen sein? Konnte der Gottesdienst im Fernsehen übertragen werden? Wer würde die Reden halten? Sollte es musikalische Beiträge geben und von wem? Murray arbeitete einen Punkt nach dem anderen ab und sprach mehrmals mit dem Campus-Sicherheitsdienst.

Der Autopsiebericht enthielt keine Überraschungen. Die illegale Substanz 3,4-Methylendioxy-N-methylamphetamin, kurz MDMA, allgemein bekannt unter der Bezeichnung Ecstasy, Molly und einem halben Dutzend anderer geläufiger Namen, war in Sooleys Körper festgestellt worden. Die Kapsel, die in seinen Shorts gefunden worden war, enthielt einhundertzwanzig Milligramm MDMA. In den fünf Stunden vor seinem Tod hatte er mindestens zwei, vielleicht sogar drei davon genommen. In dem Labor, das die Pille hergestellt hatte, waren Koffein, Ephedrin und Kokain zugesetzt worden. Die Blutuntersuchung hatte 2,0 Promille ergeben. Der Verstorbene war also stark betrunken gewesen. Weiterhin wurde im Blut Marihuana nachgewiesen. Seine Körpertemperatur sei bedrohlich angestiegen und habe zu Nierenversagen geführt, der Todesursache.

Arnies Rechtsanwälte in Nassau verhinderten erfolgreich, dass der Autopsiebericht veröffentlicht wurde.

Die Basketballbretter waren hochgefahren. Auf dem Spielfeld reihten sich identische Klappstühle aneinander, von denen kein einziger leer geblieben war. Die Sporthalle war völlig überfüllt. Auf dem Boden, den mobilen Tribünen, den fest installierten Zuschauersitzen und in den Gängen drängten sich die Trauernden. Es war sehr still, und die Stimmung war düster. Ein Frauenchor sang ein leises Trauerlied. Als es zu Ende war, öffnete sich im hinteren Bereich deutlich vernehmbar eine Tür. Ein Priester in einem weißen Gewand erschien, hinter ihm kam der Sarg. Alle viertausend erhoben sich und drehten sich nach dem Trauerzug um. Acht Eagles gingen neben dem Sarg und hatten eine Hand auf ihn gelegt. Dahinter kamen in Zweierreihen der Rest der Mannschaft und die Trainer, angeführt von Lonnie Britt, der seine Frau bei der Hand genommen hatte. Hinter den Trainern folgte die Familie, alle Walkers, Ida und Ernie zuerst, Murray und Jordan, dann Brady.

Der Trauerzug bewegte sich langsam durch den Mittelgang, während ein Streichquartett »Amazing Grace« spielte. Sooley wurde am Fuß einer improvisierten Bühne unter einem Rednerpult abgestellt, das Leihgabe einer Kirche war. Der Priester forderte alle auf, sich zu setzen, und es kehrte Stille ein, die nur vom Schluchzen mehrerer Frauen unterbrochen wurde. Ein weiteres Trauerlied des Chors wühlte die Gemüter noch mehr auf.

Murray hatte entnervt alle Kameras verbannt, bis auf die von ESPN. Der Sender hatte sich verpflichtet, den Gottesdienst live zu übertragen und sein Material mit anderen Sendern zu teilen. Als Lonnie Britt zum Podium ging, wusste er, dass er ein großes Publikum hatte.

»Sooley. Sooley«, begann er. »Wer ihn und sein Lächeln kannte, musste ihn einfach ins Herz schließen.« Gefasst, ruhig und bestens vorbereitet sprach er wie ein erfahrener Prediger über den Jungen aus dem Südsudan. Niemand versuchte, die Tränen zu unterdrücken. Auch sein Trainer nicht.

Nach einem weiteren Lied trat Murray vor, um eine Rede zu halten, was ihm unglaublich schwerfiel. Für ihn war unfassbar, dass er überhaupt in dieser Situation war. Er geriet ins Stocken, kämpfte sich durch, erntete ein paar Lacher und gab schließlich auf, weil ihm die Stimme versagte. Als er sich wieder auf seinen Platz neben Ida setzte, legte sie ihm die Hand aufs Knie. »Gut gemacht. Hab dich lieb«, flüsterte sie ihm zu.

Auf großen Bildschirmen lief ein Zusammenschnitt von Szenen, die Sooley zeigten, wie er sich lässig mit Reportern unterhielt, wie er zu einem seiner unvergesslichen Dunks durch die Luft flog, wie er aus dem Mittelfeld einen Dreier nach dem anderen warf. Jeder einzelne davon traf, und die Menge brachte es fertig, gleichzeitig zu jubeln und zu weinen.

59

Zwei Tage nach der Beerdigung gingen die Walkers immer noch wie Schlafwandler durchs Leben, und Murray musste sich zwingen, in den Keller hinunterzusteigen, um Sooleys Sachen durchzusehen. Laptop und Handy lagen unberührt auf der Tischtennisplatte. Murray brachte es nicht über sich, sie sich anzusehen. Außerdem kannte er die Passwörter nicht. Er wollte nicht wissen, welche Geheimnisse sie enthielten – wenn es Geheimnisse gab. Er wusste, dass Sooley zunehmend Zeit auf Social Media verbracht hatte. Nach dem Sieg über Duke in der ersten Runde damals am 17. März war er schlagartig zu enormer Berühmtheit gelangt und in der Sportwelt in aller Munde. Binnen Tagen erhöhte sich die Zahl seiner Follower von zwanzigtausend auf vierhunderttausend. Er postete immer mehr Fotos, chattete mit seinen Fans und teilte Einblicke in das Turnier. Als Central weiterkam und sich zum

Epizentrum der March Madness entwickelte, gingen seine Zahlen durch die Decke. Dann brach die Mannschaft nach Phoenix zur Endrunde der Final Four auf, und die Sooleymania erreichte mit mehr als fünf Millionen Fans, die Sooleys Seite gelikt hatten, ihren Höhepunkt. Seine Anhänger verfolgten den Draft gespannt, und er sorgte dafür, dass sie auf ihre Kosten kamen. Sein vollkommen unerwarteter Tod tat der Begeisterung keinen Abbruch, und die Zahl der Follower verdoppelte sich.

Murray besuchte die Seite fast täglich, aber die tieftraurigen Botschaften seiner Fans waren oft mehr, als er ertragen konnte. Dafür war die Trauer noch zu präsent. Dann schwor er sich, nie wieder auf die Seite zu gehen, nur um am nächsten Tag doch wieder einen kurzen Blick darauf zu werfen.

Er durchstöberte Sooleys Rucksack und blätterte in einem Stapel Notizbücher und Sportzeitschriften. In einem kaum benutzten Tagesplaner fand er Notizen, die seine Aufmerksamkeit weckten. An eine Seite war die Visitenkarte eines »Beraters« namens Gary Gaston von einer Firma geklammert, die sich Aegis Partners nannte. Murray klappte seinen eigenen Laptop auf, aber eine kurze Suche ergab kaum etwas über das Unternehmen. Es hatte seinen Sitz in Bethesda und war nach eigener Angabe in dem vagen Bereich »internationale Sicherheit« tätig. Auf die Rückseite seiner Visitenkarte hatte Gaston offenbar seine Handynummer gekritzelt. Murray wählte sie, und ein Mann meldete sich. »Gaston«, sagte er knapp.

Murray erklärte, wer er war und wie er an die Nummer gekommen war. »O ja, ich stand mit Sooley in engem Kontakt«, sagte Gaston zu Murrays Überraschung. »Einmal haben wir uns sogar persönlich getroffen, als Sie beide in Washington nach einer Wohnung für ihn gesucht haben.«

»Das wusste ich gar nicht«, antwortete Murray verblüfft.

»Ich war in Ihrem Hotel, aber Sie hatten sich gerade hingelegt.

Im Hyatt. Sooley und ich haben uns in einer der Bars getroffen und waren auf Anhieb auf einer Wellenlänge.«

»Darf ich fragen, worüber Sie mit Sooley gesprochen haben?«

»Zunächst einmal möchte ich sagen, wie leid es mir tut, was passiert ist. Es ist ein furchtbarer Schock, von dem Sie sich bestimmt noch nicht erholt haben.«

»Das stimmt. Ich war Sooleys bester Freund, aber mir gegenüber hat er Sie und Ihre Firma nie erwähnt.«

»Wir arbeiten sehr diskret, das ist unser Geschäft. Wir sind viel in Afrika tätig, in komplexen Angelegenheiten, zu denen ich mich nicht weiter äußern kann. Gelegentlich werden wir für Rettungsaktionen engagiert.«

»Rettungsaktionen?«

»Genau. Sooley war überzeugt davon, dass er viel Geld verdienen würde, was sicherlich der Fall gewesen wäre, und wollte uns engagieren, um seine Familie aus dem Flüchtlingslager in Uganda zu holen.«

»Und wie wollten Sie das machen?«

»Hören Sie, ich rede nur ungern am Telefon. E-Mails und Textnachrichten vermeide ich ebenfalls, soweit möglich. Alles hinterlässt eine Spur.«

»Verstehe. Mir ist schon aufgefallen, dass Ihre Firmenwebsite nicht viel über das Unternehmen verrät.«

»Wissen Sie, wir machen keine Werbung. Sooley hat uns über eine gemeinnützige Organisation gefunden, die mit Flüchtlingen arbeitet.«

»Die kannte er wohl alle.«

»Scheint so.«

»Können Sie mir überhaupt irgendwas sagen?«

»Kann ich, aber nicht am Telefon. Wenn Sie mit mir einen Kaffee trinken wollen, erzähle ich Ihnen gern mehr.«

»Wann haben Sie Zeit?«

Gaston schaltete ihn kurz stumm, meldete sich aber gleich wieder. »Passt Ihnen übermorgen?«

»Klar. Wann und wo?«

»Lassen Sie mich nachdenken. Ich würde Ihnen gern weiterhelfen. Ich mochte den Jungen, habe den Draft genau verfolgt, und ich interessiere mich für College-Basketball. Der Auftrag war genau mein Ding. Ich nehme mir die Zeit. Treffen wir uns auf halbem Weg zum Mittagessen.«

»Wann und wo?«

»Nach Charlottesville brauchen Sie drei Stunden, denke ich, für mich ist es genauso weit. Meine Frau kommt aus der Gegend, wir können uns also gern da treffen. Übermorgen.«

Beim Abendessen weihte Murray seine Eltern ein, die in Anbetracht des Ausgangs seines letzten spontanen Trips nicht begeistert waren. Aber er hatte nicht viel zu tun, nachdem sein Job als Manager entfallen war, und hätte kein Nein akzeptiert.

Er fuhr die drei Stunden nach Charlottesville und traf sich mit Gaston in einem Straßencafé in der Fußgängerzone. Angenehm überrascht stellte er fest, dass Gaston Afroamerikaner war, vielleicht fünfzig, und statt des schwarzen Anzugs, den Murray erwartet hatte, einen grauen Designer-Jogginganzug und exklusive Adidas Sneakers trug. Es war heiß, aber ihr Tisch stand im Schatten. Sie bestellten Eistee und Salat, und Gaston fing an zu reden.

Er hatte die Marineakademie absolviert und beim militärischen Geheimdienst Karriere gemacht, bevor er vor einigen Jahren zu Aegis gestoßen war. Ohne weiter darauf einzugehen, was die Firma tat oder nicht tat, meinte er nur, er kenne Afrika gut, sei viel auf dem Kontinent unterwegs gewesen und habe zahlreiche Kontakte.

Murray erzählte ausführlich, wie er Sooley kennengelernt hatte und was für ein fantastisches Jahr sie zusammen erlebt hatten. Gaston schien viele Details zu kennen, insbesondere was die Basketballsaison anging. »Der Vertrag war angeblich vierzehn Millionen Dollar wert«, sagte er. »Davon hatte er wahrscheinlich noch nichts erhalten, oder?«

»Nein. Er kannte den Vertrag noch gar nicht. Sein Agent hat gesagt, er bekommt ihn etwa einen Monat nach dem Draft. Das ist jetzt alles Geschichte.«

»Schade.«

»Es ist eine Tragödie. Sie haben was von einer Rettungsaktion gesagt. Können wir darüber reden?«

»Natürlich. Wir hatten uns einen Plan ausgedacht, den Sooley sehr gut fand.«

»Wie sah er aus?«

Die Salate wurden gebracht, und sie begannen zu essen. »Erstens sollten wir Papiere für seine Mutter und seine Brüder besorgen«, erklärte Gaston. »Ugandische Pässe, Visa, Anträge auf Einreise in die USA, das Übliche. Wir sollten dafür sorgen, dass bestimmte Personen bei den ugandischen Behörden ein Auge zudrücken. Wie Sie sich denken können, haben sie nichts dagegen, ein paar Flüchtlinge loszuwerden. Sie versuchen, eine Million durchzufüttern, und es werden immer mehr. Wir hätten sie aus dem Lager holen und nach Kampala bringen lassen, wo sie anständige Kleidung und neue Identitäten bekommen hätten. Dann hätten wir sie in ein Flugzeug in die USA gesetzt.«

»Klingt machbar.«

»Machbar, wenn genügend Geld verfügbar ist. Der teuerste Teil ist der Flug. Linienflüge kommen nicht infrage, weil es von Kampala aus keine direkte Verbindung in die USA gibt. Man muss also umsteigen. Jeder Stopp bedeutet neugierige Zollbeamte, die sich für die Papiere interessieren. Wir hatten im vergangenen Jahr einen Fehlschlag, der sich sehr hässlich entwickelt hat.«

Murray aß einen Bissen und wartete, dass Gaston weitersprach. »Können Sie mir sagen, was passiert ist?«

»In groben Zügen. Bei dem Projekt ging es um eine somalische Familie, die in einem Flüchtlingslager in Kenia lebte. Ihre Verwandten hier kratzten einiges Geld zusammen, und wir beschlossen, es zu versuchen. Das war ein Fehler. Die Familie konnte sich keinen Privatjet leisten. Das kann niemand, solange nicht jemand aus der Familie einen hoch dotierten NBA-Vertrag unterschreibt natürlich. Auf jeden Fall haben wir die Familie aus dem Lager herausgeholt und in eine Linienmaschine von Nairobi nach London gesetzt. Die britischen Einwanderungskontrollen sind knallhart, und sie wurden in Heathrow aufgehalten. Als sich herausstellte, dass die Papiere gefälscht waren, brach die Hölle los. Die Familie sitzt jetzt irgendwo in Großbritannien in Gewahrsam und wird vermutlich nach Somalia zurückgeschickt, wo sie in Gefahr ist. Ich muss wohl nicht erwähnen, dass es unser letztes Projekt mit einer Linienmaschine war.«

»Wie funktioniert das mit dem Privatjet?«

»Es ist eine Strecke von gut elftausend Kilometern, und der Flug dauert dreizehn bis fünfzehn Stunden, je nach Wetter, Windverhältnissen und so. Es gibt nur einen Jet mit dieser Reichweite. Eine Gulfstream G650.«

»Mit einer Gulfstream bin ich schon einmal geflogen, natürlich dank Sooley.«

»Die meisten Gulfstreams haben diese Reichweite nicht. Es muss eine G650 sein.«

»Was kostet der Flug?«

»Dreifünfzig.«

»Dreihundertfünfzigtausend Dollar?«

»Genau. Ungefähr dreißig Stunden in der Luft, vom Start- zum Zielflughafen, zu zehntausend Dollar pro Stunde. Plus vier Piloten, Spesen, Gewinnmarge, das summiert sich schnell. Die gesamte Reise dauert vier bis fünf Tage, wenn alles glatt läuft. Es gibt nicht viele Chartergesellschaften, die Afrika anfliegen.«

»Wird die Chartergesellschaft eingeweiht?«

»Nein. Unsere Dokumente sind qualitativ hervorragend, auch wenn es das eine Mal nicht geklappt hat. Den Piloten liegen Kopien der Pässe und Personalausweise vor, aber wenn der ugandische Zoll Sooleys Familie hätte ausreisen lassen, hätte sie niemand mehr aufgehalten. Bis zur Einreise hier.«

»Was wäre hier passiert?«

»Tja, Murray, da sollte Miss Ida ins Spiel kommen.«

Murray hätte fast gelacht. Er schüttelte ungläubig den Kopf. »Woher kennen Sie meine Mutter?«

»Sooley hat an alles gedacht. Sie sollte sich um die amerikanischen Einwanderungsbehörden kümmern. Nach der Landung in Raleigh hätte sich die Familie den Behörden gestellt, wie es Hunderte von Menschen jeden Tag an den Grenzen tun. Sie wären festgenommen worden und in Gewahrsam gekommen. Deine Mutter hätte sofort Asyl für sie beantragt, in einem Eilverfahren die vorläufige Freilassung erwirkt und sie bis zur endgültigen Entscheidung, die Monate gedauert hätte, in einem schönen Haus untergebracht.«

Murray schüttelte immer noch den Kopf. »Aber was ist mit der Charterfluggesellschaft? Sie hätte doch bestimmt Ärger bekommen.«

»Wahrscheinlich, aber eine Geldbuße war einkalkuliert. Wie gesagt, wir hatten die Hoffnung, dass Miss Ida das mit den Einwanderungsbehörden klären würde. Die einzige Unbekannte in unserer Rechnung war die Höhe der Geldbuße.«

»Und wie viel hätte die gesamte Operation gekostet?«

»Eine halbe Million. Wie gesagt, das kann sich kaum jemand leisten. Wir sprechen hier von Flüchtlingen und ihren Familien, Menschen, die alles verloren haben.«

»Das ist eine Menge Geld.«

»Das ist es. Um die Räder in Uganda zu schmieren, braucht es schon einiges. Dazu kommen andere Aufwendungen, und meine Zeit ist auch nicht umsonst. Ich muss selbst mitfliegen, um sicherzugehen, dass alles klappt.«

»Darf ich fragen, ob Ihr Unternehmen schon erfolgreiche Rettungsaktionen durchgeführt hat?«

»Zwei, aber ich kann keine Einzelheiten nennen. In beiden Fällen handelte es sich um wohlhabende syrische Familien, die ihre Angehörigen aus den Lagern holen wollten.«

»Das ist also nicht Ihr Hauptgeschäft.«

»O nein. Wir befassen uns hauptsächlich mit Geiselnahmen und Entführungen. Wir befreien die Leute und bringen sie an einen sicheren Ort. Unglücklicherweise sind Entführungen in Entwicklungsländern ein lukratives Geschäft, mit dem wir einige Erfahrung haben.«

Murray schob den Salat beiseite. »Es klingt, als würden diese Rettungsaktionen ziemlich viel kriminelle Energie erfordern.«

Gaston lächelte und trank einen Schluck Eistee. »Das kommt auf die Sichtweise an. Gehen Sie mal zum Spaß ins Internet und suchen Sie nach ›gefälschten Pässen‹. Sie werden Hunderte von Seiten finden, die ganz offen anbieten, gegen Bezahlung gefälschte Dokumente anzufertigen. Das ist eine Straftat. Wir kaufen ständig solche Papiere und brechen damit in gewisser Weise Gesetze, ja. Aber wir schaden keinem, und solche Straftaten werden kaum verfolgt. Ich vermute, wenn man lang genug sucht, findet man in Uganda ein Gesetz, das die Bestechung von Zollbeamten unter Strafe stellt. Oder auch nicht. Auf jeden Fall gehört das in der Dritten Welt zum Leben. So läuft das eben. Sooley hatte das verstanden und war bereit, das Risiko einzugehen. Er selbst hätte sich die Hände nicht schmutzig gemacht. Er hätte uns ein Honorar gezahlt, und wir hätten uns um den Rest gekümmert.«

Murray war baff, dass Sooleys Planungen so weit fortgeschritten waren, ohne dass er ihm, seinem Zimmergenossen und Freund, auch nur ein Wort verraten hatte. »Ich verstehe nicht, dass er mir davon nichts erzählt hat.«

»Es ging alles recht schnell. Er nahm etwa zwei Wochen vor dem Draft Kontakt zu mir auf, weil es so aussah, als würde er tatsächlich in der ersten Runde weggehen. Das Geld war für ihn zum Greifen nah. Er hätte Ihnen letztendlich davon erzählt, schon allein, weil er Miss Ida gebraucht hätte.«

»Klingt einleuchtend. Er war schon ein kluger Kerl.«

»Sehr klug und fest entschlossen. Wir hätten Sooley natürlich gern geholfen. Das Geld hatte er ja offensichtlich. Zumindest die Aussicht darauf.«

»Davon hat er immer geträumt – seine Mutter und seine Brüder herzuholen.«

»Tut mir leid, dass wir nichts tun können, Murray. Die armen Leute werden wahrscheinlich jahrelang in diesem Lager festsitzen.«

»Wahrscheinlich. Und Sooley kann ihnen nicht mehr helfen.«

»Ich nehme an, seine Mutter weiß inzwischen Bescheid.«

»Ja. Mitarbeiter einer Hilfsorganisation im Lager haben es ihr gesagt.«

»Die arme Frau.«

»Sie wird nie erfahren, wie nah die Rettung war.«

»Was ist eigentlich auf den Bahamas passiert, wenn ich fragen darf?«

Murray zuckte mit den Schultern. »Der Abend ist einfach aus dem Ruder gelaufen. Ein Mädchen hat ihm offenbar Pillen beschafft. Sooley hat keine Drogen genommen, ganz im Gegenteil. Gras hat er zum ersten Mal geraucht, als die Saison vorbei war, und er hat es nicht gemocht. Er hat höchstens mal ein paar Bier getrunken, sonst nichts. Es ist so traurig. Er war ein großartiger Mensch.«

»Das war er. Es tut mir wirklich leid.«

»Danke. Und danke, dass Sie sich die Zeit genommen haben.«

Gaston bezahlte das Mittagessen. Sie schüttelten sich die Hände und versprachen, in Verbindung zu bleiben.

60

Murray ließ sich bei der Heimfahrt nach Durham so viel Zeit wie möglich. Er fühlte sich jetzt noch elender, und angesichts der bedrückenden Stimmung zu Hause graute ihm davor, erneut einen Abend mit seinen Eltern verbringen zu müssen. Beim Abendessen erzählte er von seinem Besuch in Charlottesville und dem Mittagessen mit Gary Gaston. Sie staunten über Sooleys großen Plan, um seine Familie zu retten, von dem er ihnen nichts erzählt hatte.

Der 4. Juli, der Nationalfeiertag, kam und ging, aber bei den Walkers war keinem zum Feiern zumute. Jordan war für ein paar Tage zu Hause, doch auch sie konnte die anderen nicht aufheitern. Am 6. Juli fuhr Murray nach Charlotte, wo die erste Runde der internationalen Showturniere stattfand. Ecko würde dort sein, mit einer neuen Gruppe junger südsudanesischer Talente. Centrals neuer Cheftrainer, Jason Grinnell, würde kommen, außerdem Lonnie Britt. Sicherlich würden sie Eckos Spieler genau beobachten, in der Hoffnung, noch einmal einen Star zu entdecken.

Er traf im Spectrum Center auf sie, der Heimat der Hornets, und sie luden ihn in die Trainersuite ein, wo er ihre Freunde kennenlernte. Es wurde viel über den magischen Lauf von Central zur Runde der Final Four gesprochen, und Murray genoss die Aufmerksamkeit.

Am Abend, bei einem ausgiebigen Essen mit den drei Trainern, gaben sich alle große Mühe, das Thema Sooley zu vermeiden. Vergeblich. Alle vier waren zutiefst betroffen und standen immer noch unter Schock. Abwechselnd erzählten sie, wie Freunde und völlig Unbekannte auf sie zugekommen waren und Hilfe angeboten hatten. Sooley hatte die Basketballwelt begeistert und viele Menschen berührt, die die Verbindung zu dem Jungen und seiner bemerkenswerten Geschichte auch jetzt nicht verlieren wollten. Jason Grinnell sagte, die Basketballabteilung der Central University habe mehr als fünfzigtausend Dollar in Kleinspenden von Fans aus aller Welt erhalten. Eckos Programm hatte ebenfalls zahlreiche Kleinbeträge zur Unterstützung von Spielern im Südsudan erhalten.

»Sooley hat immer noch Millionen Follower auf Social Media«, sagte er. »Ich verfolge das ständig, und bei manchen Kommentaren würde ich am liebsten weinen.«

»Ich habe versucht, mir das anzusehen, aber es ist einfach zu viel«, erklärte Jason Grinnell.

»Ich habe einen Vorschlag für dich, Murray«, sagte Ecko. »Du solltest versuchen, Sooleys Beliebtheit zu nutzen. Warum gründest du nicht in seinem Namen eine Stiftung, die humanitäre Unterstützung für den Südsudan finanziert?«

»Tolle Idee«, stimmte Lonnie zu. »Ich wette, da kommt ein Vermögen zusammen.«

»Und vielleicht fallen ein paar Dollar für die gute alte Central University ab«, meinte Jason.

»Wie gründet man eine Stiftung?«, fragte Murray.

»Ganz einfach«, erwiderte Ecko. »Fast jeder hat eine Stiftung. Bei der, für die ich arbeite, gibt es Rechtsanwälte, die dir den Ablauf erklären können. Du brauchst nur ein Mission Statement, eine coole Website und jemanden, der sich darum kümmert. Es muss gar nichts Ausgefallenes sein. Wenn du den Link auf Sooleys Website einstellst, bekommst du bestimmt ein überwältigendes Echo.«

»Braucht man keine Genehmigung der Steuerbehörde?«, erkundigte sich Lonnie.

»Doch, aber du kannst schon anfangen, während die noch in Bearbeitung ist. Das haben unsere Anwälte mal erzählt. Ich wette, deine Mutter kennt sich aus. Ihre Organisation für Prozesskostenhilfe ist doch ein gemeinnütziges Unternehmen, oder?«

»Ja. Gewinn machen sie jedenfalls keinen. Und welche Mission sollen wir haben?«

»Ihr könntet euch drei Ziele setzen«, schlug Lonnie vor. »Erstens humanitäre Hilfe für Flüchtlinge. Zweitens Nachwuchsförderung im südsudanesischen Basketball. Drittens Finanzierung von Stipendien an der Central University in Sooleys Namen.«

»Wir drei könnten dem Stiftungsrat angehören. Und jeder andere, der dir sinnvoll erscheint. Wir warten ab, wie viel Geld hereinkommt, und entscheiden dann, wie wir es verwenden.«

Jason lächelte und stieß einen Pfiff aus. »Das könnte eine große Sache werden.«

Zum ersten Mal seit Menschengedenken stand Murray am nächsten Morgen früh auf und beeilte sich, zurück nach Durham zu kommen. Er kaufte Sandwichs für ein Arbeitsessen und fuhr damit zu Ida ins Büro. Wie zu erwarten, sah sie jedes Projekt skeptisch, das versuchte, aus Sooleys Namen »Profit« zu schlagen. Er regte sich über die Wortwahl auf, und sie entschuldigte sich, sie habe das gedankenlos dahingesagt. Natürlich gehe es nicht darum, Geld zu verdienen. Sie hatte ihren Sohn nicht so motiviert und engagiert erlebt, seit er mit Sooley vom Draft in New York zurückgekommen war. Deshalb schlug sie vor, die Sache mit Ernie beim Abendessen zu besprechen und darüber zu schlafen. Das war für Murray Ermutigung genug.

Er lieh sich Geld aus dem Kredit, den Sooley von Arnie bekommen und den der Agent bisher noch nicht zurückgefordert hatte, und investierte viertausend Dollar in Websitedesign, zweitausendfünfhundert für Rechtsberatung und zweitausend für einen Neunzehnjährigen, der sich mit einer Agentur für Online-Marketing selbstständig gemacht hatte. Er eröffnete ein Bankkonto, mietete ein Postfach und las voller Unbehagen die vorgeschlagene Satzung und die Steuervorschriften, die ihm der Anwalt geschickt hatte.

Am 19. Juli, auf den Tag genau einen Monat nach dem entsetzlichen Sonntagmorgen im Acropolis Resort, wurde der *Sooley Fund* gegründet. Die Website zeigte eine gelungene Farbskizze, die nach Murrays Lieblingsfoto von seinem Freund angefertigt war. Da war er, Sooley, wie er den Ball hoch über dem Kopf hielt und verschmitzt lächelte, während er zu einem weiteren Dunk weit über den Korb aufstieg. Es gab Fotos von Flüchtlingslagern, hungernden Kindern, einigermaßen gesund aussehenden Teenagern, die auf Erdplätzen Basketball spielten, und einen Tribut an die großartige Central-Mannschaft, die die Welt des Sports in ihren Bann gezogen hatte. Website und Social-Media-Seiten waren auf jede erdenkliche Art und Weise miteinander verknüpft.

Am ersten Tag waren bis Mitternacht mehr als fünfzigtausend Besucher auf der Website gewesen, und elftausend hatten Geld gespendet, insgesamt einhundertachtundvierzigtausend Dollar. Murray musste sich zwingen, seinen Laptop zuzuklappen und wenigstens zu versuchen, etwas zu schlafen. Bis zwölf Uhr am nächsten Tag waren dreihundertfünftausend Dollar eingegangen, und es gab kein Halten mehr. Der *Sooley Fund* ging viral.

Sooleys Beliebtheit war grenzenlos. Sein tragischer Tod war für die Öffentlichkeit erst recht Grund, einen kleinen Beitrag zu leisten. Kommentare und Beileidsbekundungen waren überwältigend und ebenso zahlreich wie die Spenden.

Nach zweiundsiebzig Stunden hatten mehr als hunderttausend Menschen per Kreditkarte Zahlungen geleistet, mit einem Durchschnittsbetrag von acht Dollar. Nach vier Tagen verfügte der *Sooley Fund* über mehr als eine Million Dollar, und Murray gab Interviews.

Er schickte ein langes Memo an seinen Stiftungsrat – Ecko, Lonnie, Jason und Ida – und beschrieb in allen Einzelheiten Sooleys sehnlichen Wunsch, seine Familie zu retten, und seine Planungen dafür.

Mit Zustimmung des Stiftungsrats rief er Gary Gaston an.

61

Drei Wochen danach traf Gaston zu einer letzten Besprechung vor dem Abflug am Haus der Walkers ein. Begleitet wurde er von einer Afroamerikanerin namens Silvia, die er als Geschäftspartnerin bezeichnete. Sie sei Spezialistin für die Logistik bei »Aktionen mit Auslandsbeteiligung«. Viel vager ging es nicht, aber die Walkers verzichteten wohlweislich darauf, Gaston um Details zu bitten.

Eine Woche davor hatte Gaston Murray erklärt, es sei von Vorteil, eine Frau im Team zu haben, weil das auf Beatrice und die Jungen beruhigend wirken könne. Wahrscheinlich seien sie verstört, wenn nicht gar traumatisiert, und Frauen könnten mit solchen Situationen besser umgehen. Sie spielten kurz mit dem Gedanken, Ida mitzunehmen, die gar nicht begeistert war. Der Vorschlag wurde aber gleich wieder verworfen, als Gaston erklärte, für ihn, Murray und die weibliche Begleitung, wer auch immer das sein mochte, bestünde eine gewisse Gefahr, bei der Einreise in die Vereinigten Staaten festgenommen zu werden. Man könne ihnen möglicherweise Beihilfe zur unerlaubten Einreise von Ausländern vorwerfen. Gaston war bereit, das Risiko einzugehen. Murray ließ sich davon nicht abschrecken. Ida legte jedoch keinerlei Wert darauf, festgenommen zu werden, und sagte rundheraus Nein. Sie müsse hierbleiben, um das Juristenteam zu organisieren und die Verhandlungen mit der Einwanderungsbehörde zu führen. Gaston erklärte, bei den beiden erfolgreichen Aktionen dieser Art für syrische Flüchtlinge seien die Flugzeuge in Bangor, Maine, gelandet, wo die Einwanderungskontrollen nicht so streng seien wie beispielsweise in Miami. Die Familien hätten sich den Behörden gestellt und seien festgenommen worden, die Einwanderungsbehörde habe aber keinerlei Strafverfolgung wegen Beihilfe angestrengt.

Beim Abendessen in Miss Idas Haus besprach Gaston jeden einzelnen Schritt der Rettungsaktion mit ihnen und beantwortete alle Fragen. Er zeigte ihnen die gefälschten Pässe für die Sooleymons. Mit den Fotos, die Ecko im Dezember von ihnen aufgenommen hatte, war es dem Fälscher gelungen, ugandische Pässe zu fabrizieren, die überzeugend wirkten. Da der Familienname Sooleymon in Ostafrika gebräuchlich und Beatrice, James und Chol häufige Vornamen waren, hatte er für die neuen Reisepässe ihre echten Namen verwendet. Die Geburtsdaten hatte sich Murray über Ecko besorgt.

Gaston nannte Einzelheiten zu der misslungenen Aktion, die, wie er Murray bereits berichtet hatte, im vergangenen Jahr in Heathrow gescheitert war. Die Papiere seien in Ordnung gewesen, aber der Beamte bei der Einwanderungskontrolle sei misstrauisch geworden, als der Mutter bei ihrem fiktiven Geburtsdatum ein grober Schnitzer unterlief.

Ernie wollte wissen, was alles schiefgehen konnte. Abgesehen von den Dingen, die ihnen bereits bekannt waren, auch einige, von denen sie noch nichts gehört hatten. Die größte Sorge bereitete Gaston das Flugzeug. Die Gulfstream G650 habe eine Reichweite von zwölftausend Kilometern, und Entebbe sei elftausendsiebenhundertfünfzig Kilometer vom Flughafen Raleigh-Durham entfernt. Auf dem Flug nach Westen würden sie auf jeden Fall Gegenwind haben, und wenn er stark genug war, könnte der Jet zu einem Tankstopp gezwungen sein. Jede Landung außerhalb der USA stelle ein Risiko dar. Die Piloten würden die Wetterbedingungen jedoch genau im Auge behalten und bereits vor dem Start wissen, was sie erwartete. Plan B sei eine Landung auf den Kanarischen Inseln, wo bei internationalen Flügen häufig Tankstopps eingelegt wurden und die Zollbeamten bekanntermaßen überzeugt werden konnten, ein Auge zuzudrücken. Gaston hatte Verbindungen dorthin.

Außerdem bestehe immer die Gefahr von Unruhen in Rhino Camp South, die es unmöglich machen würden, Beatrice und die Jungen unauffällig aus dem Lager zu holen. Es gebe noch andere Risiken, aber grundsätzlich gaben sich Gaston und Silvia zuversichtlich.

Nachdem sie sich verabschiedet hatten und zu ihrem Hotel gefahren waren, ging Murray auf sein Zimmer und fing an zu packen. Als er den Kontostand der Stiftung überprüfte, wie er es praktisch einmal pro Stunde tat, lag dieser bei drei Millionen Dollar, und es gingen ständig weitere Spenden ein. Er hatte sich gezwungen gesehen, in aller Eile eine Teilzeitkraft zu engagieren, die sich um die Büroarbeit kümmerte und sicherstellte, dass alle zweihundertfünfundsechzigtausend Spender ein Dankschreiben erhielten. Ihre Systeme wurden aufgerüstet und eine leistungsstärkere Software aufgespielt. Murray wusste gar nicht, wo ihm der Kopf stand, und hätte eigentlich Vollzeitunterstützung gebraucht. Ein Ausflug nach Uganda kam da äußerst ungelegen.

Aber er wollte sich das Abenteuer auf keinen Fall entgehen lassen.

Bevor sie sich anschnallten, begrüßte sie der Co-Pilot an Bord und informierte sie über den bevorstehenden Flug. Da sie Rückenwind haben würden, betrug die voraussichtliche Flugzeit nur dreizehn Stunden. Das klang allerdings nur unwesentlich besser als vierzehn oder fünfzehn Stunden. Wenige Minuten vor dem für elf Uhr geplanten Start nahm die Flugbegleiterin ihre Getränkebestellungen entgegen und verteilte die Menükarten für das Mittagessen.

Der Jet war Luxus pur. Die Lederliegesessel waren so weich, dass man in ihnen versank, genauso der Teppichboden. Auf halbem Weg nach hinten war ein Esstisch aus Mahagoni montiert, dahinter ließen sich zwei Sofas zu Betten ausklappen, komplett mit seidener Bettwäsche. Überall waren Bildschirme angebracht, und sie konnten unter zahllosen Filmen und Fernsehsendern wählen.

Es war Murrays dritter Flug mit einem Privatjet, und er ging fest davon aus, dass es sein letzter sein würde. Die Vorlesungen begannen in zwei Wochen, dann ging die Plackerei wieder los. Und im Basketball starteten sie ohne Sooley und Coach Britt in eine Saison, die nicht gerade vielversprechend aussah.

Murray suchte sich einen Platz im hinteren Teil des Flugzeugs, zog seine Schuhe aus, schnallte sich an und nahm sich fest vor, den Flug zu genießen.

Die beiden Soldaten gehörten zu den ugandischen Streitkräften, die im Lager die Ordnung aufrechterhielten. Wie üblich trugen sie eine grüne Uniform, schwarze Stiefel, flotte schwarze Barette und Kallies über der Schulter. Sie fanden Beatrice hinter deren Zelt, wo sie einen kleinen Gemüsegarten bearbeitete. Sie waren freundlich und baten sie höflich, kurz mitzukommen, sie hätten eine vertrauliche Mitteilung für sie.

Dann erklärten sie ihr, sie sei berechtigt, in einen neueren Bereich von Rhino Camp South umzuziehen, in eine bessere Unterkunft. Das solle sie aber für sich behalten. Sie hatte gerüchteweise gehört, neue Unterkünfte sollten die zerfallenden Zelte ersetzen, aber das hieß es schon seit Monaten. Die Flüchtlinge verbrachten die halbe Zeit damit herauszufinden, welchen Geschichten zu trauen war, wenn sie nicht gerade selbst Gerüchte in Umlauf brachten.

Sie gingen zu ihrem Zelt, wo ein dritter Soldat mit Armee-Reisetaschen wartete. Beatrice protestierte und sagte, sie sei nicht sicher, ob sie überhaupt umziehen wolle. Ihre besten Freundinnen wohnten rechts und links von ihr, und ohne sie gehe sie nirgendwohin. Die Soldaten lächelten und sagten, ihre Freundinnen würden morgen umziehen. In wenigen Minuten hatte sie ihre gesamten Habseligkeiten gepackt – Kleidung, Decken, Kissen, Konservendosen, Schulhefte und zwei Plastikkrüge, um Wasser zu holen. Die Soldaten trugen die Taschen, als sie diesen Teil des Lagers verließen. Beatrice warf einen Blick auf ihr Zelt, das im vergangenen Jahr ihr Heim gewesen war, und fragte sich, ob sie es je wiedersehen würde. Ein Militärjeep wartete auf sie. Die Soldaten halfen Beatrice auf den Beifahrersitz und warfen ihre Taschen auf die Ladefläche, wo ein weiterer Soldat saß. Der Jeep schlängelte sich langsam durch das Lager und hielt an dessen Rand in der Nähe der Schule. Vor dem Gebäude stand im Schatten eines Baumes ein Lehrer mit James und Chol.

»Warum holen wir die Jungen?«, erkundigte sich Beatrice beim Fahrer.

»Wir haben eine Überraschung für Sie. Sie werden sich freuen.«

Die Jungen quetschten sich auf den Rücksitz des Jeeps und winkten ihrem Lehrer zu. Sie hatten noch nie in einem Jeep gesessen. Tatsächlich konnten sie sich kaum an ihre letzte Fahrt mit einem Auto erinnern, dem alten Pick-up ihres Onkels in Lotta.

Das war allerdings noch längst nicht das exklusivste Transportmittel, das sie erwartete.

Als sie das Lager hinter sich ließen, fing Beatrice an, sich Sorgen zu machen. »Wohin geht es?«, fragte sie den Fahrer erneut.

»Nach Kampala und dann weiter nach Amerika.« Sie war so verblüfft, dass es ihr die Sprache verschlug. Fast eine Stunde lang folgten sie einer belebten breiten Schotterpiste, wobei sie immer wieder Versorgungsfahrzeugen und Truppentransportern ausweichen mussten. Am Flughafen wartete ein kleines Frachtflugzeug der ugandischen Luftwaffe, während ein zweites gerade landete und zum Warenlager rollte.

»Seid ihr schon mal geflogen?«, fragte der Soldat auf dem Rücksitz die Jungen.

Sie schüttelten die Köpfe und beobachteten mit weit aufgerissenen Augen, wie der Jeep neben dem Frachtflugzeug hielt. Beatrice hatte sich nie Gedanken darüber gemacht, was sie vom Fliegen hielt. Im Augenblick hatte sie jedoch einfach nur Angst und weigerte sich auszusteigen. Die Soldaten redeten ihr gut zu, versprachen ihr eine sichere Reise und einen Besuch in der Großstadt vor ihrer Abreise nach Amerika. Sobald sie in die Maschine gestiegen waren, schnallten die Soldaten sie und die Jungen an und wünschten ihnen alles Gute. Beide Triebwerke sprangen stotternd an, und das alte Flugzeug begann zu vibrieren. Die beiden Piloten mit den coolen Sonnenbrillen drehten sich um, lächelten und hoben den Daumen. Beatrice war wie erstarrt, aber die Jungen strahlten über das ganze Gesicht.

Murray, Gaston und Silvia entspannten sich unter einem großen Sonnenschirm am Pool, schlürften alkoholfreie Drinks und warteten schon den zweiten Tag. Im Busch gingen auch bis ins Detail durchdachte Pläne oft schief. Die Verzögerung war angeblich auf ein Missverständnis bei den Frachtflugzeugen zurückzuführen. Es war nicht weiter wichtig und kein großes Problem. Mit Verzögerungen war immer zu rechnen. Es gab Schlimmeres, als im Kampala Serena, einem Fünf-Sterne-Hotel mitten im Geschäftsviertel, abzuhängen.

Gastons Handy klingelte, und er stand auf. »Eine Stunde. Sehr gut«, sagte er. Er steckte das Telefon ein und nickte Murray und Silvia zu. Sie gingen auf ihre Zimmer, zogen sich um und warteten dann in der Lobby. Die Familie traf in einem weißen Transporter ohne militärische Kennzeichnung ein, was dafür sprach, dass die Grenzschutzbehörde übernommen hatte. Der Fahrer war ein offiziell wirkender Mann im Anzug. Er schob die Seitentür auf und half Beatrice beim Aussteigen. Die Jungen folgten, und dann standen alle drei wie angewurzelt auf dem Gehsteig und hatten keine Ahnung, was sie mit sich anfangen sollten. Das Serena-Hotel war ein riesiges Luxusgebäude, und auf dem Weg dorthin waren sie zum ersten Mal in ihrem Leben durch das Chaos der vom Verkehr verstopften Straßen einer richtigen Großstadt gefahren.

Gaston trat vor. »Wir vertreten Ihre amerikanische Familie. Wir wollen Sie nach Hause holen.«

Murray lächelte die Jungen an und stellte sich vor. »Ich bin Murray. Ich habe mit eurem Bruder zusammengewohnt, er war mein bester Freund.« Sie erkannten ihn auf Anhieb von den Videos, die Samuel geschickt hatte. Verlegen schüttelten sie ihm die Hand.

Als sie die Lobby betraten, lächelten die Türsteher höflich wie immer, wechselten aber verwunderte Blicke. Drei gut gekleidete Amerikaner und drei verwirrte und einigermaßen abgerissene Flüchtlinge aus dem Busch.

Wie nicht anders zu erwarten, wollten die Jungen zu Mittag essen. Sie waren noch nie in einem Restaurant gewesen, genau wie Beatrice. Sobald sie ihr Gepäck abgegeben hatten, führte Gaston sie zu einem Ecktisch, wo sie in Ruhe reden konnten. Als Beatrice begriff, dass es tatsächlich nach Amerika ging, hatte sie viele Fragen. Die Jungen fragten Murray, was sie essen sollten, und er bestellte Cheeseburger und Erfrischungsgetränke. Natürlich wollten sie über Samuel sprechen.

Die drei hatten die vergangene Nacht – wie jede Nacht des letzten Jahres – in einem Zelt auf dem Boden geschlafen, jeden Tag in endlosen Schlangen um Essen angestanden, ihre halbe Familie und jede Hoffnung für die Zukunft verloren und keine Ahnung, warum sie aus dem Lager geholt worden waren. Entsprechend überwältigend war dieser Augenblick für sie. Beatrice weinte viel, dann lachte sie und aß und gab sich große Mühe, Murray zu verstehen, der ihr erklären wollte, wie eine gemeinnützige Organisation in den USA funktionierte. Schließlich gab er auf. »Sagen wir einfach, Samuel hat das in die Wege geleitet.«

Nach einem ausgedehnten Mittagessen begleiteten sie die Familie zu deren großem Hotelzimmer mit zwei Betten. Murray zeigte ihnen, wie Dusche und Toilette funktionierten. Vom Balkon aus deutete er auf den schönen Pool und versprach den Jungen, mit ihnen schwimmen zu gehen, sobald sie sich umgezogen hatten.

Gaston rief am Empfang an, organisierte einen Kleinbus und fuhr mit Silvia und Beatrice Kleidung kaufen. Die Sooleymons, die jetzt vollwertige ugandische Staatsbürger waren, mussten ihrer Rolle als Auswanderer gerecht werden, die über alle Papiere für Amerika verfügten. Wenn irgendein Zollbeamter ihr Gepäck durchsuchte, sollte er hochwertige neue Kleidung und nichts Auffälliges finden. Und neue Kleidung war dringend erforderlich. Sich im Lager sauber zu halten war ein Ding der Unmöglichkeit. Die Stoffe starrten geradezu vor Staub und Schmutz.

Im Pool stellte Murray überrascht fest, wie mager James und Chol waren. Für ihre elf beziehungsweise dreizehn Jahre waren sie groß, und er konnte praktisch ihre Rippen zählen. In den USA hatte er nie so dünne Kinder gesehen. Während sie im Wasser tobten, beobachtete er sie genau und hielt nach dem kleinsten Hinweis Ausschau, dass sie dieselbe großartige DNA wie ihr Bruder besaßen. Sie konnten nicht schwimmen, deshalb blieben sie am flachen Ende. Dort schnatterten sie aufgeregt und tollten herum, und Murray fielen die zahlreichen wunderbaren Geschichten ein, die Sooley über seine kleinen Brüder erzählt hatte. Er hatte gemeint, James sehe ihm sehr ähnlich, und das stimmte. Und er hatte gesagt, Chol werde der beste Basketballspieler der Familie. Das würde sich bald herausstellen.

Das große Thema war Wasser. Wasser im Pool. Wasser in der Badewanne. Aber vor allem Wasser aus dem Hahn, das ununterbrochen lief und von dem sie trinken konnten, so viel sie wollten. Die Jungen nahmen eine Dusche nach der anderen, und Murray brachte es nicht übers Herz, ihnen zu sagen, dass in Durham eine monatliche Wasserrechnung zu begleichen sein würde. Als sie genug von der Dusche hatten, gingen sie wieder zum Pool.

Murray erinnerte sich, dass die ehrenamtlichen Helfer erstaunt gewesen waren, weil Sooley so wenig Wasser zu sich nahm.

Nach einem leckeren Abendessen trafen sie sich in Gastons Zimmer, um den Zeitplan für den nächsten Tag zu besprechen. Bisher war jeder Abschnitt der Reise nach Plan gelaufen. Gaston lächelte immer wieder bei dem Gedanken, wie weit man in einem Entwicklungsland mit etwas Bargeld kam. Bestechung funktionierte auch zu Hause, war aber deutlich teurer.

62

Ida hielt es für das Beste, wenn sie gegen zwei oder drei Uhr nachmittags am Raleigh-Durham International Airport landeten. Obwohl sie mit der Einwanderungs- und Zollbehörde eine Vereinbarung ausgehandelt hatte, konnte immer etwas schiefgehen, wie sie aus Erfahrung wusste. Vielleicht brauchte sie ein oder zwei Stunden, um zum Gericht zu fahren, wo sich ein auf Asylverfahren spezialisierter Richter bereithielt.

Sie verließen das Hotel im selben Transporter um vier Uhr morgens und fuhren eine Stunde lang zum Flughafen Entebbe. Gaston dankte dem Fahrer und gab ein üppiges Trinkgeld. Er hatte in

Kampala viele Trinkgelder verteilt. Eine Frau mit derselben natürlichen Autorität wie Ida Walker empfing sie am Terminal für die allgemeine Luftfahrt und führte sie nach drinnen. Auf ihrer Bluse war über der Tasche das Wort »Zoll« eingestickt, und sie wirkte sehr selbstsicher. Das Terminal war leer, und in diesem Winkel des weitläufigen Flughafens war nicht viel los. Sie sammelte alle sechs Pässe ein, deutete auf eine Kaffeekanne in einer Ecke und verschwand. Auf dem Rollfeld glitzerte ihr prächtiger Jet im Licht, während die Piloten die routinemäßigen Vorbereitungen für den Flug durchgingen.

James und Chol trugen identische khakifarbene Shorts, weiße Golfhemden und weiße Socken und Sneakers. Beatrice hatte ein leuchtend gelbes Gomesi gefunden, das bodenlange traditionelle Gewand der ugandischen Frauen. Sie hätte Kleidung aus ihrer echten Heimat bevorzugt, aber im Augenblick gab sie sich ja als Uganderin aus. Auf jeden Fall sahen alle drei entzückend aus und wirkten wie eine wohlhabende Familie auf dem Weg in ein neues Leben in den Vereinigten Staaten.

Ohne nach den Personalausweisen zu fragen, brachte die Zollbeamtin die gestempelten Pässe zurück, und es konnte losgehen. Zwei Uniformierte durchsuchten die Taschen und stellten sie dann auf einen Trolley, der zum Jet geschoben werden sollte. Die Zollformalitäten nahmen keine fünfzehn Minuten in Anspruch. An Bord stellte Murray die Familie der Flugbegleiterin vor, die er mittlerweile gut kannte. Sie setzte sie in einen Loungebereich mit vier großen Sesseln und fragte, was sie trinken wollten. Natürlich hatten die Jungen Hunger, und bald drehte sich das Gespräch um das Frühstück.

James, der Samuel ähnelte wie ein Ei dem anderen und ständig herumalberte, meinte, das Flugzeug sei fast besser als die zweimotorige ugandische Frachtmaschine, mit der sie am Vortag geflogen waren. Murray zeigte den Jungen das Flugzeug, wobei die beiden sorgsam darauf achteten, keinem der Erwachsenen auf die Füße zu treten. Und er versprach ihnen für die nächsten fünfzehn Stunden so viele Filme, wie sie wollten.

Um vierzehn Uhr Ostküstenzeit versammelten sich Ida und ihr Team in der Lobby des Privatterminals am Raleigh-Durham International Airport. Sie wurde von zwei Rechtsanwälten ihrer Organisation begleitet und hatte auch Tyler Guy, einen Anwalt, der Sooley bei dessen Aufenthaltsverfahren ohne Honorar unterstützt hatte, gebeten, sich ihnen anzuschließen. Außerdem hatte sie sich erneut an das International Rescue Committee gewandt. Ms. Keyser, die Samuel vom vergangenen September kannte, hielt sich bereit.

Vier Beamte der Einwanderungsbehörde erschienen, und die Stimmung wurde angespannt. Ida versuchte, die Atmosphäre mit belanglosem Geplänkel aufzulockern, aber die Beamten ließen nicht mit sich spaßen. Sie hatten eine Aufgabe: Menschen, die illegal ins Land einreisten, festzunehmen und dafür zu sorgen, dass sie in Gewahrsam kamen.

Als die Gulfstream um 14.10 Uhr landete, wurde sie zu einem Bereich des Rollfelds dirigiert, der fünfzig Meter vom Terminal entfernt lag. Kaum waren die Triebwerke abgestellt, näherten sich drei SUVs der Einwanderungsbehörde, die jedes verfügbare Blaulicht eingeschaltet hatten.

An Bord der Maschine setzte sich Silvia zu Beatrice und den Jungen und versuchte, sie zu beruhigen. »Wir haben ja schon besprochen, dass kein Weg darum herumführt. Sie werden festgenommen und in eine Haftanstalt gebracht werden, aber bald wieder auf freien Fuß kommen. Was auch passiert, es ist wichtig, den Beamten gegenüber immer höflich und freundlich zu bleiben. Sie tun nur ihre Arbeit.«

Jetzt, wo es so weit war, hatte Murray ein mulmiges Gefühl. Warum dieser ganze Aufwand, um Flüchtlinge ins Land zu bringen, wenn sie sofort festgenommen wurden? Aber er wusste, dass seine Mutter die Sache in die Hand genommen hatte.

Gaston nahm der Familie die gefälschten Pässe und Personalausweise ab. »Nicht unterkriegen lassen. Alles wird gut«, sagte er.

Zehn Minuten vergingen, dann fünfzehn. Ida und ihr Team beobachteten vom Terminal aus nervös die Ereignisse. Schließlich öffnete sich die Tür des Jets, und die Beamten der Einwanderungsbehörde stiegen die Treppe hinauf. Weitere zehn Minuten verstrichen. Ida war zugesichert worden, dass sie mit der Familie sprechen konnte, bevor sie in Gewahrsam kam. Schließlich ging Murray die Treppe herunter, gefolgt von Silvia, dann James, Chol, Beatrice und Gary Gaston. Als Letzte kamen die Beamten der Einwanderungsbehörde. Ohne Handschellen wurden die drei ins Terminal gebracht. Ida trat vor. »Willkommen, Beatrice«, sagte sie. »Ich bin Samuels amerikanische Mutter und freue mich, seine richtige Mutter kennenzulernen.« Sie umarmten und küssten sich auf beide Wangen. Ida war überrascht, wie groß Beatrice war.

Murray stellte James und Chol vor, und sie wechselten ein paar verlegene Worte. Ida hieß sie auf amerikanischem Boden willkommen.

Wie angekündigt, legten die Beamten allen drei einigermaßen behutsam Handschellen an und führten sie ab. Sie wurden in eine Bundeshaftanstalt in der Nähe von Raleigh gefahren, wo Beatrice in einer Zelle im Frauentrakt untergebracht wurde. James und Chol kamen gemeinsam in einen Bereich für Kinder und Jugendliche.

Sie wussten, dass eine kurze Zeit in Haft unumgänglich war, aber es war trotzdem beunruhigend, hinter Gittern zu sitzen. James und Chol witzelten darüber, dass sie die Nacht davor im luxuriösen Serena Hotel verbracht hatten. Und davor waren sie in ihrem Zelt in Rhino Camp South eingeschlafen.

Verglichen mit dem Zelt sah das billige Stockbett in der Ecke ihrer Zelle gar nicht so schlecht aus.

Nach US-amerikanischem Recht sind Personen, die illegal einreisen und politisches Asyl beantragen, von der Einwanderungsbehörde nur so lange festzuhalten, wie unbedingt erforderlich, bevor sie einem Richter vorgeführt werden.

Um zehn Uhr am folgenden Morgen warteten Ida und ihr Team im Gerichtssaal von Richter Stanley Furlow, einem früheren Praktikanten der Organisation für Prozesskostenhilfe und Absolventen der Rechtsfakultät der Central University. Als Beatrice und die Jungen hereingeführt wurden, schienen sie bester Stimmung und trugen dieselbe Kleidung wie am Vortag. Sie sprachen ein paar Minuten mit ihren Anwälten, um sich zu orientieren. Richter Furlow rief ihre Sache auf und befragte alle drei getrennt zu denselben grundlegenden Punkten. Im Augenblick gab es keine streitigen Themen, noch nicht. In der Verhandlung in einigen Monaten würde der Staat möglicherweise den Standpunkt vertreten, dass die drei keinen Anspruch auf Asyl hatten, aber damit würden sie sich befassen, wenn es so weit war.

Verschiedene Papiere wurden herumgereicht, und die Anwälte steckten mit ihren Mandanten die Köpfe zusammen. Nach etwa einer Stunde ordnete Richter Furlow an, die Familie in die Obhut ihrer Bürgen Ernie und Ida Walker zu übergeben. Ein Datum für die Verhandlung würde zu einem späteren Zeitpunkt festgesetzt werden.

Eine kleine Karawane verließ das Zentrum von Durham und bog zehn Minuten später in eine Straße in der Nähe des Campus der Central University ein. Das Haus gehörte zu einem Dreispänner. Es war neu und von einer Organisation für sozialverträgliches Wohnen in Partnerschaft mit der Stadt gebaut worden. Murray hatte einen Zuschuss aus den Mitteln des *Sooley Fund* geleistet. Die Außenwände waren in einem Gelb gestrichen, das fast so leuchtend war wie der Gomesi, den Beatrice trug.

Es hatte sich bereits eine Gruppe Menschen versammelt. Das

IRC hatte ein Dutzend südsudanesischer Flüchtlinge aus der Gegend zusammengetrommelt und zur Begrüßungsfeier eingeladen. Die meisten Mitarbeiter von Ida waren gekommen, genau wie Ernie. Auch Coach Grinnell und seine Frau waren da.

Während Beatrice und die Jungen über den Gehsteig gingen, applaudierte die Menge und rief »Willkommen zu Hause!«. Als sie die Einrichtung, die schönen Bilder an den Wänden, die Teppiche und den reich gedeckten Tisch sahen, fühlten sie sich wie in einem Traum.

Am späten Nachmittag, als die Gäste längst gegangen waren, fragte Ida Beatrice, ob sie zum Friedhof wollte, und sie sagte Ja. Die Familien fuhren in zwei Autos die zehn Minuten zum Rustling Meadows Memorial Park, einem modernen Friedhof ohne Mausoleen und Grabsteine. Alle Gräber waren gleich und in großen halbmondförmigen Bogen angeordnet, die sich über eine lange, sanft geschwungene Wiese erstreckten.

Sie parkten an der Kapelle und gingen über gepflegte Fußwege, bis sie ganz in der Nähe waren. Ida deutete auf ein neueres Grab mit aufgeworfener roter Erde und frischen Blumen. Murray nahm James und Chol an der Hand und führte sie hin. »Samuel Sooleymon. Geboren am 11. August 1997. Gestorben am 19. Juni 2016« stand auf einer neuen Granittafel.

Die Jungen fingen an zu weinen und wischten sich übers Gesicht. Murray trat zurück und sah zu, wie sich beide an ihre Mutter schmiegten.

Es war ein herzzerreißendes Bild, und niemand, weder Murray noch Ida, konnte sich ihren Schmerz auch nur vorstellen.

Zwei Tage später fuhr Murray nach der Arbeit am Haus vorbei und holte James und Chol ab. Sie trugen ihre neuen Sneakers, wie er es ihnen aufgetragen hatte. Am Campus parkte er vor dem

»Nest« auf dem für Coach Grinnell reservierten Platz. Stolz zeigte er ihnen seinen Schlüssel, öffnete die Seitentür und führte sie durch einen unterirdischen Gang zum Spielfeld. Mit großen Augen betrachteten sie die Halle mit dem glänzenden Holzboden, den vielen Tausend Sitzplätzen und den Bannern, die von der Decke hingen. In einer Ecke war ein großes Foto von Sooley in Aktion angebracht.

»Hier hat er gespielt«, sagte Murray.

Sie wanderten durch die Halle, von einem Ende zum anderen, und versuchten, Verbindung zum Erbe ihres großen Bruders aufzunehmen, aber es war einfach zu viel für sie. Murray holte einen Ballwagen und warf ihnen ein paar Bälle zu. Chol war dreizehn und schon fast 1,80 Meter groß. Er prellte einen Ball zweimal auf den Boden und warf dann aus dem Stand auf den sechs Meter entfernten Korb.

Direkt ins Netz.

63

An einem strahlend schönen Herbsttag Anfang November versammelte sich eine kleine Schar geladener Gäste vor der McDougald-McLendon Arena, auch bekannt als das »Nest«, der Heimat der Eagles. Unter einer Eiche, wo eine sanfte Brise die Blätter niederrieseln ließ, saßen sie auf Klappstühlen und warteten auf die Enthüllungszeremonie. Neben einem kleinen Pult befand sich der Grund ihrer Anwesenheit. Ein rotbraun-graues Tuch bedeckte ein Kunstwerk oder eine Skulptur.

Zu den Gästen zählten alle Mitglieder der aktuellen Eagles-Mannschaft sowie ihre Trainer und ehrenamtlichen Helfer. Rund ein Dutzend Mitarbeiter aus dem Büro des Sportdirektors. Noch einmal zehn aus dem Büro des Präsidenten der Universität. Die Leiter der Studentenvereinigungen. Die Familien Walker und Sooleymon und einige ihrer engsten Freunde. Insgesamt waren es etwa hundert Personen. Man hatte eine größere Feier in Erwägung gezogen, aber es sollte nur eine bescheidene Zeremonie werden.

Es gab nur eine Rede, und sie war kurz. Der Präsident trat ans Pult. »Danke, dass Sie gekommen sind. Es ist nur eine kleine Zeremonie, die uns aber allen im Gedächtnis bleiben wird. Wir sind zusammengekommen, um die größte Persönlichkeit in der Geschichte unserer Universität zu ehren und eine Bronzestatue zu enthüllen, die uns für immer an sie erinnern wird. Sooley kam vor einem Jahr zu uns an die Uni, als unbekannter Studentensportler, der nicht nach Hause zurückkehren konnte. Die Universität gab ihm ein Stipendium und nahm ihn auf. Wir hatten keine Ahnung, was kommen würde. Wir haben freimütig gegeben und hätten uns nicht träumen lassen, was er uns zurückgeben würde. Er hat uns in ungekannte Höhen geführt, die wir, offen gesagt, für unerreichbar gehalten haben. Er besaß eine Begeisterung für das Spiel, die ansteckend war, und ein Talent, das mit jedem Spiel größer wurde und ein legendäres Niveau erreichte. Wir werden Sooley nie vergessen, sein ansteckendes Lächeln, seine jungenhafte Begeisterung, seine überbordende Liebe zum Basketball und seine unerschütterliche Loyalität zu seinen Mannschaftskollegen. Wir werden nie vergessen, was er für diese Universität getan hat.

Im August kam sein Zimmergenosse und bester Freund, Murray Walker, auf mich zu und schlug vor, hier auf dem Campus dauerhaft an Sooley zu erinnern. Wir setzten uns mit unserer Kunstfakultät zusammen und sammelten Ideen. Was Sie hier sehen werden, ist ein Bronzeabbild des großen Sooley in Aktion. Es wurde von einem unserer Absolventen angefertigt, von Ronnie Kelso aus Wilmington. Ich bitte nun Sooleys Mutter vorzutreten und uns die Ehre zu erweisen. Ms. Beatrice Sooleymon.«

Auf der anderen Straßenseite blieb eine Gruppe Studenten stehen und sah herüber. Andere schlossen sich ihnen an.

Beatrice erhob sich in der ersten Reihe und tat drei Schritte. Der Präsident gab ihr eine kurze Schnur, an der sie vorsichtig zog. Das Tuch fiel zu Boden. Alle klatschten höflich, während Beatrice die Skulptur bewunderte. Sie zeigte Sooley, der mit dem Ball hoch über dem Kopf durch die Luft flog und zum Dunk ansetzte. Am Sockel war eine Tafel mit folgendem Text angebracht: »Sooley. Im Jahr 2016 spielte Sooley zwanzig Spiele und wurde zum populärsten Spieler im College-Basketball. Er führte die Eagles in die Final Four. Dann verließ er uns, aber er lebt in den Herzen aller weiter, die ihn je haben spielen sehen.«

Auf der anderen Straßenseite stimmten die Studenten einen Sprechchor an, leise und voller Respekt. »Sooley! Sooley! Sooley!«

Anmerkung des Autors

Mit dreizehn saß ich eines Abends auf der Tribüne und sah gebannt zu, wie »Pistol Pete« Maravich gegen die College-Mannschaft der University of Mississippi, die Ole Miss Rebels, vierzig Punkte machte. Er war unglaublich – mehr als selbstbewusst, nicht aufzuhalten und natürlich überaus talentiert. Seine Leistung veränderte mein Leben, denn von diesem Augenblick an war ich fest entschlossen, ein Star wie er zu werden. Mir wollte kein passender Spitzname einfallen, aber ich war mir sicher, dass meine Fans sich darum kümmern würden. Stundenlang übte ich Korbwürfe. Ich schaffte es, in das Basketballteam meiner Highschool aufgenommen zu werden, und träumte von College-Recruitern, die vor meiner Wohnung Schlange standen.

Leider fanden sie nie den Weg zu mir. Ungefähr mit sechzehn Jahren wurde mir bewusst, dass meine erstaunliche Vorstellungsgabe mein fehlendes Talent nicht ausgleichen konnte, was ich mir schon beim Baseball und beim American Football hatte eingestehen müssen.

Es erging mir also wie den meisten Möchtegern-Sportkanonen: Ich begrub meine Pläne und wurde begeisterter Fan. Später kam mir die Idee, über den Sport zu schreiben, wenn ich schon selbst kein Sportler sein konnte. So entstanden *Der Coach, Touchdown* und *Home Run*. Und natürlich *Das Talent*.

Mein besonderer Dank gilt denen, die tatsächlich spielen können und mir mit Rat und Tat zur Seite standen: Barry Parkhill,

Tony Bennett, Evan Nolte und Levelle Moton. Danke auch Bryan Kersey, Jack Gernert, John Montgomery, Alan Swanson, Neal Kassell, Talmage Boston und Kyle Serba von der North Carolina Central University.

John Grisham
8. Februar 2021

LESEPROBE

Lust auf mehr von John Grisham?
Dann lesen Sie weiter in:

JOHN GRISHAM
FEINDE

ISBN 978-3-453-27420-4

Auch als E-Book oder Hörbuch
Ab 29.3.2023 überall, wo es Bücher gibt

Das Buch

Biloxi, Mississippi: Die Einwanderersöhne Keith und Hugh wachsen in den Sechzigerjahren gemeinsam auf, verbunden durch eine scheinbar unverbrüchliche Freundschaft. Bis sie sich auf den verschiedenen Seiten des Gesetzes wiederfinden: Keith hat Jura studiert und kämpft gegen das Verbrechen. Hugh dagegen arbeitet für seinen Vater, einen Boss der Dixie-Mafia. Eine tödliche Feindschaft entsteht, die vor Gericht ein dramatisches Finale findet.

1

Vor hundert Jahren war Biloxi ein geschäftiger Urlaubs- und Fischerort an der Golfküste. Einige der zwölftausend Einwohner arbeiteten im Schiffbau, andere in den Hotels und Restaurants, doch die meisten verdienten sich ihren Lebensunterhalt mit den Meeresfrüchten, die dort aus dem Wasser geholt wurden. Es waren Einwanderer aus Osteuropa, meist aus Kroatien, wo ihre Vorfahren seit Jahrhunderten in der Adria gefischt hatten. Die Männer heuerten auf den Schonern und Kuttern an und ernteten die Meeresfrüchte aus dem Golf, während die Frauen und Kinder für zehn Cent die Stunde Austern öffneten und Garnelen verpackten. In einer als Back Bay bekannten Gegend standen dicht an dicht vierzig Konservenfabriken. 1925 verschickte Biloxi zwanzig Millionen Tonnen Meeresfrüchte in den Rest des Landes. Die Nachfrage war so groß, das Angebot so gewaltig, dass die Stadt als »Meeresfrüchte-Hauptstadt der Welt« galt.

Die Einwanderer lebten in Baracken oder kleinen, ärmlichen Häusern auf dem Point Cadet, einer Halbinsel am östlichen Stadtrand von Biloxi, nur ein paar Schritte von den Stränden des Golfs entfernt. Ihre Eltern und Großeltern waren Polen, Ungarn, Tschechen und Kroaten, die sich innerhalb kurzer Zeit an die Gepflogenheiten ihrer neuen Heimat angepasst hatten. Die Kinder lernten Englisch, brachten es ihren Eltern bei und sprachen zu Hause nur noch selten ihre Muttersprache. Die meisten Nachnamen waren für die Beamten der Einwanderungsbehörde unaussprechbar gewesen und im Hafen von New Orleans und auf Ellis Island geändert und amerikanisiert worden. Auf den Friedhöfen in Biloxi gab es Grabsteine mit Namen wie Jurkovich,

Horvat, Conovich, Kasich, Rodak, Babbich und Peranich, die verstreut zwischen denen von Smith, Brown, O'Keefe, Mattina und Bellande standen. Am Anfang blieben die Einwanderer für sich und unterstützten sich gegenseitig, doch ab der zweiten Generation heirateten sie in die ansässigen französischen und angloamerikanischen Familien ein.

Es war die Zeit der Prohibition, und im tiefen Süden der Vereinigten Staaten versagten sich die meisten der rechtschaffenen Baptisten und Methodisten den Genuss von Alkohol. Doch die Menschen europäischer Abstammung und katholischen Glaubens an der Küste hielten nicht viel davon, enthaltsam zu leben. Genau genommen war Biloxi nie trocken, trotz des Achtzehnten Zusatzartikels zur Verfassung. Obwohl 1920 Herstellung, Transport und Verkauf von Alkohol landesweit verboten waren, bekam man dort kaum etwas davon mit. Die Bars, Spelunken, Pubs und exklusiven Clubs der Stadt blieben nicht nur offen, sie florierten sogar. Illegale Kneipen waren nicht notwendig, schließlich gab es Bier und Schnaps an jeder Ecke, und niemand, vor allem nicht die Polizei, interessierte sich für das Alkoholverbot. Biloxi entwickelte sich zu einem beliebten Ziel für Südstaatler mit ausgedörrten Kehlen. Dazu kamen noch der Reiz der Strände, delikate Meeresfrüchte, ein gemäßigtes Klima und gute Hotels, und der Tourismus entwickelte sich prächtig. Vor hundert Jahren wurde die Golfküste auch »Riviera des armen Mannes« genannt.

Wie immer erwies sich unkontrolliertes Laster als ansteckend. Zur Trinkerei gesellte sich Glücksspiel. In Bars und Clubs wurden behelfsmäßige Casinos eingerichtet. Poker, Blackjack und Würfel wurden vor aller Augen gespielt und waren überall zu finden. Im Eingangsbereich der schicken Hotels standen lange Reihen von Spielautomaten, die in eklatanter Missachtung des Gesetzes betrieben wurden.

Bordelle hatte es schon immer gegeben, doch sie wurden diskret geführt. In Biloxi war das anders. Dort kamen sie in Massen vor, und zu den Stammgästen zählten auch Polizisten und Politiker. Viele dieser Etablissements waren im selben Gebäude wie Bars und Spielhöllen untergebracht, sodass ein junger Mann, der sich amüsieren wollte, alles unter einem Dach vorfand.

Drogen wie Marihuana und Heroin waren problemlos zu bekommen, vor allem in den Bars und Clubs, wurden allerdings nicht ganz so offen angepriesen wie Sex und Alkohol.

Viele Journalisten konnten kaum glauben, dass man in einem derart konservativen Bundesstaat einfach über diese illegalen Aktivitäten hinwegsah. Sie schrieben Artikel um Artikel über die lockeren Sitten in Biloxi, aber nichts änderte sich. Niemand, der etwas zu sagen hatte, schien sich dafür zu interessieren. »In Biloxi ist das eben so«, hieß es einfach. Politiker begannen Feldzüge und schimpften über das Verbrechen, Prediger wetterten von ihren Kanzeln, doch es gab nie einen ernsthaften Versuch, an der Küste »aufzuräumen«.

Das größte Hindernis für jegliche Versuche zur Eindämmung der kriminellen Geschäfte war die langjährige Korruption unter Polizisten und gewählten Beamten. Cops und Deputys bekamen nur ein dürftiges Gehalt und waren mehr als gewillt, sich bestechen zu lassen und wegzuschauen. Die örtlichen Politiker waren leicht zu kaufen und wurden immer wohlhabender. Alle verdienten gut, alle amüsierten sich prächtig, warum sollte man etwas dagegen unternehmen? Die Leute, die zum Trinken und Spielen nach Biloxi kamen, wurden nicht dazu gezwungen. Wenn einem das lasterhafte Leben dort nicht gefiel, konnte man zu Hause bleiben oder nach New Orleans fahren. Aber wenn sich jemand dafür entschied, sein Geld in Biloxi auszugeben, konnte er sicher sein, nicht von der Polizei behelligt zu werden.

Die Kriminalität stieg erheblich, als 1941 ein großer Militärstützpunkt errichtet wurde, auf Land, das vorher dem Country Club von Biloxi gehört hatte. Er wurde Keesler Army Airfield genannt, nach einem Fliegerhelden aus dem Ersten Weltkrieg, der aus Mississippi stammte, und entwickelte sich bald zu einem Synonym für schlechtes Benehmen von mehreren Zehntausend Soldaten, die sich dort für den Krieg bereitmachten. Immer mehr Bars, Casinos, Bordelle und Stripteaselokale schossen aus dem Boden. Auch das Verbrechen florierte. Die Polizei wurde mit Beschwerden von Soldaten überhäuft: manipulierte Spielautomaten, betrügerische Kartengeber, mit Drogen versetzte Drinks und Prostituierte mit langen Fingern. Die Besitzer der Lokale machten ein Vermögen und beklagten sich nur selten, aber es gab jede Menge Schlägereien, Übergriffe gegen die Mädchen und zerbrochene Fensterscheiben und Whiskeyflaschen. Wie immer beschützte die Polizei diejenigen, von denen sie bezahlt wurde, und in den Gefängnissen wimmelte es von Soldaten. Über eine halbe Million von ihnen durchlief Keesler auf dem Weg nach Europa und in den Pazifikraum und danach Korea und Vietnam.

Mit illegalen Aktivitäten wurde in Biloxi so viel Geld verdient, dass die übliche Palette an zwielichtigen Charakteren angelockt wurde: Berufsverbrecher, Gesetzlose, Schwarzbrenner, Alkoholschmuggler, Trickbetrüger, Auftragsmörder, Zuhälter, Schläger und die ehrgeizigere Kategorie der Gangsterbosse. Ende der 1950er ließen sich Mitglieder einer lose verbundenen Bande aus gewalttätigen Gangstern in Biloxi nieder, die als »Dixie-Mafia« bekannt war und sich vorgenommen hatte, einen Teil der illegalen Geschäfte an sich zu reißen. Davor hatte es immer wieder kleinere Streitigkeiten zwischen den Clubbesitzern gegeben, doch sie verdienten gutes Geld und führten ein angenehmes Leben. Hin und wieder gab es einen Mord, dazu kamen die üblichen

Einschüchterungsversuche, doch niemand versuchte ernsthaft, die Führung zu übernehmen.

Bis auf den Ehrgeiz und die Brutalität hatte die Dixie-Mafia nur wenig mit der amerikanischen Cosa Nostra gemein. Sie war keine Familie, daher gab es wenig Loyalität. Die Mitglieder – das FBI wusste nie so genau, wer Mitglied war und wer nicht und wer nur behauptete, Mitglied zu sein – waren ein zusammengewürfelter Haufen aus Ganoven und gesellschaftlichen Außenseitern, die statt ehrlicher Arbeit das Verbrechen bevorzugten. Eine festgelegte Organisation oder Hierarchie gab es nicht. Kein Don an der Spitze, keine Schläger am unteren Ende, keine Gangster auf der Ebene dazwischen. Mit der Zeit gelang es einem der Clubbesitzer, seinen Anteil am Geschäft zu vergrößern und mehr Einfluss zu gewinnen. Er wurde »der Boss«.

Die Dixie-Mafia hatte einen Hang zur Gewalt, der das FBI oft überraschte. Mit der Zeit wurde sie immer größer, wobei sie eine erstaunliche Anzahl an Leichen hinter sich ließ. So gut wie keiner der Morde wurde je gelöst. Es gab nur eine Regel, einen absolut bindenden, in Stein gemeißelten Blutschwur: »Du sollst niemanden an die Cops verpfeifen.« Wenn es doch einmal vorkam, wurde der Informant entweder im Straßengraben oder überhaupt nicht gefunden. Angeblich gab es Garnelenkutter, die dreißig Kilometer vor der Küste mit Gewichten beschwerte Leichen im tiefen, warmen Wasser des Mississippi Sound versenkten.

Biloxi war zwar für seine Gesetzlosigkeit bekannt, doch das Verbrechen in der Stadt wurde von den Clubbesitzern kontrolliert und mit Argusaugen von der Polizei beobachtet. Mit der Zeit konzentrierten sich die illegalen Geschäfte fast ganz auf einen bestimmten Teil der Stadt, einen knapp zwei Kilometer langen Abschnitt des Highway 90 am Strand. »Der Strip«, wie er genannt wurde, war gesäumt von Casinos, Bars und Bordellen und ließ sich von den gesetzestreuen Bürgern leicht ignorieren. Abseits davon gestaltete sich das Leben normal und sicher. Suchte jemand Ärger, war er problemlos zu finden. Ansonsten konnte man ihm aus dem Weg gehen. Biloxi florierte aufgrund von Meeresfrüchten, Schiffbau, Tourismus, Baumaßnahmen und der beeindruckenden Arbeitsmoral der Einwanderer, die von einer besseren Zukunft träumten. Die Stadt sorgte für Schulen, Krankenhäuser, Kirchen, Highways, Brücken, Uferdämme, Parks, Freizeiteinrichtungen und alles andere, was notwendig war, um der Bevölkerung das Leben so angenehm wie möglich zu machen.

2

Die Rivalität begann als Freundschaft zwischen zwei Jungen, die vieles miteinander gemein hatten. Beide waren Enkel kroatischer Einwanderer in dritter Generation, beide waren auf dem »Point« geboren, wie Point Cadet genannt wurde. Ihre Familien wohnten zwei Straßen voneinander entfernt. Die Eltern und Großeltern kannten sich gut. Sie gingen in dieselbe katholische Kirche, dieselben Schulen, spielten auf denselben Straßen, Grünflächen und Stränden und gingen an den Wochenenden mit ihren Vätern angeln. Sie wurden beide 1948 geboren, im Abstand von einem Monat, und waren beide Söhne junger Kriegsveteranen, die ihre Jugendlieben geheiratet und Familien gegründet hatten.

Die Spiele ihrer Vorfahren aus der Alten Welt hatten in Biloxi wenig Bedeutung. Die Grünflächen und Sportanlagen waren für Baseball gedacht, etwas anderes kam nicht infrage. Kurz nachdem sie laufen gelernt hatten, begannen die zwei mit dem Werfen und Schlagen von Bällen, wie alle Jungen auf dem Point, und mit acht Jahren zogen sie voller Stolz ihr erstes Mannschaftstrikot an. Als sie zehn waren, wurde man auf sie aufmerksam.

Keith Rudy, der um achtundzwanzig Tage ältere der beiden, warf mit links, harte, unberechenbare Bälle, mit denen er die Schlagmänner zur Verzweiflung brachte. Er schlug auch von links, und wenn er nicht auf dem Hügel stand, war er überall dort, wo seine Trainer ihn haben wollten, im Außenfeld, auf der ersten oder der zweiten Base. Da es keine Baseballhandschuhe für Linkshänder gab, brachte er sich selbst bei, mit rechts zu fangen und zu werfen.

Hugh Malco warf mit rechts, und das noch härter und präziser als Keith. Von der 45-Fuß-Linie aus war er ein furchteinflößender Gegner, und die meisten zehnjährigen Schlagmänner zogen es vor, sich auf die Reservebank zu retten. Ein Trainer überredete ihn, von links zu schlagen, mit der üblichen Begründung, dass die meisten Pitcher in diesem Alter Rechtshänder seien. Babe Ruth habe mit links geschlagen, genau wie Lou Gehrig, und das gelte auch für Stan Musial. Mickey Mantle könne natürlich links- und rechtshändig schlagen, aber er sei ja leider ein Yankee. Hugh hörte aufmerksam zu, da er ein folgsamer Spieler war und gewinnen wollte.

Baseball war alles für sie, und das warme Wetter an der Küste ermöglichte es ihnen, fast das ganze Jahr zu spielen. Die Teams der Little League wurden Ende Februar zusammengestellt, die Spiele begannen Mitte März; zwei Matches pro Woche für mindestens zwölf Wochen. Wenn die reguläre Saison mit der Stadtmeisterschaft endete, begann mit den Auswahlspielen der ernst zu nehmende Baseball. Biloxi dominierte die Play-offs in Mississippi und hatte berechtigte Chancen auf eine Teilnahme an den Spielen auf regionaler Ebene. Bis jetzt hatte es noch kein Team zu dem großen Turnier nach Williamsport geschafft, doch jedes Jahr wurde aufs Neue gehofft.

Der Glaube war wichtig, zumindest für ihre Eltern und Großeltern, doch für die Jungen waren die St. Louis Cardinals das Maß aller Dinge. Im tiefen Süden gab es keine Teams, die in einer Profiliga spielten. Der Sender KMOX in St. Louis übertrug jedes Match der Cardinals, mit Harry Caray und Jack Buck als Kommentatoren, und die beiden Jungen kannten alle Spieler, deren Positionen, Statistiken, Heimatstädte und ihre Stärken und Schwächen. Sie verfolgten jedes Spiel, schnitten sämtliche Spielberichte im *Gulf Coast Register* aus und verbrachten Stunden damit, jedes Inning nachzuspielen. Jeder Penny wurde gespart, um Baseballkarten zu kaufen, und das Tauschen mit den anderen Jungen war eine bitterernste Angelegenheit. Ihre Lieblingsmarke war Topps, vor allem, weil der Kaugummi besser war.

Wenn der Sommer kam und die Schulferien begannen, wimmelte es in den Straßen auf dem Point von Kindern, die Corkball, Kickball, Wiffleball und ein Dutzend andere Variationen von Baseball spielten. Die älteren Jungen beanspruchten sämtliche Grünflächen und die Felder der Little League für sich, dort stellten sie ihre Teams zusammen und spielten stundenlang. War der große Tag gekommen, gingen sie nach Hause, wuschen sich kurz, aßen eine Kleinigkeit und ruhten ihre strapazierten Arme und Beine aus. Dann zogen sie ihre Trikots an und rannten zu den Feldern zurück, für die richtigen Spiele, bei denen sämtliche Familienmitglieder und Freunde zusahen. An Spätnachmittagen und frühen Abenden – unter Flutlicht – gaben die Jungen ihr Bestes und riefen sich gegenseitig kleine Sticheleien über das Feld zu. Sie genossen den Beifall der Fans und kritisierten einander erbarmungslos. Ein Fehler wurde mit lauten Buhrufen quittiert. Ein Homerun ließ die Anhänger des Gegners verstummen. Ein guter Pitcher auf dem Hügel verdarb dem anderen Team die Stimmung. Eine umstrittene Entscheidung des Schiedsrichters durfte nicht kommentiert werden, zumindest nicht von den Spielern, doch die Zuschauer nahmen darauf keine Rücksicht. Und überall, auf der Tribüne, den Parkplätzen, sogar in den

Unterständen plärrten Transistorradios, auf denen die Liveübertragung von KMOX aus St. Louis lief. Jeder wusste ganz genau, wie viele Punkte die Cardinals gerade gemacht hatten.

Als sie zwölf waren, hatten Keith und Hugh eine Traumsaison. Keith spielte für ein Team, das von DeJean Packing gesponsert wurde, Hugh für eines, das Shorty's Shell unterstützte. Sie dominierten die Saison, und jedes Team verlor nur ein einziges Mal, gegeneinander, mit einem Run Unterschied. Nach einem Münzwurf kam das Team von DeJean Packing weiter und trat bei den Stadtmeisterschaften an, wo es einer Mannschaft aus dem Westen von Biloxi eine vernichtende Niederlage bereitete. Keith warf in allen sechs Innings, musste zwei Hits und vier Walks abgeben und erzielte zwei Homeruns. Er und Hugh wurden einstimmig in die Auswahlmannschaft von Biloxi aufgenommen, und zum ersten Mal waren sie ganz offiziell im selben Team, nachdem sie unzählige Male in ihrer Freizeit miteinander Baseball gespielt hatten.

Hugh als rechtshändiger und Keith als linkshändiger Pitcher versetzten die Schlagmänner in Angst und Schrecken, und Biloxi war auf dem besten Weg, die Meisterschaft von Mississippi zu gewinnen. Nach einer Woche Vorbereitung verfrachteten die Trainer ihr Team in drei Pick-ups und fuhren über den Highway 90 zwanzig Minuten nach Westen zum Turnier in Gulfport, Hunderte Fans in einem langen, lärmenden Autokorso hinter sich herziehend.

Das Turnier wurde von Teams aus dem südlichen Teil Mississippis dominiert: Biloxi, Gulfport, Pascagoula, Pass Christian und Hattiesburg. Im ersten Match gegen Vicksburg warf Keith einen One-Hitter, und Hugh schlug einen Grand Slam. Im zweiten Match warf Hugh einen One-Hitter, und Keith revanchierte sich mit zwei Homeruns. In fünf Spielen erzielte Biloxi sechsunddreißig Runs, musste nur vier abgeben und gewann die

Meisterschaft. Die ganze Stadt feierte und verabschiedete die Mannschaft mit einer großen Party, als das Turnier in Pensacola anstand. In der nächsten Runde mussten sie gegen eine stärkere Konkurrenz antreten, denn jetzt waren auch die Teams aus Florida dabei.

Die Jungen waren begeistert von Auswärtsspielen, denn das bedeutete Motels, Swimmingpools und Mahlzeiten im Restaurant. Hugh und Keith teilten sich ein Zimmer und waren die unumstrittenen Anführer des Teams, nachdem sie von ihren Trainern zu Co-Kapitänen ernannt worden waren. Die beiden waren unzertrennlich, auf dem Feld und abseits davon, und sämtliche Aktivitäten der Mannschaft drehten sich um sie. Auf dem Feld waren sie starke Gegner, feuerten ihre Mitspieler an und ermunterten sie, fair zu spielen, auf die Trainer zu hören und sich von Fehlern nicht entmutigen zu lassen. Abseits des Feldes hielten sie Teambesprechungen ab, machten bei sämtlichen Streichen mit, genehmigten Spitznamen, entschieden, welche Filme im Kino angesehen wurden und in welchen Restaurants gegessen wurde, und munterten die Pechvögel auf, die auf der Reservebank sitzen mussten.

Im ersten Match gab Hugh vier Hits ab, und Biloxi gewann gegen das Team aus Mobile, das die Meisterschaft von Alabama geholt hatte. Im zweiten warf Keith so ungenau wie noch nie, leistete sich acht Walks und wurde im vierten Inning aus dem Spiel genommen. Gegen ein Team aus Jacksonville verlor Biloxi mit drei Runs im Rückstand. Zwei Tage später konnte Tampa in der zweiten Hälfte des sechsten Innings vier Runs durch einen Fehler von Hugh erzielen und ging mit einem Sieg nach Hause.

Für Biloxi war die Saison vorbei. Der Traum von einer Teilnahme an der Little League World Series in Williamsport war wieder einmal von einem Team aus Florida zerstört worden. Die Jungen kehrten in ihr Motel zurück, um ihre Wunden zu lecken, doch es dauerte nicht lange, bis alle im Pool planschten und versuchten, die Aufmerksamkeit einiger älterer Mädchen in Bikinis auf sich zu ziehen.

Ihre Eltern, die unter Sonnenschirmen am Pool saßen, sahen zu und nippten an ihren Cocktails. Eine lange Saison war endlich zu Ende, und sie freuten sich schon darauf, nach Hause zu fahren und den Sommer zu genießen, ohne sich jeden Tag um die Baseballkarriere ihre Söhne kümmern zu müssen. Fast alle Eltern waren mitgekommen, dazu noch viele Verwandte und ein paar eingefleischte Fans aus Biloxi. Einige von ihnen waren enge Freunde, andere nur flüchtige Bekannte. Die meisten lebten auf dem Point und kannten sich gut, und in dieser Gruppe hatte der Zusammenhalt Risse bekommen.

Hughs Eltern, Lance und Carmen Malco, hatten das Gefühl, von den anderen gemieden zu werden. Dafür gab es einen guten Grund.

3

Als Hughs Großvater 1912 in New Orleans von Bord eines Schiffes ging, war er sechzehn Jahre alt und hatte so gut wie keine Englischkenntnisse. Er konnte »Biloxi« aussprechen, das war alles, was die Beamten der Einwanderungsbehörde brauchten. Die Schiffe waren mit Osteuropäern gefüllt, von denen viele Verwandte entlang der Küste von Mississippi hatten, und die Beamten wollten möglichst viele Neuankömmlinge aus der Stadt bekommen und irgendwo anders hinschicken. Biloxi war ein beliebter Zielort.

In Kroatien hieß der junge Mann Oron Maloković, was den Einwanderungsbeamten nicht leicht über die Lippen ging. Einige von ihnen waren geduldig und bemühten sich gewissenhaft darum, die richtige Schreibweise in die Akten aufzunehmen. Andere wiederum waren überarbeitet, ungeduldig oder desinteressiert oder vielleicht der Meinung, dem Einwanderer einen Gefallen zu tun, wenn sie ihm einen neuen Namen gaben, der besser in die neue Heimat passte. Fairnesshalber muss man sagen, dass manche der Namen von »dort drüben« für Englischsprachige schwierig wiederzugeben waren. Die wechselhafte Geschichte von New Orleans und der Golfküste wurde von Franzosen und Spaniern dominiert, und bis zum 19. Jahrhundert hatten beide Sprachen ihre Spuren im Englischen hinterlassen. Doch die slawischen Sprachen mit ihren vielen Konsonanten waren etwas ganz anderes.

Aus Oron Maloković wurde jedenfalls Aaron Malco, der seine neue Identität widerstrebend annahm, weil er keine andere Wahl hatte. Ausgestattet mit neuen Papieren, machte er sich auf den Weg nach Biloxi, wo ihm ein Verwandter ein Zimmer in einer der Baracken und einen Job in einem »Austernhaus« vermittelte. Wie seine Landsleute musste er sich mühsam durchschlagen, arbeitete so viel und so lang wie möglich und sparte ein paar Dollar. Nach zwei Jahren fand er eine bessere Stelle bei einer Werft in Biloxis Back Bay, auf der Schoner gebaut wurden. Der Lohn war besser, doch die Arbeit war körperlich anstrengend. Aaron war inzwischen ausgewachsen und über eins achtzig groß. Er hatte breite, muskulöse Schultern und trug Holzbalken, für die normalerweise zwei oder drei Männer gebraucht wurden. Bei seinen Vorgesetzten war er beliebt, und nach einiger Zeit bekam er seine eigene Crew und mehr Geld. Mit neunzehn Jahren verdiente er fünfzig Cent die Stunde, ein Spitzenlohn, und arbeitete so viele Stunden, wie er konnte.

Als Aaron zwanzig war, heiratete er Lida Simonovich, eine siebzehnjährige Kroatin, die das Glück hatte, in den Vereinigten Staaten geboren worden zu sein. Sie war zwei Monate nach der Ankunft ihrer Eltern mit einem Schiff aus Europa auf die Welt gekommen. Lida arbeitete in einer Konservenfabrik und half in ihrer Freizeit ihrer Mutter, die Schneiderin war. Das junge Paar mietete eines der ärmlichen Häuser auf dem Point, wo es von Familie und Freunden umgeben war, die alle aus der alten Heimat stammten.

Acht Monate nach der Hochzeit fanden ihre Träume ein jähes Ende: Aaron stürzte von einem Gerüst. Ein gebrochener Arm und ein gebrochenes Bein würden heilen, doch der zerquetschte Wirbel in seinem unteren Rücken machte ihn fast zum Krüppel. Viele Monate lag er zu Hause im Bett, und es dauerte lange, bis er wieder gehen konnte. Die beiden hatten kein regelmäßiges Einkommen mehr und überlebten nur dank der Unterstützung von Familie und Nachbarn. Essen wurde vorbeigebracht, die Miete bezahlt, und der Gemeindepfarrer, Pater Herbert, kam jeden Tag und betete mit ihnen, auf Englisch und Kroatisch. Mithilfe eines Stocks, auf den er trotz aller Bemühungen zeitlebens angewiesen sein würde, machte sich Aaron schließlich an die schwierige Aufgabe, Arbeit zu suchen.

Ein entfernter Cousin besaß einen von drei kleinen Lebensmittelläden auf dem Point. Er hatte Mitleid mit Aaron und bot ihm einen Job an – den Boden fegen, Regale auffüllen und später auch die Kasse bedienen. Nach kurzer Zeit hatte Aaron die Leitung des Ladens übernommen, der immer besser lief. Er kannte alle Kunden und deren Kinder und Großeltern und tat alles, um jemandem zu helfen, der etwas brauchte. Er verbesserte das Angebot, nahm Artikel, die sich schlecht verkauften, aus dem Bestand, und vergrößerte den Laden. Auch außerhalb der Öffnungszeiten holte er für Kunden Waren aus dem Geschäft und lieferte sie ihnen mit einem alten Fahrrad nach Hause. Da sich Aaron so gut um den Lebensmittelladen kümmerte, beschloss sein Chef, zwei Straßen weiter eine Kurzwarenhandlung zu eröffnen.

Aaron sah eine Möglichkeit für eine weitere Expansion. Er überredete seinen Chef, das Gebäude nebenan zu mieten und eine Bar einzurichten. 1920 war das Land fest im Griff der Prohibition, und die katholischen Einwanderer in Biloxi hatten so viel Durst wie noch nie. Aaron traf eine Vereinbarung mit einem örtlichen Alkoholschmuggler und bestückte seine Bar mit einem beeindruckenden Sortiment an Bieren, von denen einige sogar aus Europa kamen, und einem guten Dutzend beliebter irischer Whiskeys.

Jeden Morgen bei Sonnenaufgang schloss er den Lebensmittelladen auf und bot den Fischern und Arbeitern der Konservenfabriken starken Kaffee und kroatisches Gebäck an. Spätabends bereitete Lida stets ein Blech mit Kroštule zu, in Öl frittierte und mit Puderzucker bestäubte Küchlein, die sich großer Beliebtheit erfreuten. Vormittags arbeitete Aaron auf seinen Stock gestützt im Geschäft, er stand am Ladentisch, zerlegte Fleisch, füllte Regale auf, fegte den Boden und kümmerte sich um die Wünsche seiner Kunden. Am späten Nachmittag öffnete er die Bar und begrüßte seine Stammgäste. Wenn er nicht gerade Drinks servierte, eilte er zurück in den Laden, den er nach dem letzten Kunden zusperrte, für gewöhnlich gegen neunzehn Uhr. Von da an stand er hinter der Theke, wo er Getränke ausschenkte, sich mit Freunden unterhielt, Witze erzählte und Gerüchte in Umlauf brachte. Meist machte er gegen elf zu, wenn die letzte Schicht von Arbeitern aus den Konservenfabriken endlich nach Hause ging.

Ende der Leseprobe